茶仙记之
爱的茉莉香

朱玉童——著

新 华 出 版 社

图书在版编目（CIP）数据

茶仙记之爱的茉莉香 / 朱玉童著. —北京：新华
出版社，2021.3
ISBN 978-7-5166-5672-3

Ⅰ.①茶⋯　Ⅱ.①朱⋯　Ⅲ.①长篇小说－中国－当代
Ⅳ.①I247.5

中国版本图书馆CIP数据核字（2021）第033866号

茶仙记之爱的茉莉香

作　　者：朱玉童

责任编辑：蒋小云　　　　　　　　封面设计：中尚图

出版发行：新华出版社
地　　址：北京石景山区京原路8号　　邮　　编：100040
网　　址：http：//www.xinhuapub.com
经　　销：新华书店
　　　　　新华出版社天猫旗舰店、京东旗舰店及各大网店
购书热线：010-63077122　　　中国新闻书店购书热线：010-63072012

照　　排：中尚图
印　　刷：河北盛世彩捷印刷有限公司
成品尺寸：240mm×170mm，1/16
印　　张：22.5　　　　　　　　　字　　数：352千字
版　　次：2021年3月第一版　　　印　　次：2021年3月第一次印刷
书　　号：978-7-5166-5672-3
定　　价：68.00元

茶，伟大的叶子

茶，在我看来，是世界上最伟大的叶子。

据不完全统计，全世界每天有大约三十亿人在喝茶，喝掉的茶大约是九千亿杯，是咖啡的两倍、可乐的九倍。所以，茶从中国走向世界，带给全世界人民美好的口味感受，这是我们最"饮"以为豪的事情之一。

对于中国人来说，没有茶的日子真是不可想象的，"柴米油盐酱醋茶"早已经是我们必不可少的日常生活七件事。但是，茶又绝不同于普通的饮品，饮茶是一种朴实的雅趣。

茶，遇民为俗，遇道成道，遇佛成禅，遇文人骚客，谓为"雅"。正是这份雅趣，造就了中国人平庸和谐的气质，平平淡淡才是真的感悟，大俗大雅的审美情趣，不卑不亢、自然芳香的风骨，这些从历史走向未来，融入中国人的每一天，乃至一生。

每一种茶的发现、诞生、种植、饮用，都展示了我们祖先的智慧，展示了人类在浩瀚宇宙中对口感、健康等美好事物的苦苦追寻。人们将器皿、礼仪、文化、方法、道、禅都融于茶的时候，人类战胜自然的历史和永远追求品质生活的愿望也一一呈现，人类内心精神的图腾和对生活的热爱也得以升华，在热茶中感受生活的意义，就是茶的魅力！

几千年来，茶与人无声地交流着，彼此促进着成长与改变。茶终其一生，发散它的独特香味，奉献它全部的生命与精华，将茶香注入中国人的灵魂。让一代代茶人在与这神奇的东方树叶的交互中上下求索，谱写出一篇篇动人的茶香传奇，和它产生难以割舍的情感，让它绽放出文化之花、文明之花、智慧之花，代代相传，绵延不断。这些关于茶的美好激发了我想为茶与茶人们写一本书的愿望。

而这一切又源于，我作为一个中国人，对茶文化的无比热爱。

每天早上，无论多么忙碌，我都不忘沏上一杯滚烫的茶，令人期待的一天从茶开始。

午后或者黄昏，品茗读书，内心无比沉静，灵感纷至沓来，让我欣喜若狂。

某个夜晚，丰泽湖边，约几位老友新朋聚聚，在茶叙中指点江山、激扬文字，粪土当年万户侯。茶壶烧水发出吱吱声，茶水不断续上，美丽的紫砂茶具触手温润，给讲得口干舌燥的老友们一点慰藉，那种情景久久难以忘怀。

在某个节庆，一家人围坐一起，喝着茶，嗑着瓜子，品着母亲亲手制作的点心，唠着家常，所有的烦恼、哀伤都在谈笑与茶香中消失殆尽，只有亲情的温暖在传递，伴着温和的茶水，温润着每个家人的心，让在外漂泊的游子安顿下来，人生再也没有比这更令人舒畅的事情了。

在袅袅茶香中，在翡翠绿的茶水中，在琥珀红的茶汤中，在沁人心脾的茶香中，在美丽典雅的茶具中，在茶桌上充满禅意的摆件和花草中，在山峦起伏、一望无际的辽阔茶园里，在一棵百年的古茶树下，心无旁贷，一切都那么宁静、安好，那么美丽、神奇，人生得以圆润、圆满。

出于这样的经历、感悟、憧憬和向往，我创作出了关于茶仙的美丽故事——《茶仙记》系列长篇神幻小说。

不知道为什么，我就是觉得茶和神幻故事是绝配，这绝配可以全方位地展现茶的故事、文化与历史传说（绿茶、红茶、普洱、黑茶、花茶等），让我在讲故事的同时得以自由发挥，将茶的种植、采摘、制作、冲泡、品饮、茶道、茶礼等融于其中，并一一呈现给读者。想以不一样的方式和视角传播中国茶文化的野心和激情，让我每日笔耕不辍。

《茶仙记》系列长篇神幻小说，就是想为茶披上新的温情和温度。试着想一想，当你一边喝茶一边阅读此书，是不是会产生一种无比美妙的体验？尤其在夜深人静的时候，这些茶仙的故事和袅袅飘逸的茶香，一定会带给你一份感动、一份念想。

《茶仙记之爱的茉莉香》是系列长篇小说的第一部，以花仙子茉莉的成长经历及她和茶仙春生的爱情故事为主线，以虚构的本朝民族抵抗凶族外侵、平定南部叛乱两场大的战争为副线，将中国绿茶的诞生、茉莉花茶的制作和茶道文化知识等巧妙地融入其中，创作出带有茶香的神幻故事，以飨读者。

这个传奇的故事发生在一个叫"本"的朝代。

至于为什么叫本朝?

由于距今已久,谁也搞不清楚,

就连考古学家对于本朝的故事都知之甚少。

这个久远的朝代,在历史尘埃的掩盖下,愈发神秘起来……

目 录

第一章

夕阳斜下，本朝的京城——和安城，被染成一片辉煌的金色，显得壮丽无比、气势磅礴。

火烧云布满天空，云蒸霞蔚，气象万千，位于京城中心的皇家宫殿，在晚霞的映衬下更显得宏大而神秘。在仲夏的微风中，一切都是那么祥和如意，安稳幸福。

就在几日前，新皇刘武刚刚登基。忙碌了一整天的他倍感疲倦，刚睡下便进入了梦乡，做了个长长的美梦。

梦中，他受玉皇大帝召见，腾云驾雾，来到了天庭。玉帝对他说："我认为你是一个有为的天子，因此我准备派一些神仙下凡，以助你完成天下太平、一统江山的大业，在南方，帮你铲除造反之人；在北方，帮你打击草原上剽悍的马上民族——凶族，让凶族不再骚扰本朝！"

这可让刘武高兴坏了！

谁知，他一激动，竟从梦中醒了过来。糟糕了！他忘记问玉帝，这些神仙在哪里，什么时候来，如何联系到他们。

唉！于是，这个梦就终究变成了一个悬案，让刘武始终耿耿于怀、念念不忘。

为什么刘武对这件事这么上心呢？原来，他刚刚登基不久，就遇到了十分烦心的事：几乎每日都有边关上报，说凶族人在边塞打打杀杀骚扰本朝，引发各种事端。

说起凶族，原是本朝的远邻，远在西北方的大草原，是草原上的一支游牧民族。这些年草原上风调雨顺，没有天灾人祸，凶族人口增长迅速，出现了各方面资源短缺的问题，于是他们觊觎起了本朝丰富的物产。

凶族人身强力壮、人高马大，擅长马术，后来又锻造出锋利无比的弯月宝刀。仰仗这些，凶族人经常侵袭本朝——不仅掠夺本朝边疆的财物，而且杀人放火、抢粮食、抢牲畜，无恶不作，边民们叫苦不迭，都往本朝的中原一带逃难，边塞就更荒凉了。

本朝边疆部队每次出兵，败多胜少，这让凶族更加得寸进尺，开始一步步抢占侵蚀本朝土地，如今已经侵入了本朝的地界——西北部金河一带，并且在那里明目张胆地开始建边城。

另外一边，在东北部，凶族已经占领了距离边城凉凉郡不到两百公里的土地，并且在那里也建立了居住地。再这样发展下去，凶族就会有抢夺整个本朝江山的可能，因此刘武非常着急。

前一位皇帝的解决方法是：既然打不过你，我就派本朝皇族漂亮的未婚女子与凶族人和亲，这样做可以换得一时的和平，但是刘武却认为这是很丢人、很懦夫的做法——偌大的王朝竟然打不过一个凶族，反而要靠和亲求得和平，其实本朝人民从上到下都不服气。即使有这样的和亲政策，凶族还是不满足，总是对本朝的国土虎视眈眈。如果任其这样下去，刘武明白，自己这个皇位是坐不稳的，他必须厉兵秣马打败凶族，才能从根本上改变这一现状！

南方总有传闻，说南月国一直想脱离本朝，不再做本朝的附属国，有出现兵乱的可能。南方路途遥远，消息闭塞，即使对方兵变了，本朝也不能尽早知道，这样也真是令人担心啊。

本朝内部也是问题多多，自身矛盾重重：皇帝的十几个兄弟、堂兄弟等皇亲家族虽然各占一地，成为诸侯王，但是他们不甘心只是划地为王，私下里各个都想出头当皇帝，争夺皇位，刘武这个皇位也是他父王付出了生命的代价换来的。只要皇上有做得不到位的地方，让他们找到足够的借口，他们立马就可以起兵造反。

这三股势力，内困外扰，让这位新皇坐卧不宁，痛苦不已。这皇帝做得也真够难受的！

从那次美梦之后，刘武总想再多做一些类似的梦，可奇怪的是，玉帝却再也没有托梦见他。为了证明梦的真实性，刘武开始在全国征召各种术士、道人、炼丹人及其他有特异功能或奇特本领的人，他思前想后，觉得梦中玉帝所说的神仙最有可能藏在这些人之中。

这一征召，相当多的骗子也混入其中骗吃骗喝，一时良莠不齐，刘武自己也根本分辨不清。

这个梦让刘武中了魔一般，整天念叨，很多官员为了升官发财，骗取功名，也借此给刘武介绍一些鸡鸣狗盗的所谓"能人"。

但刘武并不真糊涂，他认为——神仙才没那么容易现身呢！一定要花点时间观察，才有可能搞清楚谁是上天派来的神仙，谁是骗子。

其实，老百姓就是喜欢安安静静地生活，管你什么神仙不神仙的呢！皇上的那些事情，不过是大家茶余饭后的谈资和笑料罢了。

可是，就在这个夏天，本朝江南的灵山下、大湖边，在一个很不起眼的小村庄里，确实出了一件又一件让村民议论纷纷的事情，据说好像和所谓的神仙有些关系。

村西头那间属于胡员外、经常传说闹鬼的大宅子，这两天终于卖出去了，而买下这套大宅子的却是村里有名的老好人、贫寒人家——郝家夫妻。夫君姓郝，名西波，娘子姓张，名一朵，夫妻俩都是胡员外的长租工（长期租用胡员外的鱼塘和荷塘），为人勤勤恳恳、老实厚道，不怎么爱说话，做事又干净利落，深得胡员外的喜欢。

胡员外是本村的大地主，名下拥有大量的宅院、水田。此宅原来是租给来自东南方闵月国的一户人家，他们租住之后，在后花园移植了一棵茉莉树。

从那时开始，闵月一家人陆续染上了怪病，村里就疯传他家后院闹鬼。到后来，一家人突然不辞而别，离开了小村庄，从此这房子再也没人敢租住。

郝氏夫妻俩省吃俭用地攒下了一些银两，本来准备买一套稍微大一点的房子来居住。他们原来住的茅草房又破又小，下雨天还漏雨，实在不能再住下去了。

胡员外了解到他们夫妻想置房产这一情况之后，就做了个顺水人情，象征性地收了一点儿钱，就算把那套老宅送给了郝家夫妻。他一直对这夫妻二人好感有加，总想找个机会回报他们，这次以极其便宜的价格把宅子卖给他们，既算是对这夫妻的回报，又算是处理了一套卖不出手的宅子，这位胡员外可真是算盘打得响。

郝家夫妻当然是喜出望外，他们花十几倍的价钱也买不到这么大的宅子。

但是全村人都在议论，有人说他们夫妻好傻，怎么会买下这样的宅子，很不吉利。还有人说："这宅子这么大，郝家夫妻那么贫穷，即使再便宜，他们夫妻哪里来的那么多钱来买呢？真是奇怪啊。"

夫妻俩却不认同村民的议论："穷苦人家，啥都没有，怕什么神鬼，说不定神鬼还怕我们呢！"至于钱嘛，两夫妻对谁也不说，也不解释，任别人说三道四，他们听也不想听，因为小破茅草屋真是住够了！

夫妻俩买来一些材料，一门心思修缮这套宅院。

胡员外也帮忙找人、找料，帮助他们一起修修补补。将宅子粉刷一新后，夫妻二人就欢欢喜喜地搬了进去。

这套宅子虽然谈不上富丽堂皇，但是比他们以前住的小破草房可阔气多了，不仅有了大客厅和几间厢房，还有开阔的前院和后花园，比起茅草屋，这里可以算是天堂了。

不过，说起这后花园确实有些奇怪，原本种了不少花草，却因长年无人打理，大多已经死去了，只有那株茉莉花树没有死，依旧顽强地活着，就是只长叶子不开花。

这棵茉莉树虽然有些矮，但是枝干粗壮，长得非常清奇，枝丫交错，外形很好看。夫妻俩觉得这茉莉树和他们有缘分，于是就将此树留下了，然后又在后花园里补种了不少花花草草。

一到春天，后花园百花齐放，争奇斗艳，格外热闹。可奇怪的是，任凭夫妻二人怎么施肥、浇水、养护，这棵茉莉花树就是年年只长叶子不开花，叶子越长越翠绿。

有好事之人对郝家夫妻说："这棵树长年只长叶子不开花，肯定不吉利，之前盛传的宅子闹鬼之事估计就和此树有关。你们还不如干脆砍了它，以免中邪。"

夫妻俩听了，虽有些害怕，但还是有点舍不得，认为这棵树是两人到这里开始新生活的象征，是他们新生活的纪念，不能随便听村民们的建议把它砍掉。至于这树开不开花，对夫妻两人来说，可真是无所谓的事情！

郝家夫妻俩虽是老好人，谁也不得罪，但是内心还是挺有主见的。

可是有一件事情，一直是郝家夫妻的心病。两人成亲多年了，虽然夫妻感情甚笃，但就是生不出孩子，眼看着岁数一年年长，马上就步入中年了，二人非常着急。

为此事，夫妻两人一闲下来，就常去附近山上的道观——虚来观烧香、许愿，找道观的张道长算命。

虚来观就在小村庄旁边的灵山山顶上，观内供奉的是太甲上君。观主张道长，不仅长相凶狠，对观里的道人管教也极为严格，观里的道人个个都怕他。大家都说这个张道长有些真本事，也会一些法术，他还有一只厉害的坐骑，就关在后山。正是因为这些传说，虚来观香客如潮，香火特别兴旺。

夫妻俩在张道长的指点下年年供奉，年年许愿，家里还摆了好些张道长推荐的各种求子的吉祥物。他们为此花了不少银子，但却没什么用，依旧生不出孩子，愿望年年落空。

张道长劝他们不要着急，说什么"精诚所至，金石为开"，他们只好点头称是，虽然内心对这个总是让他们花钱的张道长心存疑惑，但也不敢说出来，怕惹恼了哪路神仙。

除了自虚来观求来的吉祥物外，郝家夫妻的家中还供着从别的庙里请来的送子观音像，日日烧香，求子求福，一样无果。两人遍访江南名医，吃了各种名医开出的汤药，好像也没起到什么作用。

这么好的一对夫妻，膝下无子，有邻居在背后为他们叹不平，也有人幸灾乐祸地怀疑他家会不会中了那茉莉花树的邪。

说白了，不少村民对他们能住进胡员外的大房子既羡慕又嫉妒，巴不得他家出点儿事情，这才符合他们的想象，不然凭啥他家住大房子？

这天早上，郝西波起床，收拾好渔具，准备去打鱼，突然闻到了满屋满院都是清爽宜人的香味。他连忙把屋里的娘子叫醒："一朵，你有没有闻到满屋的香气啊？"

"哎呀，是啊，哪里飘来的这么好闻的香气？"一朵一边起床一边感叹。

两人推开后窗，后花园的景象让两人大吃一惊——那棵从来不开花的树，在他们没有注意的情况下，竟然一夜之间开花了，洁白的茉莉花像雪一样铺满了全树。风一吹过，那香气飘来，真是淡雅幽香，令人心旷神怡。

一朵对西波说："这多年的茉莉开了花，一定是好兆头啊！"

"嗯，是啊，这花开得真是美，好像香气也不同于普通的茉莉花香呢！"夫妻两个越说越高兴。

二人来到树前，很是兴奋，张一朵小心翼翼地摘了几朵，说："今天咱们就泡点茉莉花的水来喝喝，如何？"

"当然好了。娘子，咱们可要保护好它，茉莉开了花，可是咱们的好福气到了。"郝西波开心地说。

张一朵不停地点头，郝西波见娘子这么高兴，心里美滋滋地打鱼去了。

中午，郝西波回来，把打来的鱼倒进鱼缸，把工具收拾停当。张一朵见夫君回来了，就把泡好的茉莉花水递给了郝西波。

郝西波马上喝了一大口，笑着说："味道真好！"

就在此时，张一朵突然脸色大变，开始大口大口地呕吐起来。

郝西波马上扶住一朵，问："你今天是不是喝了很多茉莉泡的水啊？"

张一朵脸色煞白，说："嗯，高兴得很，是喝了不少！"

郝西波一听，马上急了："哎呀，嘱咐你不要多喝，就是不听。这下好了，会不会中毒了呢？"

"从来没有听说茉莉花有毒，你不要瞎说。"张一朵反驳道。

郝西波虽然有些抱怨，但他还是不顾一上午的劳累，立刻背起娘子，往老郎中家里急速地跑去。

到了老郎中家，郝西波放下张一朵就跪地给郎中磕头，大喊道："郎中，救救我娘子。她呕吐不止，可能中毒了！"

郎中一家人正在吃饭，一见有病人来，老郎中马上放下碗筷，扶起郝西波，让他把人扶到里屋，又放下里屋的门帘，坐下来为张一朵把脉。

郝西波一边大口大口地喘着气一边说："真抱歉，打扰您吃饭了。"

"你莫急，莫急，让我看看。"老郎中的话还没有说完，就又被急性子的郝西波打断了，他继续高声说着："昨晚，我家后花园的茉莉开花了，我娘子一高兴，今早就喝了不少茉莉花泡的水，是不是中毒了？"

老郎中表情沉稳，静静地反复把脉，然后问一朵："你不是今天才呕吐的吧？是不是最近一直有反酸呕吐？"

张一朵说："最近都有呕吐，只是平时不严重，忍一下就过去了。今天，我喝了茉莉水之后反应特别大，呕吐得特别严重，要把肠子都呕出来了。"

老郎中点了头，很有把握地说："恭喜二位。你娘子不是喝茉莉水中毒了，是有喜了！"

老郎中的这句话一下子惊呆了夫妻二人。

郝西波惊喜万分地问："真的吗？"

张一朵也笑着看向郎中。

老郎中呵呵大笑，说："是喜脉，是喜脉，好好伺候你娘子吧！"

夫妻俩喜不自胜，相拥而泣。等啊等，盼啊盼，今日茉莉花开，娘子有喜。一切仿佛都是命中注定！这茉莉树真是吉祥之物啊！郎中一家人听到了喜讯，也进到屋中一同道喜。

老郎中又给他们开了一些保胎的汤药，两人千谢万谢后，喜气洋洋地回到了家中。

邻居们很快就听说了此事，纷纷前来贺喜。不管真假，郝家的茉莉花树可以带来"好孕"的说法，没多久就传开了。村里村外的，人人都想跑到郝家来看一眼神奇的茉莉树。

只见这茉莉花树枝繁叶茂，叶子绿似翡翠，枝条曲折回弯，像那摇摆的青龙，花开得密而满。花虽无艳态惊群，但花香扑鼻，玫瑰之甜郁、梅花之馨香、兰花之幽远、玉兰之清雅，莫不兼而有之。花色纯洁如玉如雪，站在那树前，看着满树飞白，便能心生平静。

有词为证："天赋仙姿，玉骨冰肌。向炎威，独逞芳菲。轻盈雅淡，初出香闺。是水宫仙，月宫子，汉宫妃。清夸苦卜，韵胜酴醾。笑江梅，雪里开迟。香风轻度，翠叶柔枝。与王郎摘，美人戴，总相宜！"

有人称赞这棵茉莉树简直就是茉莉中的仙者之相，更多的人问起张一朵怀孕是不是和茉莉树有关，郝西波不知该如何解释，也懒得解释。人们使劲追问他情况，他就只是向对方笑笑，并不回答。可他越是不回答，别人就越认定是茉莉树给郝家带来的好运气。

郝西波一边细心呵护着娘子，一边更加爱护花园的茉莉，觉得这棵树和自己家有缘分，对它照顾爱惜有加。

这一天，郝西波家来了一个外村的潘姓财主。这人前呼后拥地带了一大帮人，显得很有派头。

潘财主满身的绫罗绸缎，肤白脸大，走起路来晃晃悠悠的。一进院子，他就晃动着肥胖的身体，尖着嗓子问："谁是郝西波啊？谁是郝西波？"

这段时间来得人太多，啥人都见识过，郝西波看此人肥头大耳，身后跟一群"哈巴狗"似的奴才，立刻心生厌恶。这样的人，总觉得自己有几个臭钱就了不起了。

郝西波冷冷地回答："在下就是这家的主人。"

潘财主打着官腔说："听说，你这里有一棵神奇的茉莉花树，喝了用它泡的水之后，可以让女人怀孕，有这事吗？"

郝西波看他那副德性就厌烦，没好气地说："不要听别人瞎说，我家没有这样的茉莉花树。"

潘财主阴阳怪气地说："呵呵呵，是不是怕我老潘不给钱啊？如果我看上了你家那棵树，马上就给你五千两银子，买下它，你看如何？五千两银子啊！"

潘财主有意将声音拉长，突出五千两银子之多。

郝西波听他这么一说，涨红了脸，觉得受到了莫大的侮辱，立刻回应道：

"这位大人，有钱就了不起了？我们再穷，也不会卖掉自己的宝贝，您请回去吧！"

潘财主觉得郝西波这样答复他，让他在众人面前没了面子，很生气地说："你这人怎么不知道好歹啊？给钱你不要啊？还轰人！不要给脸不要脸啊！"

潘财主一挥手，手下的人一哄而上，想动手打郝西波。

此时不少围观的村民实在看不过眼，大家一起把潘财主和他的手下围住。

其中一位身体强壮的村民指着潘财主说："人家不愿意卖，你在这里强买，哪有这样的？你还想打人，你是什么人啊？跑到我们村子来撒野，那怎么行？"

潘财主一看郝家帮腔的村民越聚越多，手里还拿着棍棒之类的，态度马上变软了，从刚才的穷凶极恶变成低眉顺眼，不断地向涌过来的村民作揖告饶。

郝西波怕出事连忙拦着村民，反复劝说。村民们总算让开一条路，大声喊着："滚开！"潘财主带着一众人灰溜溜地离开了。

此事之后，郝西波更加关爱茉莉树了。为了防止动物啃咬伤害它，也担心人们随手摘叶子、摘花，郝西波为茉莉树加了篱笆围栏。没多久，他又在树冠上方支起了纱幔，以防虫叮咬、阳光曝晒。总之，他对这棵树爱得不得了，把它当成了镇宅之宝。

一天晚上，大雨滂沱，雷电交加。

郝西波刚刚躺下，一看下大雨了，赶紧起床。他怕这么大的雷雨把家里的宝贝茉莉树给打坏了，要加盖一顶帐篷。

他戴好斗笠，迅速跑到后院，在雨中给茉莉花树把帐篷支好，遮盖住风雨，然后才回到房间洗手换好衣服，睡下了。

没想到，这时，后花园里突然翻墙进来了四个黑衣人。

郝西波躺下没多久就睡着了，他有些累了，睡得很香。张一朵因为怀着孩子，总是睡不好，不断地翻着身子。

就在此时，一个闪电打过，把她吓醒了。她起身坐好，透过纱窗借着闪电，分明看到后院隐隐约约有人影晃动。为了不惊动后院的人，她强忍着没有大声喊出来。

　　她马上推了一下夫君，轻声而急迫地对着西波的耳朵喊道："西波，后院有人！西波，后院有人！赶紧起床！"

　　郝西波听到娘子讲后院有人，一下子惊醒了。他立刻跳下床，跑到墙角处拿起平时割芋头的大砍刀，就要往外跑。

　　张一朵吓坏了，一把拉住夫君的胳膊说："西波，不行啊，你这样出去不要命了？他们是什么人，还没弄清楚，你一个人过去太危险了，你不能一个人去，现在必须马上去通知胡员外，或者喊人过来才行！"

　　郝西波急急忙忙地对张一朵说："我估计就是想偷咱家茉莉花树的贼！现在已经来不及去通知胡员外了，万一他们已经伤害到树了呢？你不要拦着我，我和他们拼了！"

　　郝西波把张一朵的手推开，拿着砍刀就跑出门了。张一朵一把没有拉住他，急得她浑身哆嗦起来。

　　张一朵了解郝西波，以他的急性格暴脾气，不管对方是什么人，话语不和，他必然会和那些人干起来。她冷静强迫自己冷静下来，现在必须立刻赶去通知胡员外来支援，否则时间一长，西波命将不保！

　　虽然怀有身孕，但是此时已经顾不得那么多了，张一朵迅速戴上斗笠，小步慢跑地出了家门。她格外小心，生怕自己在雨中摔倒了，伤到肚子里的孩子，她深一脚浅一脚地向胡员外家跑去。

　　郝西波跑到后院，见四个人围着茉莉花树正在挖土，他的判断没有错，果然，这些人就是准备盗窃茉莉花树的贼！

　　于是，他大喊一声："哪里来的盗贼？敢偷我家宝物？！"

　　四个贼人正在紧张地挖树，忽然听到有人大声呵斥，吓得马上扔掉了铲子，往墙根儿跑，准备翻墙逃走。

　　郝西波拿着大砍刀冲着其中的一个跑了过去，试图抓住他。

　　那人一看郝西波追了上来，也不跑了，转身站定，摆出一副一不做二不休的样子，目露凶光，一伸手，从怀里抽出一把明晃晃的短刀，准备和郝西波大干一仗。

　　另外三个人也站住了，一看，只有郝西波一个人出来，于是也不再慌张，三人都把刀拿了出来。

四个壮汉，一个个目露凶光，一步步紧逼，将郝西波围住。郝西波一下子陷入极其危险的地步。

郝西波心想："老子和你们拼了！"于是大吼一声，提刀就和对方四人厮杀起来。

一个人斗四个人，郝西波即使有再大的能耐，也支撑不了多久，很快就体力不支了。四个人渐渐占了上风，眼看郝西波马上就要被他们步步紧逼到了墙角，一刀紧似一刀，郝西波的胳膊已经被划了几道口子，受了轻伤。

就在这个极其危急的时刻，暴雨中一声雷电，正打在茉莉树上方的帐篷上。

奇怪的是，那雷电没有击中茉莉树，却在帐篷上方炸开。炸开的雷电恰巧击中了四个盗贼，打得四人当场昏厥在地，而郝西波却完好无损，这下子把郝西波给弄懵了。

没一会儿，张一朵就叫来了胡员外和七八个壮汉家丁。

大伙儿举着火把来到了后院，这一看，被眼前的情景惊呆了。郝西波蒙查查地站在茉莉树的旁边，四个匪徒齐刷刷地昏倒在地上，刀扔得到处都是。

胡员外马上命令家丁："去，绑住那四个歹徒！"

七八个家丁蜂拥上前，将四个歹徒一一捆绑结实。

有家丁对郝西波伸出大拇指，说："兄弟，你太厉害了，一个人打翻四个人！"

郝西波连忙挥手摇头说："不是我打倒的，他们四个是被雷劈了。"

"啊？被雷劈的？郝大哥，你不是开玩笑吧？"

"真的！"郝西波大声说着，表情很严肃，不像在开玩笑。

大家半信半疑地抬着四个匪徒离开了郝家，去衙门报案去了。

张一朵上前把还傻站在雨中的郝西波拉进了里屋。

胡员外在屋外喊了一嗓子："西波，我把这几个人送到官府去审问了。你夫人身怀有孕，你们就不用出来了，我们先走了！"

还在发蒙的郝西波赶紧出来，想说句感激的话，结果胡员外一行人竟然快速在雨中地走远了。

郝西波回到屋里，张一朵看到夫君胳膊上的伤口，先给他简单包扎了一下，然后拿出一套干净的衣服给他换上，又倒了一杯热水递给他。郝西波喝了一口，这才缓过神来。

他激动地对一朵说："一朵啊，刚才太神了，我正准备和他们四人拼命的时候，天雷就来了，来得很及时，炸得非常准，一下子把贼人给炸晕了！我想，可能是咱家这棵茉莉树召唤雷电来救我呢。它真是棵神树，保家护院，真了不起啊！"

一朵也吃惊地说："夫君，你是不是给吓糊涂了？不要胡说好吗？"

"我没有胡说，当然是真的，我亲眼所见。哎，你先别问我，我倒来问问你，你是不是刚才带着大肚子跑出去找胡员外了？"郝西波有点生气地质问夫人张一朵，他看到一朵的衣服都有些湿。

一朵"嗯"了一声，郝西波喊叫起来："哎呀，一朵啊，你这不是胡闹嘛。你胆子也太大了，万一你摔倒了伤着孩子怎么办？"

张一朵笑笑说："夫君，对不起，那时我担心你被匪徒伤着。不过，我走出屋子，很快就找到了胡员外。你看，这不是一点事情都没有嘛！"

郝西波看着夫人确实没什么事情，也不好再说什么，毕竟娘子怀着孩子呢！

他摸了摸一朵的肚子，带点嗔怪地说："不管怎么样，你以后真要注意啊！"然后，他又对着肚子的孩子说："好孩子，爹爹就是拼出命去，也要保护你们娘俩！"

夫妻俩一边聊一边收拾了床铺，又躺下歇息，但是由于刚才事情的刺激，根本睡不着。

第二天一早，雨过天晴，郝西波和夫人赶紧跑到后院，看到后院茉莉树很完整，舒了一口气。

只是茉莉树旁边被人胡乱地挖了几个坑，根也暴露了出来，花也掉了不少，篱笆也给推倒了，弄得乱七八糟的，那些贼人确实是想偷郝家的镇宅之宝——茉莉树！

夫妻俩一起将坑填埋好，将土地整理了一下，又重新把篱笆扎好。

　　雨后的茉莉树叶子青翠、分外精神，郝西波絮絮叨叨地给娘子讲着昨晚的奇事，夫妻俩更觉得这宝贝真是神奇，真不白疼它！

　　胡员外派下人给张一朵送来安神的草药，怕张一朵给吓着了。

　　张一朵告诉下人说："我一点事情都没有，很健康。告诉胡员外，谢谢他了！"

　　那人激动地说："盗贼被雷击的事情传遍了咱们村，人人都说你们家的树是神树，是镇宅的宝树，难怪被贼人惦记了！"

　　傍晚时候，胡员外再次来到郝西波家中，告知了事情原委。经过官府审问，原来就是邻村的潘财主找人干的坏事：

　　原来，他家夫人多年也没有生育，他又娶了几房妾，还是生不出孩子，于是他满世界花钱找偏方，找能人，也找了张道长，花了很多钱，依然无用。眼看着自己年龄大了，潘财主很是着急，几天前听闻郝家有棵神奇的茉莉花树，可以让人生育，便想花钱将其买下，却被郝西波生生给拒绝了。他不甘心失败，于是又花大价钱雇了贼人，到郝家来盗取茉莉花树！

　　官府一审，那几个贼人就全部交代了。

　　本来，那个潘大财主早年和胡员外就有过节，胡员外早想收拾他，结果他自己送上门了。

　　这下，他被官府抓了起来，肯定不能轻易逃脱。这对胡员外来说，也是一件很解气的事情。

　　胡员外对郝西波说："西波，你看这世上什么人都有！从今天起，茉莉花树不仅是你家的宝贝，还是咱村的宝贝。我已经派人轮流在你家后院墙外值班，看护这个宝贝。从今晚开始，你们夫妻就安心睡觉吧！"

　　夫妻二人十分感激胡员外，胡员外也乐滋滋地回家去了。

　　全村村民都一致认为，郝家搬进大宅子之后，一切都转运了，也许是郝家祖上庇护，他家不仅没有闹什么鬼神，倒发生了一些神奇之事，简直不可思议！

　　当时觉得郝家傻的村民，各个都说郝家有运气，羡慕不已。说来也怪，雷击事件之后，郝家和小村庄确实一切平安无事，连贼都不敢来了。

　　一天，张一朵觉得肚子持续疼痛，连忙呼唤夫君。郝西波一算，娘子应该到了生产的日子，连忙去找接生婆。

接生婆到了，又找了几位邻居的女人帮忙，开始接生。

没想到奇特的事情又发生了——自孩子的头刚伸出的那一刻开始，奇香飘出！

让人没想到和更加震惊的是，这香气还凝成一股，飘出了堂屋，飘出小村庄，飘出了县城，一直飘啊飘……直飘到远在千里之外的本朝的宫廷里，并且惊动了圣上，你说奇不奇？

这股奇香在宫廷内四处飘散，飘过一处茉莉花坊，满院花苞竟然悉数绽放。连绵不断的茉莉花香也惹得宫廷上下议论纷纷。皇帝听闻太监禀报此事，也觉得颇为惊奇和蹊跷，又想起了他的梦。

于是，他连忙派人去找号称"本朝第一聪明的人"的修为极深的现任国师东方首，来探查一下出了什么事情。东方首就是皇帝从招募的那些能人异士中亲自提拔的，深得皇帝的信任。

国师东方首来到茉莉花坊，摆好卦，又观瞧一番天象，然后微微一笑，缓缓地对皇上说："恭喜皇上。无他，此乃吉祥之事。江南飘来奇香，此香清雅脱俗、单纯无邪，预示今年江南必将五谷丰登，风调雨顺啊！看今年本朝祥瑞之事不断，必将助皇上一统天下。"

这个东方首就是会说话，皇帝一听就大喜过望。因为江南雨水充沛，常受洪涝灾害困扰，如果今年五谷丰登，风调雨顺，真是大喜！

皇帝立刻颁下圣旨，快马报江南官员，要求江南官员迅速查明香气出自哪里，并给予丰厚奖赏。

这边，郝西波一家还不知道他家奇香飘散已经惊动了京城的事情，他只是一心一意地苦等着娘子生孩子！

张一朵生这个孩子真是困难，马上就要三天三夜了，她用尽了全身力气，还是没有生出来。接生婆愁得不得了，她还没见过这么难生的孩子，只怕生出个怪物或者死婴出来，那可就麻烦大了。

郝西波担心得睡不着，胡员外又到县城接来最好的郎中，为张一朵问诊。

郎中给张一朵扎了几针，一朵感觉身体轻松了很多，不再难受，可以继续生产。郎中观察了一阵，也觉得十分稀奇，张一朵虽难产三日，却并无力竭之相，腹中胎儿也尚且平稳，便断定虽生产困难，但母子暂无大碍。

花香愈发浓郁起来，在花香的包裹中，张一朵也觉得没有那么疼痛和难受了，精神逐渐舒缓下来。

到了第三天的晚上，随着天际一颗流星坠地，张一朵的孩子也终于生了出来，是个女婴，体重八斤，哭声响亮。

接生婆和一众人从来没有经历过这样的事情，忍不住啧啧称奇。村民们听说后，也都跑来郝家看新鲜。

接生婆起初还担心张一朵诞下的会是怪婴、死婴，不想这女婴一生出来便满身都是茉莉花的香味，皮肤洁白，眼睛明亮有神，一看就是身体健康、聪明机灵的好孩子，这才放下心来。

一听到里屋说生了，又听到孩子响亮的哭声，又担心又难熬的郝西波再也忍不住了，不顾村里妇女们的阻拦，立刻跑进了屋里。

郝西波一把抱过自己近中年才得到的宝贝女儿，热泪盈眶。他一边盯着看一边亲了又亲，真是爱不释手。女儿在郝西波的怀里，咯咯地欢笑起来，那伶俐的模样根本不像刚出生的孩子。看女儿和茉莉有缘，郝西波便给女儿起名叫茉莉。

张一朵看着自己漂亮如仙的女儿，欣慰地笑了，将一切烦恼抛掷九霄云外。

小村发生了这样的奇事、喜事，让全村人都感到不同寻常，议论纷纷。胡员外建议郝西波欢宴全村宾客，以示庆贺，银子自然由胡员外出，宴会以郝家的名义办。郝西波领了胡员外的好意，又是一番感谢。

在胡员外的资助筹备下，郝家请来全村的人，屋里屋外都摆上了宴席。

宾客们先是轮番夸奖茉莉漂亮得出奇，仿佛仙人转世，又七嘴八舌地讲起郝家这一连串的奇闻逸事，从茉莉花开、一朵怀孕讲到奇香飘动、流星坠落。胡员外也十分高兴，觉得郝家生女给他也带来了吉祥之气，多年的死对头潘财主入狱，最近家里的生意也格外兴旺。

就在大宴宾客的席间，江南府对这件事进行调查的官员也到了小村庄。胡员外赶紧起身，去村口接待江南府官员。在胡员外的邀请下，官员也入席一起吃饭。

江南府官员入席后并没有吃多少，便开始了解情况，并对大家说的一一做了笔录。

小村庄从来没有来过这么大官衔的官员，这是何等的面子和荣光，郝家被围了个里三层、外三层，胡员外比郝家还要高兴。

这事又一次轰动了十里八村。

官员搞清楚了来龙去脉之后，认定此乃祥瑞之事，于是快马报给了京城。皇上一听，分外开心，赐给江南府官员一些布匹、珍珠、玛瑙一类的奖赏，并吩咐由江南府颁给郝家一块"吉祥人家"的匾额，以示隆恩。

每年各地报过来的吉祥、祥瑞、奇特之事数不胜数，这对皇帝来说也算不上特别大的事情。听说只是一个小村庄里降生了一个普通女婴，不是什么神仙下凡后，皇上还有点小小的失望。

但是，这皇上下旨由江南府颁给郝家一块匾额的事情在整个县城乃至江南都传开了，影响极大。来郝家参观、拜访、串门的人更是络绎不绝，甚至还有从外地慕名赶来的。有来看孩子的，有来看茉莉花树的，都想来沾沾仙气。一时间，郝家人来人往，半刻都不得消停。

全村人莫不羡慕，却累坏了郝家夫妇，因此胡员外找了几个家丁，专门帮助郝家接待来客。

那个潘财主被官府打了几十大板后恼羞成怒，一心想报复郝家。他特地跑到灵山上，将遭遇讲给虚来观的张道长听，他还说愿意给张道长一百两银子，只为诅咒郝家，最好能让他们一家人难受一辈子。这个潘财主好恶毒，难怪生不出孩子呢！

当然，张道长也不是什么好人，只要给银子啥活都接。

于是，他派道人下山一探究竟。道人回观后，将郝家的事绘声绘色地向他描绘一番，又增加了自己的理解和一些佐料，弄得这事更加神奇。

张道长诧异世间竟有如此奇事，便决定亲自走一趟，看看奇婴、奇树，随身带着两个小徒弟近旁伺候。

郝西波夫妻听家丁来报虚来观张道长来了，慌忙起身相迎，端出点心、茶水，热情地招待张道长。

听张道长说明来意后，一朵就把孩子从里屋抱了出来。张道长从一朵手里接过孩子，定睛一看，也大吃一惊。

这孩子美丽异常，宛如天人，浑身散发着茉莉的清香，眼睛明亮，笑声响亮，一看就知道定非等闲之辈。

张道长抱了一会儿，内心突然有了个想法："这孩子如此特殊，还得到了官府赐封。夫妻俩此前多次来道观求拜，才得以生子，我何不说这就是我为郝家求法得中的呢？这样一来，我便可将此孩儿收为女弟子，带到我的观中，接受香火朝拜，虚来观必将门厅若市，声名远播啊！真是一件美事啊！"

想到这里，他沉吟了片刻，开口说道："郝施主，我看这孩子自有天相，并非凡人，我意欲收她为女弟子，让她早日进道观修炼学习，早日得道开悟，你们夫妻意下如何啊？"

张道长以为自己身份特殊，声名远播，他开口了对方应该就会立刻答应。他肯收这女婴为徒，郝氏夫妇从此就傍上了道观，不仅一生衣食无忧，而且受人尊重景仰，这可是天上掉馅饼的好事。

但是，他万万没有想到郝氏夫妇竟想都不想地拒绝了他。

郝西波说："大师的好意我们心领了，只是小女是我们夫妻的珍宝，唯恐疼爱不够，还是留在家中，由我二人亲自抚养，就不劳烦大师了，请见谅。大师有此美意，我们在这里多谢了！"

张一朵连忙附和说："是，是！"

当着两个小徒弟的面，被郝家夫妻当场拒绝，让张道长顿觉颜面扫地，十分生气，场面十分尴尬。张道长索性豁出去了，又说了些交出女婴可保他夫妻二人富贵荣华之类的话，这让郝西波更加气愤，随即严肃地拒绝了他。

张道长毕竟是一观之主，总不能强人所难，硬抢人家的孩子，便极力忍住愤怒，向郝氏夫妇施礼告别。但走出门后，张道长越想越气，向来都是别人对他阿谀奉承，他还从未被人这样直接拒绝过。

这个所谓的吉祥人家，竟仗着自己有官府的赏赐，不把他放在眼里，实在是不识好歹，得教训教训他们。

此时，他想起了潘大财主的请求，于是决定给郝家贴一个诅咒符，诅咒一下这家的小孩子。

他恶狠狠地想："既然你们郝家让我没有面子，那我就让你们宝贝的小丫头片子不再那么舒服地活着！"这张道长真不是什么好东西，小肚鸡肠，人家拒绝他是人之常情，他倒好，一点亏都不吃。

张道长观察了一下四周，发现郝宅后院有一个不太起眼的拐弯儿墙角处。他偷偷地从怀里拿出了咒符，口中念念有词，然后让徒弟将咒符悄悄地贴在了墙上。

其实，两个小弟子很不情愿，觉得这个老家伙真是缺德带冒烟的，于是有意将符咒贴歪了。这符纸贴歪了，效果就变差了。

贴完咒符之后，他们一行偷偷地溜走了。

然后，张道长让徒弟通知潘大财主抽空来看一下他贴的诅咒符，顺便交一下银子。

张道长就这样和郝家结下了梁子，后来又由此引出诸多是非，暂且不表。

张道长走后没多久，郝家后院的茉莉花开始大量凋谢，小茉莉也开始不怎么爱吃奶，浑身不舒服，经常哭闹。夫妻二人深感不安，找郎中给孩子看过，郎中却看不出什么毛病。可是茉莉一天到晚地不舒服，一副恹恹的样子，夫妻俩看着心里倍感难受。

二人中年得子，当然格外珍惜。他们想了想，一致认为是这段日子人多嘴杂，影响了孩子和茉莉花树的成长。

为了孩子健康成长，郝家夫妻决定以孩子生病为由闭门谢客，并且在一个夜晚悄悄地收起了那块"吉祥人家"的牌匾。从此，他们深居简出，不再和邻居有任何来往，也禁止孩子和邻居家来往。

再有各地听闻此奇事来拜访的人，也一律不见。他们把情况告诉了胡员外，胡员外也支持他们这样做。

但是，即使他们这样做了，茉莉花树还是凋谢得一干二净，再也没有开花，茉莉的身体也一直不大好。

　　此事传了出去，那些羡慕嫉妒恨的邻居、村民们又开始纷纷议论，造谣此户人家中了邪风。于是，全村人不再和他家来往，怕沾染邪气，只有胡员外对他们夫妻一如既往的好。

　　过了几年，一切归于平静，人们好像也渐渐地遗忘了此事。

　　但是，谁也没有想到，茉莉长到六七岁的时候竟然失踪了。

第二章

茉莉怎么失踪的呢？

郝氏夫妻视茉莉为掌上明珠，百般呵护着，恨不得时刻放在眼皮子底下才安心，从不让她出门。茉莉就在这样的环境中渐渐长大，长到了六岁左右。

有一天，茉莉在后院玩耍，东看看西瞅瞅，突然看到了拐角处张道长留在墙上的那张符咒。经过风吹雨淋，上面的字迹已经看不太清楚了。但茉莉直觉认定这不是什么好东西，于是一把将符咒撕了下来，拿给了爹爹郝西波。

郝西波一看便大吃一惊，马上叫来夫人。两人看罢都断定这是一张符纸，可是谁将这符纸贴到自家院墙上的呢？观瞧着上面已经模糊了的字迹，郝西波的后背不禁泛起阵阵寒意，随即想起了当年殷勤来访又愤愤而归的张道长，再一细思，茉莉正是从张道长走后开始变得体弱多病的。这想必是张道长怀恨在心，用来报复郝家的诅咒符！

郝西波想通了关键之处，气愤至急，一把火烧了那张符咒符，对这个虚来观的张道长更是恨得咬牙切齿："你想收我女儿为徒，被我拒绝，就想出这样的阴招害我家。我定然不能轻饶与你！"

符纸被烧毁后，茉莉的身体状况果真渐渐好转了，郝家后院的茉莉花也重新绽放了。全家人只顾着开心，加上农事一忙，也顾不得找张道长算账了。

但是茉莉多年多病，父母对她异常疼爱、百依百顺，加之生活环境单一，却养成了茉莉单纯、敏感、执拗、娇气的性格与毛病。

她做事很少顾及别人的感受，想做什么就做什么，说话也很冲，有些男孩子气，这点让夫妻俩有些担忧。

当然，茉莉也有让夫妻喜出望外的一面，她聪明过人，什么东西都是一学就会。书上的古文、诗词，胡员外读一遍，茉莉就能记牢，甚至倒背如流。

夫妻俩觉得茉莉虽然是个女孩，但如此聪慧，还是应该上私塾读书学习才对，哪怕只是改变一下她不合群、孤僻执拗的性格也好啊。再者说，孩子这么大了还被关在屋里，会憋出病的。

在那时，女孩子很少有读书的，常是养在深闺，待成人之际就被嫁出去。可是，郝家夫妻不这么想，他们决定好好培养茉莉读书学习，这在那时的贫穷人家中是很大胆的想法。

为了避免别人说三道四，张一朵将茉莉打扮成小男孩的样子，送到了离家不远的私塾去读书。

私塾先生来自北方，学识渊博，远近闻名。茉莉在私塾读书才几个月，很快就脱颖而出，拔得头筹。

一天，私塾先生来到郝家，对郝西波说："你家孩子天资聪颖。我带来的书，她已经基本上看遍了，有时她提出的问题，我也难以回答，我已经教不了她了。不过，我有一个远房亲戚在京城，号称天下第一聪明之人，我认为他可以更好地教导你家孩子。我可以写封信，介绍茉莉去他那里学习，两位以为如何？"

郝西波没有想到，自己的女儿真是个才女。听先生这样说，他们就动了心。

夫妻俩商量起送茉莉去京城念书的事。如果两人都离开家，那棵茉莉树就无人照顾了，而且给女儿请老师也需要费用，带去的盘缠说不定哪天就会花完。一朵可以做些缝缝补补的杂事贴补家用，可他们一家在京城人生地不熟的，远不如郝西波打鱼、卖鱼挣得多。

于是，夫妻俩决定，郝西波留下来照顾家和茉莉花树，继续打鱼挣银两，攒够一定数量后，就托人带到京城或者自己去京城，给爱女和娘子送去生活费、学费，而一朵陪茉莉在京城读书。

晚饭时，郝西波语气略显沉重地对茉莉说："茉莉，先生说你是一个非常聪明的孩子，他已经教不了你了，他建议我们把你送到京城去读书，你觉得怎么样啊？"

茉莉听闻之后，哇哇大哭道："我不想离开爹和娘亲，不想离开茉莉花树，不想离开家。我不想离开……"

宝贝女儿一哭一闹，夫妻二人就心软了，进京上学的事情只好搁下了，不再提及。茉莉继续上私塾。

有一天，先生有点事，于是给私塾的学生早早放了学。有孩子提议天还这么早，不如一起到灵山上采果子、捉迷藏、捉小鸟，玩一会儿再回家。

茉莉从小就胆子大、爱冒险，立马响应了小伙伴的号召，兴高采烈地上灵山玩去了。

没想到，郝家最担心的事情发生了！

灵山虽然不高，但是漫漫山林，连绵不断，无边无沿。别说孩子，没有一个好向导，连大人都很容易迷路。这帮孩子哪里会想那么多，一开始东走走，西逛逛，也没人做什么记号，大家一路说说笑笑。他们摘野果、爬树、找鸟蛋，玩得不亦乐乎。

进山林没多久，茉莉就开始在树丛间乱喊乱跑。她在家里被父母管得太紧，束缚太多，所以一进山林就激动不已，像只撒欢的小野马，也没有顾及她的小伙伴们，自己就跑开了。

一会儿的工夫，她就远离了群体，大家很快就听不到茉莉的笑声了。茉莉平时一个人玩习惯了，根本不怕离群，一个人越跑越远，最后消失在深山里。小伙伴们玩得开心，也顾不上留意其他。

天快要黑了，大家陆陆续续地聚在一起准备下山了。众人先各自显摆了自己的战利品，然后清点人数一起回家。结果一数，发现少了一人。

"少了郝茉莉！"

"郝茉莉不见了，他是不是已经回家了？"

"他平时就喜欢一个人独来独往！"

"就是，他玩什么都不告诉我们。"

"平时，他就胆子大，什么都敢玩，老师还不说他！"

"如果他真的走丢了，那该怎么办呢？"

"不会吧，天黑了，他那么聪明，一定自己回家了！"

"走，我们一起到茉莉家看看！说不定他已经在家吃饭了呢！"

小伙伴东一句西一句地回到了村里，然后一起来到了郝家敲门。

郝西波出门一看，是茉莉的同学，又发现茉莉不在人群中，就好奇地问："小朋友，茉莉怎么没有和你们在一起啊？"

听郝西波这一问，小伙伴们一下子全傻了，都不说话了。

其中一个岁数较大的孩子说："叔叔，我们一起上山玩。一上山，茉莉就跑开了，我们就失散了，我们以为茉莉回家了！"说完就低下了头。

郝西波当时眼睛就瞪大了，说："她没有回家，和你们一起上学到现在还没有回来呢。"

大家这才明白茉莉没有回家，真的失踪了。

郝西波心想，这下可坏事了，茉莉从来没有去过山林，她一定是迷路了。现在天已经黑了，不能再等了，他决定必须马上去找茉莉。

郝西波先找胡员外说明了此事。胡员外一听，马上号召了全村二十个年轻的壮小伙，和郝西波一起上山找茉莉。

郝西波又回到家里，把事情告诉了张一朵。一朵得知后，"哇"的一声哭了起来。郝西波劝慰道："别哭了，别哭了！我现在得马上出发，天黑了耽误不得。"

一听到这里，一朵马上明白，目前找人要紧，不能再耽误了，

便要和夫君一起去找茉莉。郝西波让一朵在家里等待，说："你必须在家里待着，万一孩子回到家里，看家里没人，就更着急了！"

张一朵一边擦泪一边点头，让郝西波快点去。

二十几个人很快集合好，带上干粮和水，点上火把，一起向灵山出发。

茉莉失踪的消息，迅速地传遍小村。

大家都知道，山林里有野猪会在晚上出来觅食，野猪非常凶狠，曾经发生过多起野猪伤孩子的事情，大家深深地为茉莉担心。

有几个妇女来到茉莉家，陪着张一朵。一朵的眼睛都哭得红肿了，她们也只能劝劝。

二十几人分成五路，沿着东西南北中分别寻找，直到黎明。

找了一整夜，所有人都疲惫不堪、饥渴交加。附近的山林、山洞、废弃的草屋、小溪、山谷几乎都找遍了，他们不停地呼喊茉莉的名字，却没有找到茉莉的一点影子。

大家在山脚下聚在一起，其他几路人都太疲倦了，再这样下去大家都有危险。于是，有人建议先回村休息一下，吃点东西，补充装备后再来寻找。

郝西波却不想回去。他知道如果这样回去，他娘子得哭死过去，他更是无法交代。他坚持要留在山上，等大家回来。大家见怎么劝说，郝西波都坚决不回去，也只好先下山了。

天上突然下起了瓢泼大雨，这让郝西波更加担心，他找到一个洞穴躲了起来。他一想到宝贝女儿雨中孤助无援的情景，眼泪就禁不住往下流。"茉莉啊，茉莉。我的宝贝，你在哪里啊？"

正在郝西波绝望之际，突然，道观的钟声响了起来。一个念头随之闪过他的脑海——茉莉会不会去了虚来观呢？

郝西波决定一个人去道观里看看，尽管，此时他的干粮和水已消耗完了。他又累又饿又渴，但是一想起宝贝女儿现在不知身在何方又生死未卜，他下定决心，一定要找到女儿。生要见人，死要见尸，无论如何都要找到茉莉！

这一信念让他的内心再次充满了力量，支撑他再次站了起来。

这时，雨也停了，郝西波短暂休整一番，便拖着疲惫的身躯一步步艰难地向山顶的道观走去。

也许是郝西波寻女情切，也许是雨后路途湿滑，走着走着，他一个不小心被树根绊倒了，胳膊、腿摔得生疼，浑身沾满了泥。

他揉了揉胳膊和腿，发现腿已经摔肿了，胳膊上也划出了一道伤口，正在冒血。他摘下一片樟树树叶刮净血污，并用干净的大树叶将伤口包住，好歹先止住了血。他又休息了一会儿，想着还未找到的女儿，忍着钻心的痛楚，站了起来。

失了这么多血，必须先补充水分，否则容易出危险。郝西波四处留意着，他在这里生活了很长时间，可以分辨山间哪些野果可以吃哪些不能吃。他发现前方的树上有一些红艳艳的果子，判断这种果子可以吃，于是急急走过去，撸了一把果子，吃了腹中。这果子清凉甘甜，他没忍住便多吃了几颗，感觉身体没有那么难受了，有了一点精神和体力。

此时已天光大亮，观里的钟声再次响起，郝西波忍住万般疼痛，一瘸一拐地向道观山门迈进。

也不知道经过了多长时间，郝西波终于到达了观前。时候尚早，山门未开，他就在台阶上坐了一会儿。

没多久，几个年轻的道人从道观出来，打扫起门口的落叶。

郝西波站起来，急急忙忙往观里走，却被一个年轻的道人拦住了。道人问道："这位施主，道观刚刚开门，正在打扫规整之时，众道人在洗漱，多有不便之处，暂且不接待访客。您这么早来，想做什么呢？可否晚一些时候，待我们打扫之后再来呢？"

郝西波确实来得有些早，但是年轻的道人拦他另有原因。道人见郝西波狼狈不堪，头发也散了，衣服也破了，满身的泥污，还有血污，一脸的疲惫，以为他是要饭的流浪汉或者逃犯，总之不是什么好人，根本不想让他进门。

郝西波也看出对方看不起他，不想让他进观，于是马上说："我是你们张道长的远房亲戚，昨晚上山迷了路，摔了一跤，到天亮才找到路。请让我赶快进去，我真有急事找张道长呢，别被你耽误了！"

年轻道人见郝西波一脸严肃认真，神情不像作假，再一想，张道长是得罪不起的，误了事他就大祸临头了！于是，他赶紧让路，让郝西波进去，并且要领着郝西波去往张道长住宿的地方。

郝西波见状拦道："你是新来的吧？我来过多次，我知道他住哪里，不必引路。"

其实，他是不愿意和年轻道人纠缠，才撒了这么一个小谎。年轻道人果然给唬住了，放心地让他进了道观。

只见观里松柏林立，建筑高大巍峨，一片安静肃穆。郝西波走了几步，飘过阵阵香雾，这是观里烧的香烛的味道。

突然，就在那缭绕的香雾里，敏感的郝西波一下子就闻到了茉莉那熟悉的味道。

虽然在那片香雾中略显寡淡，但却被他一下子捕捉到了，这么多年来，他对茉莉的味道实在是太熟悉了！

这味道让郝西波热泪泛起，也让他坚信茉莉一定还活着，而且就在这个道观里！

他越走近了张道长住宿的地方，茉莉独有的味道就越发浓郁，于是，他更加确信茉莉的失踪与张道长有关。想是茉莉在灵山上乱跑，误闯了虚来观，又被张道长扣留了起来。

这样一分析，郝西波的内心虽然愤怒，但没有那么焦虑了，知道了茉莉的大概着落，似乎连伤口的疼痛也减缓了。

屋里的张道长听见"咚咚咚"的敲门声，开门一看，竟是郝西波。他真真被吓了一跳，这郝西波是如何找来的？他难道已经知道茉莉被藏在此处？

郝西波确实没有猜错，茉莉就在张道长这观里。

昨晚，茉莉在山林里胡乱走动，和小伙伴们失去了联系。天色越来越黑，她没有哭，也没有闹，镇定地寻找出路，走着走着看到不远处有光亮，就糊里糊涂地进了道观的山门。她在道观里胡乱转悠，被看护道观的人发现了，带到张道长这里。

张道长一眼就认出了这是郝家的茉莉。虽然茉莉是小男生打扮，可是依然清秀美丽，一身清香更是遮挡不住。

张道长心想："我当时要这个孩子当徒弟你们不给，哈哈，老天爷给我送上门来了。看来我们师徒确实缘分未尽啊！"

茉莉一看到张道长，就慌张起来，也不知道为什么，她十分讨厌这个道人，直觉他就不是什么好人。茉莉吵着闹着哭着要回家。

张道长看着她想了想，对手下的道人说："把她关到后山的那间小屋去，好吃好喝好招待，关一些日子再说。一定给我看住了，看好了，不能出任何差错！"

　　两个道人觉得张道长的行为很是莫名其妙，遇到走丢的小孩子，他不赶紧打听是谁家丢的，给人家送回去，反而把人家小孩子锁起来，这算什么事情？但是，他们又惧怕张道长，都不愿意多问。

　　于是，两个道人连拉带扯地把茉莉拖去了后山小屋，将她往房间一推，然后在门上又上了两把大锁。

　　茉莉哪里受过这样的待遇，哭着拍门喊道："我要回家，我要回家！"

　　两个道人吓唬她，说："这么晚了，你如果乱跑，会被山里的野猪吃掉。你还是老实在屋里待着吧。天亮了，我们道长自有安排！"

　　茉莉安静了下来，她想了想，这么黑的天，她又不熟悉路，的确容易出事，不如就在这里暂且住一夜，明早天亮，再想办法回家。

　　道人送来一点吃的喝的，茉莉勉强地吃了一点，然后在草席上安安静静地闭目休息。她此时很想爹娘，可是又无可奈何，只能盼着天亮再想办法。

　　天一亮，郝西波就如同天降一般，闯入虚来观，让张道长措手不及。他强装镇定，问道："啊，是你啊，郝西波。你一大早跑到我这里有何贵干呢？"

　　郝西波一眼就识破张道长的心虚，毫不客气地说："小女昨晚误入道观，多有麻烦，我是来接她回家的。"

　　张道长立刻很不高兴地说："你胡说些什么啊？我怎么没有听说你女儿误入我道观？她不在这里，请你马上回去吧！"说完，挥手就要让手下赶人。

　　"大师，你为何如此肯定小女不在观里呢？你听到消息不是命人确认，而是马上赶我走，不合常理，这其中必然有诈！"郝西波毫不退让地说。

　　张道长勃然大怒，大声喊："什么有诈？我说没有就是没有。来人啊，将这个泼皮拉出去，推出山门，不得让他再踏进山门半步！"

　　听到吩咐，几个身强体壮的凶恶道人一拥而上，架着郝西波就往门外拖。郝西波玩命挣脱了两个大汉，往道观里跑去，边跑边喊："茉莉！茉莉！"结果，他没跑两步又被几个道人捉住，眼看郝西波就要被他们拖到门口扔出山门了！如果这一扔得逞，郝西波将从高高的道观摔落，这山路如此陡峭，必定非死即伤！

　　此时，郝西波越发相信茉莉一定在这里，否则这个张道长为何如此做贼心虚？

"张道长，还我女儿！"他不顾一切地拼命大喊，已经到了声嘶力竭的地步。

就在这时，只听不远处，有一个稚嫩却响亮的声音喊道："放开我爹爹！"

话音刚落，几位道人仿佛被什么东西刺中要害一般身体一软，竟然全部倒下，松开了郝西波。

见茉莉挺直腰板站在不远处，郝西波不顾疼痛马上飞奔过去，紧紧地抱住茉莉。父女俩抱头痛哭。

张道长从屋里出来，看到此情此景，顿时傻住了。他不禁狐疑："后山小屋上了大锁，她一个小姑娘怎么能跑出来的？郝西波怎么可能这么厉害，轻易放倒了我观里武功最厉害的几位看护？这都发生了什么事情？"

郝西波看到张道长出来了，不顾浑身疼痛，立刻背上茉莉向门外跑去。

张道长一看郝西波要跑，大喊道："快关山门，关山门！抓住他们，抓住他们！"

可是，周围所有的道人都好像失了魂、中了邪似的，呆呆地看着父女俩跑，谁也动弹不得。任凭张道长，怎么呼喊，怎么骂，他们就是一动不动。

张道长刚要亲自追上，突然也腿一软，也倒地不起了。

郝西波背着茉莉，踉踉跄跄地跑出道观，向山下村庄跑去。没跑多远，他们就遇到前来一起找茉莉的乡亲们。大家一看这种情况，立即从郝西波背上接过茉莉，两个壮汉扶起郝西波，一瘸一拐地向山下走去。

郝西波找到了孩子，却并未多提在道观内发生的事。大家都认为茉莉聪明，知道躲到道观里防野猪，于是就相互说笑着，搀扶着郝西波，簇拥着茉莉走出了山林。

茉莉找到了的消息迅速传遍了小村庄，村民们都跑到茉莉家来看热闹。张一朵拿出些点心招待大家，然后给上山帮忙找茉莉的汉子们送了一些平时攒的布料，作为对大家的感谢。大家一番推辞后也都收下了。

郝西波躺在床上，村里的郎中给他上了一些药，说他受的都是皮外伤，已经没有什么大碍，休息几天即可。

大家看他们一家平安无事，说说笑笑也就散开了。

闭门谢客之后，一家三口紧紧拥抱在一起，流出了重逢后的喜悦泪花，仿佛好久没有见面一样。

茉莉吃了母亲做的点心，就回自己房间睡下了。张一朵向郝西波问起找回茉莉的细节。西波一一道来，着重讲述了在观里犹如神助的经历。

一朵听后也觉得不可思议，彪形大汉是怎么倒的？为什么道人们好像都被定住了？谁在暗中帮忙？一切都是糊涂账！

最后，张一朵说："别管那么多了，人没事就好。大难不死，必有后福。许是咱们平日多做善事，关键时候有上天保佑。"

郝西波也深以为然。

第二天，夫妻俩让茉莉在家休息一天，没有去上学。私塾先生听了学生说的情况，又来拜访郝家了。

先生诚恳地对郝西波说："上次你们拒绝进京，茉莉的学习耽误了一段时间。我希望你们再斟酌斟酌，千万不要耽误这个神童的未来。那位京城的先生听了我的介绍，准备免掉孩子的全部学费，孩子的母亲也可以在先生家打打杂，赚些生活费，这样既可以照顾孩子，又少了很多花销。"

听先生这么一说，夫妻两人彻底下定了决心。再说，昨日他们在道观大闹一场，那位睚眦必报的张道长定然不肯轻易放过他们。为了培养女儿成才，也为了躲避道观的纠缠，让孩子健康成长，夫妻两人倾家荡产也在所不惜。

茉莉知道自己闯了祸，也明白父母的一片用心，因此父母再提入京学习之事，她也并未任性拒绝。

胡员外知道了郝西波一家的打算后，答应派人照顾茉莉花树，请他们一家人放心，免除了他们的后顾之忧。

临出发前，茉莉坐在花树下，静静地看着它，和它道别。花树也仿佛通人性一般，晃动着树叶，仿佛在鼓励她去京城。茉莉摘下一些刚刚开放的花朵，不舍地放进了自己的香囊里。

张道长到现在都没有搞明白，为什么在茉莉出现的一霎时，整个道观的人都瘫痪了一般。道人们也说不清楚是怎么回事。

张道长本来准备组织几个人下山找郝家的麻烦，却听说郝家已经开始奔赴京城。这个贼心不死的张道长，还是很想霸占茉莉为己所用，于是想出了一个更加恶毒的方案。

正好，他要派两个徒弟进京向自己很要好的朋友，同时也是皇帝的宠臣——韩燕儿献丹药。他派出的这两位弟子一个叫王半仙，一个叫钱见开。他命令二人一路跟踪郝家，找到合适的时机，就干掉郝家夫妻，把茉莉给他带回来。

两人一听这任务就吓了一大跳，不明白师父和郝家究竟有什么深仇大恨，也不知道师父要这小姑娘有什么用，只是内心很震惊、很疑惑，心想："师父这是怎么了？"但虚来观的规矩是不准问的一定不能问。两人都不傻，才不会多嘴多舌地去得罪师父呢，尽管心有疑惑，也低头答应下来。

张道长专门给他们配了可以让人昏迷的"迷魂散"，以及一些毒丸、短刀，让他们找到机会就下手。张道长还给他们介绍了郝家人的情况，特别强调了茉莉的特点，让他们牢牢记住。

本朝的京城在北方，叫和安，距离江南有上千公里，坐马车大约得走半个月以上。

一家人一路舟车劳顿，总算到了距离京城不远的一个县城。正遇上县城有集市，一家人把行李放到了客栈后，便一起出来逛逛集市、休闲休闲。

集市格外热闹，有杂耍的，有卖各种小吃的，有卖鸡鸭的，有卖手工艺品的，还有摆摊算命的，熙熙攘攘。茉莉一路玩一路吃，开心得不得了，早已将被关在道观的不愉快抛之脑后。

没想到，三人路过一算命先生的摊子时，出了一点小状况。

算命先生头戴方巾，身穿道袍，两腮深陷，额头突出，留一缕黄褐色的细长胡须，面色发黑，笑起来脸上有不少褶子，说起话来嘶哑难听，像乌鸦叫。此人不是别人，正是虚来观张道长的弟子——王半仙！

王半仙原本与钱见开一同跟踪郝家人，一路赶赴京城。可钱见开一下山就不想去干这事——杀人家父母，他可没有那个胆子。他早就谋划着怎么逃跑。于是，一天夜里，他趁王半仙熟睡，悄悄地带着装盘缠和仙丹的袋子溜走了，只给王半仙留下了迷魂散和短刀。

王半仙直到早上起身才发现，也只好长叹一声，自认倒霉。

如果他就这样回到虚来观，心狠手辣的张道长肯定不会轻饶他，甚至可能会杀了他。他咬咬牙，决定干脆不再回道观，他也不想再跟踪茉莉一家人了，打算一路算命一路挣钱，去京城看看，找找新的出路。

他在虚来观和张道长也学了点皮毛，杂七杂八的小法术都懂一些，这一路就通过东骗骗西骗骗赚得一些生活费，一步步流浪到此地。刚巧遇上集市，王半仙开始摆摊算命，不过，因收入太少，他正琢磨着新的发财之道时，又遇到了郝家三人。

一家人路过此摊档并没有停留下来的意思，继续往前走。没想到，这算命先生突然走过来，把三人拦住了。

"这三位客官，请你们慢些走！"王半仙一声大叫，把郝家三口吓了一跳，小茉莉连忙躲到了母亲的身后。

郝西波经过虚来观之事后，对所有的道人都很反感，小茉莉一见到道人就害怕。

于是，郝西波强忍怒气，问道："这位道长，我们没有找你算命的想法，你为何拦住我们？"

王半仙眼睛直勾勾地看着茉莉，说了一句："我看你们一家奇人有奇相，想给你们算一卦，我分文不取，如何？"他一边说一边试图去拉茉莉的手。茉莉躲到母亲的另外一边，茉莉并不是怕他，而是十分讨厌他。

郝西波用力拨开王半仙的手，大声说："不要钱我们也不算，我女儿更不算。一朵，你和孩子先走几步，我和这位先生说说理。"

张一朵瞪了那位算命先生一眼，急急忙忙地拉着茉莉往前走，离开乱糟糟的集市。

王半仙要跟上，郝西波拦住了他，厉声说道："我们不算命，你莫要再纠缠！"

旁边的人也都看不下去了，帮腔说："王半仙，人家不愿意算命，何必强买强卖呢？"

"就是，就是。你刚到这里摆摊，不要坏了我们集市的名声！"

王半仙从江南一路算命来到此地，他说话声音沙哑，性格、行为有些古怪，本就不讨人喜欢。今日，众商家见他这样为难别人，更觉不爽。

王半仙一看，围观的人不断增加，而且都在数落他，连忙说："好，好，我不算了，我不算了，好不好？真是的！"

郝西波便也不再搭理他，连忙走出人群，去找母女二人。

一朵和茉莉走到集市附近的一个小亭子里，一边休息一边等郝西波。她们不敢跑太远，怕郝西波找不到她们。

过了一会儿，郝西波赶过来，一家人商量不再逛集市，早早回客栈休息。

夫妻俩明白，那算命先生肯定发现茉莉不同于一般的孩子，别有企图。此乃是非之地，必不能久留，他们决定明天一大早就出发。

王半仙本想靠免费算命拖住这一家人，没想到被警惕的郝西波轻易摆脱了。待一家三口走后，王半仙回忆着茉莉身上的奇香，好像突然想通了一件事情："难怪张道长让我跟踪这一家人呢。原来，这个老东西想拿这个小姑娘去炼丹啊！哎呀，以那个女孩子做药引子，必能练出一味盖世绝伦的灵丹妙药啊！那我何不抓住这个小女孩，再在附近找个丹炉，独自炼丹。等灵丹炼成，献给当今圣上，这功劳由我一人独享。皇上一高兴，赏我个一官半职的，我不是从此就告别穷困，大富大贵了吗？对，就这么办！"

王半仙为什么会突生这样的歹念呢？

这就要怪皇上刘武。他一心想长生不老，特别迷信神仙方术，经常重金悬赏灵丹妙药。方士们掌握的方术很多，诸如炼丹采药、服食养生、祭祀鬼神、禁咒、祠灶、谷道、侯神、望气、导引、烧炼、却老方、按摩方……无不在其使用之列，当然最主要的还是炼丹采药。皇上迷信这些丹药，网罗了不少道士、方士在自己身边，来帮助他实现长生不老、成仙的梦想。

因为皇上的这个癖好，天下人更是苦炼奇丹，以期哪天被皇上选中，好混个一官半职的，一辈子生活无忧。

张道长倚靠着宠臣韩燕儿，从中捞到了不少好处，虚来观也由此名声大振。

整个道观被张道长带得风气不正，培养出来的徒弟也不怎么样，整天只想着炼丹、升官、发财。

去年，虚来观的一个道士被皇上招去了，如今在京城里混得如鱼得水。王半仙和同观的道人听说后羡慕不已。

其实，那人就是炼了一味丹药，送给了认识的京官老乡，那京官又送给了皇上。据说皇帝吃了，感觉非常好，就命令送丹药的官员找到这位道士，将其招进京城，专门炼丹。这个道人从此就飞黄腾达了。

王半仙对此事一直不服，他和那位道友同出一门，此人的水平比起他来可是差远了，如今却有幸得皇上赏识，而他自己还在此处受苦受穷，他心里不痛快。

张道长对那个道士也很有怨言，还以此告诫虚来观的众人，说以后无论谁炼出的丹药，一律上缴，有胆敢私藏者，一经发现就鞭刑伺候。

王半仙对这个张道长也甚是不满。想来，他也算有些本事的道人，悟到了一些道法。在虚来观他也是制作各种毒药、毒丸、毒气的高手，但他不受张道长的重视，经常受到责罚、打骂，他对张道长也是烦透了。

因此，他下定决心，无论如何要炼一味千古神丹。炼成之后，他就可以彻底脱离苦海，享受荣华富贵。

千古神丹自然不是能轻易炼成的，一定要找到最奇特的药引，才能配置出神奇的功效。王半仙一天到晚走街串巷，打着给人算命的幌子，实则是为了寻找奇特的药引子，他已经为这件事情走火入魔了。

对于王半仙这种人来说，不管是什么奇珍野物，甚至是活人鲜血，只要是他们认定的上好的药引子，就会不择手段拿到，害了人家性命也在所不惜。

今天在街市上，他一眼就识得茉莉绝非一般的女孩子。她天生自带一股清雅芬芳的香气，正是他苦苦找寻的天下独一无二的仙丹药引啊！王半仙为自己的这一发现惊喜若狂，一时觉得他也可以像那位道友一样，得到皇上赏识，从此锦衣玉食、生活无忧了。

这家伙鬼迷心窍，立马收拾了算命摊子，生意也不做了，一路跟踪郝家三口，直到客栈。

　　王半仙捋着胡子琢磨着，该怎么神不知鬼不觉地抱走茉莉，突然心生一计，决定晚上再采取行动。

　　傍晚时候，他先花钱了买通了店小二，让店小二告诉他一家三口住的房间，另外嘱咐店小二晚上还要配合他打开房门。这个店小二贪图钱财，一时犯糊涂，竟真答应了王半仙干这样的事情。

　　郝家三口吃完晚饭，不再出门，进屋早早休息了，他们想明天一大早就离开这个是非之地。

　　夜半三更，月黑风高，王半仙来到客栈外，轻轻学了几声鸟叫。店小二听到后，立刻帮他打开了客栈大门。

　　王半仙蹑手蹑脚地来到二楼，撕开窗户的一个小角，借月光看到一家三口正在酣睡，没有任何防备。

　　他掏出一根装有迷魂散的小竹管，轻轻地用火石点燃，又将小竹管插到窗户上，将轻烟送进屋内。

　　迷魂散刚燃了一半，屋内郝西波的鼾声就停止了。王半仙用店小二给他的钥匙打开房门，迅速钻进房间，伸手抱起同样昏迷不醒的茉莉，不顾一切地往外猛跑。

　　跑出客栈后，店小二迅速关上了店门。明早如果有人问起，他就说自己睡着了，什么都不知道。

　　这王半仙太瘦了，没多少力气，抱着茉莉没跑多远，就累得气喘吁吁。他把茉莉平放放在地上，自己坐在路边喘匀气，准备待会儿就把茉莉背到他在附近找的破旧的炼丹房里去。

　　没有想到，经晚风一吹，茉莉竟然醒了。

　　茉莉坐起身，看了看周围陌生的环境，又瞧了瞧身边坐着的气喘吁吁的王半仙，吓得立刻跳了起来，撒腿就往客栈方向跑。

　　王半仙哪能容她跑回去，他的发财大计不能功亏一篑。他一把抓住茉莉胳膊，大喊一声："你今天遇到我，你就跑不了！"

　　茉莉大声哭叫起来："爹爹、娘亲，快来救我！"这哭声极其响亮，划破夜空。

王半仙也被震得撒开了手，他心想，这一嗓子不把全城的人给叫起来了，得速战速决。

茉莉继续往前跑，可她哪里跑得过王半仙。王半仙快速追了上来，一只手抓住茉莉的胳膊，一只手捂住茉莉的嘴巴。他恶狠狠地对茉莉说："你今天必须跟我走！"茉莉拼命挣扎起来。

王半仙突然想起自己还带了一把短刀，于是大声呵斥茉莉："你再喊，我就杀了你！"说完，他顺手从怀里掏出一把寒光闪闪的短刀来。

王半仙一手挥舞着刀，一手勉力制住茉莉。明晃晃的刀尖几次晃过茉莉眼前。

其实，他也不敢真动刀，就是想吓住茉莉。没想到，就在这时刻，茉莉不知哪来的力气，一下子挣脱了王半仙的大手，转身双手用力一推，将王半仙推开到一米开外。她自丹田处猛地升起一股热气，又将这热气狠狠地吐向王半仙。

王半仙一下被这股热气又吹出去十米开外，身体瘫软，昏倒在地，手上的刀子也"哐当"一声飞出，不知落在了何处。

原来，是茉莉施展仙法，这口热气够王半仙昏迷到早晨的。

这王半仙真是胆大包天，他根本不知道，其实茉莉是天上神农氏属下的鹤仙庄茉莉花坊的花仙子，如今是来人间经受历练的，也是上天派来助力本朝的活神仙之一。

茉莉仙子的真身茉莉花树长在江南小村庄，在相当长的时间里无人照顾，导致她在天上也蓬头垢面，法力低微，不受重视。严格来说，她只能算是半个神仙。这对她来说异常痛苦，于是她经常跑到凡间，催当时的闵月人家敬奉、护理茉莉花树——对于仙人而言，缺少供奉是难以成为真正的上仙的。却不想阴差阳错地弄出闵月人家闹鬼之事，把人家都吓跑了。

幸好，郝西波、张一朵这对善良的夫妻搬来此处，又精心地照顾、养护茉莉花树，将她当神一样供奉，使她得以安心修炼。因此，她带着一颗温暖感恩的心，下凡来报答菩萨心肠的郝家夫妇。

此前，无论是夜雨雷劈潘财主，还是虚来观救郝西波，都是茉莉暗中出手相助的结果。凡人那里是茉莉的对手，这个王半仙还想拿她炼丹，简直是痴人说梦！

茉莉不想吓倒父母，同时也受仙规约束，不能随意对普通人施法，所以只有在遇到危急的情况时，她才会施展仙术，一般只用不到一成的功力即可解决。

茉莉看王半仙已经没有了动静，也不再恋战，赶紧跑回客栈，她要尽快救她爹娘。

客栈里有不少人被刚才外面的叫喊声吵醒，纷纷从房间探出头，问："出什么事了？"掌柜的也被吵醒了，也搞不清楚发生了什么事情。他快速走到客栈大堂，然后打开了大门，准备往外面看看出了什么状况。只见此时，茉莉怒冲冲地从大门外冲进了客栈，而她身后几百米之外的大街上，躺着一个人一动不动，掌柜的不禁倒吸一口冷气。

回到大堂，茉莉边往二楼跑边大喊："掌柜的，那个算命的坏人打劫我们家，快来救救我爹我娘吧！"

茉莉跑进了父母的房间，见父母没有动静，立刻号啕大哭。

掌柜的和几个住客马上赶来，只觉屋里有异味，点上蜡烛，发现夫妻二人面色发紫，已经昏迷。

茉莉暗暗发功，护住父母的七窍和神脉，让他们流出一点鼻血来排毒。

掌柜连忙说："把窗户全部打开通风。店小二，快点到柜台拿那盒解毒的丹药来。"掌柜的一边安排一边和另外一位客人掐夫妻两人的人中。

那店小二马上应了一声，跑去柜台去取药。许是他心里有鬼，跑得有点急，差一点摔倒。他没有想到此事搞得这么大，不仅事情没有办成，还可能会弄出人命来。那王半仙倒在路上，不知生死。这女孩是什么人啊？看着岁数不大，可真是厉害啊，竟然连王半仙都搞不定她。想到这里，店小二的手开始不停地哆嗦。

他连滚带爬地跑到柜台，拿到了解毒的丹药，立刻送到茉莉父母的房间里。

因为平时南来北往的客人比较多，掌柜的就备了些常用的丹药，以备紧急时使用。此时，这解毒丹药果真起了大作用。

茉莉跪在父母身边，一句话说不出来，泪水淌了满脸。

门窗通风，丹药服下，强灌了一些温水，加上茉莉暗中发功助力，不一会儿，郝氏夫妻逐渐醒了过来。

夫妻俩一醒来就看到茉莉在哭。郝西波着急地问："女儿快别哭了，出了什么事？"

茉莉边哭边说："爹娘啊，你们有所不知，我们白天遇到那个的算命先生，今晚来想把我抢走。估计是他先用药熏昏了我们，然后再下的手。本来，他已经将我抓走了，半途中我醒了，挣脱了他，才跑了回来。"

茉莉虽然小，但是表达事情逻辑清晰。她一边说一边还在不停地发抖。

夫妻两人立刻明白了怎么回事，马上责问掌柜的："客栈怎么会让这样的人进来呢？这里的治安这么差吗？"

掌柜的连忙道歉，叫来店小二一问究竟。

店小二慌忙回答："我昨晚睡得死，我也不知道他怎么就进来了。"

茉莉看到店小二神色慌张，手在发抖，心里就明白了几分，但是她没有告诉掌柜，她担心店小二再搞什么鬼。

见问也问不出什么名堂，掌柜在一旁陷入深思，他觉得这事实在不可思议：小女孩是如何挣脱王半仙跑回来的？那个王半仙又是怎么倒下的？一个大人怎么斗不过一个七八岁的孩子呢？但他见茉莉一副受了极大惊吓的样子，也不好多问，能平安回来已是幸事，那王半仙实属活该。

茉莉的性命保住了，郝西波夫妇也醒来了，身体皆无大碍，于是众人散去，各回各屋。

此地不宜久留，不要再找掌柜的麻烦了，赶紧当晚结账，立马离开客栈。

此地不宜久留，一家三口连夜离开了客栈，虽然身体欠佳、腿脚发软，还是硬挺着叫醒了马车夫，连夜上路，中间不再停留。

马车夫听说了晚上的事情，也觉得非常后怕，一路狂奔，路上也不再停留，只买些吃的、喝的在马车上休息。

掌柜在天亮之后报了官。王半仙在大街上刚刚苏醒，走路一步一晃荡，还没有搞清楚状况，就被捕头捉了去。店小二知道事情不妙，趁乱逃走了。

两三天的路程，郝家三人只用了一天一夜就急急忙忙地赶到了繁华的京城。他们在京城的最中心地带找了间客栈住下，这才把悬着的心放了下来，心想：这皇城根儿下，应该最安全了。

第二天一早，他们就按照私塾先生指引的地址，一路问过来。路上行人闻到茉莉的花香，议论纷纷。

耗时一上午，他们终于来到了一座气派恢宏的大宅子门口。三人抬头一看，只见大门正上方挂着一块牌匾，上书四个大字——"东方府"。

原来，茉莉即将拜见的先生就是本朝大名鼎鼎的东方首！

第三章

Y　Y

不久前的一天夜里，东方首入寝不久就进入了梦乡。

梦中，他踏进了一座花园，园中一棵茉莉树下站着一白衣女子。

东方首大喊一声："谁？"

只听到一阵银铃般的笑声，那女子就翩然飞上了天，空中响起一个声音："不久，你将遇到一个人，她将成为你的得意门生。"

"你是谁？你又是如何知道的？"东方首连忙问，回答他的还是一阵笑声。

东方首大吃一惊，从梦中醒来，额头一片冰凉，梦里的情景却清晰异常。他不禁想："难道是上天托梦给我？"

东方首出生没多久就失去了父母，依靠兄嫂的扶养才得以长大成人。他十岁才入学启蒙，却天资聪颖，勤奋刻苦；十五岁，便已饱读诗书，长于论辩；十九岁，又开始钻研兵法和作战常识，了解各种兵器的构造和用法。

本朝皇帝登基后，为了江山社稷，在社会上广纳贤良，到处征选四方能人志士。

东方首自认为上通天文、下知地理，君子六艺样样精通。其实，他还通晓仙道，却从不在外人面前显露。正逢朝廷广募贤才，东方首觉得自己的机会来了，激情澎湃地上书一封，毛遂自荐。

一般书生写个自荐书，三片竹简已显多余，可是这位东方首并非凡夫俗子，他觉得那样无法引起皇上的注意，必须有不一样的写法。他一写起来文思泉涌，滔滔不绝，既有对自己的介绍，也有对国家大事的看法和建议，洋洋洒洒总共写了三千片竹简！

这些竹简据说要几个人才扛得起来，而皇帝真要阅读的话，得要花两个月的时间才能读完。此事一出，便引起本朝学士们的极大关注，大家都对东方首议论纷纷。

在写给皇帝的自荐书中，他大肆地表扬自己："我已二十二岁，身高九尺三寸。双目炯炯有神，像明亮的珠子，牙齿洁白整齐得像贝壳，勇敢、敏捷、廉俭、信义。我这样的人，应该能够做天子的大臣吧！"

如此描述自我者确实少见，皇帝读后自是认为东方首气概不凡，便通知当地官员准备召见。

东方首本以为此番上京可一展抱负，却只接到了皇帝让他在公车署中等待的旨意，这一等就是很多年。

公车署是接待一般应试学士、能人的馆驿，级别比较低，可以任东西南北的学士、奇人们来来去去。署中常是人头攒动，汇聚三教九流各色人等，吵吵闹闹像个大集市，还有不少混饭的流民混迹其中。而应征之人于公车署等待皇帝任命，叫"待诏公车"，受朝廷优待的人可待诏于金马门。这些待诏人员有的是诗文写得好，有的是擅长医术，有的是胸怀治国方略，有的是琴棋书画样样精通，有的会各种仙术。因为人数众多，也不知皇帝什么时间召见，大多数都无所事事地混着日子。因待诏并非实职，也没有正式俸禄，只能拿到一点生活补贴，日子勉强过得去。

东方首就待在金马门，比一般杂人的待遇稍好一点。但是，以东方首的资质和他的自命不凡，又怎能忍受自己混在那些人之中？始终得不到皇帝的召见，他真是既不满又着急啊。他一次又一次上书，希望得到召见，但年复一年，他的上书如石沉大海，总是得不到任何回音。

有一天，他遇到了为皇帝养马的侏儒，知道了那些侏儒的收入竟然和他一样，他就非常生气。他知道皇帝很爱马，这几个侏儒肯定有机会见到皇上，于是心生一计。

他故意吓唬他们说："皇帝说你们这些人既不能种田，又不能打仗，更没有治国安邦的才华，对国家毫无益处，因此打算杀掉你们。你们还不赶紧去向皇帝求情！"

养马的侏儒们一听大为惶恐，但是不知真假，趁皇帝来看马的节骨眼儿上，一起下跪，哭着向皇帝求饶。

皇帝问："你们求什么饶？"

侏儒们答："求圣上不杀之恩！"

皇上好奇地问："谁说朕要杀你们啊？"

侏儒们一起回答说："东方首！"

"谁是东方首呢？"

侏儒们一个面面相觑，不知道怎么回答。

皇帝被搞得莫名其妙，问明了原委，非常恼火，随即招来东方首问询。东方首也终于得到了一次面圣的机会。

当皇帝问他为什么戏弄养马侏儒的时候，东方首风趣地对皇帝说："我是没有办法才这样做的。皇上，您想那侏儒身高三尺，我身高九尺，然而我与侏儒所拿的俸禄却一样多，您说我能服气吗？我胸怀治国大略，皇上如果不愿意重用我，就干脆放我回家，我不愿再白白耗费京城的粮食！"

本来戏耍侏儒、假传圣意，按律当斩，但是，皇帝听完东方首的解释后捧腹大笑，觉得这东方首还是有些才华与谋略。至此，东方首总算得到了皇帝的关注。

一次，皇帝要宴请部分待诏人员。大家都纷纷梳洗打扮，为皇上献上自己的画作、诗作等。众人都想在皇帝面前好好表现一下，以讨得皇帝欢心，求赐个一官半职什么的。这一次，东方首也在受邀之列。

席间，皇帝玩性大发，要玩一种叫"射覆"的游戏。这个游戏其实很简单，就是一人藏东西让他人猜，未猜中者罚酒，而猜中者则可罚对方喝酒。

皇帝把壁虎藏在罐盂中，让大家猜。不少人东拉西扯，却没有人猜中。东方首上前一步，道："臣曾学易经八卦，请皇上允许我猜猜是什么。"

见有人请命要猜一猜，皇帝当然很开心，他也想看看这人是不是真有本事。

得到皇帝的准许后，东方首开始展示起他惊人的才华。他用树叶排成各种卦象，然后闭上眼，静默一阵。再睁开眼，他说道："我说它是龙却无角，说它是蛇又有足，肢肢而行，脉脉而视，善于爬墙，这东西不是壁虎就是蜥蜴。"

皇帝听后哈哈大笑，觉得这个东方首真是个奇才，仿佛有一双"天眼"，可以看到遮蔽之物，于是赐给东方首十匹帛。

后来，皇帝又把东方首请到宫中玩类似的游戏，让他猜这猜那，而东方首每猜必中。皇帝大悦，认为东方首确实有天眼。

东方首不断得到皇帝赏赐，惹得宫里豢养的伶人们不高兴了。他们认为自己是宫中专门选拔出来的专业人士，而东方首不过是一个没有官职的公车待诏，竟然夺取了他们在皇帝面前的恩宠，简直是岂有此理。

宫中有一位特别的伶人对这件事情非常在意，他就是独得韩燕儿宠爱的周舍人。韩燕儿不在时，皇上常会单独召见他玩游戏，每次总能得到不少的赏赐。但是，随着皇帝召见东方首的次数增加，自己被渐渐冷落，财路也断了。于是，他对东方首心生嫉妒，多有不满，总想找机会搬回局面。

周舍人将此事告诉了韩燕儿，韩燕儿却觉得这不过小事一桩，并未将周舍人的埋怨放在心上。周舍人不敢对韩燕儿纠缠不休，他怕韩燕儿觉得他太小心眼从而讨厌他，那他的好日子就真到头了。于是，他贿赂了照顾皇上的太监，让他们在皇帝面前多多美言，再给他一次陪皇上玩游戏的机会。

周舍人费尽周折，总算被皇帝想起来了。皇帝召他进宫，表演射覆。几个回合下来，周舍人也猜中了不少。他最擅长出谜语，便又出了几个谜语，皇上都没有猜中，周舍人公布谜底，惹得皇上连连喊妙，分外开心。

周舍人一看皇上如此高兴，就趁机说："皇上，您知道一位叫东方首的人吗？"

皇上说："当然知道，此人可非凡人，有一只天眼！无论我藏什么东西，他都可以猜中呢！"

周舍人说："皇上啊，您有所不知，这个人得您多次召见，本应沐浴皇恩、谦虚有加才是，谁想他竟狂妄自大，到处吹嘘，说他是天下第一，连皇上您都不放在眼里啊！臣以为东方首并没有什么真本领，猜中事物，只是凭借运气罢了。臣愿意和东方首一决高下。"

皇帝听周舍人这么一说，觉得这两人对决一定很有意思，于是下令宫中摆下擂台，让二人一决高下。

这一下，宫中轰动了。大家都好奇究竟是谁更胜一筹，皇后、妃子们纷纷要求来参观擂台战。难得能有这么精彩的盛会，众人都忍不住要来看看。皇帝看大家那么开心，觉得此事无伤大雅，也就允了。擂台战一事传遍了京城，宫里宫外、大街小巷都在议论，连韩燕儿也跑来看热闹。

擂台战采用自选题目的形式，一共分为三个回合，二人轮流出题。首次对决，周舍人采用射覆形式，以长在树上的菌菇为题眼，事先用树叶盖上，让东方首来猜。

此题极难，因为这菌菇是雨后天晴才刚刚长出的，以前这棵树上是什么都没有的，谁也不知道此片树叶下藏着的是何物。

太监、宫女，包括伶人、妃子都猜错了，围观的人都为东方首捏把汗。不料，那东方首上知天文下知地理，这点小事根本难不住他。

他仔细看了看树下，发现有菌类落下的一点点粉末，也就是孢子。于是，他非常自信地说树叶下藏的是蘑菇。

皇帝和众大臣都格外吃惊，周舍人更是不敢相信，这东方首竟然猜中了。

第一回合，周舍人失败。他自是万般不甘心，很快开始第二轮对决。

周舍人决定向东方首抛出他最拿手的谜语题。

然而，周舍人抛出一个谜面，东方首解答一个，几乎没有停顿。上百个连环谜语，东方首全部答对，没有哪个谜语能够难住他。在场的所有人都非常惊讶，周舍人没有办法，黔驴技穷，只好认输。

此时，全场爆发出热烈掌声，这东方首太神奇了，一举打败周舍人，引得大家啧啧称奇。

第三回合，东方首出题，周舍人答题。如果此次再输，周舍人就大输了。

只见东方首伸出一只手，问周舍人手中的东西是活物还是死物。周舍人听后脸色大变，如果他猜是活物，那东方首一捏，活物也会死掉；如果猜是死物，那东方首则会放出活物，这一局必输无疑。

于是，周舍人不肯再猜，当即跪倒在地，向皇上哭诉东方首耍诈。

皇上兴味正酣，自是不信，只说："你尽管猜好了。"

周舍人又看了韩燕儿一眼，希望他帮帮忙说说话。

韩燕儿不愿扫皇帝的兴，也就没有搭理周舍人。

周舍人咬咬牙，说："是死物！"

东方首伸出手来，众人一看，果然是个死物——一只玉雕的小鸟。

周舍人大喜，说："我猜中了！"

皇上一看，也说："周舍人猜中了。"

就在此时，东方首轻搓那只玉鸟，玉鸟竟然发出真鸟的叫声，声音洪亮，宛若黄雀。众人大惊，不知道这鸟为什么突然像活鸟一样，叫声连绵不断。东方首一甩袖子，那只玉鸟竟然扑啦啦飞走了。

所有人都发出了惊讶的叫声，觉得东方首真是"活神仙"。

周舍人被惊得目瞪口呆，只好跪倒在皇帝面前，完完全全认输了。

韩燕儿觉得周舍人技不如人，输了活该，甩甩袖子离开了。

皇帝大喜，认定东方首确是能人奇才，便任命东方首为常侍郎。此期间，东方首卓越的才华进一步得到刘武的赏识，最终被任命为国师。

东方首终于受到了公正的待遇。他其实是上天派给本朝皇帝的神仙谋士，有他的助力，刘武一统江山的大业可成。

东方首因为一系列事件名声大噪，享誉京城，有人欢喜，有人嫉妒。

皇上批准东方首在府中开办"东方书院"，经过严格的考试筛选，仅收了四位来自梦顶山的弟子。这四位弟子是四兄弟，按照年龄，东方首赐学名为春生、夏生、秋生、冬生。

其实有许多官员都想把孩子送来，让国师教授学问，但是接被东方首以各种借口拒绝了。东方首一是怕别人议论他结党营私，二是送来的学生的确缺少仙智。而这四兄弟，东方首一见便知他们绝非平庸之辈。东方首本打算收下这四位学生后，便不再招收他人。可前一段时间，好友来信说尽了好话，劝他一定要收下茉莉，再加上那个奇怪的梦，让东方首也不禁有些好奇起来。或许，这一次，他真的要破例再收一个女弟子了。

东方首刚下早朝，换了衣衫，下人就将推荐信交到他手中。东方首看完，连忙通知家丁将茉莉一家人请进来。

茉莉尚未进屋，身上那清雅的茉莉花香已经飘进了客厅。东方首心下叹道："这家人真是不一般啊。人未到，香气已到，令人心生好感。"

一家人进屋拜见了东方首大人，在东方首的安排下一一落座。东方首问："来求学的学生是何人啊？"

郝西波赶忙把茉莉轻轻地推到大人面前。茉莉跪下行礼，脆生生地喊道："师父，正是小女茉莉。"

东方首一见此女，更是一惊。只见她明眸皓齿，肤如白玉，发如黑绸，浑身上下散发出一种超凡脱俗的气质。难怪好友会反复推荐，果然是仙童气韵，不同寻常。

东方首让茉莉站起身来，问她读过哪些书。

没想到，从《诗经》《论语》《道德经》到春秋战国诸子百家的名篇，茉莉均有涉猎。东方首任意提起一篇，她都能流畅背诵。茉莉性格单纯胆子大，见到陌生人也不紧张，侃侃而谈，对答如流，一袭白裙，轻轻晃动，如一阵阵清风袭来。

这又让他突然想起几天前上天托梦的事情，难道此女就是上天所说的那位高徒吗？这更让东方首喜出望外，心想：这女子真是天下难得的奇才，绝非池中之物。

想到这里，东方首非常开心，吩咐下人安排好茉莉一家的住处，特别嘱咐厨房要做一些好吃的，好好招待他们。一家人倍受感动，觉得茉莉真是找到了一位好老师。

第二天晚上，举行拜师礼。东方首一家上下好生忙活，设立拜师台，操持拜师宴。四位门生也悉数到场，忙得不亦乐乎。听说来了一个仿若天仙的小师妹，大家都开心得不得了，一心想看看。

郝家人也换上了新装，小茉莉得到了东方首赏赐的衣帛，母亲将她打扮得利落、漂亮。她独自留在厢房，等待拜师礼开始。

花园亭中，灯火通明，立有先祖、圣人的画像，画像前摆好了烛台、香炉。一把椅子立在中间，椅子下一直到客厅都铺上了红地毯。四大门生走到两边，一边两位站好。郝西波看了一眼，立刻被这四位少年的不凡气质震住了。

四位少年身材均过九尺，头戴方巾，站立如松，气宇轩昂。春生着浅绿长袍，腰系一条金黄色的丝绦，配一块雕龙的白玉，容貌英俊，鼻梁直挺，目光炯炯有神，身体挺拔健壮，全身散发着习武之人的阳刚气质，正气凌然。春生文武双全，是四兄弟中的大哥，也是东方首最喜爱的大徒弟。

夏生穿一件浅蓝色长袍，系浅紫色的丝绦，配一块莲花玉佩，气质飘逸潇洒。夏生擅诗文，文人气质浓厚，斯文好学，心地善良。他看上去斯文，却也是能文能武，尤其舞得一手好剑，柔中有刚。夏生是四兄弟中的"智多星"，读书认真，思维敏捷，熟读兵书，平时话不多，但是连师父遇事都常常找他出主意。

秋生穿一件米黄色长袍，系赭色的丝绦，配一块筝造型的红色玉佩，格外雅致。秋生琴技一流，很有文艺范儿，琴既是他的乐器，也是独门武器。秋生是四兄弟中的雅士，琴棋书画样样精通，书法、画作更是天下一流。

冬生着一身白袍，系红色丝绦，配一块梅花造型的玉佩，显得格外聪明灵动。冬生的轻功是出类拔萃的，武器是铁鞭。他是四兄弟中最小的一个，调皮好动，乐于助人，最听大哥的话。

"大人到！"家丁一声大喊。

所有人向东方首行礼，东方首落座后，四位徒弟前去跪拜，喊道："恭喜师父，贺喜师父，喜得徒弟！"说罢礼毕，站立两旁。

家丁又喊道："徒弟茉莉，请出房拜见师父。"

门帘掀开，茉莉走了出来，扑鼻的茉莉花香飘来，让众人禁不住地回头观瞧。

只见茉莉莲步轻移，裙角微动，款款而来，一支嵌着红宝石的玉簪斜插在如云的乌发间；一双杏仁眼明亮有神，白嫩的脸上敷了一点胭脂，显得可爱俏皮；上身穿粉色小袄，袖口、领口都镶着金边；下身穿一件紫色马面裙，雅致又脱俗；手里拿着一把小团扇，清雅无比。月色下，茉莉仿若天仙下凡，带着一身茉莉花香，春风般飘过众人，看呆了众人。

茉莉年岁虽小，但行事大方，一点也不矫揉造作，来到师父面前，施跪拜大礼。

东方首见她礼数周到更是暗自赞赏，扶她起身，让她回到父母身边。

茉莉站到父母身边，打量起四位师兄。只见四人神采奕奕，都在微笑地看着她，特别是春生，目光格外专注。

东方首说了几句寒暄的话，待集体拜过师圣，便宣布家宴开始。

茉莉和四个师兄被分在一桌，刚好挨着大师兄坐。刚一坐下，茉莉就闻到大师兄身上一股清新的树叶味，但又不是普通的树叶，清新淡雅，让她很是喜欢。

大家落座之后，彼此寒暄几句。

大师兄就问茉莉："师妹，你浑身都是一股很好闻的香气，是用了什么胭脂香粉吗？"

茉莉清脆地笑起来："不是啊，大师兄。我天生如此。据我娘亲说，我出生时香气飘了三天三夜，还飘到了皇宫，惊动了皇上，命江南府给我家赐匾'吉祥人家'呢！"

郝西波瞪了茉莉一眼，觉得这孩子第一次见面什么话都说太高调了。茉莉却没有把她爹的警告当回事。

二师兄接话："天底下竟有这样的奇事。"

他们说笑无意，东方首却听者有心。

他突然想起几年前，确实从江南飘过来一股仙气，惹得后宫满园茉莉悉数开放，原来就是自己徒弟出生啊。

东方首高兴地站起身来，来到茉莉的一家人桌前，说："西波先生，当年确实发生过此事，皇上还召我到宫中询问情况，我观天象为吉祥之兆。原来就是你家发生的事情，看来我们师徒真的很有缘啊！"

东方首端起酒杯要敬茉莉的父母。郝西波和张一朵受宠若惊，但也倍感荣耀，站起身来，双方一饮而尽。几位师兄听师父这么一说，更认为师妹茉莉是天生的奇人。

酒过三巡，东方首说："你们几个后生最近文武有否长进？给师父表演看看，让大家也一起欣赏欣赏。"

四个师兄弟很大方，没有相互推让，大家商量了一下，一一开始表演。

先是大师兄表演了一套龙虎拳，虎虎生威，拳法有力，气息平稳，可见平时训练功夫到位。一套拳法结束，大师兄又拿起了宝刀，表演了一套出神入化的刀术，手、眼、身、法、步均很到位，英姿飒爽。刀锋扫过，寒光逼人，树叶打战，看得茉莉眼花缭乱，深感佩服。

大家热烈鼓掌，东方首也很满意，他看得出来春生有很大的进步，无论是拳、刀还是腾挪术都有极大长进。

二师兄配着三师兄的古筝赋诗一首，诗与乐相得益彰。在大家的一片叫好声中，二师兄又开始舞剑，剑舞月光，诗词伴月，美轮美奂，表面柔美，暗含杀气，刀光剑影，削铁如泥。

三师兄换了几根弦，复又拨弄起古筝，曲调一改之前的柔美流畅，宫商角徵羽，十面埋伏，杀意凛冽。周围的树叶纷纷落下，随着曲调的不断激进，只见那落叶竟"噼啪"一声在空中裂成两片。周围的人一阵阵头晕，喊道："别弹了！别弹了！"这换了弦的琴在三师兄手上就是杀人的武器，只是他从不轻易出手。

四师兄冬生表演的是轻功。只见他平地飞起，在园子里一通飞檐走壁，"唰"的一下子就窜到了房上，一眨眼就不见了。过了一会儿，他翩翩而归，手里还握着一束从野外采来的小花，送给师妹。

茉莉开心得不得了，为师兄们鼓掌叫好。春生建议让茉莉也表演一项才艺。茉莉毫不扭捏，大大方方开始表演。

她一边弹奏古筝，一边朗诵《诗经》，曲风幽雅，诗词优美，香气飘然。美人、美曲、美词，加上无处不在清雅花香，氤氲开来，仿佛把大家带到了天宇，一时忘记了尘世间所有烦恼，净化了灵魂。直到东方首拊掌夸赞，大家这才魂归本位，如梦初醒。

如果说其他人的表演可称出色，那茉莉的表演就是令人难以忘怀的，余音绕梁，三日不绝。七八岁的女孩有此造诣，非常了得！

大家都认为，东方大人果然有识人之能，这位新徒弟必成大器。东方首也深知此女难得，消息如果传出去，难免遭人嫉妒。于是，他说："关于我收茉莉为徒之事，所有人都不得告知外人。此事非同小可，如有泄露，我必将一查到底！"

众人纷纷答应。

酒席散后，各自回屋，因为师父已经交代不准议论此事，大家也就暂且放下了交流的想法，睡去了。

四位少年其实都挺喜欢这个小师妹，但是有一人对茉莉格外喜欢，就是大师兄。

春生一看到茉莉就想起了自己家里差不多大的三个妹妹青风、青雅、青颂。春生家兄弟姐妹一共七人。春生八岁时，妹妹们才出生，不久后兄弟四人就离开了家。春生的父亲受一位高人指点，四个儿子必须拜入东方首门下，方能避凶成才。父亲将他们从梦顶山上带下来，一路奔波，一路打听，遍访江湖名师。后来经人引荐，终于认识了东方首，四子又经过严格考试，最后被东方首收为徒弟。

父亲很少来京城，春生从那以后更是再也没有见过妹妹们。这一晃十年过去了，今天他看到茉莉，心里也开始想念起远在蜀地的妹妹们，她们如今也该有十岁上下。想到这儿，他不禁对茉莉生出一种特别的怜爱之情——她这么小就离开家乡来到京城，真不容易啊。

当晚，其他三个兄弟都睡下了，春生还在想着故乡梦顶山。他想起了如大河般温柔的母亲玉叶；想起了孝顺明理、乐于助人的爹爹无理真；想起了慈祥多病的奶奶；想起了三位活泼可爱的妹妹；想起了有趣的童年往事……茉莉的到来，让他想家了，他要用特别的方式回家探望一趟。

春生叫醒三位师弟，说："我们兄弟出来多年了，父亲为了让我们早日学成，一直没有让我们回家。今天看到茉莉，我突然想去看望一下父母和妹妹们，回梦顶山一趟，几位意下如何？"

听哥哥这么一说，三位师弟当即表示理解和支持。冬生问："哥哥，你怎么回啊？"

　　春生不答，只笑了笑。

　　聪明的夏生马上领悟，说："哥哥要凭魂魄走这一遭，是吗？"

　　春生点点头。

　　原来，他要用元神出窍的方式去探家。

　　这事说来有些奇怪，来到京城的第二年，春生突然领悟了元神出窍这一神通。他当着三兄弟的面试了几回，都成功了。而其他兄弟也试过几回，顶多只能做梦，梦中记忆模糊，怎么也做不到像春生那样来去自如。

　　其实，神仙也有悟性高低之分，三兄弟的修为还不到火候。东方首也说等到了合适的时候，他们自会掌握。于是，他们放下心来，向哥哥学习，潜心修炼。

　　元神出窍是一项十分危险的法术，如果有人在他元神离体之时破坏了他的肉身，那他再也无法回到身体里了，元神只能一直飘荡在外。因此，在春生元神出窍的时候，三兄弟需要在旁看护。

　　兄弟三人商量了一下，决定整晚不睡觉，轮流帮助哥哥看住肉身，让哥哥回一趟梦顶山。

　　春生安静地坐好，闭上眼睛，仿佛进入睡眠状态。不一会儿，他的元神离体，化作一缕青烟飘了起来，飞向千里之外的梦顶山。

第四章

梦顶山上藏着一个世人都不知道的惊人秘密——这里有一座仙茶园。仙茶园由五座山峰包围而成，从天空中看，山峰好似五瓣莲花，精心地守护着郁郁葱葱的茶园。

春生在茶园的中心处，找到了他的本体——那株长得最高、枝条最壮的茶树，每一片叶子都是那么青翠欲滴。

他们七兄妹的本体都生长在仙茶园中，昂首挺立，连成一排，显得那么健康秀丽，他们相互照应、心心相印。这七兄妹就是有文字记载以来的最早的传奇茶树——"灵茗之种"。古文曰："灵茗之种，植于五峰，有云雾覆其上，若有神物护之。"

他们七兄妹确实有神相护，这个神就是百草之主——神农氏。

"灵茗之种"就是传说中神农氏亲自培养的仙茶品种，也是后来响彻中国大地的绿茶鼻祖。（据考证现在四川雅安的蒙山上，号称中国最古老的茶园——皇茶园中，还能找得到珍贵无比的千年古茶树。）七株"灵茗之种"的真实身份是七位茶仙，掌管天下茶事。

茶树一年四季的种植、养护、采摘等均由春生、夏生、秋生、冬生负责监督管理，现在由父母亲代为管理；茶艺、茶礼、茶道由青风、青雅、青颂负责制定并传扬。他们和茉莉一样，也是上天派来协助本朝完成大业的神仙。七位茶仙的本体就是那七棵仙茶树，如果仙茶树毁了，他们的肉身没多久便会腐烂直至死亡，这也是七位茶仙最大的秘密。

春生、夏生、秋生、冬生在京城学习期间，本来由他们负责的茶事，都由父亲无理真和母亲玉叶以及三位妹妹代劳。兄弟四个深感愧疚，无以回报，只能刻苦训练、认真学习。

为了孩子的未来，夫妻两人不辞劳苦地在茶园操劳，还聘请了一些村民当帮手。

这梦顶山的茶园是从何而来的呢？这要从神农氏发现茶开始说起。

上古时代，作为掌管百草及农作物之神的神农氏，也是中华民族最敬仰的祖先——三皇五帝之一的炎帝。他非常勤劳，非常接地气，天天和老百姓在一起，不仅教会人们播种五谷，还尝尽百草之滋味、水泉之甘苦，懂得医药和针灸，为百姓解决了各种问题。

神农氏为了给人治病，经常到深山野岭去采集草药。有一天，他无意中尝到了一种有毒的草，顿时口干舌麻，头晕目眩，只好到一棵树旁坐下，想倚靠着休息一会儿。

就在此时，一阵风吹过，几片绿叶掉在神农氏的脸上。他随手捡起几片，放到嘴里咀嚼，顿时清香满口，舌底生津，精神振奋，刚才的不适、头晕一扫而空。

神农氏心想："一定是天神念我年迈心善，怜我采药治病之苦，赐我玉叶以济众生。"

这棵长在山坳里的树，就是最古老的野茶树。

神农氏摘下野茶树的叶子，洗干净，熬煮至汁水黄绿，饮之，发现果真可以解渴生津、提神醒脑、解毒清毒。神农氏大喜，仔细研究，发现此树的叶形、叶脉、叶缘均与一般树木不同。他认为这是一种百草之外的养生妙药，开始在百草园引这些树。

神农氏的肚子是个水晶肚，从外面可以看到食物在胃肠里的情况。当神农氏尝百草的时候，如果草有毒，体内就会出现乌黑的水，并且毒性越大，黑水越多。有一次，他不慎中了几十种毒，五脏发黑，很快要蔓延到全身，他赶紧喝下经这神奇树叶煮出的水。只见这水在他的肚子里到处流动，像在检查什么似的流到哪里，哪里的黑水就能被消除干净，直到肠胃被洗涤得干干净净。一会儿工夫，神农氏的水晶肚又变得透亮澄净。这种树叶也因此被命名为"查"，后来，又根据其特点改为"茶"字。

至此，东方有了神奇的树叶，中国有了风靡世界的茶。

那么，茶和茶仙们又是怎么来到梦顶山的呢？

无理真家住梦顶山，家境异常贫寒，父亲早逝，母亲积劳成疾，无理真从小就担当起一家之主的重任。在无理真的印象中，自出生到成年，他很少有吃饱饭的时候。每当雄鸡报晓，他便带上割草的工具，登上梦顶山，拾柴火、割草、找草药，换米糊口，换钱为母亲买药治病。若是弄到点好东西，无理真自己舍不得吃，都给母亲吃。母亲不吃了，他才肯吃。

梦顶山脚下有一条江，叫青龙江。

有一天，天降暴雨，江中浪花翻滚，一条大鱼被拍打到岸边岩石上。恰逢无理真下山路过此地，看到了这条鱼。他兴奋地捡起这条大鱼，心想："今天可以给老娘熬个鱼汤，好好补补了。"

当他想把那条鱼放进背篓的时候，却突然看到鱼流下泪水。他不禁动了恻隐之心，觉得这鱼很可怜，就小心翼翼地把鱼放回了江河中。

无理真没有想到，那鱼不是普通的鱼，是青龙江龙王的女儿、神农氏认的干闺女——玉叶。

生性贪玩的玉叶本来在逆水游玩，没想到遇到暴风雨，被激荡的水流打到了岩石上，受了伤又离开了水，无力施展法术，一时动弹不得。如果不能及时回到水中，她将有生命危险。

正在此时，她遇到了无理真。这个年轻人不仅没有吃掉她，还将她放归江河。从那以后，玉叶经常逆流而上，跑到梦顶山来看望无理真。

她见无理真是个孝顺的好小伙，只是长年营养不良，体型偏瘦。玉叶也到了谈婚论嫁的年龄，只是父亲给她找的夫君，她一个都看不上。她看着善良的无理真，就动了心思。

终于有一天，她化为人形，站在河边，静静地等着无理真。

无理真采完药下山，看到一个美若天仙的女子在河边向他招手，就问何事？

姑娘羞答答地说："这位好心人，我迷路了，现在又饿又渴，能否先去你家里待一会儿，吃点东西再上路？"

无理真确实是个好心人，领着她就回到了家中。

母亲看到玉叶，从床上坐起身来，问道："这是谁家的姑娘啊？这样端庄、漂亮？"

无理真轻声对母亲说："娘亲，这位姑娘迷路了，又饿又渴，我先带她来家里歇脚。然后，再想办法送她回家。"

母亲瞧着眼前的姑娘，越瞧越喜欢，将她拉到身边坐下，两人唠起了家常。姑娘说自己叫玉叶，家在外地，本想到山里为母亲采药，却迷路了。

玉叶看到无家一贫如洗，又看到无理真的母亲有病在身，家里情况十分糟糕，决心要好好帮助无理真。

玉叶说："大娘，我去帮理真做饭了。"

母亲开心地点点头，心里想："这姑娘要是肯嫁给我家理真就好了。"

玉叶帮助无理真做好了饭，又和无理真的母亲一起吃了饭。饭后，玉叶还把无家里里外外给打扫了一遍。无理真不让她做家务，她偏偏不听。这一切都被无理真的母亲看得真真切切，她觉得这姑娘不像是迷路的人，而是对她儿子感兴趣。

天色有些晚了，无理真的母亲就说："玉叶啊，这么晚了，你就留一夜吧，陪我在一起多聊聊。等明天天亮了，让理真陪你去找回家的路。"

玉叶爽快地答应了。

两人躺在床上，就像久别重逢的亲人一样，很是投缘，直聊到半夜，无理真的母亲才困倦地睡去。

玉叶趁无家人熟睡之际，巧施法术，为无家添了一些新家具，又引山泉入宅，让家里有了池塘，养起了鱼、鸭、鸡，好生热闹。

第二天清晨，无理真和母亲一起床，见家中焕然一新，吓了一跳。母亲望向无理真，无理真又望向玉叶。

玉叶只好如实相告："我是青龙江龙王之女玉叶。一年前，我跌在河边岩石上，是理真哥哥救了我一命，我是来报恩的。"

听她这样一说，无理真才想起那条流泪的鱼。

母亲听到这里心中一喜，这姑娘果然是冲着她儿子来的。但是，无理真却说："当日我救你并无所图，如今更不能白享你的馈赠，请你收回这些东西。我凭借自己的双手也可以做到。"

玉叶被无理真的君子之风所感动，说："我不仅仅是想报恩，更想嫁给你。你的正直、勤劳、孝敬、善良深深感动了我，我一定要嫁给你！理真，让我留下来吧。"

无理真听到这里，更是大吃一惊。

一旁的母亲为玉叶的真诚所感动。她早就发愁儿子的婚事，他们家如此贫寒，哪有女孩子愿意嫁过来，没承想，这么一个漂亮能干的龙王之女却自己找上了门。这样的好事，哪里去找？

她连忙抢在儿子之前说："好的，孩子，玉叶，娘答应你了！理真，这是上天赐给你的姻缘，娘就替你做主了。"

老母亲不给无理真留说话的机会，就将亲事这么定下来了。

其实，她是怕无理真如果再说出个什么道理来，不肯答应人家，让那女孩子面子往哪里搁？她必须赶在他开口之前把事情定了，让他这个儿子无话可说。

无理真看母亲从来没有那么高兴过，又如此坚定地为自己做了主，他这个孝顺儿子自然无话可说。况且，他内心其实也很喜欢玉叶。

在母亲的操持下，两人拜了天地，成了亲，从此相敬如宾，夫妻和睦。

雄鸡报晓，无理真又是一大早就起床，带上工具，拾柴火、割草、满山找草药，干个没完没了。即使这样，他辛苦劳作挣来的钱大多数也都用来还债了——因为早年父亲病故，母亲多年生病，无理真为母亲看病欠了太多的外债，剩下的钱只能勉强维持生活。

因此，玉叶暗暗思索着，想彻底改变无理真家的贫穷。她只身飞到了天宫，决定向管理天宫百草仙园的神农氏要个宝贝。

玉叶是神农氏的义女，他们父女俩很有缘。玉叶的母亲和王母娘娘关系亲近，王母时常邀请玉叶母女到天庭赴宴。

在酒宴上，玉叶母亲认识了大名鼎鼎的神农氏，因为玉叶母亲也喜欢在宫里侍弄一些花花草草，对神农氏非常崇拜。神农氏见到可爱的小玉叶，就问她叫什么名字。母亲告诉神农氏，这孩子还小，尚未取名，当场拜托神农氏给起一个。

神农氏最喜欢茶，把茶当作宝贝，常常将茶比喻为"玉叶"，于是就把玉叶这个名字赐给了她。从此，玉叶就认了神农氏做义父。

神农氏在百草园听玉叶讲述了无理真的故事，觉得玉叶真是个有情有义的姑娘，无理真勤劳朴实，和他早年的状况有点相似，他愿意帮助他们夫妻。他说："我在品百草寻找治病良方的时候不慎中了毒，后来嚼了几片茶叶，竟意外解了毒。这神奇的茶叶泡水喝不仅可以解毒，还能提神醒脑。今天就送你些茶籽，你回去种下便是，来日定有所得。"

玉叶说："这么好的宝物，又和我有缘，我一定种好它！"

玉叶把七粒茶籽带到凡间，送到了无理真手里后，对他说："我的夫君，这是茶籽，种下之后，可长成茶树。再将茶树结出的茶籽继续种下，便可种满整片山。到那时，咱们就拥有了自己的茶园。这茶叶可是宝啊，可以解渴、入药，还可以做菜，那可是在天上只有神仙才能享受的好东西。如果我们把茶卖出去，一定可以赚大钱，咱家从此就不会再贫困了！"

就这样，相亲相爱的两个人共同劳作，一起培育茶苗。

没多久，第一棵苗长了出来，玉叶同时也为无理真生下了第一个孩子——春生。

玉叶解下肩上的白色披纱抛向空中，顿时白雾弥漫，笼罩了梦顶山顶，滋润着第一棵长出的茶苗，那也是春生的本体。

此后连续七年，每长出一株茶树，玉叶就为无理真生一个孩子，前后一共生了七个孩子——著名的"灵茗之种"仙茶树自此诞生。

无理真和玉叶从种植"灵茗之种"开始，已经创造了茶的历史，这是绿茶第一次大面积人工栽种。每个孩子出生，就带出一片茶林的成长，茶树在白雾的滋润下越长越旺，在这梦顶山上成片成林，长成了一座盛大的茶园。

无理真和玉叶的七个孩子，如仙童般可爱、聪明，整天在茶园里跟着父母忙碌，种茶、采茶，笑声、歌声不断。四个男孩掌管春、夏、秋、冬四季茶事，三个女孩掌管茶道的创造与传承。令十里八乡的村民们羡慕不已。

后来，无理真夫妇发现了一个大问题，年纪尚小的女孩子们一出茶园就会身体不舒服，这是由于她们虽是茶仙，但年纪还小，容易被俗世浊气污染。他们一旦受到浊气侵袭，就会导致茶园的茶叶坏掉，气味也不再芬芳。因此，三个女生就一直待在茶园里，很少出门乱逛。四个男孩倒是个个身体强壮，从来不会生病，也不会轻易被浊气侵扰。

无理真和玉叶商定，这四个聪明伶俐的儿子不该被拘束在深山茶园里，他们该去世间行走一遭。神农氏也同意他们夫妇的想法，放这四个男孩下山闯荡也有利于茶事业的发展，于是，就指点无理真到京城去找天下第一聪明人——东方首。

其实，神农氏正是奉玉帝的旨意集合四位茶仙和东方首、茉莉，毕竟，他们都是玉帝派下凡间，助力本朝的神仙。但天机不可轻易泄露，神农氏自然不能明说。

后来，四个孩子考上东方书院，拜东方首为师。这年春天，无理真和玉叶也摘了一批新叶子，清洗晾干，然后用开水冲泡，让老母亲喝下。母亲的疾病大有改善，连服数日，病情逐渐好转，续饮月余，身体完全康复。

有时，乡亲们来做客，他和玉叶也热情地用茶叶泡水给他们饮用。凡是喝过的人都说有那么一点苦，但是回味甘甜，纷纷向他家讨要少许，回家带给亲人喝。茶，一下子在整个村子、乡镇里走红。

起初，无理真将较大的叶片放在水中煮成茶汤，嫩叶子、芽则作为蔬菜食用。这一套食用方法被当地乡民学习、采用，很快流行开来，无家的茶在当地成为人们竞相购买的好东西。

无理真一家经过多年的探索，又总结出了一套制茶的流程：采摘茶树的新叶或芽，不经存放发酵，直接杀青（就是将鲜叶的部分水分晒干，使茶叶变软，便于揉捻成形，同时散发青臭味，促进将来良好茶香气的形成），然后整形、烘干，这样制出的茶品，冲泡后的茶汤色泽是漂亮的绿色，因此被称为绿茶。

闻名于世的绿茶就这样诞生了，无理真更将他的宝贝绿茶取名为"梦顶甘露"——意思是像上天赏赐的甘露一样美味、神奇。梦顶甘露的特点是香气馥郁、芬芳鲜嫩，浅绿油润，香气高爽，味醇甘鲜；外形美观、纤细，叶整芽全，叶嫩芽壮；茶汤似甘露，滋味鲜爽，浓郁回甜；汤色黄中透绿，透明清亮，叶底匀整；沏二遍时，越发鲜醇，使人齿颊留香。这么好的饮品，难怪深受众人喜欢。

很快，当地官员也知晓了梦顶甘露这一特产，立刻大量采购，进贡京城。皇上饮后大悦，对当地官员赏赐有加。皇上把这好东西又赐给了贵族们，茶的药用与美味轰动了京城，在达官贵族中风靡一时。但是，无理真的茶园茶产量非常有限，供不应求。茶成为一种奢侈的饮品，有钱人士仅用它来宴请上宾，平时自己都舍不得喝。

无家的梦顶甘露大受京城追捧一事，在梦顶山一带乃至整个西南地区都沸沸腾腾地传开了。无理真的茶园被皇家封为"皇茶园"，梦顶甘露也被列为贡茶。无家真成了当地的富贵人家。

当地的许多穷困百姓都找到无理真，要向他们夫妻学习种茶技术，也想发财致富。无理真也想帮助更多的百姓，便和夫人商量："玉叶，光是咱自己有茶树、茶园是不行的，现在本朝上下对茶的需求这么大，天下之广有很多山地都可以种茶。我们给乡亲们分一些种子、茶苗，让他们一起种，既帮他们摆脱了贫困，又增加了茶的产量，一举两得，你看如何？"

"理真，家里的事情你说了算。"玉叶非常爽快。

于是，乡亲们在无理真和玉叶的帮助下都种植了茶，梦顶山有了大大小小的茶园，这也是梦顶山绿茶的一次普及种植。

无理真和玉叶不仅将茶苗分给当地百姓，还教他们如何采茶，如何晾晒，如何泡茶。乡亲们亲切地叫他们"茶祖""茶母"。茶叶产量越来越多，自用已经足够，大家又将多余的茶卖到西南各个重镇，茶饮食疗更是轰动了整个西南地区。接着，又蔓延到作为本朝政治、经济、文化中心的中部地区，后又沿着青龙江传播到了东南方。

茶传播到了全国各地，受到了一致好评。茶贩子们也不断地从各地涌来，想尽办法收购梦顶山的绿茶。他们把茶用麻袋装好，装在马背上，运往需要茶叶的各个地方。据说有一支马队，经西南转入南亚地区，形成了著名的"茶马古道"，茶就从梦顶山一步步走向了全世界，这是后话。

说回春生，他以元神出窍的形式悄悄地回到了家里。见父母康健，妹妹安好，家中茶园欣欣向荣，他便放下心来，往回赶。但是，他人还没有到京城，东方府就出事了——后院着火了！火势已经起来了，逐渐变成了大火，春生的元神如果不能及时回归，肉身很可能有危险。

第五章

"着火了！着火了！赶紧救火啊……"东方府的后院不断传来呼救声，而且喊声越来越大。

此时，夏生和秋生刚刚睡下，轮换到冬生看护春生的肉身，就在这个当口，后院突然起火了。

夏生和秋生一听到喊声，马上从床上爬起来就往后院跑。冬生一时着急，跟在两个哥哥的身后也跑出了房屋，准备一起去救火。

冬生这一急，犯了大错——他把看护春生肉身的事情给忘记了！

东方府的所有人都起来了，大家都跑到后院忙着救火。火是从后院厨房烧起来的，好在发现得早，火势不大，一会儿就被众人扑灭了。

这时，夏生看到了冬生也拎着一桶水忙着救火，就拦住冬生，大声问："你不是在看护大哥的肉身吗？你怎么跑到这里来了？"

秋生听到他们两人的对话，脸色突变，大喊一声："不好，调虎离山计。大哥的肉身有危险！快去救大哥！"

冬生这才意识到事情的严重性，三人马上往回赶。刚到门口，只见一个蒙面大汉从大哥的屋里钻了出来，慌里慌张地往后院跑，正好和三兄弟撞了个满怀。

"歹徒站住，往哪里跑！"夏生拔出剑，又对两位兄弟急急忙忙道，"我去追歹徒，你们两个赶紧去看哥哥的肉身情况！"

蒙面人不恋战，见身边有棵树，立即轻功上树，又借力跳到屋顶，一路快速奔跑，绝对的轻功高手。夏生也提起脚步奋力地追了上去，那个家伙跑得飞快，夏生一路紧紧跟随。

秋生和冬生赶紧进到屋里，却大吃一惊——只见茉莉正站在春生旁边，拿着一片树叶，笑着在他脸上挠痒痒。春生的元神尚未回归，肉身依旧维持安静打坐的模样，面无表情。

茉莉看到兄弟俩进来，就收起了树叶，问："春生师兄怎么睡得那么死？怎么喊、怎么推、怎么挠痒，都不管用的？"

两兄弟哭笑不得，不知道怎么回答师妹的问题。春生的肉身完好无损，那个蒙面人却慌乱逃走，难不成是被茉莉师妹打跑的？

冬生问："师妹，你怎么会在这里？"

茉莉笑着说："我们一家人睡得好好的，忽听到有人喊起火了，于是，全家人都起身跑出来灭火。我路过此处，见春生师兄在这里打坐，有一个蒙面汉在屋里，正举刀劈向师兄，我赶忙略施法术，震开了那人的大刀，又让那个家伙连摔几个跟头。最后，我又做了一个吓人的鬼脸，那家伙就被吓跑了。"

茉莉说得云淡风轻、嘻嘻哈哈的。两位师兄听来却觉得难以置信——小茉莉是不是在吹牛啊？

此时，春生的元神也终于归位。他睁开了眼睛，意外地看见了茉莉。春生问向两个弟弟："大火完全扑灭了吗？你们怎么在一起呢？"

两兄弟给春生一通解释，讲到茉莉扮鬼脸吓跑蒙面大汉的时候，几人都忍不住笑了起来。正说着，夏生也气喘吁吁地回来了。他看到哥哥安然无恙，也放下心来。

他松了一口气，说："那个歹徒一路猛跑，后来跑进了一座大宅里。我担心院里有埋伏，就不再追他了。"夏生熟读兵法，他看贼已回窝，知道不可强进，不熟悉地形，容易遭暗算。

春生问："你看清是哪家宅院了吗？"

夏生说："像韩燕儿的大宅！"

春生说："我们应该将此事马上汇报给师父！"

夏生点点头。

秋生对春生说："哥哥，不管怎么说，是茉莉救了你！"

春生心存一份感激，微笑地看着茉莉说："这样啊，谢谢你，茉莉。"然后一把抱过茉莉举过头顶，笑道："小丫头，挺厉害的嘛！"

茉莉撒娇地叫喊着："人家救了你，你却这样对待我，真不好。赶紧放我下来！赶紧放我下来！"

春生把茉莉放下，茉莉又问："师兄，你怎么谢我啊？我可是你的救命恩人啊！"

就在这时，张一朵大声地叫茉莉回房睡觉。茉莉其实还想和几个师兄多说一会儿话，但是母亲严肃地叫了两遍，茉莉只得不情不愿地回房去了。

待茉莉走后，四兄弟针对刚才的事讨论了一番，捋清情况。歹徒先是发现春生元神出窍，欲行凶。歹徒明显是有备而来，可他是怎么知道的？肯定是府里有人通风报信。如此说来，后院着火有可能就是歹徒设计的调虎离山之计，此人的武功和计谋绝不可小觑。

春生来京城才几年，也没有得罪过谁。如果不是和春生有仇的话，难道是冲着师父来的？当时屋里确实只有茉莉一人，茉莉说歹徒是被她震飞了刀，逃走的，这是真的吗？难道茉莉有神功？否则怎么解释？太多疑惑，一时无解。

冬生随口说了句："从见茉莉师妹第一面起，我就觉得她是神仙下凡，如果真是这样，今晚茉莉救了大哥也没什么好奇怪的。"

此事过于蹊跷，既然无法得出结论，四兄弟也就不再议论下去了。距离天亮还有点时间，大家又纷纷睡下。

清晨，鸟儿鸣翠，管家已经找来了人开始修缮被烧毁的院子。东方首一大早赶着上早朝去了，还没有来得及彻查此事。

因为火势并未波及书院，所以今天照常开课。东方首平时很忙，也只有闲暇之余能和弟子聊聊，不能天天给他们上课，平时的课程由东方首聘请的首席门客、养士——堰子老师为他们教授。

堰子也是有一定名气的才子，是东方首的同乡。他出身贫寒，却自视清高，因此受到了家乡儒生们的排挤，只好周游天下，后来在京城遇到东方首，被东方首聘为门客，留在府上讲学。

今天讲到国学经典，堰子见到了茉莉，好奇东方首怎么收了个小女孩做徒弟，于是故意问："你是新来的，那么，你来说说，读过哪些名家经典？"

茉莉答："学生已经阅读了《诗经》《尚书》《仪礼》《周易》《春秋》《论语》《孝经》，共七经。"

堰子不信这小小姑娘竟然看过如此多的经书，继续发问："既然你读过如此多经书，你来说，儒家思想为何？"

这是道比较综合的题目，难度是很高的，堰子有心刁难。

春生觉得老师的问题过难，正想替茉莉解围。茉莉却不慌不忙道："儒家思想为何？这问题见仁见智，各有千秋，在我看来无非三点。"

茉莉相当镇定，语速不紧不慢，继续道："这第一点，儒家学说言明君子守礼，礼治天下方为大国；第二点，确定了个人、家庭、国家的规则之道，没有规则天下必将大乱；第三点，明确君子与小人之分别。儒家以君子立命安身，修身齐家平天下，不做小人。"

茉莉小小年纪有此见地，让堰子和师兄们惊得下巴都要掉下来了。堰子此时才明白东方首收此学生的道理，遇到这样有天赋的学生，他当然也是十分高兴，愿意倾囊相授。

课间休息时，春生给每人泡了一杯绿茶。茉莉从来没有喝过这东西，只觉神清气爽，饮后回甘，通体舒畅。她连忙问："大师兄，你这是什么神奇的叶子啊？我喝了之后很是享受呢！"

心直口快的冬生插嘴说："这是我们的家乡特产，叫绿茶，既可以解渴，又可以养胃提神。大哥平时都舍不得拿出来，今天师妹来上课，他才拿出来的。我们能喝到，都是沾了师妹的福气啊！"

冬生这一句，让春生红了脸，大家哄堂大笑，搞得师妹也不好意思起来。

春生连忙解释："冬生，不要胡说。平时也没见你少喝茶。只是家乡路途遥远，带得不多，除了孝敬师父，确实难有剩余。今天是师妹第一次上课，自然要好好招待一番。"

春生这一番正经的解释，让大家又笑了一回。师妹脸上挂不住，羞得跑回了自己的房里。

大家继续议论。

秋生说："我原本还奇怪师父怎么破例收了个新弟子，没想到这茉莉真是厉害，讲起儒家经书来头头是道，比我学得都好。这小姑娘真不能小看了。"

"是啊，不知道她脑子里还装了什么知识呢。那天她吟诵《诗经》，就让大家惊呆了，今天她纵论儒家也令人听得茅塞顿开，真是个才女！"夏生对茉莉陡生好感。

再联想起昨晚茉莉一人斗歹徒的事情，大家一致认为，这个小姑娘非寻常之人。春生越发觉得这个救他一命的师妹真是可爱。

到了午饭时间，春生安排弟弟们先去。他来到师妹房间外，轻唤："茉莉可在？"

茉莉一听是师兄的声音，连忙回答："在呢，师兄，请进吧。"

春生进屋，伸手从衣袖袋中拿出几袋茶叶，说："多谢师妹昨日相救。我看师妹喜欢喝茶，便又拿来几袋茶，你可以给父母尝尝，喝完再找我拿。"

茉莉开心地说："师兄，你太客气了，我正想着问你多要一点呢。"

正说着，突然家丁到各屋通知，说东方首大人已经回府了，有极其重要的事要和大家说说。

东方府、东方书院的所有人都来到正堂，彼此低声地交谈着。大家都知道，东方大人将众人召集一处定是为了昨晚的事情。

茉莉看师兄们都站在了前面，她不知事地嬉笑着穿过人群，也站到了最前面。张一朵想拉住她却没来得及。她往春生旁边一挤，然后做着鬼脸问："出了什么事？怎么这么多人啊？"

春生将手指竖在唇前"嘘"了一声，轻轻地说："别说话，否则师父会收拾你。"

茉莉一副天不怕地不怕的样子，笑着向春生吐了吐舌头。

春生忍俊不禁。他对这个师妹既喜爱又感激，喜她人长得漂亮又多才多艺，感激她昨晚救他一命。

家丁大喊一声："老爷到！"站在中间的人马上向两边闪开，让出一条道，正堂内立刻变得安静无比，掉根针都可以听见。

东方首铁青着脸落座，喝了一口水，厉声说道："大家都知道，昨晚府里发生了大火，还有歹人进了春生的屋子，意图不轨。"说到这里，东方首停下来看了看春生。春生微微红了脸，大伙面面相觑。

茉莉见众人一副害怕至极的样子，却觉得十分有趣，忍不住用小扇子捂住了半边脸偷笑。春生迅速地侧了侧身，将茉莉挡在了身后，若是被师父看到她还敢偷笑，肯定火冒三丈。

"府中发生这样的事情，简直是无法无天，欺人太甚！"东方首因为过于气愤，用手中的扇子将桌子敲得砰砰响，大家吓得大气都不敢出，"昨晚府内办酒宴，大家都放松了警惕，导致偌大个宅院竟像无人看护一样，给歹人提供了可乘之机。按照家规，护院的家丁扣罚本月月俸，管家不尽职，杖五十，逐出家门。"

东方首话音刚落，大管家扑通一下跪倒在地，连连磕头，带着哭腔说："老爷不要赶我出门，我愿意自罚几个月的薪俸，吸取教训。我跟随老爷多年，老爷再怎么惩罚我，我都愿意继续伺候老爷！"

春生知道，管家跟随师父多年了，平时办事一向严谨到位，深得师父的赏识，情谊也不同一般下人。师父肯定不愿意驱逐他，只是碍于家规，又是在气头上，才说出此话。于是，春生上前跪地，道："师父，老管家跟随您多年，一直尽心，从未出过事情。昨晚之事，我觉得不是那么简单，一定有人在捣鬼，需严查。学生请求您对老管家从轻处理。"

管家马上抬头说："老爷，春生所说极是！昨晚我喝得并不多，只喝了几杯就感到头痛，才回房歇息。许有人在我的酒杯里放了药，这才使我一时疏忽，忘记布置家丁护院！"

东方首沉吟片刻，说："既然春生替你求情，我就不赶你出府了，不过，罚是一定要罚的。杖责五十，罚薪俸半年。"

老管家叩谢后，站到一边。

东方首接着说："昨晚之事，确实蹊跷，我府办酒席，歹徒不可能算得那么准、那么巧，府中肯定出了吃里爬外的奸细！"

此话一出，堂内鸦雀无声。

东方首唤来四位徒弟，见四人一字跪成一排，说："我今日命令你们四兄弟，尽快查明奸细，为本府清除后患！"

四兄弟应声道："得令！请师父放心，学生一定会查明真相。"

夏生说："师父，我有重要事宜要向你汇报！昨晚，我跟踪歹徒……"

话未说完，就被春生打断道："二弟，等一会儿，你单独向师父汇报吧。"

夏生觉得春生说的有道理，就点了点头不再说什么。

东方首继续说："从今往后，大家都要多一个心眼，多一份仔细。昨日稍有懈怠就被歹人钻了空子，而且还搞了里应外合，想想都后怕，大家平时都要多加小心，多观察一下周围，如果觉得有不对劲的地方，有可疑之人，各位一定要立刻禀明。"

众人应声，东方首挥手叫大家全部散去，独留夏生。夏生就把他追歹徒的事情讲给了东方首，东方首一听就明白了，这事十有八九是政敌所为。

大家边用午饭边议论着这几天发生的这些事情，暂时的宁静也被笼罩在风雨欲来的气氛中。茉莉刚才看到春生为管家求情，认为春生这人很厚道，是个好人，又多了一份好感。

郝家一行人初来乍到，就碰到了如此大的麻烦事，虽然和郝家没有任何关系，但是老实人郝西波心中总有些不安，他愈发想早点回到江南老家。下午，他找东方首商议，准备明日返回江南，也对这几日的打扰表示了歉意。

东方首宽慰他说："此事和茉莉拜师无关。在京城，官宦权贵之间少不了钩心斗角，明枪易躲暗箭难防。"

东方首为郝西波精心准备了小型的告别晚宴。可是傍晚的时候，东方首却被皇上召去宫里商议事情，这一去就不知道什么时候回来。为了不耽误晚宴，东方首就把主持之事托付给了春生，可见他对春生的重视。

晚宴开始，春生站起来先向郝西波和张一朵施了一礼。

他深情地端起酒杯，说："师父出门有事，让我代表他说几句话。请郝家爹爹放心，我们的亲妹妹和茉莉差不多大，我们几个兄弟一定会像对待自己的亲妹妹一样待她。"

几个兄弟也一起点头，连声说："请郝家爹爹放心。"

郝西波连忙起身说："多谢各位。我明天就回江南了，小女在这里的学习就麻烦几位了。小女生性顽皮固执，不懂规矩，喜欢玩闹，请大家多多担待！"

郝西波说完，将杯中酒一饮而尽。

茉莉一听到父亲要离开，也不顾什么宴会，马上哭了起来，梨花带雨地喊着："爹爹不要走，不要走。"

茉莉这一哭，搞得张一朵也泪水涟涟，宴会气氛立刻变得感伤起来。

郝西波将茉莉抱起来，点了一下她的小鼻子，说："爹爹一定还回来看你，你在这里要听你母亲和师兄们的话，好好学习，不要调皮，我就放心了！"

春生给茉莉递过去一块手帕，哄着她说："哭起来真是好难看，师兄们都要不喜欢你了。"

茉莉一听，马上不哭了，天真地问冬生："冬生哥哥，我一哭真的不好看了吗？"

大家哄堂大笑，气氛一下子轻松了。

直到临睡前，东方首才回到府中。

郝西波前来拜别，婉拒了东方首希望他再多住几日的想法，坚持尽快回家，他对家里的一切始终放心不下，尤其是后花园的茉莉花树无人照顾。东方首只好让管家多拿一些金银和布匹给郝西波，郝西波推辞不掉就收下了。

第二天，郝西波早早起床，将一切收拾妥当，在张一朵和茉莉以及四位师兄的陪同下，到了京城城门口。

张一朵把路上需要的干粮和衣物交给郝西波，看着他把东西一一放在马车上。夫妻两人四目对望了一下，什么话也没有说，但是千言万语，只有两人清楚，一切都在那对望之中说明白了。

茉莉再次含泪拥抱父亲，泪洒城门口。

可是，众人万万没有想到，这一幕分别的场景竟然被一个贼人看到了。此人不是别人，就是在县城打劫他们一家人的王半仙。

这个家伙怎么又跑到京城来了呢？

前面讲到，王半仙被茉莉制服，倒在大街上昏迷不醒。后来，客栈老板报了官，官府衙门派了捕头来了解情况，那店小二知道事情不妙，早就趁乱溜跑了。

捕头抓住了刚醒来的王半仙，但是却没有找到任何王半仙害人的证据——受害人郝西波一家人早已离开了本地，店小二也跑了。因为没有犯罪证据，官府只得放了王半仙，没再追究此事。

王半仙回到家之后，身体并无大碍。他细细想了一番，更是认定茉莉资质不凡，一定是绝对好的药引子。他下定决心，不管怎么样都要找到茉莉，实现他的升官发财梦。既然茉莉一家去了京城，那么，他不如也去京城碰碰运气。

就这样，他在京城城门口摆上算命摊，此处人来人往，生意明显比他在县城好多了。于是，他一边做生意，一边观察来往人员，等待茉莉的消息。今天，他正准备收摊时，突然看见茉莉一家人神奇地在城门口出现了，身后还跟着帅气英武的四名后生。

王半仙兴奋起来，他偷偷地躲在一棵树后，观察情况。再次见到茉莉，他炼丹的鬼想法又滋滋地冒出来了。他想："真是老天助我。哈哈，小姑娘，这次你又被我撞见了，可见咱们缘分未尽，我看你这次是跑不掉了！"

送别了父亲郝西波，茉莉和母亲以及师兄们一起回家，王半仙也悄悄地跟在他们身后。

春生察觉有异，回头张望几回，都被王半仙躲开了，只好一路护着茉莉母女，先回到了东方首的府上。

王半仙这个贼人，来到了东方府门口，走了几圈，摸清地形之后，决定先在附近找个地方住下。他悄悄地蹲守在东方府附近一带算命，观察着情况，希望能找到机会再次偷走茉莉。

茉莉和四个师兄一起读书、习武、玩耍，好不快活，转眼几个月过去了。大家好像已经忘记了失火以及师父要他们抓奸细的事情，师父此后也没有再提起。日子一长，全府上下的警惕性也都渐渐地松懈下来。

东方首的生日就要到了，全府上下人等提前一个月开始筹备。这次，东方首不仅要请亲朋好友，还准备特别邀请一个人——韩燕儿，就是当今皇帝最心醉的宠臣，也是他东方首最强劲的政敌。

韩燕儿是前朝一位高官的庶孙，在当今皇上还是幼童的时候，韩燕儿就被选为皇帝的贴身陪读。他和皇帝从小一起长大，形影不离。到皇上登基后，韩燕儿也常伴左右，深受皇上信任。

韩燕儿的爷爷是汉族和凶族的混血，身高九尺多。韩燕儿的祖上有凶族血统，所以他的骑射得之家传，并且对凶族的战术也很有研究。皇上一门心思想打凶族，因此十分欣赏韩燕儿的军事才能。

韩燕儿是个聪明人，他知道皇上的想法，便更重视研究凶族的兵器和阵法。有一次，凶族来犯时，韩燕儿还亲自带兵去边塞打跑了凶族。这次胜利对本朝来说十分难得，因为这个原因，韩燕儿的身份地位也更加尊贵，官职升为上大夫。韩燕儿深得皇上信任，如今又有战功在身，便愈发恃宠而骄、得意忘形起来，惹得满朝文武议论纷纷，皇上却对此视而不见。

太后因弟弟曾受过韩燕儿羞辱，也对韩燕儿怀恨在心，一心想处之而后快，却又没有什么好办法。太后见到东方首，无意中谈起了此事，希望东方首能劝一下皇上，最好处理掉韩燕儿。东方首自然答应下来。

一次，玩射覆游戏时，东方首看皇上高兴，趁机提出要求。

他说："最近边关急报，一小股凶族屡次来犯。微臣见上大夫韩燕儿熟悉凶族的兵器和阵法，又有打赢凶族的经验。如果皇上派他出征，取得胜利，既可树立皇家权威，也可慰藉民心。"

皇上一听这话，觉得很有道理，就命韩燕儿带领一支骑兵和边关军队汇合，击退凶族。

东方首出此计谋，既不得罪皇上，又能让韩燕儿离开皇上，可谓上上策。为了彻底解决韩燕儿，太后还特地找人给他调换了劣马，目的就是让他战死沙场，通过凶族人的手杀掉他。

可是万万没有想到，这一仗凶族只是想试探一下本朝，并未派出精锐部队。韩燕儿带领的骑兵英勇善战，轻而易举地将凶族人赶出了边界。韩燕儿凯旋，更得皇上宠信。

东方首对这次战役的胜利充满了疑惑——为什么韩燕儿这么轻易地取得了胜利？边疆的将军论武艺、谋略都在他之上，何况太后还特意换了他的马，想置他于死地，可他竟能毫发无损地回来，这中间必有蹊跷。

东方首决定暗地里秘密调查韩燕儿。

韩燕儿打胜仗回来之后，很快通过后宫的线人知道了唆使他奔赴前线、远离皇上的人就是刚升任国师的东方首，也知晓了太后想要陷害他的事。因此，韩燕儿对东方首甚为不满，觉得这帮人竟敢拿国家命运设局，简直歹毒又无耻。但是皇帝目前对东方首比较信任，韩燕儿也没有完全把握可以扳倒东方首。于是，他偷偷找江湖上的高人到东方书院纵火，同时暗杀掉东方首的几个徒弟，以示报复，没想到东方府上突然冒出来一个小姑娘捣乱，让他的阴谋没有得逞。

东方首这次生日宴请他，确实有向他讲和的意思。而韩燕儿见东方首有此意，也乐观其成。

外面的王半仙看到府内忙上忙下的，估计东方府是要办比较重要的宴会。他静静地观察着，等待合适的时机。他知道，此时东方府的安防一定很严密，他此时去冒险就等于送死。

按照惯例，遇到这样的大事，府上各方面都应该有个吩咐，特别是安保方面，应该叮嘱大家严加防备，可是东方首好像忘记了似的，没有做任何特别的安排。

这一天，从近傍晚开始，亲朋好友、文武官员纷纷赶来贺喜，东方首让管家将人一一引入府内。韩燕儿坐着八抬大轿浩浩荡荡地来到了东方府前，东方首亲自出门迎接，二人进到宴会大厅。

所有的宾客均起身给韩燕儿行礼，韩燕儿则大摇大摆地坐在了上座。

时间一到，鼓乐齐鸣，生日宴正式开始。美酒佳肴纷纷上桌，歌舞表演轮番上演。

酒过三巡，菜过五味，歌舞也退场了，大家喝得都很开心，韩燕儿也喝得非常放松，他整天陪伴皇上，自然要加倍小心，在这里大家都是同僚，可以稍微放肆一点，韩燕儿渐渐显露醉态。

　　茉莉和母亲在后院同女眷们一起吃宴席，母亲正聊得开心，也就没有注意茉莉。茉莉独自吃了一小会儿，觉得很无聊，也没有和母亲打招呼，就偷偷地离开座位，跑到前院宴会厅来找师兄们。

　　她躲在大厅的一个大柱子后面，往屋里看：那些受邀而来的官员们都有点喝多了，正兴奋地胡吹乱侃、相互吹捧。茉莉在宴会大厅里看了一圈，也没有看见四位师兄。

　　她想："这么重要的酒席，师兄们怎么会缺席呢？府里那些膀大腰圆的家丁，他们都去哪里了？师父这次怎么连安保都没有安排，护院的人都不见了踪影，这太反常了。"

第六章

东方首看大家喝得高兴，于是举杯站了起来，说："各位同仁，感谢你们参加本人的生日宴，尤其感谢韩燕儿大人。大家都知道韩大人英勇善战，为我朝立下赫赫战功。传闻韩大人的刀术无人能敌，在下有个不情之请，不知道韩大人可否应允？"

韩燕儿喝得开心，见东方首如此客气，就随口应道："东方大人请说，只要我能办到，都可以答应你！"

东方首说："我们都没有见识过韩大人的刀术，今天趁酒兴，韩大人给大家展示展示如何？这杯酒就代表本人薄面，先干为敬！"

东方首这一邀请，其实正中韩燕儿的下怀。韩燕儿也没想到，大家对东方首的提议很欢迎，一时掌声雷动。韩燕儿很愿意在众官面前显摆显摆，因为他们都在背地里说了他很多坏话，他要一展刀术，给这帮官员看看——我韩燕儿从来不是吃素的，再有什么人惹我，就让你看看我的刀答不答应！

韩燕儿借着点酒劲儿，跳到大厅中间，抽出腰间宝刀。如镜般闪亮的宝刀一出鞘就冷气森森，一道寒光掠过，令所有宾客忍不住发出"啊"的一声。

茉莉看到寒光闪闪的宝刀，也禁不住倒吸一口冷气。

有诗赞："至宝有本性，精刚无与俦。可使寸寸折，不能绕指柔。愿快直士心，将断佞臣头。不愿报小怨，夜半刺私仇。劝君慎所用，无作神兵羞！"

在茉莉看来，韩燕儿做到了人刀一体，刀术无比潇洒、精湛，达到了"城头铁鼓声犹振，匣里金刀血未干"的境界。茉莉暗暗记住了他的一些技法。

恍惚间，韩燕儿觉得自己又仿佛回到金戈铁马的战场，每一步，每一次飞腾、旋转、回刀，刀光之间，饱含杀气，令观者胆战心寒。席间掌声、惊呼声不绝于耳。刀的刃口上凝结着一点寒光，一一闪过每一位官员的脸孔，让这些文官们不寒而栗。

韩燕儿收身站立，刀术表演结束，气息平稳，功底非凡，大家一致叫好。

韩燕儿不禁哈哈大笑，十分痛快开心，他要的就是这个效果。

茉莉在一旁看着韩燕儿弄刀，也深以为是，不过，她觉得此人的刀术和大师兄春生相比，还是有差距的。他缺少大师兄的仙气和灵动。

全场掌声、叫好声刚停，突然，客厅外传来一声喊叫："有刺客！有刺客！有刺客！"

韩燕儿神情惊讶地往外看，护卫马上将他团团围住，死死护住。其他宾客则惊慌失措，准备逃跑，酒宴立刻大乱。

正在慌乱之际，只听东方首大吼一声："诸位不要惊慌，我早已经安排妥当，一切尽在掌握之中。春生，快快拿下刺客！"

韩燕儿听到此话，不知为何脸色大变。

茉莉立刻转身一看，只见院子里已经灯火通明，火把照亮了整个东方府。只见春生、夏生、秋生、冬生率领众家丁不知道从哪里冒了出来，手里拿着火把与兵器。

墙上、屋顶上站着的蒙面匪徒往下一跳。他们万万没有想到，等待他们的是早已经设计好的大网。网兜啪啪地弹起来，将跳下来匪徒一一网住，匪徒立刻手忙脚乱。

夏生、秋生、冬生率领众家丁一拥而上，将匪徒全部抓住并用绳子捆好，任他们拼命挣扎也无济于事。这些匪徒急得乱喊乱叫，他们没有想到中了东方首早已经安排好的埋伏，他们的任务失败了。

蒙面刺客一个个垂头丧气地被押进了酒宴大厅，所有宾客立刻安静了下来，呆呆地看着眼前的刺客们不知所措。茉莉也被眼前的场景惊呆了，她第一次看到这样的大场面。她心想："我说师兄们去哪里了呢，敢情都埋伏好了，就等着刺客上门来啊。这是谁安排的啊？算得这么准，怎么知道刺客会上门？"

刺客排成一排，跪在大厅中间，东方首斜看了一眼正在冒汗的韩燕儿。见他的表情十分难看，东方首微微笑了笑，然后对着歹徒大喊一声："大胆匪徒，敢冒犯我东方府，揭开尔等蒙面布，看看你们的真面目！"

话音刚落，春生等人就要揭开蒙面布，谁知匪徒全部倒地而亡。春生揭开一个匪徒的蒙面布，一看，吐血而亡。

"师父，匪徒舌底含毒丸，全部咬破而亡！"春生跪拜师父并报告。

看来对方安排得相当周全，事情败露，不留一个活口，谁家可以安排如此之多的死士杀手？这背后之人可不一般。宾客们议论纷纷。

好不容易设计抓到的活口竟全死了，线索断了，东方首吩咐家丁把人拉出等待处理。

就在此时，茉莉好像发现了什么，立刻从大柱子后面跳出来，喊了一嗓子："慢着！"

大家被吓了一跳，春生一看是茉莉，马上急急地迎上去说："茉莉，这不是你该待的地方，赶紧回后院找你母亲！"

茉莉这孩子天不怕地不怕的，哪里肯听春生的劝阻。她跨步走到第五个歹徒面前，轻轻吹了一口气，然后对东方首说："师父，这人未死，可以留下审问！"

其他三个师兄们也觉得茉莉在瞎胡闹，说："小姑娘乱说什么，他都七窍出血了，怎么没死？"

春生一摸第五个歹徒的脉搏，果然还在跳动，不过很轻微。

他向东方首点点头说："茉莉没有说错，这家伙确实一息尚存。"

话音还未落，只见茉莉伸出小手在第五个歹徒后背猛击了一掌。那歹徒大吐一口黑水，醒来了。

还未等东方首发话，"嗖"的一声，一支冷箭射中了刚刚醒来的匪徒。茉莉救活的线索，又被人当场射死！

春生和茉莉都很震惊，都往射箭的方向看去，是韩燕儿的护卫所为。

前后生生死死，就在一瞬间，在场的宾客又一次瞠目结舌。这个身上飘着一股清香女孩子是哪里来的？她是如何知道第五个刺客没有死的？韩燕儿的护卫为何射死已经醒来的线索？是不是心里有鬼啊？东方首又为何能提前防备？

韩燕儿甩手给了护卫一个耳光，骂道："混账，刚刚苏醒的匪徒，怎么让你给射死了？"

护卫马上跪地，带着哭腔说："他距离您那么近，我怕他醒来直接刺杀您！"

韩燕儿怕再这样下去不好收场，于是大喊一声："混账东西，我回去再收拾你！东方大人，今日出了这么大的事，贵府定是要彻查一番，我就不多打扰了，来日再邀大人共饮。"

韩燕儿说完就想往外走，没想到不怕地不怕的茉莉双手一伸，十分不满地拦住了他，说："你的人杀了刺客，怎么可能轻轻松松说走就走呢？杀人者必须留下来给我师父解释解释！"

韩燕儿被茉莉的无知无畏气得有点想笑——这天下还没有人敢拦我韩燕儿，你个小黄毛丫头，乳臭未干，拦我？不想活了。韩燕儿挥起钢刀就要砍茉莉。

春生大喊一声："住手！"他用刀迅速地挡开了韩燕儿的刀，然后一把把茉莉拉到自己的身后。

两人一交手，韩燕儿就知道春生非等闲之人。

就在此时，东方首急忙高声制止："春生，休得无理！既然此处危险，赶紧送韩大人离开。韩大人，这些孩子不懂事，多有得罪，您先请回吧！"东方首拦住春生，又亲自将韩燕儿送出大门。

韩燕儿借机带着一群人气冲冲地离开了。茉莉在春生背后气不过，悄悄地用两根手指对着韩燕儿的后脑发了功，无人发觉她干了什么。

此时，大家都无心再喝酒了，东方府的家宴上竟然出现了刺客，想想都害怕，慌忙告辞散去。

东方首叫上茉莉和她的四个师兄到后院茶室，喝茶压惊。

张一朵得知茉莉参与了行动，吓坏了。可东方首让她先回屋休息，他要和徒弟们说说话。张一朵只好先回屋里，忐忑不安地来回走动等茉莉回来，她心里骂着："这个丫头，真是不省心，一天到晚地给我惹是非！以后必须严加管教！"

书院这边灯火明亮，师徒坐好。丫鬟端来沏好的绿茶，大家边喝茶，边说事情。

春生说："筹划好几个月的计划泡汤了，真是有点不甘心。不过，师父没什么损失，还揪出了内奸，震慑了韩燕儿，也算是成功了一半！"

东方首点点头，微微一笑，对几位徒弟说："大家辛苦了！总体上，这次行动算是成功的，全院上下齐努力，更重要的是无人受伤。"

茉莉心想："原来，你们在一起密谋了这么久，不带着我玩，这怎么能行？以后再这样，我真的不高兴了！"

夏生说："师父，我早就发现管家身边的那个孙七有问题，估计被韩燕儿买通了。接风晚宴那晚就是他通风报信，韩燕儿找人设计了火灾，黑衣人差点害死春生哥。这次，我有意让他采购东西，跟踪了他两次，发现他中途果然去了韩府。"

冬生忍不住插嘴："师父，那个韩燕儿明显有私自勾结凶族的嫌疑，你为什么放他走呢？"

春生笑着刮了一下冬生的鼻子，说："你还挺聪明的，竟然也看出这个韩燕儿私下勾结凶族的事情。我来给你解释一下，师父安插在韩燕儿那里的卧底……"

春生的话还没有讲完，茉莉就大声插话问："春生哥，什么是卧底？"

春生便又给她解释了一番，然后继续讲："卧底告诉师父，韩燕儿准备借生日宴安排凶族刺客除掉师父和一众他不喜欢的官员。如此大的事情，皇上肯定会追查，到时，韩燕儿定会恶人先告状，说师父私通凶族，让师父在皇上面前百口莫辩。韩燕儿的阴谋让师父和我们都命悬一线。"

茉莉听春生这么一讲吓了一跳，说："哎呀，这么可怕啊！"

秋生接过春生的话说："当然可怕了！但是，师父听了夏生哥哥的意见，决定将计就计，故意让孙七去通风报信，说我们这里安保很差，让韩燕儿放松警惕，自以为奸计得逞，而师父早已暗中布置好了防线，设计好了机关，只待一网打尽，彻底破了他的计谋。"

夏生带点可惜的口吻说:"没想到韩燕儿也不是吃素的,很是狡猾,早已经安排好后路,找的全是死士。韩燕儿刚才看到自己的计谋被挫,气急败坏,如果真的将他逼急了,和春生哥打起来,恐怕皇帝还是要怪罪师父。毕竟韩燕儿是皇帝身边的红人,没有确凿的证据,很难治罪于他。所以,师父放了他一马。"

冬生语带戏谑地对茉莉说:"你倒好,还在那里挡什么道?真有意思,你不怕韩燕儿的大刀砍了你吗?多亏了春生哥哥帮你挡刀啊,还不赶紧谢谢你大师兄。"

茉莉一听,原来都知道真相,就她一个傻乎乎地挡韩燕儿的路啊?于是,她跳了起来,小手掐住春生的脖子,大喊:"不谢,就是不谢!原来你们都知道,就骗我一个人。骗我,都在骗我!气死我了!"

茉莉的眼泪都流出来了,夏生赶紧拉住茉莉,可茉莉依旧一副不依不饶的样子。

春生苦笑着对茉莉说:"师妹,你不要怪我,要怪就怪师父,是他让我们保密的。"

东方首一看茉莉这样乱蹦乱跳、随意胡闹,便呵斥道:"茉莉,你年纪太小,有些事情就不该让你知道。你个姑娘家本该知书达礼,怎可这样没大没小?你赶紧回屋去找你母亲吧,不要在这里胡闹了!"

东方首本来想和茉莉谈谈她今晚的表现,聊聊她是如何发现第五个歹徒没死的,被她这样一闹,觉得她心智还不够成熟,说多无用,就直接赶她回屋了。

茉莉被东方首训斥了一顿并且被赶了出来,泪眼婆婆地回到母亲房间。张一朵一看女儿这样,训斥的话也讲不出口了,耐心哄劝了一阵。茉莉到底年纪小,被母亲一哄就好了,困倦地沉入了梦乡。

书院里,师徒几人则继续喝茶聊事情。

夏生说:"师父高明,让我们故意地不断给孙七放消息,好叫韩燕儿以为我们的安保很松懈,其实我们明面上松懈,暗地里加强,早已经放好了网子,就等着他们往里钻呢!"

冬生问春生:"大哥,你说茉莉那小丫头怎么知道第五个歹徒没死的呢?她差一点就揭穿了韩燕儿的诡计。"

春生说："我也不知道茉莉是怎么办到的。不过，现在看来，师父在朝中最大的敌人就是韩燕儿。他此次没有得逞，岂能善罢甘休？师父一定要格外小心才是啊。"

秋生说："是啊。经此一番，在场的官员也都看明白了，这是韩燕儿导演的一出大戏，师父提供了一个舞台，让他彻底暴露出来，让大家保持警惕。"

夏生说："以后，我们对韩燕儿一定要多加小心。"

师父点点头，深沉地说："韩燕儿并不可怕，我们做好提防就是了。今天看来，茉莉真是个奇才，不过，她行事还是过于稚嫩，我只怕……唉，罢了。春生，你们几个，平时要看好茉莉，让老师多教她如何做一个大家闺秀，不要让她再鲁莽冲动，坏了我的大事。"

四兄弟跪拜答应，各自回屋休息，一夜无事。

王半仙本想趁宴会混乱之时偷偷地进入东方府看看情况，可正当他准备行动的时候，看到东方府的树上、屋顶上有好些蒙面人，当即被吓住了，只好就此打住，再不敢轻举妄动。狡猾的王半仙也因此躲过了一劫。

此次宴请之后，东方府各方面都加强了戒备，哪怕茉莉和母亲出游踏青，也有几十个家丁随行保护。四位师兄更是一刻都不让茉莉离开自己视线所及之处，府邸内外保护得如此严密，让东方府外的王半仙一时无从下手。

经过这次生日事件，韩燕儿知道，东方首已经识破了他的诡计，却没有到皇帝面前参他一本，算是给足了他面子。但是他回到家中之后，就莫名其妙地犯下了一种头疼症，整日发作，让他坐卧不宁，无法思考，无法睡觉，整日心情烦躁，啥事也做不了。

刘武给他请了太医，开了很多草药，却未见好转。他只好向皇帝告假，去远离京城的灵山虚来观静心调养一阵，请张道长治治他的头疼症。

皇帝看他如此痛苦，就答应了。

韩燕儿径直来到虚来观，优美的山湖风光确实让他的内心感到了一丝平静。

张道长告诉韩燕儿，他的头疼病是被人施法所致。韩燕儿认定是东方首一伙人干的，恨意愈发深重。

张道长给他配了一些丹药，又每天发功，慢慢逼出他体内的毒气。经过几个月的疗养，他的头疼症才总算好了。

东方首及众位大臣看到韩燕儿主动离开皇上，去江南待几个月，都欣喜万分，朝廷上下清静了许多。东方首的头号劲敌消停了，东方府也平安无事了一段时间，皇太后也觉得东方首很有办法，对他更加宠信。唯独王半仙却没有死心，还继续在东方府附近盯梢，找机会劫持茉莉。

一天，老管家无意间提到，京城东西市场举办了盛大的庙会，商品十分丰富。他知道冬生喜欢胡人的马鞭，便从庙会上买了一条给冬生。冬生用起来很是得心应手，特别喜欢。

冬生是四兄弟中年纪最小的一个，生性活泼好动，一听到老管家说东西市有盛大的庙会，心里就痒痒。平日里，他们除了学习、练功再无其他事可做，日子过得十分单调乏味，他很想出去看看热闹。可他知道，如果只有他一个人要去，哥哥们肯定不答应，若是师妹也要去，结果自是不同。

于是，他找到茉莉说："师妹，今日有庙会，东西市好生热闹，好吃的、好玩的多不胜数。你来京城那么久了，都没有逛过，咱们一起去逛逛庙会如何？"

茉莉立刻响应："来了这么长的时间了，我连京城什么模样都不知晓，确实想出去走走。"

冬生说："那你得说服哥哥们。"

茉莉找到师兄，一顿撒娇。春生想了想，说："出去走走倒是可以，但要请示一下师父和茉莉的母亲。"

秋生笑着说："哥，你这一请示，我们就休想出去了。"

春生为难，但是架不住冬生和小师妹的哀求，见另外两个弟弟也想出去，便软下心来，说："好吧，出去玩可以，但我们五人必须相互照应，同去同回，时间不能太长，晚饭前必须回到府上。怎么样？"

茉莉高兴地跳起来，一把搂住春生的脖子。

春生赶紧红着脸说："成何体统，赶紧松开，松开！"他对这个小师妹没有任何抵抗力，好像生来欠她的。

冬生开心地说："咱们要走，不能从前门出去，会被管家看见。咱们从后墙偷偷地翻出去，晚饭前再翻回来，神不知鬼不觉，如何？"

冬生这个鬼主意倒想得很周到，茉莉又是一阵欢呼。于是，大家就一起偷偷地翻墙而出，逛庙会去了。

京城东西市，熙熙攘攘，人流如织，彩色的旗帜飘飘扬扬，热闹非凡。

茉莉哪里见过这样的繁华场面——商铺连着商铺，一坊连着一坊，胭脂水粉、绸缎布匹、风味小吃、农家特产、文房四宝，各式商品琳琅满目，热闹非凡，杂耍欢呼声、卖货吆喝声、戏曲喝彩声此起彼伏，甚是好玩。茉莉以前见过的市集和东西市集相比，简直是小巫见大巫。

四位师兄用散碎银两给师妹买了一些饰品、小吃、香粉等，几人一路走来一路吃，一路玩来一路瞧，好不开心快活。

谁也没注意，有个人竟一直跟在他们身后，正用恶狠狠的眼神盯着他们。

此人就是王半仙！

他每天都在东方府附近蹲守。这段时间，东方府管理森严，他根本进不去。今天，终于等到茉莉和四兄弟翻墙出府，既没有护卫跟随，也没带任何兵器，这来之不易的机会，令他高兴坏了。可是，茉莉始终和四位师兄走在一起，形影不离，他根本没有下手的机会。想要成功劫持茉莉，就必须想办法离散他们，趁乱下手。

王半仙突然想到一个主意，他找到集市上一个叫花子，说："我给你一些钱，你帮我办件事情，行吗？"

那叫花子一听有钱拿，连忙说："当然可以，当然可以。"

"你看见前面那四个少年和一个少女了吗？"王半仙问。

"看到了，看到了。"叫花子笑嘻嘻地说。

"你去抢那个女孩子头上的头饰，然后玩儿命跑，把那四个少年引开……"王半仙一五一十地嘱咐着，然后递给叫花子半两银子，说，"事成之后，再给你半两。"

只需去抢一个女孩子的头饰，就能得到一大笔钱，这天上掉馅饼般的好事，冲昏了叫花子的头脑，他连忙"鸡叨米"似的胡乱点头，满口答应。

叫花子将银两揣入怀中，迅速跑到那五个人身边，猛地一伸手，把茉莉头上最贵重的金簪子拔了出来。那是东方首送给茉莉的见面礼，很是珍贵。叫花子抢了簪子，转头就跑。

四兄弟一看就急了，大庭广众之下敢欺负他们师妹，这还了得？

春生说："师妹，你在这里等着，我们马上给你抢回来！"

四人一路狂追，叫花子一转身钻进胡同里。四兄弟紧随其后，跟着叫花子七拐八拐，一心想着一定要追回金簪子。

茉莉被人抢了金簪子，受到了惊吓，一时无措。就在此时，一个蒙面的汉子，用汗巾捂上了茉莉的口鼻，茉莉立刻就昏迷了过去。那汉子迅速地背起茉莉，跑进了另外一条胡同里。

摆摊的人一看这种情况便大喊："抢人了，抢人了！"周围的群众也一阵慌乱，不知所措。

四兄弟跑进胡同，两边围堵，终于堵住了叫花子。

春生一把将金簪子夺了回来，四兄弟本想狠狠揍叫花子一顿出气，可他一个劲儿地讨饶，讲他家如何悲惨，很是磨蹭了一段时间。

春生见状，道："算了，我们是出来玩的，茉莉还在等我们呢。咱们还是赶紧回去找茉莉为上。"

四兄弟放过了叫花子，正往回走，突然远远听到巷子另一头有人大喊："抢人了！抢人了！"

春生赶紧问："茉莉呢？"

三兄弟面面相觑，说："还在那条巷子吧？"

春生大喊一声："哎呀！兄弟们，坏事了！我们可能中了调虎离山计了，赶紧回去找茉莉！"

当他们赶回那条街时，发现茉莉真的不见了，急忙问向旁人。

有人怕多事，连忙摆手说不知道。一位好心的女摊主说："刚才就是我喊的抢人了。我亲眼看见一个蒙面汉子将一个女孩子从这里背走了，跑进了那条胡同。他没跑多久，估计你们现在追还是能追上的！"

兄弟四人道谢后，赶紧追上去，可胡同里哪还有茉莉的影子！

这下子，四兄弟都傻眼了。天啊，闯大祸了！

冷静下来的春生说："冬生你有轻功，马上回家禀报师父。我和其他两位师弟继续寻找师妹。快，分头行动！"

冬生马上跑回家，三兄弟则跑到胡同尽头，见是个三岔路口，于是商议各自沿着一条道追下去。

春生沿着东边一直追，追到了东城门。他停下来问守城的士兵，有没有见到一个汉子背着一个七八岁的女孩跑过去。

士兵说有点印象，他们以为孩子赶集玩累了，睡着了，被父亲背着呢，便告诉春生，那父女俩出城一直往东边的树林去了。

春生继续往东追去。此时，太阳西下，天色愈晚，直至春生追到了一片密林前，天已经完全黑了下来。

冬生回到府上，禀明此事。东方首大怒，张一朵更是急得眼泪直落。

东方首知道，此时也不是责备徒弟的时候，赶紧找人为上。他问张一朵："你们此前可得罪过什么人没有？"

张一朵止住哭声，哽咽地说："先生，我们真没有得罪过什么人，不过，有一件事情不知道算不算？"

东方首说："说来看看。"

张一朵说："在我们来京城之前，曾在县城里遇到一个人，三更半夜，用药熏昏了我们夫妻，绑架了茉莉。后来，茉莉自己逃了回来，未叫此人得逞。"

冬生说："师父，集市上的人说，确实有一个蒙面汉子背走了茉莉。"

东方首说："估计正是此人！夫人稍安，我来试试。"

东方首用叶子摆成卦象，仔细看过，然后闭上眼，一阵嗅闻，隐约在东边方向闻到了茉莉香气。看来，他们师徒之间已经有了感应。

他睁眼后，笃定道："茉莉在东边。冬生，你带上几个能武的家丁，先往东边去。等你三位师兄回来后，也去支援你。"

张一朵也要跟去，东方首劝道："夫人，天色已黑，你就不要去了。你人生地不熟的，万一再出点事情就更麻烦了。您放心吧，茉莉一定能寻得到！"

张一朵只好惴惴不安地流着眼泪回到屋里，等待消息。

此时，春生已经来到东边的树林边。他伸出手打了一下响指，念了几句咒语，萤火虫就从四面八方不断地向他手中飞来，最后聚合成灯笼大小的一团。春生用手托着萤火虫组成的"活灯笼"，立刻照亮了前面密林的路。

春生又打了一下响指，念了几句，蝴蝶小仙也被唤过来了，循着花香，领着春生一路前行。

春生是茶仙，自然有呼唤昆虫的能力，他一点都不怕漆黑的密林，他和密林、昆虫、动物是天然的朋友。

有萤火虫照亮，蝴蝶小仙领路，春生很快找到了藏在密林深处的一个破烂的草棚——王半仙的临时居住地。

春生做了个手势，萤火虫随即散去，蝴蝶小仙也扇动着翅膀告别了。春生悄悄地绕到草棚后面，通过缝隙和屋里昏暗的烛火，他看到茉莉被捆在草棚的木柱上。一个瘦高的男人，正在给一个破旧的炼丹炉生火，炉子的边上正坐着那个抢夺茉莉金簪子的叫花子。

只听那叫花子说："你得马上给钱，我不想在你这里待着了，我要回家。"

王半仙不搭理他，继续生火。

春生又往屋里看了一会儿，见再无旁人，暗自估算自己一个人的实力完全斗得过这两个人。他便故技重施，又呼唤来一群蜜蜂，直接飞进屋里去叮叫花子和王半仙。

叫花子和王半仙被叮得连忙跳起来，往门外跑。没想到，那些蜜蜂追着两人猛咬，两人直跑到一个大水塘边上，"扑通、扑通"全跳了下去，才逃过一劫。

春生借机冲进屋里，解开绳索，背上茉莉，快速跑出了破烂的茅草屋。萤火虫和蝴蝶小仙再次聚拢，为他引路。不一会儿，春生就跑出了密林，在密林口正好遇到了赶来支援的冬生和家丁们。

冬生大喊："师兄，师兄！我们在这里！"

春生停了下来，气喘吁吁地说："茉莉找到了，你们从这里往东走，我让萤火虫和蝴蝶仙子给你们带路。树林里面有一间茅草屋，你带人去捉那两个贼人！"

"好的，李甲、李乙你们陪师兄回家，其余的人和我去捉贼人！"

春生和家丁半路上又遇到了赶来的两位师弟，春生安排他们去接应冬生。两人奉命向密林奔去。

春生背着茉莉走到一个小亭子，放下茉莉，将口袋的茶叶拿出来嚼碎，塞到茉莉的嘴里，然后向家丁讨了些水，让茉莉服下。

不一会儿，茉莉就醒了，但是身体还是很虚弱，无力地问："师兄，这是哪里啊？"

春生看到茉莉醒来，好生惊喜，边背上茉莉加快脚步，边安慰她马上就到家了。

茉莉说："师兄，你也累了吧，让我自己走好了。"

"那你试试，看看自己能不能走。"春生说着，动作轻柔地把茉莉放下来，他希望茉莉尽快好转。

茉莉一站立，又一阵头晕，身体发软，根本走不动。

家丁李甲说："茉莉姑娘，别要强了，还是让我们三人轮流背你吧。"

春生继续背起茉莉，急速地往家里走去。

师兄的后背暖暖的，茶树清新的味道更让茉莉感到舒服，她真的好喜欢这个文武双全的大师兄，像父亲一样对她照顾有加。这次若不是大师兄及时赶到，她可能很难活命了。

"师兄，今天是我不好，没有注意到这个坏人。前些时候我来京城的路上，也是他劫持我。这次他用了更毒的药，否则我也不会这么难受。"茉莉流下了眼泪。

"师妹，你不用难过，咱们很快到家了。只是我觉得很奇怪，你招惹过他吗？他为什么一而再再而三地劫持你，这次竟然跟到了京城？"春生问。

茉莉有气无力地说："我们到京城前，路过一个集市，他非要给我算命，我父母不愿意，晚上就发生了劫持的事。在此之前，我和父母从未见过他。"

"这人真是可恶又可怕，对一个陌生少女反复跟踪，反复劫持。这次抓住他一定要问个明白，狠狠地收拾一顿。"春生愤愤不平地说。他觉得师妹真是可怜，小小年纪，被人两次毒害，内心对茉莉更多了一份怜爱。

很快，一行人回到了东方府。张一朵看到女儿分外激动，连忙把女儿放在床上。茉莉精神不济，又昏了过去。

东方首为茉莉把脉后说："中了点毒气。春生，去拿解毒丹来，先给茉莉大量喝水，再喂解毒丹。赶紧派人去叫郎中来。"

大家一阵忙乱。郎中来了，给茉莉扎了几针，开了一些中草药。张一朵喂茉莉喝了不少热水，春生往水里加了一些绿茶。

茉莉昏沉沉地睡了两个时辰，醒来便大口呕吐，吐完后，气色倒是好转了很多。东方首见状松了口气，这说明余毒已经解了，茉莉的解毒能力比平常人要强百倍，换作旁人至少要昏睡三天。

茉莉转头见到母亲在身边，当即抱住母亲痛哭起来。东方首和春生看到这一情景就从房中退了出来。

东方首一甩手进了书房，没有再搭理春生。春生知道自己犯了错，跪在客厅，等待师父的惩罚，任谁来劝也不肯起身。

其他三位师弟和家丁捉了王半仙和叫花子也回到了府上。一进大堂，见师兄跪在地上，三人也一起跪在旁边，一句话不说。

东方首听家丁报已经抓住了劫匪，于是到大堂看看。

只见两匪跪在大堂，满头满脸都是蜜蜂蜇的大包，浑身上下都是湿淋淋的，已经看不出长相了。

东方首怒声审问："何方歹人竟然大庭广众之下绑架民女，意欲何为？"

那叫花子不停地磕头求饶，指着王半仙说："是他让我抢夺女孩子的金簪，抢完给我一两银子。先给半两，事成之后在东城门口见面，再给半两。到了东城门口，我们轮流背着女孩子到草棚，可是到现在另外半两银子，他还没有给呢。老爷饶命！饶命！我不知道其中有诈，真的不知道！"

王半仙刚要开口，就见堂内跑进一人，见到王半仙就打。

此人正是张一朵，她在堂前看到了王半仙，虽然只在集市上见过一面，但是他的胡子给张一朵留下了深刻的印象，让她做了几回噩梦。今天一看，又是他绑架茉莉，张一朵气得忍不住扑上来打他。"老爷，就是他，上次未到京城就是他毒害我们全家，绑走茉莉。这次又是他。"

东方首让家丁拉开张一朵，怒问王半仙："郝家与你无冤无仇，你却一而再再而三对茉莉下手，究竟为何"

王半仙吞吞吐吐不想讲，东方首大怒，喝道："拉出去，乱棍打死。"

王半仙吓得瘫软在大堂，马上战战兢兢地说："大人，我招认，我招认！"

就这样，王半仙从虚来观派自己与师弟跟踪茉莉讲起，将他想用茉莉做药引子炼丹献给皇上，于是一次次绑架茉莉的整个过程和盘托出。

东方首和跪在一边的四兄弟以及张一朵都大吃一惊，世上竟然有这样的人，不把别人的生命当回事，随意杀害用以炼丹，简直可恶至极！

春生站起来，一脚就把王半仙踢倒在地，气愤地说："世上竟有你这样恶毒之人！"

东方首对家丁说："将此人关进柴房，严加看管，明早送官府。"

家丁领命，拉起两个贼人拖了下去。

张一朵听到又是虚来观的人惹出的是非，就将他们夫妻拒绝虚来观的张道长带走茉莉，又怕张道长留有后手才决定赴京拜师的事情，一一讲给了东方首。

东方首嘀咕着"虚来观"三个字，突然脸色一变，但很快又被他遮掩下来。东方首想起，那是太甲上君的道场，如果论起来，张道长还是他的师弟。东方首通过王半仙的叙述弄明白了一件事——他一直寻找的和他们作对的魔，估计就是这个张道长。此人会点仙术，却误入魔道，恐怕连太甲上君都被他蒙在鼓里。东方首皱眉思索，这个张道长本就难以对付，何况他如今与韩燕儿也有勾结，以后必将带来更多祸事。

张一朵见春生四兄弟还跪着呢，便开口向东方首求情："东方先生，春生救回了茉莉，算是有功，其他三兄弟抓住了那狗贼，也是尽心尽力了。虽然未经请示就离开府上实为不妥，但那贼人确实难防，还请先生饶了他们四兄弟吧。"

东方首看到徒弟们真心悔过，加上张一朵求情，虚来观一事又让他心事重重，无心顾及其他，于是说："起来吧，明早开始，面壁思过三天。"

"多谢师父。"四人谢过师父，各自安顿。

茉莉第二天醒来，喝了一杯春生给的热绿茶，出了一身汗，顿觉上下通透，全身舒爽，头也不晕了。

张一朵看茉莉大有好转，问道："春生送来的这东西真不错，是什么草药啊？"

"母亲，这是春生哥家乡的特产，名叫绿茶，据说只有皇帝才可以喝到呢。

我喝了以后感觉身体很舒爽呢。"

张一朵说:"世上竟有这样的好东西,真是该好好谢谢春生!茉莉啊,你的事让东方先生大为恼怒,你师兄们还在面壁思过呢。此事因你而起,你去看望一下他们吧。"

茉莉来到府上的自省堂,看到四位师兄一排跪齐,一边面壁一边背诵经文。

茉莉走入堂中,向各位师兄行礼后说:"我身体已经恢复,我的事让各位师兄受苦受累了。"

春生接话道:"师妹,请恕我们面壁思过不能起身还礼了。此事都是我不好,没有照顾好你,让那个贼人得手,差点害你丢了性命。我们确实有错,甘愿接受师父的责罚。你身体刚恢复,赶紧回房歇息吧。"

茉莉见师兄这样说,也不好打扰,就独自一人满怀愧疚地离开了自省堂。

第七章

早上，家丁突然来报，被锁在柴房里的王半仙和叫花子逃走了。

东方首和四兄弟到柴房一看，看门的家丁被毒倒在地，门锁也被撬开了。想必是那王半仙随身藏着毒药和溜门撬锁的工具，昨晚情况紧急，家丁忘记搜身，没能及时发现，才让他趁机逃跑了。

东方首派出家丁满城搜捕，最终也没有找到，此事只好暂时告一段落。

四兄弟经过三天面壁思过之后，又回到了课堂。茉莉身上有太多不解之谜，她确实和普通女孩子不一样，而他们四兄弟，经此一事也增长了见识，吸取了经验，更沉稳了。

茉莉看大家兴致不高，气氛愈发深沉，就跑回自己的卧房，泡了五杯茶送到课堂。

众人品了一下，都有点震惊，因为茶的味道变了——不是更难喝了，而是更加好喝了，有一种特别的清香。

春生最敏感，微笑着开口："师妹，你往茶里放了什么？让茶变得更好喝了，多了浓郁的花香呢。"

夏生也说："是啊，放了什么啊？"

茉莉觉得很奇怪，说："我什么都没有放啊。我就整天将茶叶带在身边，可泡茶的时候真的什么都没有放。"

秋生说:"这真有意思,茉莉和我家的绿茶天生有缘啊。"

冬生听了哈哈大笑,道:"这茶既有一股茉莉的花香,又有绿茶的味道,真神奇,那就应该叫茉莉花茶。哎呀,这可是新品种的茶。"

听到冬生这样调侃,大家都被逗乐了。

彼时,尚无人知晓,冬生随口一句戏言,竟言中了对中国茶叶产生巨大影响的一个新品种——茉莉花茶。

文人雅士都知道,茉莉花通常被认为是玉骨冰肌、淡泊名利的象征,代表士大夫的气节。茉莉花一出,则百花不香,因此茉莉花又称"天香",与菩提一并被奉为佛家圣物。

茉莉花和绿茶的相遇真是一场旷世奇恋,他们从相知、相遇再到融合,要经历长久的等待。

绿春茶采于清明时节,谷雨前后,而茉莉花要等到六月之后才能开放,这中间的时间,绿茶只能默默地等待。直到某一天,他们相遇,经过短暂而炽热的恋爱,缠缠绵绵,茉莉花才会成就茉莉花茶的绝世奇香。因此,茉莉花茶又叫茉莉香片,茶胚为绿茶,将绿茶和茉莉鲜花进行拼和、窨制,使茶叶充分吸收花香而成的茶叶新品——其香气鲜灵持久,滋味醇厚鲜爽,汤色黄绿明亮,叶底嫩匀柔软。

根据记载,茉莉花的种植最早起源于古罗马帝国,到了印度后成为佛教圣花,后又通过海上丝绸之路从古波斯、天竺随印度佛教传到本朝的东南部,并逐渐在东南部、华南部被广泛种植,发扬光大。

在美丽的福郡,茉莉花与绿茶完美相恋,让福郡成为世界茉莉花茶发源地之一,茶香与茉莉花香交互融合,有"窨得茉莉无上味,列作人间第一香"的美誉。

中医的创新促进了福郡茉莉花茶的进一步发展,中医对香气和茶保健作用的充分认识,引发香茶热,诞生了数十种香茶,掀起了花香入茶的热潮。经过时代变革,被淘汰掉多种花,只剩下五六种,然而不知为何茉莉花茶还是占了九成,成为花茶的绝对垄断者,而茉莉花茶由此兴盛,千年不止。

　　经过一系列工艺流程窨制而成的茉莉花茶，具有安神、解抑郁、健脾理气、抗衰老、提高机体免疫力的功效，是一种健康饮品。起初，茉莉花茶由于过于昂贵，只是士大夫赏玩的香料茶，后进一步借由商品化，扩散普及民间。

　　而此时的春生，就在默默等待着小茉莉的进一步长大、成熟。

　　他等待着，等待着，也许就在某一年的某个夏日的夜晚，微风吹动着魏柳，那时茉莉和春生都已经成熟，他们真情流露，无缝隙地相拥，当爱意浓重的茉莉香与茶香交融，才会有真正属于他们两人及全世界的——茉莉花茶的诞生。

　　继东方府近日连续发生了多次恶性事件之后，东方首也觉得甚为不妥。徒弟们即将成年，还和府里的家人、下人们混在一起，随着东方首地位越来越高，府里又招纳了不少人负责各项事务，人多嘴杂，是非也多。而且院落又在闹市区，三教九流，来来往往。东方首担心这会影响到徒弟们的学习，权衡之后，决定重新买一处院子作为书院，和自己的宅院分开。

　　他在京城外郊区，托人买下了一处非常大的院落。这个院落刚好是个独门独院、背靠山林、有山有水之地，稍做打扫，添置家具，即可入住。

　　待规整完毕，张一朵、茉莉、春生四兄弟等一干众人，在东方首的带领下，前去参观新宅院。

　　这一走动，大家才发现这里比老宅院好太多了。院子土地开阔，不仅可以习武，还可以种一些瓜果蔬菜，养一些鸡鸭鱼鹅，后花园直接连着山，可以登山散步，登高望远，仿佛私家山林，占地面积比城区的府邸大好多倍。

　　新宅院依山傍水，有田地、武场、马场，花园里种植着各种名贵的花草树木。茉莉的闺房紧挨着花园，闺房的前后还种了一大片的茉莉花，这是东方首送给茉莉的礼物。大家既羡慕又欢喜，纷纷要求搬到这里来住。

　　东方首把此处称为东方下院，将城里的宅院称为东方上院，又一一分配好了众人的房间。

　　三月有余，一切都收拾停当，书院的老师、茉莉和师兄们，以及门客、部分家丁、丫鬟等都搬到了下院。

　　每日清晨，春生一大早就起来练习拳法，舞刀弄棒，修炼功法。茉莉也会随着师兄早起，跟着练习，她的轻功在春生的指导下突飞猛进。

茉莉的仙气随着年龄的增长一点点地被激发出来，很快，她就会了飞檐走壁，能踩着后花园的假山，连飞带跳地迅速飞跃到高处。

春生又教授了茉莉拳法、剑术、刀术以及如何召唤昆虫等。茉莉聪明又格外用心，一学就会。大师兄的指导也耐心十足，即使她做错了，也从不责骂她，而是认真地再说一遍，直到她完全掌握。不像那些门客，又凶又严厉。

在茉莉心中，大师兄对她太好了，不仅教她习武，而且在生活上也非常照顾她，比父亲还仔细。平时的一些小伤小痛，都是大师兄为她处理。春生熟悉百草百虫，疗愈日常伤病不在话下。茉莉离开父亲时年纪尚轻，因此对大师兄很是依赖，两人的情谊也在日复一日中逐渐加深。

茉莉喜欢粘着春生，这让三兄弟多少有些不满。夏生觉得哥哥这样做对茉莉的成长不利，他和哥哥聊过此事，可春生根本没有听进去。夏生很聪明，就不再操心此事，他担心说多了会被哥哥认为是多管闲事。

秋生天性淡漠，对男女之事本就不感冒，醉心琴棋书画，对兄弟和师妹都有意疏离。

冬生觉得自从有了这个师妹，哥哥对他就不再像以前那么关爱了。这让被哥哥呵护惯的冬生对茉莉有些不满，两人在一起，少不了拌嘴。

春生和茉莉练完功，那三人才会起床练习。除了日常上课，一般他们都是各自安排自己的修炼时间，由于爱好不同，选择的修炼时间也就不同。春生和茉莉喜欢一早修炼，修炼完再一起登山欣赏风景，采一些名贵的草药，猎一些野物，寻一些蘑菇、野果回来，给大家换换口味。他们回到下院，三兄弟正好各自练完，大家再一起上课。

有一次，茉莉在早餐时对几位师兄说："这山里好东西极多，每天只有我和春生哥哥能够看到，你们几个可不可以早起，一起去看看啊？"

冬生赶紧说："不去，不去，蚊虫一大堆，还要早起，我起不来啊。还是这下院睡觉香啊，没有一点嘈杂的声音，静静地睡觉是人生最好的享受。我可以一觉睡到天亮，要不是一朵夫人总是催我起床，我还不想起呢！"

茉莉笑嘻嘻地说："你也太懒了吧。"

冬生确实有点懒，他是家中幼弟，春生也不愿意多管教批评他，事事都让着、惯着这个弟弟。

夏生带点醋意地说："是我们给你们机会，明白不？让你们可以多待在一起。所以我也起不来，你们就好好一起切磋吧！"

茉莉被夏生说得有点生气，想追过来打夏生，却被夏生笑着跑开了。

其实，夏生自己找了一片属于自己的山林练功呢，春生知道也没有说破。

秋生说："我喜欢傍晚去，那才有意思。月下古筝，高山流水，才是情致。"

确实，秋生喜欢晚上出来练功，他找到了一个高山流水有瀑布的地方。如今，他的琴功已经练得非常扎实了。

春生玩笑般告诉茉莉："少搭理他们，他们没有什么好话。"

茉莉也笑了。

有说有笑，有吵有闹，一晃几年就过去了，茉莉已经出落成大姑娘了，由于长年习武、练功，不仅身材高挑丰满，身体素质也极好，自有一种别样的英武之气。茉莉与平常女子已经大有不同，既有美女的娇艳，又有习武之人的飒爽英姿。走起路来，气宇轩昂，一身清香，衣带随风而动；说起话来，文思泉涌，文韬武略非一般女性能及，用冬生的话说就是神仙在世。

春生本来是以对妹妹的态度来呵护师妹的，可如今茉莉长大了，而且长得格外标致美丽，春生也不由地动了心弦。

多年来，两人从清晨到日落，一起迎过风，一起躲过雨；一起忍过伤痛，一起开心大笑；一起追逐嬉戏，一起习文练武；一起历遍春夏秋冬，一起品味酸甜苦辣。在流走的岁月中，二人感情日益加深，已在心里把对方当作终生相许的恋人，只是少年初识情滋味，总是羞于启齿。

三位师兄经常以此调侃师妹，一开始，茉莉会假装生气或脸红逃走。次数多了以后，茉莉便不再搭理这些玩笑，大家也都心照不宣。长大以后，好像彼此都知道了什么，也不再像小时候那么随意，相互间有了顾忌。

慢慢地，春生和茉莉竟好像疏远了。

这要归于张一朵加强了对茉莉的管束，她很怕茉莉弄出点荒唐事让她难以收拾，因此，她不断提醒茉莉要注意自己是大姑娘了，不要再像小时候那么随便、疯癫，要尊重各位师兄。

　　春生和茉莉很少有大段的时间待在一起了，茉莉也变得有些害羞、腼腆了。两个人开始注意起自己的一言一行、一举一动，顾虑着是否会引发外人的议论。可越是这样，两个人心中的爱慕之情便越甚，好似都藏着一团火等待对方来点燃，却又不愿轻易被点燃。

　　每天夜晚，辗转反侧，说是彼此思念，又带点仇怨；说是怨恨，又那么相思。哎呀，情之一字，竟如此难解。

　　三兄弟看着他们俩本来在一起那么好，被一朵夫人这么一管，倒是陌生了许多，春生好像犯了相思病一样，终日无精打采的。三位弟弟看在眼里，急在心里。这两人都不敢点透这层纱，就这么隔着，仿佛较劲一般。于是，三兄弟便凑在一处想了个法子，帮大哥和茉莉捅破这层窗户纸。

　　这天一大早，茉莉在后山练轻功，春生也早早跑出来练他的拳法，两人没有说话，只用眼睛偷睨着对方。

　　这时，冬生突然跑了过来。平时他起得最晚，今天不知道哪根弦搭错了，竟起了个大早。他看到师妹飞檐走壁，翻山越岭，一点都不含糊，心中连连叫好。

　　好斗之心一下被激了起来，他几步轻功飞上山头，然后大声对师妹说："师妹，我在前面飞，你来追我如何？"

　　茉莉一听就说："好啊！"

　　春生一听，坏了，这两人要真斗起来，那得跑多远，才能有输赢啊。春生刚想制止他们，那两人已运起了轻功，一路踏过树梢，越跑越远。

　　春生一看已经来不及制止了，便马上跟了上去。

　　冬生穿过树林，越过山头，茉莉紧追不舍，春生跟在身后。冬生看甩不掉茉莉，便决定往高耸险峻之地跑。他使出浑身解数，抓藤、爬树、攀岩石，一路猛进，很快就到了悬崖峭壁上。这里的山势十分凶险，岩石突兀锋利，一不小心就容易割伤、刺伤。

　　冬生强撑着跑到这个危险境地，力气已经不行了，他对后面追赶的茉莉喊道："师妹，不要上来了，上面很危险，我也要下去了。"

　　他连喊三遍，茉莉早已经听到了，可是那个傻丫头，倔劲起来了，根本不听他的劝阻，一味地向上蹦跳、攀爬。

春生也听到了，他知道弟弟一定是意识到了此地的凶险才这样喊的，弟弟平时喜欢开玩笑，但此时绝对不是开玩笑，冬生心里还是照顾茉莉的。

可茉莉是个死心眼，认准的人和事，谁也管不了，像个倔小子。她继续向上攀爬、跳跃，那动作看得春生惊心动魄、心乱如麻。

春生也忍不住喊道："茉莉，听冬生的吧，不要再往上跑了，很危险。"

茉莉根本不听，反而觉得是冬生累了，在逗她玩呢。她连续往上奔跳，动作很吓人。很快，茉莉也追到了悬崖峭壁上。

冬生正待在一处岩石平台上，那平台刚够他半个身躯，他原本准备休息一会儿，恢复体力之后就下山，可没想到，他那不要命的师妹竟追了过来。

冬生略带哭腔地喊道："师妹，别搏命了，我认输。别过来，这里非常危险！算我求你，好不好？"

话音刚落，茉莉已经向他这边飞奔过来。她伸出手，想抓住一块岩石借力跃上平台，可那尖利的石锋比刀子还快，瞬间就把茉莉的手割伤了。茉莉疼得一松手，身体失去了平衡，整个人直线向山下坠去。

春生来不及多想，马上飞身跃出峭壁，双手去接茉莉，但还是差了一点，没有接住。

这边，冬生也飞了出来，努力去抓茉莉的腿和脚，却也没能抓住。

冬生只好跳到一棵大树上，春生继续飞身向下，去救茉莉。

在急速坠落中，茉莉掌控不了自己的身体，轻功的动作施展不出来，一下就慌了。她这次是真怕了，一边往下掉一边哭着大喊："春生救我！春生救我！"

春生一边飞快地向她飞去一边努力想拉住她的手，却没能成功。他急中生智，想起了前几日刚练成的"树叶集合术"。

春生当即停在一棵树上，开始施法，迅速驱动树叶组成了一块绿色的毯子。他跳到绿毯上，快速飞到茉莉身边，一把揽住茉莉。绿毯稳稳地托住了二人，茉莉吓得紧紧地抱住春生。两具青春而滚烫的身体紧紧地搂在一起，他们从来没有靠得这么近过，从来没有这么温暖过。

绿毯缓缓落地，将他们送到后花园。

茉莉已经吓得快晕了过去，春生还在紧紧地搂着茉莉，轻声呼唤她的名字。

茉莉睁开眼，一把抱住春生，哭了起来。

春生一边用手帕帮她擦眼泪，一边点着茉莉的鼻子说："傻丫头，还知道哭呢？疯起来不管不顾的，快把我吓死了呢。"

茉莉害羞地倒在春生的怀里，春生拥抱着茉莉不愿意松开。她的身体是那样柔软，沾染着茉莉花的清香气息，肌肤皎洁如玉，娇羞的面容更显可爱，让他情不自禁。

茉莉安静地躺在春生的怀抱里，深藏心底的火种一下子被点燃了，她忍不住轻轻地吻了春生的唇。

正在这动情时刻，冬生慌张地跑过来，着急地问："没事吧？师妹？没事吧？"

茉莉赶紧离开春生的怀抱，害羞地说："没事，没事。"春生也涨红了脸，冬生这才意识到自己的唐突，场面十分尴尬。

春生一把抓起茉莉的手，说："你手破了，流血了。"说完，他拉着茉莉就往师父的药房走去。

冬生跟在后面，一路不语。夏生和秋生也起床了，正站在回廊下，对着冬生眨眼睛。冬生伸出了大拇指，向两位哥哥打着暗号。原来，这就是三兄弟的暗中谋划了许久的计策，目的是捅破春生和茉莉的那层窗户纸。

后花园发生的一切，都被张一朵看在了眼里。

张一朵对春生是十分认可的，他能干勤奋，英俊潇洒，为人忠厚贤良，文武双全，对茉莉一向照顾有加。随着茉莉渐渐长大，张一朵心里也盘算着，找个合适的日子与东方先生谈谈，成全他们二人的好事。可在这之前，她认为，还是要管束好茉莉，以免惹出什么乱子。

"现在的年轻人啊。"张一朵叹了口气，摇了摇头。

这一年春天，梦顶山春茶大丰收，茶的成色也特别好。

经过玉叶和青风、青雅、青颂三位茶仙子的多年探索，已经总结出一套制茶的工艺：杀青、炒青、烘青、揉捻和干燥。其中，最关键的步骤就是杀青。杀青对绿茶品质起着决定性的作用，强烈的日照与高温，可防止叶子红变，同时蒸发叶内的部分水分，使叶子变软，为揉捻造形创造条件。随着水分的蒸发，鲜叶中具有青草气的低沸点芳香物质挥发消失，从而使茶叶香气得到改善。

炒青就是用大铁锅对茶叶进行适当干炒，由于在干燥过程中受到手工力的作用不同，成茶形成了长条形、圆珠形、扇平形、针形、螺形等不同的形状，故又分为长炒青、圆炒青、扁炒青，等等。

长炒青精制后称眉茶，成品的花色有珍眉、贡熙、雨茶、针眉、秀眉等，各具不同的品质特征。珍眉，条索细紧挺直或其形如仕女之秀眉，色泽绿润起霜，香气高鲜，滋味浓爽，汤色、叶底绿微黄明亮；贡熙是长炒青中的圆形茶，精制后称贡熙，外形颗粒近似珠茶，圆结匀整，不含碎茶，色泽绿匀，香气纯正，滋味尚浓，汤色黄绿，叶底尚嫩匀；雨茶，原系由珠茶中分离出来的长形茶雨茶大部分从眉茶中获取，外形条索细短、尚紧，色泽绿匀，香气纯正，滋味尚浓，汤色黄绿，叶底尚嫩匀；圆炒青的外形颗粒圆紧，因产地和采制方法不同，又分为很多种。

茶叶的烘干是用烘笼进行的，这一步骤叫烘青。烘青毛茶经再加工精制后，其外形亦可分为条形茶、尖形茶、片形茶、针形茶等。烘青后绿茶色泽金黄油润，俗称象牙色，香气清鲜高长，汤色杏黄清澈明亮，滋味醇厚鲜爽回甘，叶底芽叶成朵，厚实鲜艳。

揉捻是绿茶塑造外形的一道工序。通过外力作用，使叶片揉破变轻，卷转成条，体积缩小，且便于冲泡。同时，部分茶汁挤溢附着在叶表面，对提高茶浓度也有重要作用。制绿茶的揉捻工序有冷揉与热揉之分。所谓冷揉，即杀青叶经过摊凉后揉捻；热揉则是杀青叶不经摊凉而趁热进行的揉捻。嫩叶宜冷揉以保持黄绿明亮之汤色于嫩绿的叶底，老叶宜热揉以利于条索紧结，减少碎末。

制茶的最后一道工序是干燥。干燥的目的是蒸发水分，并整理外形，充分发挥茶香。干燥方法，有烘干、炒干和晒干三种形态。绿茶的干燥工序，一般先经过烘干，然后再进行炒干。因揉捻后的茶叶，含水量仍很高，如果直接炒干，会在锅内很快结成团块，茶汁易黏结锅壁。故此，茶叶应先进行烘干，使含水量降低至符合锅炒的要求。

古时候，人们采集茶树芽叶后，通常只进行晒干收藏，这可以看作广义上的绿茶加工的开始。真正意义上的绿茶加工，是从发明蒸青制法开始，后来又发明炒青制法，绿茶加工制作已比较成熟，一直沿用至今，并不断完善。

绿茶是不发酵茶，因其特性而较多地保留了鲜叶内的天然物质，从而形成了绿茶"清汤绿叶，滋味收敛性强"的特点。绿茶对抗衰老、杀菌等均有特殊效果，为发酵类茶所不及。

经过茶仙们的制作，茶不仅不再苦涩，而且形状漂亮，形、色、味都达到了巅峰，让人一次饮茶，难忘终生。春生的父亲无理真特别高兴，他决定多准备一些上等的好茶，进京拜访东方首。

他想托东方首带他面圣，他想请皇上御批他家在京城开茶馆，由他的三个女儿打理。

无理真认为三个女儿都已经长大成人了，应该去京城长长见识，向广大京城百姓、官员传播茶艺、茶礼、茶道。如果有了皇帝的批示，那他家茶销量必然大增。此外，他还有一个小心思，如果京城有合适的人家，就可以把宝贝女儿给嫁了，他不想让天仙般的女儿一辈子待在大山里，他真心希望女儿们比他幸福。另外，他也想探望一下在东方书院学习的四个儿子，多年未见，他非常想念儿子们，也想看看他们是否学有所成。

离家之前，他特别向夫人和三个女儿叮嘱了一番。女儿们听说父亲要去京城见哥哥，都吵着要跟去。

无理真说："孩子们，这次见你们的哥哥是第二任务，第一任务是让东方先生引荐我见皇上，我想请当今圣上准许我们家在京城开办茶馆。到时候，你们三姐妹就是御封的茶馆主人，再加上你们哥哥以及东方先生的帮扶，一定能将我们家的茶发扬光大，销往全国。现在还不是你们去的时候，等我一切安排妥当，再传信与你们。你们且安心在家，等我的好消息。"

茶仙女们一听父亲的宏大计划，个个都鼓掌叫好，她们终于可以和哥哥们在一起了。

玉叶听到无理真的打算，虽然理解他的苦心，但是还是有点感伤地说："理真啊，你这个想法真不错，我和你在家里打点茶园，女儿们在京城开茶馆弘扬茶道，让咱家的茶生意做遍全国，是好事。只是，我这个娘亲不能天天见到宝贝女儿、宝贝儿子了，这让我如何舍得？"

姐姐青风走到玉叶的身边，轻轻地搂住了她，说："娘，不用担心。我们姐妹可以时常回来，如果娘亲实在想念，我们就把娘亲接到京城去住！"

玉叶说："那你父亲怎么办？"

无理真赶紧说："不用管我。女大不由娘，儿大不由爹，他们终归要离开这个家的。"

虽然都知道无理真讲得是对的，但此话一出，还是惹得玉叶和女儿们哭成一片。无理真只好又是一番好言相劝，大家这才止住了哭泣。

无理真说："我这一去，怕是要走很长时间，你们可要看护好家和茶园，照顾好娘亲和奶奶。"

女儿们听话地点点头，还精心准备了礼物，让父亲带给哥哥们。玉叶也为夫君准备好了路上吃的干粮。

动身那天，玉叶对无理真说："快去快回，一路平安。带上我这个防身玉符，歹人土匪不敢近身的。"

无理真接过夫人的防身玉佩戴在腰间，强忍住离别的伤感，没有让夫人和女儿们看到。

茶仙女们上前和父亲一一道别，哭成一片。

无理真吓唬她们说："我本来想争取让你们的哥哥们回来一趟探家，你们若再哭，我就不让他们回家了。"

仙茶女们一听，马上止住了哭声，说："父亲，我们不哭了，你一定要把他们带回来啊，我们都好想念他们！"

茶刚刚兴起，且多产自深山老林，因此显得更加稀有，加上其药用价值，倍受欢迎。从茶马古道到京城，无论走水路还是旱路，茶商都会遭遇无数沿路打劫的土匪。为了让父亲不受欺负，茶仙女送给父亲许多防身的小玩意，有唤虫唤蜂的，有迷魂惑神。总之，无理真带着一身宝物，心中底气十足。

无理真骑上大马，和三位壮汉一起去启程，前往京城了。望着父亲的背影，茶仙女们搂着母亲又哭了。这一别，前路茫茫千里，不知何时再见。

父亲一走，三姐妹总觉得家里空荡荡的。晚饭时，大家都变得沉默不语了。奶奶和玉叶知道，她们不仅想哥哥，此时也开始想念父亲了。大家在沉闷中吃完了饭，就早早休息了。

玉叶来到奶奶房间，想和奶奶谈谈心。今晚不知道为什么，玉叶心里始终忐忑不安，仿佛夫君一走，家里的顶梁柱就不在了。她把这种感受说给奶奶听，奶奶说："你是想念理真了。你们两个感情好，他一走，你就有点难受，这是人之常情。今晚，你就在我房间睡吧。"

时间如流水，距离无理真启程上京已半月有余，玉叶天天念叨理真走到哪里了，是不是已经到了京城。玉叶总有一种不好的预感，终日惶惶不安，

女儿们怎么宽慰也无济于事。

无理真未曾想，他这一走，家里竟然真的出事了！

第八章

一天深夜，屋外突然狂风大作，电闪雷鸣，巨大的雷暴声把玉叶惊醒了，她也从来没有见过这么大的暴风雨。

玉叶怕茶树受不了，决定到茶园给仙茶树加个雨棚。女儿们睡得香甜，玉叶不忍叫醒她们，悄悄披衣起身。

没想到，她刚走出门，一道闪电划过，一个熟悉的身影出现在云端。玉叶一看就明白了，她最不愿意见到事情发生了——她的父亲来找她了！

"我受天庭之命去东海平乱，回来之后才知道你这个丫头竟然已与凡人私订终身！这简直是大逆不道，岂有此理！事到如今，我已沦为天界笑柄，众仙都讥笑我教女无方，将你娇惯得越发任性妄为。现在，我命令你马上跟我回家，不回也得回！"龙王震怒地咆哮着，乌云黑压压地缀在天际。

玉叶嫁给无理真，确实是自作主张，她只将此事告诉了母亲。母亲也偷偷来看望过无理真，觉得无理真是个不错的小伙子，就答应了。谁知，玉叶父亲多年征战归来，发现玉叶已经嫁人，觉得夫人没有和他商量，勃然大怒。夫人只好说婚姻是子女的选择，父母不该强行干涉。

龙王才不认同夫人的说法，他认为玉叶的做法触碰到了他的权威底线，也彻底打乱了他与东海结亲的计划，简直犯下了逆天大罪。实际上，他早有意将玉叶许配给东海龙王的一个亲戚。可玉叶背着他嫁给了一介凡人，令他不仅失信于东海龙王，还落得一个管教不严的名声令人讥笑，这是龙王万万不能接受的。

他几次要来找玉叶算账，都被夫人拼死拦住了，他强忍一时，平静了一些日子，可是心里的大疙瘩并没有解开。今日，众仙在龙王宫殿聚会，聚会上还请来了一位贵客——太甲上君的门徒张道长。

张道长怎么到了这里呢？

原来，他在道观里收到了韩燕儿给他的绿茶，他一喝，觉得真是无上妙品。他问韩燕儿从哪里得来此物。韩燕儿告诉他，是梦顶山地区上贡来的，皇上给他分了一些。

张道长觉得这东西太棒了，于是想将梦顶山的绿茶引进江南，他在灵山有大片山林，可以让徒弟们种在灵山上。如果茶树从此长在他的山上，该是多么棒的一件事情。道人们可以一年四季伺候茶树，不再无所事事，产出的茶叶除了自己喝，还可将多余的卖给香客们，这可是一门大生意啊！

张道长和东海龙王是朋友，东海龙王也经常吃他炼的丹药。一日，张道长参加东海龙王的宴请，东海龙王无意中说起，他要去梦顶山下的青龙江赴宴。

张道长一听梦顶山，立即说他正好要到梦顶山上寻绿茶茶种，还担心人家不予理睬，若是东海龙王肯牵线，这事就成了。于是，他请求跟着东海龙王一同赴宴，东海龙王自然不会推阻。

龙王在青龙江水晶宫大宴众仙，大家一边喝酒一边欣赏鱼仙们的舞蹈。

酒席上，东海龙王听说了玉叶的事情，很是生气，添油加醋地讽刺了几句。

张道长知道，玉叶是无理真的娘子，而他正想上门求无理真的茶种，生怕被破坏了如意算盘，只好眼观鼻鼻观心，佯装不知。

酒过三巡，醉意上头，龙王又哪里能忍受在众仙面前被讥笑的耻辱，当即被激怒，不顾夫人的劝阻，推倒了酒桌，大闹了酒宴，来到了梦顶山，命令玉叶回家。

玉叶一听父亲的话，就知道他是听信了小人谗言，面子上过不去。她大声对父亲说："我嫁给无理真，是我自己的选择。我在这里已经成家，儿女双全，生活得很幸福，不打算回去了！"

龙王急了："没有我的同意，你就私自成亲，违犯家规，冒犯天条，必须跟我回去受罚！否则，我掀翻你这茶园，砸烂这里的一切！"

龙王一点余地都不给玉叶留。

"我不回去！"玉叶扭头坚定地咬着牙，站在风雨中，任父亲用雷电击打她。

此时，奶奶也被吵醒了，看到此景，慌忙地跑到里屋，叫醒了熟睡中的茶仙女们。

三姐妹慌慌张张地跑出门外，一看到娘亲在风雨里被雷劈，一个个心疼得眼泪直往下掉，不顾一切地飞奔出屋，护住娘亲。

又一道雷电劈来，奶奶被眼前的巨雷闪电吓得昏倒了。

青风赶紧跑过去，抱起奶奶进了里屋。青雅和青颂则继续围着娘亲，她们本想施展仙法保护娘亲，但她们那点修为根本无法与修炼千年的龙王抗衡。一阵电闪雷鸣，两姐妹也遭受了雷劈，露出了无比痛苦的表情。

玉叶自己受点苦没事，但是，一看到孩子们受到了雷击，便心痛得无以复加。

脑子昏昏沉沉的玉叶咬紧牙关，双手一用力，将两个保护她的孩子推开。然后，她对着天空中的龙王大声说："我决定了，我答应跟你回去，但是我有一个条件，你必须答应！"

茶仙女们一起抱着玉叶，喊道："娘亲，不要走！不要答应啊！不要答应啊………"

"说吧，我能做到，就会答应你。"龙王听到玉叶答应要跟他回宫，语气平静了一些。

"看在我们的父女情分上，请你不要伤害我的孩子们、我的婆婆还有这满园的茶。我可以和你回去，接受惩罚。"

此时的玉叶早已经忘记了自己，只想保护自己的至亲，为了他们，她宁愿牺牲自己。

龙王想了一下，觉得那些小茶仙也是他的外孙女，确实不该伤害她们，于是收了雷电霹雳，说："好吧，只要你和我回去，我就答应你。"

玉叶流着眼泪，痛苦地说："好，我跟你回去！"

龙王猛地吸了一口气，一阵旋风袭来，卷起了玉叶。玉叶升至半空，喊道："孩子们，照顾好奶奶，赶紧去通知你们的父亲和哥哥……"

话还未完，玉叶就被龙王带走了，一阵烟似的消失在天边，任她的女儿们怎么哭喊，也没有回声。

回到龙宫，龙王便将玉叶囚禁起来。

张道长知道玉叶是茶园的女主人，又是龙王的女儿，便趁机劝道："龙王啊，女儿毕竟是自己的女儿，教训一下就得了，没有必要那么生气。"

龙王说："仙道，你不知道，这个丫头从小就不听话，这次确实违背了家规。等我们喝完酒，我再收拾她。"

他们喝得酩酊大醉。张道长被龙后留下多住几天，龙后表面上是让他在龙宫里到处逛逛，其实，她想通过张道长说服龙王，不要惩罚女儿，答应下这门亲事。

张道长移植绿茶的事情还没有着落，他也不急着回去，就爽快地答应了龙后，留下来做说客。他已知晓茶园的主人不在家，去京城了。不过，他估计此事一出，主人很快会回来，于是，他打算等无理真回来再谈移植绿茶的事情。

母亲突然被抓走，茶仙三姊妹吓得抱成一团痛哭不已，奶奶已经被吓得糊涂了，躺在床上发烧，吃了一些草药也不见缓解。

直到天亮，大姐青风突然停止了哭泣，一挥手，坚定地说："不能再哭了！这十几天的时间，我们经历了很多事情：父亲出远门，娘亲被抓走，奶奶病倒，但是，我们不能只是哭哭啼啼，哭永远解决不了任何问题。我们必须马上想办法一边通知父亲，一边去救娘亲！"

两个妹妹也立刻止住了哭声，响应道："大姐，你来指挥安排，我们听你的。"

"青雅，你马上到镇上找一个郎中来给奶奶看病，速去速回。青颂，你轻功厉害，日夜兼程，一定要以最快的速度找到父亲和哥哥们，想办法让他们一起回来。我现在去寻找母亲的线索，我们立刻行动。"

三姊妹为了便宜行事，换上了男子装扮，便分头行动起来。

青雅很快找到了一个老郎中，把他请到了家里。

老郎中给奶奶把完脉之后说："老人家主要受到了惊吓。我开些药，让老人服下，静养一段时间，不能再受惊吓了。可以用凉水轻轻地为她擦拭降温，多让她喝一些温水。如果有事，再来找我。"

郎中开完药，就下山去了。

青雅把药熬了，服侍奶奶服下。奶奶逐渐退烧了，情况已经大有好转，但还是有些头晕糊涂。在青雅的轻声耳语下，奶奶渐渐睡下，睡得很沉。

家里安静极了。

青雅想："奶奶一时半时还睡不醒，我现在闲着，姐姐一个人去寻找线索肯定有困难，不如我去支援她。"

想到这里，她马上开始收拾。她把一些用于防敌的小仙器放进布囊，带了点茶叶和干粮，一切收拾停当，背好布囊。她回望一眼，见奶奶还在熟睡中，又一挥手，给奶奶施法布下了一道绿色结界，蚊虫蛇鼠不能靠近，可以让奶奶更加安稳地睡觉。办完这些事情，她悄悄地关上门，离开了家。

青风先前来到青龙江上游查看地形，经过一番探查，她已经找到了母亲入水的位置。

此时，青雅也急速赶到了青龙江边上，为了快速找到姐姐青风，她决定呼唤蝴蝶小仙来问问路。

她挥手念咒，蝴蝶小仙就出现了。蝴蝶小仙轻声细语地说："愿为茶仙女带路。你的姐姐就在前面，我们很快就能找到她。"

青雅跟着蝴蝶小仙，找到了姐姐青风。

青风一见青雅来了，脸色马上变了，火急火燎地责问道："你怎么来了？奶奶怎么样了？她还好吗？你把奶奶一个人扔在家里，可以吗？"

青风见青雅放奶奶一个人在家，不禁有些生气。

"奶奶服下药后就睡着了，我给奶奶布好了结界才来的。我很担心母亲和你，在家里待不住，就跑过来找你了。"青雅看姐姐有些不高兴，急忙委屈地解释。

青风想了想，妹妹也是救母心切，也不好再批评她，只得叹了口气，说：

"好吧，既然来了，就要听我指挥，不要再擅作主张。"

青雅痛快地答应了。

青风说："刚才，蝴蝶小仙说娘亲就是被龙王带到这个漩涡里之后消失不见的。我估计这里就是龙宫入口。妹妹你在此断后，等候父亲和哥哥们的到来，我先进去看看情况究竟如何。"

青雅向河里看去，只见河中间湍急的水流之下藏着一个若隐若现的漩涡，阴森可怖。路过的渔船若是一不小心卷进去，必将有去无回，一般船只行到此处，船夫都会非常小心地躲着走，生怕被卷入其中。

青雅看到这种情况，说："姐姐别急，这里太危险了，我们再商量一下，好不好？要不等父亲、哥哥来了之后再说吧？"

青风是个急脾气，说："还商量什么啊？已经没有时间了，我先去了！"她不管不顾地跳进漩涡，一下子就被黑洞吞没了。

青雅连忙呼唤萤火虫为姐姐带路。

从水面漩涡游进去，经过一段激流，青风开始施法让自己保持平衡，不至于被水流冲走。

突然，她的身体开始急速坠落，似乎进入了一个直上直下的黑洞里。青风施展仙术护体，同时观察周围，不让自己碰着什么或者摔倒。

经过好长时间，她才掉落于黑洞底部。这个黑洞非常深，如果没有仙术护体，定会被直接摔死。黑洞外流水不断，黑洞内也到处都是细细的流水，阴凉漆黑，冷风嗖嗖。

黑洞内确实有些阴森恐怖，萤火虫跟着青风进到了黑洞，汇聚成一大团，就像火把一样，为青风照亮前路。一股猛烈的腥臭味吹来，差点把青风熏昏过去。借着萤火虫的光一看，眼前是成堆的尸体和骷髅，恶臭冲天，她被恶心得要吐了。

这些尸体估计都是从漩涡中掉下来摔死的。青风赶紧躲过这些尸体，继续前行。她穿过大量的水草层，这些水草不断地缠住她的身体，弄得她浑身难受。

青风上下摆动，努力地摆脱水草的纠缠，终于在即将筋疲力尽前，费劲地穿越了水草层。

突然，她看到尽头有影影绰绰的光亮，好像还有什么人把守。为了避免暴露，她一挥手，萤火虫马上消失不见了。

她慢慢地、悄悄地走近，向前一看，黑洞的尽头是一扇宏伟壮阔、闪耀光芒的水晶宫的宫门，门口有一排伶牙俐齿的鱼怪在把守着。

青风又一挥手念咒，一大团喜欢吃鱼的虫子向那一排守门的鱼怪冲去，那几个家伙被大团的食鱼虫叮咬得乱跑。

趁着混乱，青风悄悄地潜入了水晶宫，进入了龙王府邸。

青风进到宫殿里，一座流光溢彩的水晶宫呈现她的眼前，各种华丽的水晶装饰着宫殿的每一个角落。水草在水晶周围飘摇，彩色的鱼悠闲地游荡着，在珍稀水晶的映衬下，整个宫殿显得金碧辉煌，同时给人极其威严的感觉。

青风贴着水晶墙，缓慢地、紧张地走过水晶铺成的路，一边走一边张望，小心翼翼地走向了中央大殿。

忽然，水晶宫的龙门"嘭"的一声关了。

从大殿上传来了一个阴森恐怖的声音："好大的胆子！呵呵，小丫头竟然找到这里来了。来人啊，把她给我抓起来！"

四周响起"呜呜"的叫喊声，青风内心十分恐惧。

她看到龙王正坐在水晶龙椅上呼喊他的虾兵蟹将，虾兵蟹将则将拿着武器迅速包围了过来。

青风立刻作法，召唤食鱼虫，形成一道防护围墙，让周边的虾兵蟹将难以近身。青风的剑锋利无比，在众多虫的帮助下，与河蟹兵蟹将大战了几个回合。虾兵蟹将既要抵挡刺来的剑，又受到虫的咬噬，一时半会儿，竟然没有办法捉住青风。

龙王一看很不高兴，一甩手招来雷电霹雳，令所有的虫纷纷散去，再一出手，一道雷电击中了青风，她摔倒在冰冷的水晶地上。虾兵蟹将一拥而上，立刻将青风绑了。

青风大声质问龙王："我们一家幸福美满，恩恩爱爱，你为什么要害我们家人离散、让我娘亲受苦？她是你的女儿，你为什么如此狠心？"

龙王说："我早已将玉叶许配给了北海龙王的亲族，她明知已有婚约却思凡嫁人，违反家规，冒犯天条，她不该受惩罚吗？"

"可是，我娘亲和我爹已经是拜了天地的夫妻，他们彼此相爱，你为何这样紧逼？你许下的婚约，娘亲不愿意，不也是废纸一张吗？"青风毫不畏惧地怒怼龙王。

龙王震怒道："好一个伶牙俐齿的小丫头片子。把她关起来，关进玉叶待的那间牢房！没有我的命令，谁也不能接近，谁也别想放走她们母女！你们给我好好看管！"

虾兵蟹将们齐齐跪拜答应。

张道长假惺惺地站出来，劝道："龙王，莫生气，怎么说都是自家人，我看你还是从轻发落她们母女比较好。"

龙王正在气头上，一甩袖子说："张道长，我现在要去天庭复命，回来再议此事吧！"说完，便驾着云飞走了。

张道长只好站在原地，尴尬地笑笑。

龙后将张道长请到后宫，向他行了大礼，并让宫女呈上一份厚礼——一百个足金金元宝。

张道长一看见这么多的金元宝，当即双目放光，嘴巴都乐得合不拢。他眉开眼笑地说："龙后，您的大礼我可不敢接受，您吩咐的事情，我必办到！"张道长嘴上这么说，心里早想把金元宝赶紧装到自己的箱子里了。

龙后说："烦请张道长想想办法，劝劝龙王，我在这里给您施礼了。"

龙后思索，待玉叶的夫君回来，必将和龙王计较此事，以龙王的火暴脾气，怕是会有一场躲不过的争斗，实乃家门不幸。

张道长慌忙扶起龙后，说："这事嘛，这事嘛……"此时，龙王怒火正盛，张道长恐怕自己这一分薄面也挡不住龙王震怒，不过，他很快想到了他的师父——太甲上君。

想到这儿，他说："龙后啊，按道理说，这是你们的家务事，我不该参与其中。如今，承蒙您的信任，我这就上天给您搬救兵去，估计只有请他来，方能平息此事了。您的金元宝，我就当作给他的见面礼吧！"

说完，张道长就忙不迭地从宫女手中接过这份厚礼，像是生怕金元宝跑了一样。天底下这么爱财的道人也是少见啊!

龙后也不好追问张道长要请谁来,只得连连称谢。

张道长带着一箱金元宝,离开了青龙江。

龙后始终无法静下心来,以龙王的臭脾气,他和无理真一战难以避免,都是一家人,伤了谁都不好啊。她越想越难受,叹息一声:"唉,管不了那么多了,去看看玉叶和青风母女吧。"

青风被关进了牢房,见到了娘亲玉叶,两人痛哭起来。她们被捆住了手脚,只好彼此倚靠着。

玉叶含着眼泪,安慰青风说:"孩子,莫哭。你就不该来,在家照顾好你的奶奶和妹妹们,娘一个人受苦就可以了。你干吗跑过来,受这份苦,遭这份罪?还有,你的两个妹妹呢?"

青风哭着说:"娘,青颂去找父亲和哥哥们了,青雅在河边等着,好给他们指路。他们一定会来救我们的,您放心吧!"

玉叶疼惜地叹了一口气,然后抬起沉重的胳膊,试图用袖子帮青风擦干眼泪,奈何这缚仙索捆绑得太紧了,擦不了。

寒风呼叫着刮过牢房,母女二人身体紧紧地靠在一起,彼此安慰,彼此取暖。

就在此时,牢门外响起了声音,狱卒们安静下来,毕恭毕敬地行大礼。

原来,是龙后来到了牢房,身后还跟着一群宫女。

龙后站在牢门口,看到女儿、外孙女,自己先忍不住哭了起来:"我的女儿,我的外孙女,你们辛苦了,没有想到,我们以这样的方式见面。"

龙后边哭边数落女儿:"玉叶啊,当时我怎么说你的,你就是不听话,你看看你父王动怒了吧?这几天,他正在气头上,过几天,我再劝劝他。等他气消了,这事也就过去了,咱们还是一家人啊!"

说完,龙后下命令说:"马上给她们松绑!珍珠,赶紧给她们换上暖和的衣服和被子!"

狱卒却表现出很为难的样子,跪下求饶,表示怕龙王回来惩治他们。

龙后说:"你们不用担心,我没有让你们放她们出牢房,没有违反龙王的命令。怎么说，她们都是龙子、龙孙，若是真的在你们的看守下病倒了，龙王难道会饶过你们吗？龙王回来，我自会有交代，你们不用担心什么。"

狱卒一听，龙后都这样说了，他们何不顺水推舟送个人情？于是，为玉叶母女重新安排了一间更好的牢房，龙后让宫女珍珠把又新又厚的被子放好，并在屋中间放置了一个小火盆。

玉叶带着女儿，谢过母后。龙后又送上

玉叶爱吃的各类饭菜、点心，一切都安顿好了，便依依不舍地含泪离开了。

有龙后护着，玉叶母女在牢房里衣食无忧，没有受什么苦。

青雅在河边等了一天一夜，都没有见到青风出来。她确实很焦急，很想跳下去找姐姐，和姐姐一起战斗。但是她又怕姐姐生气，因此不敢再轻举妄动，只好坐在河边一直等着。

青颂日夜兼程，不顾饥渴，一路的辛苦不再细说，她竭尽全力地来到了京城，一口气跑到了东方府上。

府上的人说，她父亲无理真在下院，和她哥哥在一起。

正好一个家丁要送一些货品去下院，青颂心急火燎地就跟着他的马车来到了下院。

无理真和春生四兄弟正在屋里品茶、聊着这几年家内外的事情，家丁通报说青颂求见。

几人大吃一惊，无理真想："青颂怎么来了？我才刚到这里没几天，她怎么跑来了？家里肯定出大事了！"

春生赶紧出门，将青颂迎进屋里。

青颂见到父亲与四个哥哥，已经哭得泣不成声，话也说不明白，一口气没有上来，竟然一下子晕厥了过去。

家仆赶忙掐人中，捶后背，灌温水，青颂总算慢慢醒来。她又喝了一口热茶，才算是缓过点劲儿，这是一路奔波、饥饿、疲劳、焦急交加，造成的晕厥。

无理真问："孩子，莫急，有父亲在。家里出了什么事，你慢慢说。"

青颂平静了一下内心，就把龙王掳走母亲、姐姐去救娘亲、奶奶吓晕的事情一一说了出来。

　　四兄弟一听就急了，纷纷要求马上动身去救娘亲。

　　无理真也很着急，但是，他觉得还是应该找东方首商议一下，比较稳妥。

　　茉莉听说师兄的妹妹青颂来了，赶紧跑来探望，又听到师兄家出了如此大的事，她也非常着急。

　　冬生说："哥哥，我现在马上去请师父，一起商议解救母亲之事。"

　　茉莉说："颂姐姐连夜赶来，又饿又累，难免虚弱。你们继续商议，让我和母亲来照顾颂姐姐吧。"

　　春生点了点头，无理真还在心焦，惦记着家里的事情，无暇顾及其他，在屋里来回踱步。

　　茉莉搀扶着青颂到了自己的闺房，让她躺在床上，又端来一些可口的软点心。青颂就着茶，吃了一点。

　　茉莉的母亲从厨房端来她亲手制作的蛋羹。青颂也吃下了，觉得身体恢复了不少。

　　刚一好转，她马上起身要去找父亲，想立刻出发去救母亲，被茉莉拦住了。茉莉劝青颂不要急，再休息一下，事已至此，着急也解决不了问题。

　　茉莉说："你着急的心情，我特别能理解，可是身体没有养好，也救不了母亲的。"

　　青颂听茉莉这么一说，只好作罢。

　　喝了一大杯茶之后，茉莉对青颂说："颂姐姐，你现在气色已经好多了。"

　　青颂很喜欢清新雅致的茉莉，她一身茉莉花香，闻着就那么舒服。

　　青颂说："多谢妹妹照顾了，我在这里一时一刻也耽误不得，我们马上要出发，去救母亲。"

　　茉莉说："不急，我已经烧了热水，你一会儿洗完澡，再吃一碗燕窝，估计就全部恢复了。再说，你的鞋也跑坏了，我有一双新鞋，是母亲刚刚做好的，没舍得穿，你且试一试。"

　　青颂听茉莉说起母亲，心中有点难过，眼泪不自觉地流了下来。她轻轻地说："好的，妹妹，我听你的。"

　　茉莉拿出那双鞋，鞋面上绣着白色的茉莉花，鞋帮上绣着绿色的叶子，漂亮极了，一朵夫人果真是巧手。

青颂一试，大小正合适，而且柔软舒适又暖和，不禁心中一暖。

茉莉看青颂那么喜欢这双鞋，就微笑着说："你我姐妹也算有缘，这双绣鞋就当是给姐姐的见面礼了。"

青颂听到这话，开心地笑了，不再那么郁闷难过，她对这双鞋和茉莉本人都喜欢得不得了。

冬生来到上院，找到师父，将事情一五一十地讲给了东方首听。

东方首听完汇报，连忙赶到下院，一进门就急急忙忙地来到书院的议事厅和无家父子商议。

东方首翻了翻经书，然后开始算卦。

看完卦象，他经过一番深思，肯定地说："从卦相看，玉叶母女目前平安，没有生命危险，只是被监禁了。"

春生很焦急地问："师父，那如何救得我的娘亲？"

东方首说："救你娘亲并不难，但是，这是你爹爹的一次大劫难，他是躲也躲不过去的。"

无理真赶紧近前一步给东方首施礼，说："先生，我愿闻其详。"

东方首说："你们不知道，无理真其实是太甲上君的高徒。当年，太甲上君为了考验你父亲，将他托生给穷苦人家，让他受尽人间疾苦，劳其筋骨，累其情志，看其是否可以真正做到吃苦耐劳，厚道善良，最终得道升仙。如今，理真的劫日到了。谁也帮不了他，只能他自己去解决此事。"

东方首看了看他们父子俩，说："历经此劫后，你父亲便可得大道，升仙位。如果渡不过此劫，你家从此败落，性命休矣！天机不可泄露，我也只能言尽于此。"

听到这里，无理真已经十分感激东方首，他问："先生，我如何找到我的师父太甲上君呢？"

东方首说："你先回去救你夫人，待时机成熟，你师父自然会现身。"

春生说："我愿意去为父亲受此劫难！"四兄弟一起跪下，夏生、秋生、冬生也纷纷要求替父亲受难。

东方首说："你们的父亲必须要经历这一劫，只有春生可以陪着去，以尽孝道。其他人暂时不能前往，否则恐怕只会对你们父亲渡劫不利！这是因为春生和你们父亲之间……"说到这里，东方首突然停了下来，他不能再泄露天机，否则将受到上天的惩罚。

他说："这样吧，大家都要做最坏的打算。你们三人等待我的命令，我自有安排。这是大事，如果不听劝告，后果不堪设想！"

无理真此时已经明白了东方首的卦意。

他将儿子一一扶起，说："夏生、秋生、冬生，你们必须听从东方先生的话。我和春生去救你们的母亲就可以了，你们在此等待东方先生的命令。"

父亲这样一说，三个儿子再次跪下，泪流满面地高喊："师父，师父，您的意见让徒儿实难从命。此时此刻，如果不让徒儿去救母亲，徒儿将终生内疚，难以心安。"

东方首说："如今局面好比战场，为师就是元帅，打仗需要分工，该你们上场的时候自然会派你们前去。春生一人前往已经可以完成任务，人去多了，反而会阻挡你们的父亲得大道，升上仙。这是命中注定的事情，因此其他人不用去，也无须多言，我的命令必须遵守！"

无理真也急了，对三兄弟说："有我在，还有你们哥哥、妹妹在，你们母亲一定能平安归来！听你们师父的，否则，父亲真生气了。"

无理真深深理解东方首的做法，此一去，凶多吉少。

他想，三兄弟还未像春生一样，武艺成熟，还需要历练。万一四兄弟全部牺牲，无家就断后了，无家的茶事业就永失做强做大的机会。这是他的想法，至于东方首的顾虑，他其实根本不清楚。

兄弟三人听师父和父亲这样一说，也不敢再多嘴。只好谢过父亲、师父，三个人遗憾地回到自己的房间，泪往心里流，气不打一处来，想不通为什么师父和父亲会这样命令他们。不过，任他们如何发牢骚、生闷气已经无济于事了，他们只能待在京城等候消息。

春生和父亲来到茉莉的房间看望青颂。青颂已经洗完澡，身体大大好转，见了春生，一下子抱住他，说："哥哥，我们姐妹可想念你了。"

无理真说："青颂，收拾一下，我们和春生一起尽快赶回家，商议如何救你母亲。"

青颂当然不敢怠慢。

茉莉站在一边，默默地看着这一家人，默默地看着春生，没有说话。

春生深情地看了茉莉一眼，狠狠地点了点头。当着自己的父亲，他无法说出什么，千言万语和浓浓不舍都化在这点头中，此时无声胜有声。

青颂简单收拾了一下，带上茉莉母亲为他们煮的一袋子鸡蛋，然后走到茉莉身边，紧紧地抱住她，说："茉莉妹妹，这次谢谢你了，你有空一定要去我们梦顶山玩，我们姐妹招待你。"

接着，青颂扭头又对父亲说："父亲，这次多亏茉莉照顾，我才好得这么快，回头可得好好谢谢妹妹。"

无理真一开始没怎么注意茉莉，经过青颂这么一说，他也赶紧走过来要答谢茉莉。当他走近看清了茉莉的容貌后，大吃一惊：这姑娘长得国色天香，令人惊艳。

他猛然闻到了茉莉身上的不同于茶香的强烈香气，这香气比绿茶还要浓烈，这让他深感不悦。他立刻站住了，而且皱了皱眉头，勉强作了作揖，说了一句："谢谢了，茉莉姑娘。"

多年来，无理真早已经完全习惯了绿茶香，他认为绿茶香是世界上最美、最好、最清新的香，也是最激荡心灵的香。他甚至觉得这个世界上，只有绿茶香最纯洁、最干净，任何香都比不过茶香，因此，他对其他香气都有些反感，尤其是花香，他总觉得过于甜腻，不比茶香清淡雅致。

而眼前这位茉莉姑娘，容貌惊艳，身上还带着惹人心慌意乱的香气，不知何故，直觉告诉他：这个姑娘将来会给无家带来巨大的挑战。因此，他对茉莉没有任何好感。

无理真微妙的心理活动，被细心而敏感的茉莉察觉到了。但是，茉莉依旧礼数周到地向无理真行了个礼，然后闪到了一边。

当着父亲和妹妹的面，春生难以表白不舍之情，他深情地望着茉莉，轻轻地说了一句："茉莉，我走了，别贪玩，照顾好师父。"

茉莉扭身掩面，点了点头。她不想让春生一家人看到她哭了，她把对春生的所有不舍都藏在心里。

见茉莉如此，春生的心也开始隐隐作痛，暗自发誓："心爱的茉莉，我知道这是我第一次离开这么长时间，你一定很难过。但是，作为一个大丈夫，我要担当起自己的责任，我相信你一定会理解我的。无论我走到哪里，我对你的爱都是那么真，那么热，请你不用质疑。"

无论春生和茉莉如何难舍难分，他都要走了，十万火急，救母要紧。而茉莉也知道，春生这一去，凶多吉少，否则，师父也不会那么心急火燎的。

无理真三人走出东方下院的大门，弟弟、一朵夫人和茉莉特来送行，一一告别。

春生特别嘱咐三个弟弟照看好师父。茉莉躲在三兄弟的身后，内心五味杂陈，心绪难平。

春生深情地看了茉莉一眼，也没说什么，一挥手，绿叶纷纷飞来，又一次组成绿色毯子，蝴蝶小仙也来为他们引路。父子三人上了绿毯徐徐升空，向远方缓缓地飘去。

这情景吓坏了前来送行的张一朵。她以前总觉得神仙很遥远，而眼前这一幕实在让她瞠目结舌，春生竟然已经学会了飞天的法术。

春生的法术也震惊了夏生、秋生和冬生。虽然他们见识过大哥救茉莉时施展的法术，知道大哥绝对不是一般凡人，但大哥的修为竟已到了如此程度，仍令他们始料未及。他们似乎明白了为什么师父只派春生去救母亲，暗下决心，一定要向哥哥学习，好好修炼。

茉莉安静地看着春生远去，这是她第一次和春生分离。

她对春生的照顾依赖惯了，所以春生这一走，她的心一下子变得空荡荡的。就在春生离开的那一刻，她有一种撕心裂肺的痛，眼泪夺眶而出。与春生分别，哪怕一刻，她也难以接受。

她在心里喊道："师兄，一路保重，心里要有我，早日救母成功，盼你归来"。

天空中，春生三人的身影已经渐渐看不清楚，离开了众人的视线。

茉莉靠着母亲的怀抱，再也忍不住，大哭起来，眼泪刷刷地往下流。

母亲疼爱地抚摸着茉莉的头，安慰她说："春生很快就会回来的，他有神功护体，一定会很快回来的！"

如若不是这次分离，茉莉也想不到，她对春生已经产生了如此深的感情。

春生义无反顾地走了，为了救他母亲，他带着必胜的信心走了。但是，他的心里也放不下茉莉，他也希望早去早回。他曾想带着三个弟弟和师妹茉莉一起去，可是，师父一句话便堵住了他的嘴。一切尽在师父的掌握之中，他也无话可说。他只能把对茉莉的思念装进心中，大丈夫顶天立地，要有担当。

他此时也很难过，但是他不能为了儿女情长，不顾大道，让自己陷入万劫不复的境地。

春生才离开那么一会儿，茉莉却已经开始想念他了，她觉得，此时她的心已经被春生带走了，带到了很远很远的地方。

没有你

春天就不会来

没有你

春天的花也不开

你就是那颗爱的种子

不知道在哪一天

悄悄地种在了我的心怀

几时几刻

春夏秋冬

已长成一片茂密的树林

让你走进来

享受绿荫关怀

从此之后

我的情感

就可以静静地

安放在你的心里欢乐开怀

当你一离开

我就开始孤独徘徊

任风雨吹打

任阳光曝晒

任我每一天呼唤你

因为没有你

春天就不会来

没有你

春天的花也不开

第九章

春生、无理真和青颂在蝴蝶小仙的引领下，很快就来到了青龙江，在河边遇到了犹豫不决、不断搓手的青雅。

青雅一见到他们，马上跑过去抱着青颂，两人痛哭了好一会儿。

平静下来后，青雅开始向父亲和春生讲述经过。她说："自从大姐进入这个黑漩涡，我等了几天也没有任何消息。姐姐说，如果她没有出来，就不让我再进去，她可能也被龙王关起来了。我真不知道该怎么办。"

春生说："莫慌，我先探查一下。"春生施法叫来了负责看守这一片森林的土地公。

土地公恭敬地施了一礼，说："春生少君，召小仙何事？"

春生说："我的母亲和妹妹被龙王关押起来了，劳烦你帮我探查一下她们的情况。"

"是，少君。"土地公说完，从袖中取出一只无名小虫，小虫展开双翅飞进了黑漩涡，没有多久又飞了出来，落在了土地公的耳旁。

土地公仔细听了一阵，答道："少君稍安，此时龙王已离宫，你的母亲和妹妹被关在地牢，但是受到龙后的保护，看管得很松，也并未受皮肉之苦。"

春生说："父亲，龙王不在，是个大好机会，我们一起杀进去，救出娘亲和青风。"

无理真说:"好!"

于是,无理真带领春生、青雅、青颂一起跳进漩涡,由无名小虫在前面带路,一路来到水晶宫。

水晶宫的守卫士兵十分难缠,四个人同他们战几个回合,青雅也受了点轻伤,仍无法突破入门。春生再次驱动成群毒虫飞来,毒虫一来,就将守卫团团围住,一通乱咬。守卫终于顶不住了,四处溃逃。春生一家趁乱杀进了牢房。

狱卒哪里是春生的对手,三下五除二就被春生砍伤倒地。

春生没敢下狠手,因为将来也许还要和龙王打交道,按辈分来说,龙王还是春生的外祖父,所以,他手下留了情。

其实,龙后早就减少了防护的守卫,才让他们轻易地得手。

青雅和青颂弄开了牢房门锁,将母亲、青风救了出来。

春生用树叶将全家人团团裹住,然后施法让大家一起冲出黑漩涡,回到了岸上。

一家人回到了家里,玉叶与孩子们拥抱在一起,幸福低泣,百感交集。

无理真赶紧去看望母亲。母亲已经醒来,看到无理真,一时情绪上涌,又吐了几口,竟然也舒坦了许多。青风服侍奶奶漱了口,喂她喝了药,又扶着她躺下了。奶奶见儿子回来了,马上就不糊涂了。

无理真跪在母亲面前,赔不是,说自己来晚了,让母亲受苦了。

晚上,一家人聚在客厅,无理真说:"我们这样大闹水晶宫,龙王绝不会善罢甘休,一定会回来报复我们家。这样,我多年修炼的山上有一个山洞,你们母女带着奶奶到那里去躲躲。那里好比世外桃源,吃饭睡觉都不是问题,我和春生留在家里对付黑龙。"

三姐妹都要求留下来,配合父亲和春生一起作战,父亲不同意。

眼看刚刚团聚的一家人又要分开,姐妹们分外难过。

玉叶说:"你们都走吧,我留下。不行,我就和他拼了,我是他的亲女儿,他不能把我怎样!"

无理真生气地说:"玉叶,我是一家之主,你们必须听我的。东方先生说，这是我命中一劫，我必须自己承担这一劫。你们马上收拾东西，尽快离开这里。"

见无理真语调强硬，毫无盘桓余地，大家便不再作声，难舍难分的感伤之情蔓延开来。

天上突然飞来了大片彩云，徐徐降落在无家的院中。云彩散去，华服云鬓的龙后缓步而出。

玉叶马上跪下，喊了一声："母后，您怎么来了？"

春生和妹妹们也跟着齐齐跪下。玉叶哭道："母后，女儿让您操心，让您受苦了。"

龙后看到外孙春生英武阳刚，孙女们一个个如花似玉，不禁心生喜爱。

无理真拜过龙后，龙后说："理真，我担心龙王回来报复你，所以，这次我特来送你护身宝物。"

说完，龙后拿出一颗夜明珠，严肃地对无理真说："你看，这不是普通的珠子，是我耗费数年，用心头血浇灌养成的，现在送给你。你藏在怀中，有明珠护体，龙王的雷电也伤不到你。"

无理真接过夜明珠，和春生一起跪谢龙后。

玉叶给母亲递上一杯茶，太后饮了一小口，继续对无理真和春生说："龙王那个老糊涂，我真管不了他，说不服他，他已经习惯了强势，习惯了飞扬跋扈。所以，理真，你们千万要小心。"

说完，龙后又拉着玉叶的手，含泪说："玉叶啊，让你们受苦了，你们母女还是到外面去躲一躲，有理真和春生守在这里，问题不大。我想，等龙王打过了，闹过了，气消了，我再和他说说，你们再放低一下姿态，他或许就能接受了。不管怎么说，总归是一家人，我就不信他要闹出天去。"

龙后语重心长地一一吩咐完，就急急忙忙要飞走，说："那个老糊涂如果发现我不在，你们又跑了，他还不知道要发多大的火，我得赶紧回去。"

玉叶想留母亲吃个饭也留不住，一家人还没来得及叩谢龙后，她就驾云飞得不知去向了。

玉叶吩咐三姐妹收拾好衣物，为明天进山做准备。春生和父亲到一边去商量对策，没多久，玉叶和奶奶就做好了一桌菜，准备开饭。

刚刚团聚就要面对分离，而父亲和春生还要对战龙王，因此，谁也吃不下去，气氛显得很压抑。

无理真端起一杯茶，仰脖喝下，然后说："孩子们，莫怕。我们一家人精诚团结，我们又没有犯什么错，干什么坏事，我们不用怕。我们一定能取得胜利。"

春生也说："父亲说得对，我们没有错，我们根本不用怕龙王。师父让我一人来，想必已经预料到我们可以解决此事。"

"来，我们一起满饮此杯，别让忧愁压迫我们的快乐日子。"无理真微笑着劝慰家人。

春生也端起茶杯一饮而尽。

大家默默地吃着，菜过五味，无理真说起他这次进京的经过。

"在东方先生的引荐下，我顺利地拜见了皇上，并且献上了今年的好茶，皇上品过之后大喜。据说，后宫的佳丽们也纷纷讨要品尝，梦顶山的绿茶轰动了整个皇宫。我向皇上讲述了神农氏赠送茶籽，我和玉叶种出一园子茶树的事情，皇上一高兴，直接封我们茶园为'皇茶园'。而且，皇上还准许我们在京城开办御茶馆，让东方先生负责督办，启动茶的推广。皇上对我说，茶亦食亦药，官员百姓都该多饮，饮茶是促进国泰民安的好事，一定要尽快办，好好办。"

听了父亲的话，大家议论纷纷，三姐妹叽叽喳喳，气氛也慢慢好了起来。

无理真总算如愿以偿，可以进京开茶馆了。以无家三姐妹的花容月貌和制茶本领，可以预见，御茶馆必将风靡京城。

大家边吃饭边议论，都兴奋起来。

这是春生回到家里吃的第一顿饭，妹妹们都往他碗里夹菜，春生很开心，确实感受到了家的温馨。

此时，最小的妹妹青颂突然问春生："哥哥，你走的时候，我们都还很小。现在，你看我们都长大了，你不会都认不出来了吧？"

春生笑着说："不仅长大了，还越长越漂亮了呢！"

小妹青颂红了脸，笑着说："再漂亮也没有你那天仙一样的师妹漂亮啊！大哥，老实讲，你是不是心悦于她？"

春生没有答话。青颂又绘声绘色地讲述了一番她见到茉莉的情景，说得两个姐姐眼睛发亮。

这下，气氛彻底热闹起来，三个妹妹拿春生开起玩笑。

春生被她们说得脸红，赶紧解释："不要乱说，我们只是师兄妹，师父管得很严，男女有别，我是不敢乱来的！"

"那你脸红什么？"三个妹妹不依不饶的，春生一点办法都没有。

无理真听到春生这样说才稍稍放心，他为春生解围道："女儿们，别胡闹了，让哥哥好好吃饭。"

玉叶也跟着劝阻，三姐妹这才安静下来。

无理真继续说："春生啊，你要认真和你师父学些本事，他可是大师中的大师。大丈夫志在四方，怎肯拘泥于儿女私情。婚姻之事，晚点儿也没事的，为父也是很晚才娶的媳妇。是吧，夫人？"

玉叶笑了，说："你是穷得娶不到媳妇。"

无理真没搭玉叶的话，继续教育春生："再者说，那个茉莉姑娘身上有股奇香，不似凡人。如果她将那香气带入了我们家，我很担心绿茶的纯正香气会被污染。春生，你没有这个心思最好，若是有，也要多加考虑啊。"

春生听到父亲这么一说，心里"咯噔"一下，想："哎呀，坏事了，原来父亲不同意我和茉莉的事。"

当着一家人的面，春生只是皱了皱眉头，没有说什么反对的话，却沉默下来。

但父亲这一席话，却让女孩们都蔫了。她们真心期盼春生和茉莉可以两情相悦，用青颂的话，他二人就是金童玉女，一双璧人。可是，如今看来，以父亲的倔脾气，春生和茉莉成不成还两说呢。

玉叶看出春生心有不快，儿子刚回来，还要面对即将到来的大战，她不想让孩子不开心。她马上接过无理真的话，说："孩子大了，不由爹娘。你所说的什么异香影响咱家绿茶的纯正，这也太严重、太绝对了吧？孩子的婚姻成与不成，我们做父母的最好不要干涉。"这是玉叶的切身体会，也说到了春生的心坎上。

无理真想和夫人辩论一下，可还没等他说话，青风马上把话接了过去："一家人在一起高高兴兴的，不说这个没影儿的事情。父亲，你这次去京城，办茶馆的事情也有眉目了，但是，我们怎样才能办好皇上御批的茶馆呢？"

见聪明的青风支开话题，大家就不再继续争论，而是开始认真谈论如何在京城办茶馆的事。

吃完饭，三姐妹带着春生去看令他朝思暮想的茶园。

春生还未走进茶园，一股淡淡的清香便扑鼻而来，沁人心脾。一进入茶园，映入眼帘的是满山、满谷的绿色，就像一片绿色的海洋。茶园云雾缭绕，仙气飘飘，令人神往。

茶树栽在一个个小山包上，整齐地排列成行，好像一条条绿色的丝带，彼此联结着，浓浓密密地伸展着，成就一片宏大的茶之海。

春生和三姐妹爬到茶园的山顶上，风景尽收眼底。

深吸一口气，微风带着茶叶的香气从脸上掠过，春生的心顿时荡漾起来，那种感觉好似一下子到了仙境。

春生站在高高的山顶向下望去，整个茶园就像一个聚宝盆，一排排整齐的茶树从山底盘旋而上，聚成一座绿色的宫殿。而漫山遍野的茶树，又像列队的绿色兵士，昂首挺胸地占据着整个山坡，生机盎然。

美景如斯，怎么不动人心魄？

春生摘了一片嫩绿吐舌的新芽儿，放在嘴里尝了尝，满口留香，陶醉不已。

茶树丛中零星地点缀着黄色的、白色的、紫色的、红色的野花，清新带露，犹如刚出浴的美人。三姊妹欢笑着跑进茶树从，摘了不少野花，将最鲜艳的戴在头上扮美，剩下的还准备拿回家中装饰堂屋。

此情此景让春生格外思念茉莉，如果茉莉也在，一定会像她们一样欢笑着。想到离开东方书院时茉莉那含泪的一瞥，春生有一点感伤。

如果世界如茶园般单纯、美好、和谐，没有争斗，没有偏见，没有傲慢，没有丑陋，没有歧视，那该多好！这么美好的茶园，我一定要保护好它！春生这样想着，差点出了神，直到三姐妹呼喊他，他才意识到天色已经晚了，他依依不舍地离开了茶园。

第二天一早，玉叶、奶奶和三姐妹背起行囊，依依不舍地离开家门，去往父亲修炼的青峰岭。

无理真已对山洞进行了修整，此处就像个世外桃源，一点也不显简陋。洞里有小桥、流水，还有一小片菜地和一池小鱼塘，还养了鸡鸭等，父亲请了专人打理。靠近洞口的地方隔出了几间房，每个房间还专门开出一面窗。洞外的阳光透过片片绿叶洒进屋内，汇成一屋子的温馨——家人在里面生活一段时间也不成问题，女眷们对这个地方相当满意。

春生和父亲待在家中，等待龙王上门。可是，一连几日，都没有任何动静。无理真也觉得有几分蹊跷，但是，春生明白，越是大战前夕，一切越是显得无比宁静。

这一晚，夜色格外浓重，乌云密布天空。突然，狂风怒吼，瓢泼大雨倾盆而下，接着，土豆大的冰雹砸了下来。

黑龙盘旋天际，发出怒吼："无理真，这就是我给你的见面礼！你好大胆子，闯入我的龙宫，打死我的士兵，打破我的牢房。今天，我要让你生不如死！"

院内，无理真跪下，大喊："小婿见过岳父。岳父大人，我们一家生活幸福美满，并没有冒犯您，您为何如此一而再地追杀我们？"

春生也跪下说："外祖父，事已至此，您为什么不愿意成全大家？您难道就不期盼家庭和睦，不愿享儿孙绕膝的天伦之乐吗？"

恼羞成怒的龙王早已经失去理智，谁的话都听不进去了。他非要惩罚无理真，惩罚他女儿离经叛道的行为，他要证明，他的无上权威不可冒犯。他要彻底挽回自己的面子，所以，一心要收拾无理真父子。

"少说废话，拿命来！"龙王霹雳大作，劈向无理真和春生。

春生呼唤树叶阻挡，树叶瞬间被火光点燃，霹雳直击无理真。好在无理真有夜明珠护体，并无大碍。春生虽然躲闪及时，却受了一点皮外伤。

该说的都说了，该让的也都让了，龙王还是不依不饶，决心一战，那么，无理真和春生也不必再退。

　　龙王像发疯了一样，怒吼不断，霹雳不断，发泄着怒火。实际上，他一直如此下去，会让自己的法力受损。

　　春生和无理真来回拼命躲闪，他们不和龙王直面相斗，主要以消耗龙王的精力和法力为主，毕竟龙王是长辈，若真伤了他，将来和好了，大家都尴尬。

　　春生越发感受到龙王想速战速决，可他和父亲偏偏不让龙王得逞。他们不停地跑、躲、闪，让龙王越来越急。

　　春生呼唤来云雾，弥散在整座山头，让龙王不知道往哪里劈。龙王则迅速用火不断地烘干雾，用风不断地吹散云，双方一时僵持不下。

　　春生和父亲到处跑来跑去，一会儿失踪，一会儿亮相；一会儿水里，一会儿树林里；一会儿躲在树叶堆里，一会儿又钻进了洞里。龙王被他们折腾得筋疲力尽。

　　这下，龙王真的火了。他俯下身来，决定近距离地和春生二人一斗。

　　情急之下，龙王也难免露出了破绽。他并不适合低空作战，庞大的身躯缺少灵活性，他这是要以自己的短处来对抗春生的长处。

　　春生看准时机，迅速乘着树叶绿毯飞起，接近龙王。龙王的霹雳术在短距离内难以生效，只好开始施展火龙术。他不断地向春生吐出火团，火团又化成了火蛇，火蛇吐着火信子缠住了春生，试图烧死他。

　　春生想："龙王，既然你对我苦苦相逼，那休怪我不客气了！"

　　春生灵巧地躲避着火蛇，一跳一闪间来到了龙王的尾部，那是龙最软弱的部分。

　　龙王看不见春生的具体位置，试图用尾巴胡乱横扫。龙尾强劲有力，鳞片锋利如刀，一旦被扫中，必定会一命呜呼。

　　可是，春生早已练就腾挪术，闪躲十分灵活。他趁龙王转身不及，对准龙尾，就势狠狠地砍了一刀，刀口顿时流血不止。龙王疼痛难忍，再无力施法，大喊一声，掉进河中不见了。

　　春生立刻来到父亲身边，问父亲如何，无理真说："无碍，我有夜明珠护体，没有受伤。"

　　父子两人刚刚说完话，就见空中再次乌云密布，突然，有四条龙同时出现，却不见了之前那条黑龙。

原来，龙王向天庭复命后，又再次邀请了四海龙王来他的青龙江水晶宫饮酒。没想到，他们一到，便看见水晶宫已经被春生父子砸得不成样子了。龙王非常生气，这让他在四个兄弟面前太没有面子了。他怒火中烧，一定要出战收拾无理真一家，几个兄弟也要一起帮忙。龙王自傲地说："不用，几个小毛贼，我一人足矣。"

龙王以为这是家事，不好让几个兄弟出手，而且一个无理真根本不是他的对手，三下五除二把无理真抓起来，然后再抓玉叶，一起投到地牢，待他们兄弟畅饮之后再审。

可是，一场恶战下来，龙王没有想到，春生竟如此厉害，身手灵活，法力高强，战术正确。可是，无理真怎么也经得起霹雳的打？轻敌让龙王吃了败仗，受了伤。

龙王回到龙宫，狼狈不堪，手下人赶紧为他包扎伤口。面对四兄弟，龙王尴尬不已。

四海龙王一看他被打成这样，也不干了。这还得了，他们在这里，还能让龙族被一个毛小子欺负了？他们让龙王先好好调息，他们出去会会那个后辈，为龙族找回颜面。

其实，春生没有下狠手，点到即止地教训了一下龙王。龙王也心知肚明，如果春生下狠手，他的尾巴恐怕就保不住了，他的武功、修为必将全部作废。龙王心中一时有些五味杂陈。

四海龙王已飞出水面，从东、南、西、北四个方向将春生和无理真团团围住，齐齐喷出巨大水柱。

春生迅速驱动绿叶将其挡住，但是四海龙王修为极高，难以抵挡，父子二人被冲得头昏眼花。

接着，四海龙王又开始喷出大量的火蛇，这火蛇极其凶狠狡猾，一不小心就会被咬上一口。

春生手忙脚乱地左右抵挡着火蛇的进攻。四条巨龙从四个方向夹击春生，春生使出浑身解数腾挪飞奔，不断甩出木箭，射向四条龙，但是伤不到龙的要害。他飞起来对付一条龙可以，对付几条龙却有些困难。

火蛇已经将春生包围，春生被咬了好几口，一时疼痛难忍，汗如雨下。

此时，南海龙王又吐出一条巨大火蛇。这条火蛇不同寻常，不仅巨大而且凶猛，全身散发着焦煳味。它一下子就缠住了无理真，无理真拿出夜明珠。

火蛇瞬间被夜明珠冻住，转瞬间，冰层炸裂，又分化为无数小火蛇。这些小火蛇更灵活刁钻，无理真一时不防，被咬伤了后背。伤口迅速烧了起来，夜明珠又散出寒气，将他冰冻住，再炸开。

忽冷忽热对无理真造成了很大的冲击，虽然未受重伤，但身体有点吃不消了，体力也在透支。即使他有夜明珠护体，也渐渐抵挡不了一轮又一轮的火蛇进攻。

凶狠的火蛇四处放火，把房子烧了，把树烧了，所到之处都燃起火苗，眼看火势就要蔓延到茶园。一旦遇火，不仅茶园要毁于一旦，七仙茶的茶仙体也就保不住了。

春生也忙乱起来，他和无理真奔向茶园门口，试图挡住火蛇的进攻，一不小心又被火蛇咬了一口。

父子两人都被火蛇伤了，出现了头昏眼花、力不从心的状况，眼看就要被火蛇团团包围，活活烧死。

无理真再次有气无力地举起夜明珠。夜明珠发出莹润的光芒，在整个茶园外围筑起了一道冰墙，无理真父子也被包围在冰层里。

火蛇群好像察觉到父子俩已经筋疲力尽，于是不断地用火焰融化冰层，导致冰层越来越薄，而火蛇也已经越来越接近父子俩了。

就在此般危急时刻，突然，周遭的每一个山头、村庄都点起了火把，照亮了整个天空，到处都是梦顶山的人。

原来，玉叶并没有安心住在洞中，她知道无理真和春生即将迎来一场恶战。她带着三姊妹走乡串户，不停步地拜访茶农、乡亲们，控诉龙王的恶行。

乡亲们听说善良的无理真将受到巨龙的攻击，迅速组织起来。火把使者还通知了各个山村，大家誓死要保护他们的茶祖。村民们深深地知道，没有茶祖就没有他们今天幸福的生活，他们还会继续受苦、受穷，是茶祖帮助他们改变了这一切。今日茶祖受难，怎能不帮？

村民们在玉叶和三姊妹的号召下，组成了几百人的弓箭手队，就藏在山间树林里。就在无理真和春生面对火蛇的猛烈袭击束手无策时，他们将带着火焰的利箭射向四条恶龙，燃烧的箭矢如流星一般划破天际，场面极为壮观。

这些箭虽然不能给龙体造成大的伤害，但数量可观，气势十足，震慑住了四条恶龙。四海龙王这一慌，火蛇的威力也立刻大减。在村民的帮助下，春生恢复了一些体力，趁机呼唤大雨大雾，迅速灭了所有火蛇。

四海龙王见势不妙，纷纷躲进了江水中。

黑龙看到四个兄弟狼狈地回到了水晶宫里，大为震惊，忙问："各位兄弟，怎么样了？"

北海龙王愤怒地问："大哥，你究竟得罪了什么人啊？他一呼百应，老百姓全来帮他。你这事可闹大了，我们确实管不了！"

南海龙王接道："是啊，附近的村民一起向我们射箭，我们也难以抵挡。"

话音刚落，就听到龙宫黑漩涡的洞口传来巨大的声响，百姓已经冲到了漩涡外，正朝里面呐喊："冲进龙宫，杀死恶龙！"

"冲进龙宫，杀死恶龙！"

"冲进龙宫，杀死恶龙！"

五条龙一听，不顾伤痛，一起冲出江面。他们准备和春生、无理真以及众百姓混战一场，拼个你死我活。一时间，火蛇乱碰，大水乱喷，万箭齐发。

在黑龙的鼓动下，江水涨得越来越高，此时青龙江两岸正面临溃堤的风险。一旦溃堤，两岸无辜的百姓恐难逃一难。但是，此时混战一团，无人能顾及这个问题。

突然，万道霞光劈开乌云，七彩祥云缓缓飘落。

云团之上，太甲上君身骑仙鹤，带着两位随身仙童，身后还站着那位张道人。

太甲上君一甩拂尘，金光闪过，五个龙王狼狈不堪地被打回人形，纷纷跌落在地。太甲上君又掷下几条捆仙索，将五个垂头丧气的龙王一一捆住。

太甲上君开口道："诸位村民都停下来，我代表天庭来解决此事。五龙王的错误与罪过，待到天庭审问之后再定，我先收了他们。"

说完，太甲上君一挥手，半空中出现了一个巨大的锦囊，五龙王全部被收进了囊中。仙童将囊口系好，背在了身上。

春生父子及在场的村民都停了下来，一起看向太甲上君。

太甲上君说："村民们，你们都回家吧，这件事到此先告一段落，我和茶祖还有别的事情要谈。"

无理真和春生谢过村民。待众人陆续散去，太甲上君随无理真来到了家中。

太甲上君刚一落座，无理真和春生就跪倒在地。

春生心里想："师父好生厉害，预测得真准啊！"

太甲上君扶起无理真和春生，说："理真爱徒，师父来晚了，让你受此苦难。"

无理真说："师父言重，是徒儿给您添麻烦了！"

太甲上君说："理真，你命中注定有此一劫。当年，为师派你到梦顶山苦修，你品行端正，心地善良，受到村民的拥护，无愧对师门之举。成功渡过此劫，你便可升为上仙，掌管梦顶山所有云雾风雨和大小茶园。另外，为师再给你介绍一人，助你建造道观，提升造化。今日，他还特地为你之事求我相助。"

太甲上君转头唤道："张道长在何处？"

张道长马上从仙童身后走了出来。无理真谢过师父，便要跪拜张道长。张道长赶忙扶起无理真说："师弟，师父让我辅佐你建设梦顶山的道观，我深感荣幸。我早就听说师弟种的仙茶已经成为皇家贡茶，名扬天下，今日得见，师弟果真仙风道骨、气概非凡啊！"

太甲上君说："理真，为师之所以请张道长来，目的有二：一是你劫数未尽，需要修新的道观，并在道观中苦修九九八十一天，方能修成上仙。张道长帮你建设道观，助你修行，你要用心学习，不要枉费为师的一番苦心。二是张道长有意将你的茶种引入江南。江南气候宜人，雨水丰沛，阳光明媚，特别适合种绿茶。种茶、饮茶最符合我们道家所提倡的道法自然、无所不容、无为而治、与自然和谐相处的思想，因此，道家和茶必将紧密相连，此事便交由你二人完成。"

无理真谢过师父与张道长。

太甲上君接着说："春生啊，你是神农氏百草园的茶仙，经过多年修炼，你已有所成，如若能掌握道家心法，必将成就一番大事业。你父亲经过此次劫难，在张道长的帮助下，可以成大道，此处已经无须你操心了。休息几日，你便回京城找你师父复命吧。"

春生谢过师爷和张道长，不知道为什么，他一点也不喜欢这个贼眉鼠眼的张道长，心想："这样的人真的能帮助我父亲悟道吗？"但是作为晚辈，春生将这一切埋在了心里，没有说什么不得体的话。

春生的不快却被小心眼的张道长看在了眼里，他心想："小子，你现在不服，到时候，你就知道我的厉害！"

太甲上君让仙童打开锦囊，金光闪过，五位龙王被放了出来，齐齐跪下。

"你们身为龙王，本该为苍生着想，润泽一方水土。可你们平时骄横跋扈，欺压百姓，今日作为更是视人命为草芥，不严惩不足以平民愤！便罚你们到诛仙台接受鞭刑，受刑后，一年内不许出龙宫，修身养性，反思自己。"太甲上君说完一挥手，招来一片云。云端站着几位威武的天兵天将，押着五位龙王，去往诛仙台受刑。

处理完龙王，太甲上君便告别众人，乘着仙鹤，伴着霞光，飞走了。梦顶山恢复了往日的宁静。

无理真从青峰岭接回一家人，三姐妹一见家里到处被烧，不仅泪水涟涟。不过，玉叶略施法术，又将一切恢复正常，鸡鸭鱼鹅重新回归，家里恢复了往日热闹温馨的景象。还好，茶园没有受到任何影响。

一家人开始洗菜、做菜，准备好好庆祝一下。

无理真、春生在堂屋里和张道长喝茶闲聊。

"春生，这次多亏你帮忙，否则，为父真不知道该如何处理此事。我带你去京城学艺，真是去对了，跟东方首学了一身真本事啊。"无理真感慨地说。

春生谦虚地说："还是父亲平时为他人着想，为人善良，危难之时，村民们一喊震天，让玉帝都不得不派神仙出面协调。"

春生话里压根儿没有提太甲上君的功劳，这让一旁喝茶的张道人听着有点不爽。但是，张道人却只是微笑不语，他早已经明白春生不是很喜欢他，只有无理真这个老实人没有觉察。

没聊一会儿，青风便来请三人去吃饭。菜肴丰富，气氛融洽，一家人喜气洋洋地围坐一桌，美好、幸福的氛围感染着每一个人。

春生在家休养了几天，身上的伤基本痊愈了，他心里惦记着茉莉，归心似箭。玉叶看出春生有心事，她觉得儿子这次回来似乎有哪里不一样了。

春生几次和家人提起师父那里有事，需要他尽快回去。

三个妹妹不高兴了，假装嗔怪地说："你这白眼狼，才回来几日就要回去，我们多少年不见了，枉费了我们对你的挂念。"

春生对这些妹妹也没有办法，只好笑笑了事。

玉叶说："你们哥哥是成大事之人，他心里不能只有咱们这个小家，应该像东方先生一样，先人后己。你们不要为难他了，让他尽快回京复师命吧。"

离京之后，春生几乎每天晚上都要梦到茉莉，他已经完全放不下茉莉了。他明白这是一种什么样的感情，他爱茉莉已胜过了任何人。离开茉莉越久，他的心便越慌，恨不得马上飞回京城，飞回茉莉的身边。

这天晚上，他做了一个噩梦，梦见茉莉一个人待在一个四面封闭的寒冷之地。茉莉流着泪，呼唤着他，他刚想伸手去拉，茉莉就变成一阵烟云不见了。任他怎么喊，茉莉都不再出现。

梦醒后，他惊出一身的冷汗，更加为茉莉担心。

她为什么会出现在那么清冷的地方？她为什么会伤心落泪？茉莉还好吗？想到这些，春生简直一刻都等不及了，可是，他也明白家里人都不愿意他离开，他内心焦急又纠结。

龙后来到无家，她想邀请无理真一家人到龙宫一聚。

龙王已受过刑罚，被禁足于龙宫。龙后耐心劝了他几日，他反思之后也冷静下来，相当后悔。龙后趁机说："怎么说也是一家人，不如趁此机会一聚，恩怨往事一笔勾销？"

龙王知道夫人这是在给他台阶下，马上就说："也罢，你去安排就是。"

玉叶和无理真带着儿女前往青龙江水晶宫，探望龙王。龙王自知心中有愧，如今也想缓和关系，自然不会再为难无理真。

无理真带着全家大小，恭恭敬敬地给岳丈行跪拜礼。龙王也就顺势认下了女儿女婿一家，然后在水晶宫大摆宴席，全家人热热闹闹地聚了一回，龙宫上下一片欢喜。

酒宴上，龙王兴起，叫下人取来宝物——一条由百年鱼骨打造而成"筋骨鞭"，送给外孙春生。此鞭可是了得，一鞭下去，皮肉开花，两鞭下去，筋骨全断。而且，此鞭伸缩自如，易于随身携带，确实是举世罕见的一件宝物。

春生得此宝物非常开心，有了筋骨鞭，从此天下再难以找到对手。春生鞠躬谢过龙王，一家人其乐融融，欢聚一堂。

酒席散后，春生和父母说，他马上要驾上绿叶飞毯回京城找师父去了。

父母同意了，一家人再怎么恋恋不舍，也没有办法。姐妹们也都知道春生有心事，也不再留他，大家就此告别。

春生立刻赶回京城，没有任何停留就回到东方书院，他要把胜利的喜讯告诉茉莉，他要找到茉莉一诉相思之情，他从未像今天这样渴望见到茉莉。因此，他一落地未曾休息，心急火燎地立马跑到茉莉房间，茉莉竟然不在屋内。他又赶紧来到后院习武之地，也不见茉莉踪影，又跑到学堂，不仅没找到茉莉，连三兄弟都不见了！

于是，他慌忙跑到张一朵的住处，看到张一朵坐在床边，以泪洗面。

春生紧张地问："伯母为何哭泣？茉莉哪里去了？三位师弟又去向何方？"

这一问了不得，张一朵道出的实情，让春生大吃一惊。

第十章

张一朵说："春生，你可回来了！茉莉和你那三位师弟被当今皇帝宣诏，东方先生和他们进宫已久，到现在还没有回家，真不知道是凶是吉啊！我在这里担心死了。"说着说着，她又哭了。

春生虽然很吃惊，但他努力调整了一下自己的情绪，尽量让自己保持冷静。他让张一朵不要着急，慢慢地讲来，在他离开家的这段时间里，东方书院究竟发生了什么样的事？皇帝为什么会连师父带徒弟一起诏见？

原来，在春生大战黑龙后，师父预测春生在太甲上君的帮助下，已经平息了此事，心情格外爽快。恰逢魏皇后的弟弟——本朝的大将军魏擎天来到东方府上拜访，其实是向东方首问计官场之事。东方首自是大摆家宴招待魏擎天。

魏擎天现在可是皇帝身边的红人，皇帝对他极其欣赏，他姐姐魏素真又是新任皇后，独得皇上宠爱，即使是东方首，也自叹不如。满朝文武谁不想巴结这样的权贵？

而且，魏擎天武艺高强，是本朝的传奇人物。他自幼在西北喝金河水长大，父亲是汉人，母亲是凶族人。幼年的时候，魏擎天被草原上游历的一位高人看中，授他刀术和马术。魏擎天天资聪颖，很快学会并成为个中高手。只是，魏家贫寒，父母希望魏擎天能早日赚钱养家，他却迷恋武术，因此和父母关系一直不好，父亲几次将他赶出家门。

成年之后的魏擎天身高超过九尺，魁梧健壮，膀阔腰圆。他的刀术马术无人能敌，尽管家里贫穷，常常吃不饱，但草原上倒也饿不死人，他经常能打到野味，填饱肚囊。魏擎天真是命运不济，生在贫寒之家，又遇到母亲大病一场。

为了给母亲治病，父亲不断地借钱，家中欠债过多，无法偿还。家里稍微值钱的东西都变卖完了，却仍还不起钱，穷得都揭不开锅了。父亲一咬牙，被迫无奈将姐弟二人卖给债主当奴隶来还债。

父亲想，他们去当奴隶还有碗饭吃，总比在家里等着饿死好些。

只可怜一身好武艺的魏擎天和姐姐被父亲用药迷昏，三更半夜又被债主用大网包起来，投进铁笼，经过了几手倒卖，贩卖到京城。他们可怜的母亲最后还是病死了，父亲一把火烧了家中仅剩的一间茅屋，从此杳无音信。

进京一路颠簸，长途跋涉，人贩子怕魏家姐弟跑掉，很少给他们吃的、喝的。任姐姐怎么哭着哀求，人贩子都无动于衷，他们只好一路忍冻挨饿。到了京城后，他们很快就被当作奴隶卖掉了。但是，魏擎天万万没有想到，他和姐姐的命运至此出现了重大转折——不久的将来，他将成为本朝万众瞩目的大英雄。

皇上的姐姐阳萍公主家里缺几个仆人，就命管家来到东西市挑选奴隶。没想到管家一眼就挑中了魏擎天和他的姐姐，一起买了回来，带回公主府。魏擎天做了阳萍公主的骑奴，当公主骑马时，他在旁边全力保护公主，平时和马住在一起，看护喂养宝马。姐姐做了公主的贴身侍女，专门伺候公主起居。

在阳萍公主府上，两人总算能吃饱饭了，因此非常珍惜这样的生活。两人勤勤恳恳，任劳任怨，即使不是自己的活也帮着干，而且不爱说话，老老实实从不偷懒耍滑，赢得了府里上上下下的喜欢。

魏擎天非常喜欢马，他把公主的宝马喂养得毛发光亮，膘肥体壮。他对待公主也非常体贴，公主每次骑马，他都格外小心翼翼，不敢有一点差错。有一次为了保护公主，他自己还受了点伤，却没有任何抱怨，养伤时也不忘照顾好宝马，这使得公主对他更是格外喜爱。

公主这人比较善良，认为两人人品不错。于是想帮一帮姐弟俩。在空闲的时候，公主就教魏擎天和魏素真识字，没想到，两人一学就会，不出一年竟可以独自看书了。阳萍公主便主动向他们开放了书库，魏擎天有空就跑到书房研读兵法，苦读各类兵书。有时候，公主请他讲一讲，他就很谦虚地说一些自己的见解，公主非常吃惊，觉得此人悟性极高，未来必成大器。

魏擎天很快在阳萍公主家成为文武双全的能人，受到了阳萍公主的器重。只可惜他一介骑奴，身份卑微低贱，即使踌躇满志也报国无门。

有一天，皇上去阳萍公主府上做客，公主有意让魏擎天表演马术、刀术。英俊潇洒的魏擎天以精湛的马术、刀术，博得皇上的青睐。

刘武心系江山大业，十分珍惜人才，他认为魏擎天绝对是个难得的天才，必将助他成就大业，于是向公主讨要。公主一口答应了，皇上大喜。

晚上，公主摆宴请皇上饮酒，酒席中，公主让魏素真给皇上倒酒。魏素真有凶族人的部分血脉，比中原女子要丰满妖娆得多。皇上又看中了魏素真，阳萍公主为了讨得皇上的欢心，干脆就把姐弟两个都献给了皇上。

如此一来，皇上龙颜大悦，给了公主很多赏赐，并提出公主以后可自由出入皇宫，看望她的母亲，无须宣召。

公主大喜，如此荣宠可谓前无古人，一时风头无两，引得后宫佳丽们个个嫉妒得咬牙切齿，公主的如意算盘达成了。而魏素真、魏擎天姐弟平步青云，对阳萍公主也是感激不尽。

没过多久，魏擎天就升官了，一下子升任本朝骑马大将军。对于普通官员来说，这简直是不可思议的速度。皇上是不是疯了？

原来是刘武发现，他的御林军虽然高手如云，可在每一次对抗训练中，竟然没有一个人是魏擎天的对手。为了测试魏擎天，他又找了一些高手和他对垒，却都输了。最后，连本朝最傲气的韩燕儿都败给了魏擎天，这个魏擎天果真不是浪得虚名，确实是武功盖世的高人，"天下武功第一人"的称号也在军中传开了。

幸运连续降临魏家，没多久姐姐魏素真怀上了龙种。皇上一直盼望能有个皇子，魏素真母凭子贵，被册封为皇后。有了皇后这棵大树可依，魏擎天更是如日中天。

皇上登基之后最大的心事就是攻打凶族，彻底解决边关的困扰。而魏擎天是在凶族统治区长大的，比韩燕儿更懂凶族的各种战法、兵器以及用兵打仗的习惯，魏擎天本人又异常低调，文武兼备，皇上越发觉得他比飞扬跋扈的韩燕儿强百倍。皇上认定魏擎天可能就是上天派下来助他成就大业的神仙，于是，他把打凶族的全部希望都寄托在了魏擎天身上。

魏擎天至此前途无量，用东方首的话说，魏擎天的时代到来了！

此时的韩燕儿却醋意大发，因为魏擎天出现之后，他就遭遇了皇上的冷落。心胸狭窄、心高气傲的韩燕儿对此严重不满，肺都快要气炸了——他哪里受到过这样的待遇，连诸侯他都不放在眼里，魏擎天算个什么东西？

但是他又清楚，如果他想直接去和魏擎天斗，在皇上面前显示他的嫉妒，那么只有死路一条——他太了解皇上了，刘武是个有底线的人，他不能失了分寸。不过，他可以折腾点小事来，至少让魏擎天没那么舒服。

这次，魏擎天来到东方首家里，其实就是为韩燕儿而来。

他知道前一段时间韩燕儿因大闹东方府的事情，和东方首闹得很不愉快，还出京城休养了一段日子。因此，魏擎天想向东方首讨教一二。最近，韩燕儿总是找人在皇上面前变着法子阴阳怪气地说他的坏话，这些谣言看上去无伤大雅，却如毒蛇的信子一般暗藏杀机。魏擎天担心，皇帝生性多疑，长此以往难免生出嫌隙。

现在皇上对他好，也是因为姐姐刚诞下龙子，正是高兴之际，自不会信外人谗言，但是过了这个热乎劲之后就难说了。如果皇帝开始嫌弃他，他所有的努力和功夫都将化为泡影。一想到这里，他就坐卧不宁。

魏擎天认为东方首计谋天下第一，同时和韩燕儿也有过节，当然最宜向他问计了。

酒宴之间，东方首和魏擎天相谈甚欢，魏擎天把他的心事讲给了东方首听，东方首一听就明白了，他对魏擎天说："这个韩燕儿这是要坏我本朝大业啊！我之前就在秘密地调查他，现在也有些眉目了，我怀疑韩燕儿是凶族安插在本朝的暗桩。"

魏擎天不禁大吃一惊。

东方首想了想，就把他的计谋讲给了魏擎天听。魏擎天大呼："先生妙计，待时机成熟便可施展！"

东方首和魏擎天因共同的敌人即将被解决，而大为欢喜，于是彻底喝开了。

酒过三巡，菜过五味，东方首也有点喝多了，他突然想起自己的几个徒弟今日都在上院。最近几位徒弟天天苦练，能耐涨了不少，东方首想，何不让他们在魏擎天面前表演一番，让这天下第一高手点评、指点一二呢？

魏擎天也很喜欢文武双全的青年才俊，于是，迫不及待地让东方首叫来他的三个徒弟切磋一番。

东方首派人叫了三兄弟前来展示武艺，唯独没有叫茉莉。茉莉很不服气，她认为师父没有叫她就是偏心，于是坐在那里生闷气。

其实，师父觉得是她太特别了，不想过早地暴露她。可是茉莉哪里想得那么远，她跟谁也不商量，坚定地跟在三位师兄的后面一起来到前厅大堂。不过她还算懂事，没有跑到前厅直接和师父碰面，而是躲在师父看不到的庭院角落里，想看看他们究竟干什么。

三兄弟一一上前，拜见当今名士魏擎天，然后开始操练起来。

夏生表演剑术，表面斯文，暗藏杀气，魏擎天只是看着没有叫好。他认为夏生剑术虽然暗藏杀气，但是藏得还不够深。另外，他认为夏生最大弱项是肌肉骨骼不够发达，力道不足，若是对手体型彪悍，即可破解他的剑。

接下来，秋生表演琴术。琴声一响，确实令人头昏目眩，连树叶都纷纷飘落碎裂，魏擎天点了点头，觉得有点意思。但是他认为秋生技法单一，对方一旦顶住琴术，秋生便难以发挥。琴在实际作战中，只能发挥奇袭，平时用途不大，玩玩可以，实战实在是差远了。

冬生表演轻功，飞檐走壁，如入无人之地。魏擎天看得哈哈大笑，他喜欢这个愣头小伙子，但是他的轻功漏洞太多，还在起步阶段，需要更多练习，更需要高手点拨。

茉莉在一边看到师兄们的表演，她认为比以往确实好很多，但是和春生比起来，还不在一个等级，大师兄才是真高手。

魏擎天觉得三兄弟虽然比江湖上那些侠客武术水平要高些，但是却没什么了不起，很容易攻破。

魏擎天说："我今天饮酒高兴，和你们三人同时比试比试、切磋切磋如何？"

他想通过比武告诉他们什么才是真正的武学。

习武之人当然都很愿意和高手过招，三兄弟断然不会放过这个向这个天下第一高手请教的好机会。

但是，东方首此时却犹豫了。这一来魏擎天是实战派，他的徒弟只是通过门客学习了一些招数，这能行吗？二来如果三位徒弟合力伤了这位大人，东方首不是自己找麻烦吗？

于是，东方首站起来劝阻道："魏大人，他们都是毛头小伙子，和您切磋实为不妥，万一出点事故，我不好担待，更不好向当今圣上交代啊！"

魏擎天根本不听东方首讲什么，他迫不及待地跳进前院的场地中央，抽刀便向三兄弟砍了过去。

三兄弟闪开，面面相觑，彼此都倒吸一口冷气，觉得这人刀法凌厉，果然名不虚传、不可轻视。

三人将魏擎天包围住，夏生道一句："在下得罪了！"一剑"白龙出鞘"便砍了下去，直奔魏擎天命门，魏擎天用刀一挡，"哐当"两兵器相碰发出火花。

魏擎天确实感到了夏生这一剑的寒意，但是，夏生的胳膊却被魏擎天的刀给震麻了。

秋生拨弄琴弦，魏擎天的脑子开始有一点发晕，但是他强忍住琴音的干扰。

冬生飞身而起抛出铁鞭，被魏擎天以刀挡回，只见刀光剑影，铁鞭挥舞，琴声瑟瑟，四位混战在了一起。

茉莉在一旁观看，格外震惊，这个魏擎天确实名不虚传啊！

二师兄的剑在当今江湖也算名列前茅的，可是遇到魏擎天，完全不是对手。魏擎天力大无比，震得夏生胳膊处处发麻，有几次差点让剑脱手，这样打下去，夏生肯定坚持不了几个回合。三师兄虽然用琴扰乱魏擎天的思绪，可是魏擎天竟然可以强忍别人不能忍之痛，而且他用刀已经轻伤了三师兄，让三师兄的琴不能发挥更大作用。几个回合下来，四师兄的铁鞭已经被魏擎天削断了小段。冬生跳来跳去，不敢轻易近前，他如果直面魏擎天，那他也根本不是对手！。

魏擎天的刀又快又狠又准，力道非凡，结果不到十个回合，秋生的琴已经被魏擎天砍断了弦，无法再弹，他本人也受到了一点皮外伤，血流了出来，只好轻轻跳离现场。家丁赶紧将秋生拉到一边，并为其包扎伤口。

夏生的虎口已经震裂，血染宝剑，魏擎天找准机会，向夏生的剑柄大力砍去，夏生想挡住，没想到那魏擎天是虚晃一招，刀背马上反转，往上使劲一挑，夏生已经完全拿不住剑，剑脱手而出，落在了旁边的草地上。而冬生只能跳来跳去，靠轻功自保，铁鞭已经难以使用，他甚至无法靠近魏擎天的身侧。

魏擎天就此打住，未再进一步，否则，夏生必死无疑。家丁把夏生拉下了场。

夏生下场后，冬生想趁机从后面偷袭魏擎天。没等他靠近，魏擎天仿佛身后长了眼睛，马上飞起，凌空转身，飞起一脚，将冬生踢到地上。

冬生"哎呀"一声，吐了一口血，魏擎天没敢使出全力，否则冬生性命休矣。

魏擎天那一招凌空转身，绝对是天下一流的好功夫。

三兄弟一一败下阵来，自觉丢人，但是他们今天就是硬碰硬，没有使用法术，他们还不想过早暴露茶仙身份。三位收拾好兵器，整了整衣衫，准备拜别师父和魏大人，回去休息，让师父和魏大人好继续喝酒。

东方首倒吸一口冷气：这个魏擎天真不是吹牛，确实有真本事，不到一炷香的时间已将他的三个高徒一一击败，而且面不改色心不跳的，佩服，佩服！天下第一高手的称呼真是名副其实。

东方首本想说些场面话，既是替徒弟们解围，也好让他们回去休息，可话还没有说出口，就出事了。

茉莉躲在一边看到自己的师兄们受到了欺负，给师父丢了脸，魏擎天盛气凌人，一脸目中无人的样子，心里很不服气，想："三位哥哥，平时让你们和大师兄一起好好修炼，你们就是偷懒，今天遇到高手了吧？哼，好吧，看我怎么打败他。"

此时，魏擎天已经落地收刀，对三兄弟说："多有得罪！"

话音还未落，魏擎天就忽然感觉眼前寒光一闪，一把长剑风风火火地刺了过来。

那剑速度极快，他一躲，对方跟着又刺一剑，差一点削掉他的一缕头发。

同时，他闻到一股茉莉花的香气飘来，沁人心脾。

魏擎天倒退两步，喘了一口气，定睛一看，一位白衣女子正站在他的面前。

乌发如云、美如天仙的茉莉正挥起长剑，直指他的眉心。

东方首大喊："茉莉，住手，不可乱来！"

此时的茉莉已听不进任何劝阻，大喊一声："魏大人，小女子茉莉请教了，看剑！"

茉莉不管不顾地挥剑斩来，魏擎天只好提刀迎上，见招拆招。

茉莉知道魏擎天有力气，她并不和他拼蛮力，而是比耐力和轻功。所以，每次魏擎天用大力时，茉莉都用气功和轻功暗中化解，让他无法使出力气。只见茉莉上下翻飞，剑术变化无穷，她和魏擎天比起了速度。

茉莉一剑比一剑快，魏擎天使出看家本事，一边挡一边还击。他因用不上大力，心中开始焦急。

这一焦急，就被茉莉抓住了漏洞。茉莉的速度更加快了，像旋风一样，专攻他的错漏之处，魏擎天打得有点疲于应付。

茉莉的剑术早已经看呆了三兄弟，他们完全蒙了。

此时，魏擎天虚晃一招，试图诱惑茉莉前进。

茉莉兵不厌诈，装出一副要进攻的样子，实际上往后收了收。魏擎天背后一招飞刀，没想到茉莉早有准备，他的后手一下子落空了。

魏擎天想："好聪明、好厉害的女子，绝不能小看！"

双方大战五十回合，未分出胜负，茉莉似乎越战越勇。

魏擎天凭良心认为茉莉剑术确实过人，其钩、挂、点、挑、刺、撩、劈，招招到位，剑随身走，以身带剑，神形之中，茉莉真正做到了形与意合、意与气合、气与神合、刚柔相含，手、眼、身、法、步神形俱妙。行如蛟龙出水，静若灵猫捕鼠，运动之中，手分阴阳，身藏八卦，步踏九宫，内合其气，外合其形，若无平日苦练和大师指点不可能到达如此境界。炉火纯青的剑术配合轻功、柔功，女子能达到如此武学境界，让魏擎天刮目相看。

就拿柔功来说，眼看魏擎天的刀已经到了茉莉身前，换作别人肯定要被砍中了，但是茉莉的柔功已经到了不可思议的地步，她能以极快的速度闪开或者收缩，躲过魏擎天的这一刀。

这让魏擎天感到诧异。

按照平常打法，魏擎天早就砍死了这野丫头，但是这么多回合下来，魏擎天不仅没有了优势，还有一点被动防守的意味。

又战了近百回合，茉莉想，如果再纠缠下去，自己的体力未必真能赢过魏擎天，必须要用上一点小法术了。

她一边使用剑术一边默念咒语，忽然空中飘来许多蚊虫，专门叮咬魏擎天的脖子。蚊虫将魏擎天团团包围，搞得他烦躁不已，越烦躁越着急，魏擎天的刀术已经乱了章法！

这样又打了几十个回合，魏擎天被蚊虫咬得头都肿了，开始气喘吁吁，无法招架茉莉快速凌厉的剑法，魏擎天的刀法开始漏洞频出。

只见茉莉一袭白裙，在月光下翻飞，剑舞风起，潇潇洒洒，动作干净利落，没有丝毫拖泥带水，颇有春生的影子。

三位师兄完全被茉莉高超的剑术惊到了，他们不敢相信此时正在大战本朝最厉害的传奇大将的，竟然是平时柔柔弱弱的小师妹茉莉！

"魏大人，小女子得罪了！"茉莉喊罢，一剑挑落魏擎天头上盘的丝巾，玉簪子瞬间落地，摔了个粉碎，魏擎天也变得披头散发。

他知道已经不能再战了，他明显感到茉莉剑速在有意减弱，开始让着他了。

魏擎天觉得再这样打下去，要一个小姑娘让着自己，太没有意思了，便就此收手。其实，魏擎天也是有神力的，只是他觉得和一个小姑娘打斗还要用神力，太说不过去了，但是这个小女孩确实厉害。

此情此景大家都明白，魏擎天实际上已经大败，只是茉莉给他留了一点脸面。

茉莉今晚一战以柔克刚，打得酣畅淋漓，给师兄们长了脸，却给师父闯下了祸。

师父铁青着脸看着茉莉，一句话都说不出来。

茉莉也没有说话，她怕师父责骂，打完之后招呼也不打，更不敢在现场逗留，直接发动轻功，翩然飞回了位于郊外的东方下院。

茉莉就这样走了，留下身后久久不散的花香和全场目瞪口呆的人们。

东方首傻了，三位师兄傻了，家丁门客都傻了！魏擎天更是狼狈不堪，震惊不已。东方府上还有如此厉害的女子，武功太厉害了，竟然不在他之下。茉莉给魏擎天留下了极为深刻的印象和极大的震撼。

魏擎天回到椅子上坐定，一时有些恼怒，自己竟然输给了一个文弱的女子，这面子往哪里搁？太难堪了！

东方首一看不妙，马上来到魏擎天跟前，施了一礼并大声道歉："魏大人，真是对不起，您千万不要生气。我的徒儿茉莉是个乡村来的野丫头，不懂礼节，使用了一些雕虫小技，不足挂齿，无端给大人添烦恼。我回头一定好好教训她，改日让她亲自去府上给您赔礼道歉，任您处置。好不好？"

东方首好一顿道歉，心里直骂茉莉："真是捣乱的小祖宗！"

魏擎天见东方首已经这样伏低做小，转念一想，他此行是来和东方首结盟的，他们还要一起对付那个韩燕儿呢，不能因小失大！再说，本朝有此能人志士，作为大将军，他应该高兴才是，挂怀一时输赢岂不是很没有风度？如果将来能将此等人才纳入麾下，更是一桩幸事。

想到这里，魏擎天马上转怒为笑，说："唉，东方先生说的哪里话，我们只是切磋一番，不必认真，认真就输了，哈哈哈！"

东方首一看魏擎天不再生气，于是对三个徒弟说："还不赶紧给魏大人行礼，感谢魏大人的指教。"

三个英俊的后生马上跪倒，齐声高喊："感谢魏大人！魏大人武艺高强，德行高尚！"

魏擎天赶紧扶起三人，笑着说："我朝有你们这些英雄豪杰，必将大有希望！"

东方首说："马上去找到茉莉，把她给我绑来，让她给魏大人赔礼道歉！"

魏擎天马上接过东方首的话，客气地说："东方大人，都是自家人，我看还是算了吧。改天，您带她到我府上来，我还真想再见她一面！"

东方首马上面带笑容地说："魏大人宽宏大量，您放心，改日我一定带茉莉登门拜访。"

事已谈妥，魏擎天告别东方首等人，打道回府。

三个徒弟不一会儿跑回来复命："师父，茉莉不在家中，不知跑到哪里去了！"

东方首知道三位徒弟是在包庇茉莉，不过天色已晚，一切只能明天再说了，便摆摆手道："罢了，你们也下去吧。"

东方首内心既高兴又后怕，高兴的是茉莉武艺高强，不亚于春生，自己得到了一个能文能武的俏娇娃，到哪里都用得着，倍有面子；后怕的是如今被魏擎天知道了茉莉的存在，恐怕皇上很快也会知道。当今圣上为了打凶族，网罗能人志士，茉莉的前途究竟如何，真是难以预料啊。

想到这里，东方首不禁连连叹气。

第二天，东方首来到下院，张一朵带着茉莉跪在大堂里，想必是昨晚茉莉已经将事情经过告诉了母亲。

东方首看着母女二人，不知道该说什么，哀叹一声，说："茉莉啊，你闯大祸了！闯大祸了！"

张一朵问："大人，请问此话怎讲？"

东方首说："魏擎天要我带着茉莉去见他，其实是另有打算。茉莉太过争强好斗，暴露太早，这一去福祸难定啊。"

茉莉倒是一脸的无所谓，可这句话却吓坏了张一朵，她连忙说："大人，你说怎么办啊？求您救救茉莉吧！"

东方首说："唉，这都怪我，平时对这丫头管理不严，被她师兄给惯坏了，谁都不服。罢了，事已至此，你也不用多想了。到时候，我带着茉莉前去，见招拆招。至于未来怎样，只能听天由命了。"

张一朵听了这话，更是担心地哭了起来。

东方首叹口气，说："茉莉此番戏弄的是天下第一高手，是皇后的亲弟弟，是皇帝身边的红人。好了，一朵，茉莉是我的徒弟，我自会尽全力保她的。"

茉莉满不在乎地说："我做的事我负责，和师父无关！堂堂当朝大将，这点气度都没有，简直连女人都不如！"

张一朵狠狠地瞪了茉莉一眼，说："就你多嘴！你还嫌惹的事情不够大啊！"

东方首被茉莉说得哭笑不得："你现在要负责了？怎么负责？把你绑去？你是为师培养的，你的错就是为师的错，人家肯定要先责怪为师不会教养徒弟。魏擎天可是本朝上下谁也惹不起的人物啊！"

此时此刻，三位师兄齐齐跪在师父面前，齐声喊："师父，您就想想办法，救救师妹吧。她若到了魏擎天府上，必死无疑！我们对不起春生哥哥！"

东方首为难地看着他们，想了想说："死倒未必，只是怕惹出更多麻烦事来。"

夏生是兄弟中计谋最多的一位，他想了一下，出了一个计谋："师父，您看这样行不行？如果魏大人来请茉莉，您就说茉莉生病了，这样就可以拖延一段时间。魏大人那么忙，国家大事这么多，时间一长，这件小事他或许就忘记了。"

"这倒也是一个办法，看看能拖多久就拖多久吧。"

东方首话音刚落，家丁忽然来报，说魏擎天府派人来送请柬了。

众人都大吃一惊："这么快啊！"

东方首收下请柬，想了想，决定亲自走一趟，探探魏擎天究竟想干什么。

他说："大家莫慌乱，我今天亲自去一趟魏府，向魏擎天请罪，就说茉莉病了，看看能否挡过去。"

张一朵拉着茉莉磕头叩谢东方首，说："快点磕头，多谢师父大人！"

茉莉和母亲在书院等消息，东方首只带着小徒弟冬生，前往魏府。一来，夏生、秋生身上有伤，不宜走动；二来，东方首想，带太多人，定叫魏擎天觉得他心虚害怕。

来到魏府已接近傍晚，落座之后，东方首让冬生取出早已准备好的礼品，笑着递给魏擎天，说："魏将军，我今天特地带来一样好东西给您品尝品尝呢。"

魏擎天问："什么好东西啊？"

东方首说："梦顶山今年产的新茶，是茶祖无理真亲自制作又亲自送到京城的，给我留了一点儿，我带给你尝尝新鲜。"

魏擎天一听是茶祖的东西，当然要尝尝。在宫中他也尝过茶，味道清新甘甜，只是数量比较少，他家里也没有，于是说："茶可是贡品，确实是好东西，我一定要尝尝。"

魏擎天安排下人泡了三杯茶，杯中升起袅袅的雾气，原野般清新的香气四溢，沁人心脾，气氛马上变得不一样了。

他轻轻地品了一口，唇齿间泛起极淡的甘醇，不由得心头一畅，笑着说："果然是好茶！"

接着，他问："东方大人，您不是要带茉莉来吗？怎么没有见到她啊？"

东方首说："魏大人啊，真是抱歉，今天一大早，茉莉突然身体不舒服，因此我先来探望探望您。"

魏擎天一听东方首这样说，便道："我知道你是舍不得让她来，怕我记恨上次切磋之事，暗害于她，我可不是那样的人。我是真的欣赏她的才华，才盼你带她来。今早进宫，我已将茉莉一事向皇上禀明，皇上听后大喜，惊叹我朝竟有如此奇女子，也想见见呢。既然，茉莉身体不适，那面圣的事便等她好转后再说吧。"

这一句话差点把东方首惊得从椅子上跳起来。

东方首心想："天啊，这件事情越来越难掌控了，皇上竟然要见茉莉，这该怎么办？好你个魏擎天，为了讨好皇帝，你把我徒弟给卖了！"

尽管心里慌张，但是东方首的脸上没有看出一点破绽。他定了定神，故意装作不解，问："魏大人，就这么一点小事，不必劳烦皇上亲自过问了吧。"

魏擎天说："哎，东方大人，你错了，发现奇人可不是小事。你也知道边关的情况，从前，面对凶族的骚扰、侵略，我们执行的一向是和亲政策，却被贪婪无信的凶族视为软弱可欺。和亲不能从根本上解决边境问题！我朝修身养性，安心生产，百姓和朝廷财富剧增，兵肥马壮。当今圣上，重视贤明，励志变革，思想得到了空前地凝聚。在这样国富民强、思想统一的基础上，我们还会再允许凶族胡作非为吗？不行！我们就是要和凶族干一仗，彻底打垮他们，让他们不再侵犯我朝！"

魏擎天喝了一口茶，继续说："要和凶族打硬仗，没有杰出的人才怎么能行？皇上已命我暗地里召集天下奇人，我正为此事发愁呢。没想到，这次在贵府喝酒，巧遇你家高徒，个个武功精湛、神奇莫测，我当然要推荐给皇上了！你说是不是啊？"

"皇上听了此事后也非常高兴，想来，不日便会召见东方大人和徒弟们，特别是茉莉，一起进宫。"

东方首听到此话已经有些着急了，但他还是耐着性子进一步打探道："哦，原来如此。那么，魏大人，你下一步还有什么具体打算啊？"

魏擎天说："我在想，您的几个徒弟各个都挺能干，我准备向皇上建议都收在我的麾下，让他们为国家所用，助本朝一统天下，您看如何啊？"

东方首一听心里万分不高兴，他辛辛苦苦培养的徒弟，却让魏擎天收入麾下，那怎么可以？不过，他转念一想，如果不答应，魏擎天怕是会在圣上面前参他不忠，那他可就惨了，不仅徒弟保不住，恐怕还会惹火上身。唉，为国家培养宝贵人才本就是他的初心，他只是不爽于魏擎天坐收渔翁之利，可如今看来，也别无他法了。

想到这里，东方首微微一笑，说："哦，我培养的人，当然也是为国家培养的，国事是大事，能为国家和大人所用，那是我们的荣幸，当然在所不辞！"

魏擎天怎么会不知道，东方首这个老狐狸在想什么呢。若不是他有意搬出皇帝这座大山，这个老狐狸怎肯轻易就范？

从魏府出来，东方首好生惆怅，满面愁容。他辛苦多年培养的徒弟，魏擎天和皇上说要走就要走了，他怎么舍得呢，可是不舍得又能怎样？

冬生忍不住说："魏大人好不讲道理，他自己为了避嫌，从来不养门客、徒弟，以表示他对圣上的忠诚。您把我们培养成才，我们跟了师父都超过十年了，情同父子，他想要走就要走，简直是岂有此理啊！师父您绝不能答应将我们送到他的麾下，我们也不会答应，我们绝不离开您！"

东方首叹了一口气，说："人在屋檐下，不得不低头啊！魏素真已是当今皇后，又诞下皇子，魏擎天是皇帝眼前的红人，谁得罪得起？我如果不答应，皇上肯定起疑心，东方首养那么多能人，想干什么？想谋逆吗？到时，落个满门抄斩的下场也未必可知。所以，冬生啊，他一旦提出来，我就别无选择。其实你们几个男生跟了魏擎天还好说，本来就要奔赴战场，保家卫国，落个精忠报国的好名声，也算是有个善果。只苦了茉莉，她一个女儿家，如何去参军？"

冬生听师父这样一说，心里非常难受，但也没再说什么。连师父都解决不了，他又能如何？

回到府上，东方首借酒消愁。他不能做出忤逆天子之事，这是天道，皇上的插手让一切都变得不可控。任东方首再聪明，此时也没了对策，一筹莫展。

张一朵来打探消息，东方首只好应付敷衍她。张一朵看到他的表情也略知一二，连东方先生都束手无策，她又能有什么更好办法？她只能暗暗流泪，担心茉莉会惹出大麻烦。

冬生偷偷地找到张一朵和茉莉，把见魏擎天的事情经过都告诉了她们，说皇帝即将诏见他们师徒几人。

普通人家听到这里，或许会为自己的女儿可以飞上枝头，从此一家人一步登天，享受不尽的荣华富贵而感到高兴。但是，张一朵一听却一点都高兴不起来，她深为女儿担忧。

张一朵是太爱这个女儿了，茉莉才华横溢，天下少有，她当然格外珍惜。她盼着春生赶紧回来，她见识过春生施展升天大法，觉得他是真正的活神仙，或许能有办法。

茉莉听了母亲的唠叨，心情异常低落，她更加想念春生，恨不得马上飞到春生的身边。茉莉在心里呼唤着："春生，快回来吧。没有你，我真不知道该怎么办，师父好像已经妥协了，怎么办啊？"

正可谓怕什么来什么，没过几天，皇上的诏书下来了，传诏东方首及徒弟一行五人觐见。

没有办法，东方首只能让徒弟们和他一起进宫面圣。他要想办法力阻皇上，不要随便委派他的徒弟给他人，并在皇帝面前解释大徒弟春生不在京城的原因。他命令三个徒弟尽快收拾打扮，挑选合适的衣服穿上。见皇帝可是大事，衣着要十分讲究。

茉莉和师父商量了一下，穿了一身短打装扮，像个假小子。

东方首看了看茉莉的装扮，满意地点点头，虽然如此打扮遮掩了茉莉的姣好颜色，但总好过被好色的皇上纳进后宫。那样一来，茉莉一身的好武艺、好学问以及这一辈子的前程就都毁了，他也白白培养了这个女才子。万一皇帝果真动了这个念头，他该如何阻止呢？想到这里，东方首不禁头疼起来。

他把几人叫到身边，把担忧讲给大家听。夏生想了想，出了一个主意，茉莉大呼妙哉，东方首也觉得可行，于是嘱咐茉莉见机行事。

张一朵挥泪送别几人，她有一种不好的预感，茉莉此去前路莫测。

春生听完张一朵的叙述，气得浑身发抖。

他的想法和东方首一样，茉莉一旦被皇上看中，纳入后宫，那茉莉这一辈子就完了，而他和茉莉的爱情也就完了。春生想，哪怕自己拼上一死，也要救出心爱的茉莉！

他连忙问张一朵："伯母，他们进宫多久了？"

张一朵泪眼婆娑地说："已经快一天了，这马上就到夜晚了，连一个人的踪迹都看不到啊！"

春生想了想，对张一朵说："伯母，您不要慌张，哪怕要我付出生命的代价，我也要救出茉莉，保她平安！这样，我在这里打坐，元神出窍去皇宫悄悄地探一下情况。别人看不见我，但是我可以看见他们。您不要害怕，我快去快回，但是需要您在这里紧紧守住我的肉身，一步都不能离开，更不能让他人接近我的肉身。如果我肉身被毁，元神便再也回不来了，您千万切记！切记！"

张一朵含着眼泪，不断点头，答应了春生。

第十一章

东方首一大早就携徒弟们来到本朝最具气派、规模最大的宫殿——屹立在京城最高处的太玺宫。

太玺宫的设计充分体现出古人"形胜"的建筑思想，所谓"形胜"即山川地貌、地形地势优越，便于进行各种防御。"形胜"设计既满足了防范水患的需要，还考虑了皇帝的安全等因素，所以要占据整个京城的制高点，有了这一点几乎就有了制胜的基础，而且很安全。自太玺宫建成之后，皇帝上朝、理政、居住、庆典基本都在这里，这是整个国家的政令中心。从心理因素上说，太玺宫就是本朝的中心，国家的象征，彰显"非壮丽无以重威"。

为了凸显尊贵，太玺宫以清香名贵的木兰为栋椽，以纹理雅致的杏木做梁柱。屋顶椽头贴敷有金箔，门扉上有金色的花纹，门面有玉饰，装饰着鎏金的铜铺首，镶嵌着各色宝石。窗户漆成青色，雕饰着古色古香的花纹。

殿前左为斜坡，以乘车上，右为台阶，供人拾级，础石之上耸立着高大木柱，洁白如玉的地面，金光闪闪的壁带，间以珍奇的玉石。

前殿作为上朝之地，其建筑之豪华为其他宫殿所莫及。前殿是太玺宫的主体建筑，凡皇帝登基、朝国群臣、皇家婚丧等均在此殿举行。

茉莉一行跟随着东方首进入太玺宫，他们一边走一边欣赏、惊叹：金黄色的琉璃瓦在阳光下闪耀着耀眼的光芒，大殿四周古树参天，绿树成荫，红墙黄瓦，金碧辉煌。上好的白玉铺造的地面闪耀着温润的光芒，远方似有袅袅香气笼罩着整个宫殿。

飞檐上檀香木雕刻而成的凤凰展翅欲飞，青瓦雕刻而成的浮窗，玉石堆砌的墙板……无不彰显这是天下最富有、最有权威的人待的地方。

随着一层层通报，师徒五人一步步迈向宫殿深处，因为从未见过如此霸气、如此开阔、如此宏伟的宫殿，他们都十分紧张，冬生甚至差一点跌倒。

东方首安慰他们说："莫要紧张，深呼吸，莫慌乱。一慌乱就会到处出错。你们只需注意礼节，不卑不亢，不用害怕，一切有我。"

听了师父的话，大家内心逐渐平静下来。

殿内的金漆雕龙宝座上，坐着一位睥睨天下的王者，他相貌堂堂，器宇非凡，他就是当今圣上刘武。

殿堂上，早朝已毕，皇帝正边休息边观赏舞蹈。舞女衣袖飘飘，鸣钟击磬，乐声悠扬，台基上点起的檀香，烟雾缭绕。

只听殿外一声高喊："东方首一行拜见皇上。"刘武一挥手，歌舞伎们就全部退下了。

东方首带着四个徒弟进殿，给皇上叩头。在叩头的那一刻，东方首余光看到了魏擎天笑眯眯地站在一边，心想："魏擎天啊，就你多事，满朝大臣都有门客，你不告诉皇上别家的门客有多厉害，净打我东方首的主意，如今让我真真难办了！"

礼毕之后，皇上让东方首一行平身，茉莉站在最后，躲在冬生的一侧。皇帝看不清楚茉莉的容貌和身材，只能看一个大概。

皇上问东方首："东方首，你不是有五位徒弟吗？今天怎么只来了四位？怎么没有那位女奇人啊？"

东方首恭敬地说："是的，皇上，我有五位徒弟。只是在您下诏之前，大徒弟春生家中出了些事，他早早回家去了，已经有段时间了，不能及时赶回来。等他回来，我定会带他来面君。"

然后，东方首一指茉莉，茉莉站了出来，他说："她就是魏大人所谓的奇女子，叫郝茉莉，其实也没什么奇特之处，只是会一些剑术和雕虫小技罢了。不过是个乡下来的小丫头，魏将军过誉了。"

"哦，郝茉莉，上前一看。"皇帝说。

茉莉有意多上前几步，在距离皇上比较近的位置站住了，然后恭谨地行了一礼。

皇上说："抬起头来！"

待茉莉一抬头，皇上霎时被这少见的美貌惊呆了，他呆呆地瞧了茉莉好半晌，说不出半句话。

东方首一看，心道："糟了，真是怕什么来什么！"

东方首看在眼里，急在心上，还未等他开口解围，皇上便急切地问道："茉莉姑娘年方几何，可曾婚配？"

茉莉早已经做好了准备，微笑着从容答道："小女尚未婚配。"

皇上一听喜上眉梢，刚想再问些荒唐话，突然间，一股恶臭迎面飘来，呛得他泪涕齐下，差点吐了出来。

这股恶臭味正是从跪拜着的茉莉身上传来，皇上马上用袖子遮住了鼻子。

茉莉看到皇上脸色大变，不慌不忙地说："皇上，小女自生下来就得了一种怪病，浑身有股气味一直飘溢不散，看了很多郎中也无法治愈，没想到在此惊扰了皇上，请皇上恕罪！"

东方首看到此情此景，马上跟了一句："皇上，茉莉的体味已经很多年了，我们都习惯了，未曾想今天惊扰了皇上，罪过，罪过！"东方首有意表现得诚惶诚恐的。

皇上一听，想纳茉莉为妃的心思便抛到了到九霄云外，这股恶臭味若是每日伴他左右，估计他想死的心都有了。

皇上尽力维持着平静，淡淡地说了一句："哦，朕知道了，这位姑娘，你就在一边候着吧。"

茉莉知趣地退到了冬生的身后。

这便是夏生的妙计了，他建议茉莉用奇怪的臭味掩盖住自身的花香，而且越臭越好，最好让皇上一闻就恶心。那么，皇帝定不会纳茉莉为妃。

皇上想："这奇女有奇味也正常，否则，怎么能称奇女呢？"

魏擎天站得比较远，不知道发生了什么，只觉得圣上似乎不喜茉莉身上的味道。哎呀，萝卜青菜各有所爱，皇上不喜欢茉莉花香也是正常，说句实在话，他也不喜欢香气太重的女人。茉莉能打仗就行，又不是给皇帝当妃子。

皇上又一一见了夏生、秋生、冬生，觉得他们个个都是一表人才，便说："魏将军，你有空可以带他们去一下朕的毓麟院，朕要亲自看看他们的真功夫。"

魏擎天接旨领命，对东方首说："我去准备一下，东方大人可以先带几位小友去休息，待我安排妥当了，再通知诸位。"

东方首带着四个徒弟给魏擎天行礼，说："有劳将军了。"

皇上又问道："国师，你前些日子不是向朕举荐过一人吗？说他有非常好的治国方略，此人现在何处？"

东方首回答："是的，皇上，此人正是本朝的思想大家之一——偃子，他周游过很多国家，思想先进，拥有宏大的治国方针，也是我比较佩服的人，我相信他一定能助皇上解决难题。"

皇上说："能让国师佩服的人必是奇才，我一定要见一见他！"

皇上让东方首立即通知偃子觐见，他迫不及待地想听一下这位思想大师的高见。

师父跟着皇上去见偃子了，茉莉和师兄们暂时被安排在大殿一侧的一间茶房里，等候师父回来。

此时的皇帝确实急需一位思想大家，为他提供理论上的支持。

刘武一登基就独尊儒家思想，并在全国大力推广。但是，他却受到了皇太后的指责。因为先皇是推崇道家思想的，皇太后及各位诸侯自然也推崇道家，刘武这么做实际上已经站在了皇太后及诸侯的对立面。

这样的矛盾对于皇权的稳固是个不小的威胁，这也是刘武目前最大的烦恼之一，他为此睡不着觉，一时却找不到解决的办法。他觉得对付身边的这些人比对付凶族还要难，凶族在明，小人在暗。因此，他希望听到更有激情、更有执行力的理论思想，这对他治理国家有更大的意义，这位偃子若是真有治国之才，那对刘武而言，不亚于久旱逢甘霖。

偃子对儒家虽有研究，但是他的观点经常被人讽刺，加上他脾气有些古怪，得罪了不少人，他始终觉得自己怀才不遇，没有遇到真正的明主。而今，年近半百的偃子，终于等来了皇上的召见。

皇上一见到人就急急忙忙地问："客卿，可有治国良策？"

偃子平复了一下心情，微笑着说："皇上，您最大的心患是什么？"

皇上答："凶族。"

偃子语调平和但坚定地说："非也，皇上最大的心患应该是各位诸侯吧。"

皇上沉默不语，偃子知道自己说中了皇上的心病。

于是，他继续说："皇上，草民建议您实施私恩令。"

皇上问："何为私恩令？"

偃子说："我知道，您最大的心患并非凶族，而是诸侯。因为他们都是皇帝的兄弟，本来都有可能成为皇帝的，现在是您当上了皇帝，又独尊儒家，而您这些兄弟更推崇道家。您说，他们会心服口服吗？各地诸侯随时可以联合起来，以儒道之争为借口起兵谋反，直接威胁到您的权威和皇位。现在，他们又和皇太后联手，以皇上违背了先皇的意志为由，他们有理由，有靠山，万事俱备，本朝危矣！"

偃子停了一下，皇上又急切地催促道："你继续说，我在听呢！听着呢！"

偃子得到鼓励，继续慷慨激昂地论述起来。这一论述了不得，他的改革措施改变了整个朝廷的命运走向。

偃子继续说："以前，诸侯管理的地方不过百里，地方小，中央容易管制。但是，现在不一样了，诸侯管理连城数十，地方达千里，如果放松对他们的管制，他们就会骄奢、淫乱、胡作非为；如果管理得过紧，就会阻碍他们的发展，使他们因怨恨而联合起来对抗中央。以前，中央常通过削藩来解决诸侯问题，这样集体废除藩王，容易适得其反。诸侯起兵造反，兵临城下，皇帝不得已而屈服，收回权力更是无稽之谈。"

皇上频频点头，问："那爱卿可有什么良策？"

偃子开始了气势如虹的演说："据草民了解，现在每一位诸侯的儿子、孙子、亲戚加起来皆有数十人，除了嫡长子一脉袭爵，庶出旁系们连一尺封地都得不到。因此，我建议皇上推广私恩令，分封诸侯的儿子、孙子、亲戚为列侯，将诸侯的土地也分给他们一些。这样一来，子孙后代有了名誉，有了利益，诸侯一定非常高兴，乐意执行。但是，皇上您细想，私恩令名义上施德惠给诸侯的子孙、亲戚，实际上是让他们的子孙亲戚来瓜分土地和权力，从而大大地削弱诸侯的势力。列侯之间还可能因为分配不均而内斗，产生这样那样的矛盾，而您可以在他们内部斗争的时候，轻而易举地再收复属地。既可以巩固中央集权的需要，又可以避免激起诸侯王武装反抗的可能。攘外必先安内，只有将诸侯一事处理妥当，您才能一心针对凶族，一统天下。"

皇帝一听，击掌叫好。东方首站在一旁，听完偃子的论述，也觉得这主意真是绝了。如果皇上采取了私恩令，那就可以不费吹灰之力，不战而屈人之兵。

皇上问起东方首对偃子的治国之策怎么看的时候，他马上表示："确实是好想法！如果推行下去，必将不动声色地控制好各地诸侯，应该马上实施，但是要做好保密工作。"

皇上今日得遇偃子这样的高人，总算解决了他长期以来的心腹大患，非常高兴，马上赐封偃子为常侍郎，同时也对推荐有功的东方首进行封赏。

后来，偃子的治国之策确实得到了极大的推广，取得了很大的成效。

很快，就到了用午膳的时间，皇上建议先用餐，下午到毓麟院再议东方首徒弟之事。

午膳后，魏擎天找到了东方首一行，他说："皇帝要会见你们的地方，是毓麟院内的秘密之地，除东方大人之外，其他四个人必须蒙眼才可以进去。"

经过一段骑行，他们到达了一处气势恢宏的园林，正门上书三个大字——毓麟院。魏擎天命人给四人戴上了蒙眼布，这是为了避免他们知晓毓麟院的内部结构，也是出于安全的考虑。

毓麟院是在前朝留下的一个练兵的旧址上扩建而成的，规模宏伟，宫室众多，毓麟院亦是皇上尚武之地，在此处有皇帝的亲兵羽林军。毓麟院地跨京城郊县，纵横三百里，里面既有优美的自然景物，又有华美的宫室组群，是包罗多种多样生活内容的园林总体。毓麟院内部有离宫七十所，容千骑万乘，院中养百兽，天子射猎苑中，保存着射猎游乐的传统。

毓麟院中还有许多池沼，其中，日月池耗费四年建成，位于京城西南，一百余公顷，具有训练水军、模拟天象、生活蓄水等功能。池中置动物石雕，附近自然风光优美。毓麟院设苑门十二座，座座有名。

东方首对此地甚为熟悉，但他对修建这样的宫殿有非常大的意见，在建设之初就曾谏言："上乏国家之用，下夺农桑之业。"皇上虽然觉得此话有一定道理，却没有采纳。在修建时，东方首又多次进谏，但是，皇帝没有理会他那一套，还是把毓麟院修了起来。因此，东方首对此地不以为然。

四个徒弟不知道京城郊外还有如此壮观、宏大的宫殿群。他们坐在马上，曲曲折折地来到毓麟院的神秘之地——将起殿，这是皇帝平时练武、看将士演兵的地方。主殿不是很大，建在高台之上，正对着面积甚广的演兵场。

魏擎天摘掉了四个人的眼罩，他们揉了揉眼睛，看到皇帝正坐在沙场高台上的宽大龙椅里，身边站立着帅气英武的韩燕儿，两边列队护卫的御林军，个个英气十足。

东方首五人在台下再次叩拜皇上，皇上示意魏擎天可以开始演武了。

魏擎天从羽林军中挑选了一批优秀之人，让他们十人一组迎战东方首的四个徒弟。

四个徒弟也换上习武的衣服，做了一下热身，准备开战。

夏生骑马舞剑先行迎战，一人和十位士兵缠斗一处。他对抗魏擎天当然有一些难度，可对付这群兵将，却是绰绰有余。夏生舞动长剑，柔中有刚，虚实有度，因为带有表演性质，不能往死里打，只要剑或者刀点中本人，就算输了，就得下场去。

夏生剑法娴熟，稳准快狠，十位士兵根本无法近身，没多久士兵们就完败给了夏生。

皇上大悦，说："夏生的剑术确实有章有法，功力深厚。不错，魏爱卿可以收下。"韩燕儿没有说话，他认为夏生也算是武功高强，但是与他相比还是有差距的。

秋生表演武术琴技，吸取上次的教训，秋生更换了更加牢固和坚韧的琴弦。琴声一响，振波不停，士兵们还没有完全围上来，便已经头晕不止，纷纷倒地，口吐白沫，根本无法前进。秋生见状停止了演奏，怕重伤了士兵们。

这出其不意的打法让皇上哈哈大笑，道："奇琴奇术，别具一格，好武艺，好武艺！魏爱卿可以收下！"

冬生挥舞铁鞭，令包围过来的士兵纷纷避让不及，帽子上的红缨都被打断了，围攻失败。魏擎天再派一支骑兵过来，同时和冬生打斗。冬生轻功卓越，平地飞起，脚踏马头，不出十个回合，就将一排骑兵的头盔一一击落。

皇上很是高兴，说："哎呀呀，小小年纪，武艺高强，真是奇人啊。魏爱卿一定收下他！"对于这两位，韩燕儿也认可他们有些本事，不过他向来讨厌这些江湖术士，他内心极其不服，却表现出来。皇上那么高兴，他可不愿意扫皇上的兴。

最后一个上场的便是茉莉了。

东方首说："陛下，臣请求演武到此为止吧。女孩子家不宜打打杀杀，茉莉就不和这些士兵打斗了吧，请皇上明断。"

皇上说："魏擎天说最厉害的就是这女子，她武艺高强，并非一般人可比，她岂能不上场？"

魏擎天说："东方大人尽管放心，不会出问题的。"

东方首一甩袖子，心里骂了一句："倒霉就倒霉在你身上了！"

没有办法，茉莉只好硬着头皮出战。

魏擎天派出最精良的骑兵队——飞虎队出战，这些都是他反复挑选的精兵良将，经过严格的训练，是精英中的精英。

魏擎天身边的大将笑着问："大人，您这是想干吗？真的要派飞虎队上吗？一个小女子，您想置她于死地吗？"

魏擎天微微一笑，说："等一下你就知道她的厉害了。"

皇上也很奇怪，这个魏擎天，派出最精良的骑兵来迎战茉莉，他想干吗？

韩燕儿也觉得纳闷，魏擎天用飞虎队对付一个弱女子，这是什么意思？于是，他小声说："皇上，魏大人这样对待一个小女子，有点过分吧？"

皇上只好问道："魏爱卿，这样安排合适吗？"

魏擎天说："皇上，您不了解茉莉的厉害，臣这样安排自有道理。"

皇上想魏擎天应该不会胡来，就说："就依你的安排吧！"

茉莉上场了，她没有骑马，在一群人高马大、肌肉强悍的男人面前，更显得孤独无助，令人怜惜。

飞虎队的士兵们觉得又奇怪又好笑，面面相觑，心想："魏将军怎么了？让我们和一个弱女子打斗，是不是太小看我们了？"

骑马的士兵都没有动，望着魏擎天，魏擎天朝着他们大喊一声："比赛开始！"

场地一片宁静，太阳西斜，茉莉站在场地中间，手持利剑，威风凛凛。

骑兵队先派出两名前锋试探，没想到茉莉已经飞奔而至，两名将士提枪就刺，没敢用劲，生怕一枪刺死茉莉。但还未等他们刺到，茉莉已经不见了身影，两人还没有反应过来，茉莉已经飞至两人的头顶。

两人隔着头盔重重地各挨了茉莉一剑，"嘭、嘭"两声，两人掉落马下，滚得一身泥土。

这时，众人才傻了，这个女子好快啊，快得像风一样，而且无声无息，你还没有动手，她已经将你斩落马下。

全场一片叫好声，战鼓响起，为双方助威。

茉莉这一出场，已经惊呆了皇帝和他身边的韩燕儿，他们也没有想到，这个表面文弱的女子身手如此了得。

剩下的十八位骑兵也被惊呆了，再也不敢轻视茉莉，全部包围过来，茉莉倍加小心地迎战。

茉莉挥舞着长剑，飞出骑兵包围圈，绕到他们身后发动突袭。

只听到"啪啪啪啪"四声脆响，四名士兵的佩剑纷纷落地，四匹马也落荒而走。接着，剩下的十二人再次反包围茉莉，他们也加快了速度，并且开始相互提醒，注意防范茉莉的神速攻击。

茉莉潇洒地拧身一转，抛出六把小刀，射中了根本没有提防的六名骑兵的马屁股。马痛苦地嘶鸣着跑开了，六名骑兵败下阵来。

场上还剩下最厉害的六人迎战茉莉，四位大刀手，两位长枪手。

茉莉已经无法用剑抵挡他们的凌厉攻势了，大战了几十个回合之后，她开始有些疲倦，气息不稳，不断漏出破绽。而三位骑士找到了茉莉的弱点，不再只用蛮劲，而是刚中带柔，柔里带刚，以柔克柔，以刚灭柔，从而占了上风，越战越勇。

此时，茉莉靠硬拼已经很吃力了，只好暗中催动仙术。她暗暗呼唤来大风和泥土，一时狂风乍起，掀起满场的沙土尘埃，沙尘暴飞旋着扑向马和马背上的勇士们。勇士们拉低头盔还可以勉强承受，可是他们的马受不了，马的眼睛在不停地流泪，纷纷嘶鸣高叫，就是不肯再进场。

茉莉喊话道："飞虎队，你们已经失败了，我要休息一会儿。"说完，她趁此机会回到遮阴的大帐篷中，喝了口水，坐下休息一会儿。

就在此时，茉莉似乎听到有人轻声呼唤她，她听得出来，是春生的声音。

茉莉猛地转身，看见了春生的元神，眼泪瞬间流了出来，说："春生，你总算回来了！"

春生说："莫哭，莫急，我来助你一臂之力，你好好休息一会儿。"原来春生的元神从东方书院一路寻到了毓麟院，刚一到，就看见茉莉大战飞虎队的场面。他想，几位大汉欺负一个小姑娘，这算什么本事？看我怎么收拾你们！

场上的几位莽汉都在紧急地控制着自己的马，不想让马在慌乱之下跑得太远，他们准备稍加休整，等沙尘暴过去之后再战茉莉。

突然，他们觉得脸颊一疼，像是被什么人抽了一鞭子。

原来，是春生用藤条鞭将场边几人抽得脸庞火辣，藤条上的微弱毒液顺着他们脸上的小伤口进入血管，几个骑兵的头立刻变得肿大，视线模糊，头脑发蒙。

茉莉看到春生的元神已经在施法，毒液进入骑兵的身体开始发作。她趁机飞奔过去，趁他们头晕眼花之时，将他们头盔上的流苏一一用剑砍下。马儿也受到了很大的惊吓，甩落这些将士后落荒奔逃。

飞虎队大败！

茉莉边打边笑着说："魏擎天大人，边境的风沙比这里还狂，如果这一关过不了，只会安安稳稳地骑在马背上拨弄武器，可是很难战胜凶族的。"

魏擎天只好点头称是，其实，他也十分尴尬，这个茉莉真是凡事不吃亏啊。

皇上震惊无比，当然最震惊的当属韩燕儿。魏擎天最精良的骑兵，竟然不到一个时辰就全部败在一个小姑娘手里。这小姑娘能量太大了吧？起初一点都不在意的韩燕儿，开始认真起来，他仔细看了看茉莉醒悟过来，原来是那个在东方首的家宴上和他较过劲的妖女。

韩燕儿想起东方府家宴一事就恨得咬牙切齿，他要亲自会一会这个妖女。

他想亲自下场大战茉莉，并取得压倒性的胜利，他要当众拆穿魏擎天的阴谋诡计。他自信武艺高强，又是凶族混血，善于骑马，身体强壮，即使魏擎天也惧他几分，更别说什么茉莉了。

于是，他向皇上请示加入比试。皇上微笑着问："燕儿，一定要比吗？"

韩燕儿说："皇上，我一定要比比看。我总觉得哪里不对劲，也许是有人用了什么雕虫小技意图迷惑皇上。我最不惧怕这些玩意，我一定能战胜她！"

皇上也觉得韩燕儿没有问题，他可是打赢过凶族的大将，就笑着说："去吧，燕儿，多加注意就是了。"

韩燕儿本就忌讳魏擎天得皇上信任，又有皇后相助，再加上魏擎天如今还向皇上举荐了害他丢尽脸面的茉莉，他更是恨意上头。他带着一肚子的怒火和怨气飞身骑上汗血宝马，来到茉莉面前，报上名号。

茉莉刚刚吃了一点点心补充体力，屁股还没有坐热呢。茉莉上次见到韩燕儿是在灯光昏暗的夜晚，没能看得特别清楚，这次定睛一看吃了一惊，世上竟有长得如此英俊标致的男子！韩燕儿身高九尺开外，面如芙蓉，剑眉浓黑，头戴金盔，身穿金甲战袍，威风凛凛，极富阳刚气质，又有不同于一般男子的优雅风度。

面对这样的美男子，茉莉不想和他打，既怕伤了他，也怕加深他与师父的矛盾。但韩燕儿已经点名应战了，茉莉只好再次上场。春生看到是韩燕儿出战，便提醒茉莉说："这人可不是善主儿，武艺高强，要加以提防。"茉莉对他的嘱咐不以为然。

韩燕儿提刀砍来，茉莉感受到刀锋里的怨气与寒气，于是倒退两步。

两人战了几十个回合，韩燕儿的刀术一点都不比茉莉的剑术差，一时间刀光剑影，肉眼难以分辨两人的出手速度。春生禁不住为茉莉叫好，经过几年的苦练，茉莉的剑术已经到了出神入化的地步。

斗着，斗着，韩燕儿故意漏出一个破绽，拍马转身就跑，茉莉紧随其后。

春生看出这是韩燕儿的计谋，就说："茉莉，莫追，是计谋。"

可茉莉哪里听得进去，一路紧追。

韩燕儿见茉莉就要追上，一转身射出两箭。原来，韩燕儿是诈跑，暗中在马上装好了弓箭，他要两箭齐发，置茉莉于死地。

眼看箭矢直冲茉莉的胸口射来了，茉莉向后一仰，以完美的柔功轻巧躲过一箭。但是，另一箭紧跟其后，以更刁钻的角度射来，一般人很难躲过去，春生急忙施以仙术，拨乱了第二箭的方向。

春生心中掀起怒火："韩燕儿！你竟然在比武场上下死手，原来你想要茉莉的命啊。你小子太狠毒，看我怎么收拾你！"

他一边为茉莉捏了把汗，一边准备出手收拾韩燕儿。

韩燕儿感到十分惊讶，他万万没有想到，他百发百中的偷袭竟然没有成功。他有点想不通，这么近的距离，面对任谁都躲不开的两支箭，这小姑娘竟然毫发无伤，难道真有神仙相助？

韩燕儿来不及思考更多，立刻回到场地中间，继续和茉莉打斗。

春生对韩燕儿已经十分看不惯，便继续施法，偷偷召唤来带刺马虱子疯狂地扑向韩燕儿的汗血宝马的肚皮。

带刺马虱子体型极小，凡人根本看不见。它们专爱咬马肚皮，让马又痛又痒。带刺马虱子的唾液含有微毒，让马不仅痛痒难耐，还会四肢发软、发麻。肚皮是汗血宝马最柔软的部分，韩燕儿的马完全受不了带刺马虱子的猛烈攻击。两人打得正酣，突然受惊的宝马不顾一切地将韩燕儿掀倒在地，狂奔到泥土里拼命打滚，痛苦不堪。可惜这匹好马，就这样倒下了。

茉莉一看韩燕儿已经跌下马背，便也就此收手。

韩燕儿的马是千里挑一的汗血宝马，平时从未发生过这样的事情。韩燕儿站起来，浑身是泥土，显得非常狼狈。魏擎天被他这副模样逗得哈哈大笑。韩燕儿此时却没心思理他，只顾心疼他的战马，好端端怎么发起疯了呢？

"茉莉姑娘，今天马儿出了问题，我们改天再比。"韩燕儿说完，向茉莉施以一礼，灰溜溜地回到皇帝身边。

皇帝一看满身满脸泥土的韩燕儿回来了，没有问怎么失败的，而是很关心地说："燕儿，你摔着了吗？赶紧去清洗一下，再找太医看看吧。"

韩燕儿谢过皇上，灰头土脸地离开了将起殿，走的时候，扫到魏擎天得意的笑脸，气得他面色铁青。今日受此大辱，韩燕儿怎肯善罢甘休，他暗暗发誓，一定要想办法教训茉莉，教训东方首和魏擎天，今天的事情没完！

皇上观韩燕儿与茉莉一战后，对茉莉更是刮目相看。

魏擎天和众将官齐齐跪在皇帝面前，魏擎天大声说道："皇上，东方大人的四位徒弟，实乃上天赐给我朝的人才。恳请圣上，将这四人纳入军中，助我朝力克凶族，一统天下，边疆从此无忧！"

听魏擎天这么一说，皇上立刻想起了梦中的神谕，难道这几位就是上天给他派来的神仙吗？

东方首看皇上心情大好，立刻插嘴说："皇上，我的徒弟都是国家的人，男儿进入军队，我没有意见。只是，茉莉一个女孩子在男人成堆的军队里多有不便，不如平时仍然让她和母亲住在一起，他日出兵边境时再作为魏大人的随从出现，一是迷惑敌人，二是利于茉莉的生活和成长，陛下以为如何呢？"

皇上和魏擎天一商量，觉得这样也可行，就答应了。皇上今日龙颜大悦，才给了东方首这个面子，如果在平时，谁搞特殊都不行的。

皇帝封赏夏生、秋生、冬生为御林军三个营的营长，两个月后到军队报到，又赐茉莉金银和绸缎，命她回家随时听候魏擎天将军调度，演武结束。

春生看到此景，确定茉莉已经没有危险，于是赶紧返回东方书院。

张一朵正守候着他的肉身，坐在那里有一针没一针地缝制着衣衫，不时焦虑地往外张望，被针扎了好几次，她都没有感觉。

春生元神回到肉身，睁开双目，笑着说："伯母，一场虚惊，没事了。他们应该很快会回来的！"张一朵这才缓了口气。

东方首带着四个徒弟身心疲倦地回到了书院，下人已经把晚饭做好了。春生拜见过师父，又同茉莉和弟弟们一一打了招呼。

春生的回归，让大家暂时忘记了刚才的种种不愉快，叽叽喳喳地吵嚷着，让春生详细讲述救母的全过程。春生一五一十地向众人讲述了经过，然后拿出了他的神鞭——筋骨鞭。这宝贝让冬生羡慕不已。

冬生说："师父，魏大人还没有发现大哥在我们几人中武功最高强吧？您可千万别急着带他去见魏大人！"

"你以为我是老糊涂吗？虽说躲过了初一，躲不过十五，但是能拖多久，就拖多久吧。"东方首叹了一口气，又说，"你们三个既然已经这样，就不要再有什么过多的想法，参军后要完完全全听魏将军的指挥，要好好训练，保家卫国，也保护好自己，也算完成了为师的心愿。想师父的时候，就回来看看。"

东方首说到这里，已经有些哽咽，这餐饭，无论如何也吃不下了。他扔下一干众人，落寞地回屋去了。

看着师父的背影，几个人都默默地流下了眼泪。

师父如父，父爱如山。师父对他们的深情厚谊，他们怎么能不知道呢？师父对他们的谆谆教诲，他们怎么能忘记呢？师父怎么舍得他们离开呢？他们师徒几人相伴十载，这深深的感情，皇上和魏擎天怎么能体会到呢？

晚膳在极其压抑的氛围中结束了。

夏生、秋生、冬生沉默地回到屋里，张一朵暗含着眼泪也回到自己的房中。

张一朵平时像母亲一样照顾着这些孩子，听到不久之后有三个要离开这里，她也万分难过。

春生一个人来到后院的习武之地，在黑夜里呆呆地站着，看着远处的山林。两个月后弟弟们就要走了，他心里不是滋味。他想不通，为什么至亲之人总要面对分离？他刚刚和父母姐妹分离，马上就又要同弟弟们分离，难道人生就是被困在悲欢离合的循环往复中吗？

他们无法像普通家庭那样享受阖家欢聚，天伦之乐，他们为国为家付出了本该无忧无虑的少年时光，这也是一种人生的抉择，没什么好后悔的。想起兄弟几人一起读书写字，一起习武切磋，一起逛街聚餐，一起玩耍打闹被师父责骂，一起在后山激情飞跃练轻功……一幕幕呈现在他的眼前，仿佛一切就发生在昨天，想到这里，春生已经泪流满面。

突然，他被一个人抱住了后腰，他知道是茉莉，那清雅的花香提醒了他。

他转身抱住了茉莉，小步快跑到隐蔽的树后，他情不自禁地向茉莉吻去。

茉莉被他这一吻给惊呆了，她感受到春生温暖的气息，醒过神来，却没有气恼，反而捧住了春生的脸。两人不顾一切地吻在了一起。

两颗心脏都激烈地跳个不停，青春的热血刺激着大脑，让他们紧紧地拥抱在一起。茉莉喃喃自语般开口："春生，我爱你，我好想你！你想我吗？"

"想啊，想得都睡不着觉，一刻都不想停留在家里，就想马上见到你！"春生坚定地说着。

"春生，其实，今天我都想好了，如果那皇帝昏庸，非要纳我为妃，我就立刻自尽。我的纯洁，我的爱，一生一世只属于你。"

春生听到，大为感动，再一次紧紧地拥抱住茉莉，深情地说："是的，你只属于我，我也只属于你。如果今天他纳你为妃，我拼死也会救出你，我绝对不会容忍任何一个人伤害你！我要用生命来爱你！"

"师兄们一个个都要离开家了，好难过。"

"是啊，我真舍不得这些弟弟。我们一起长大，一起学习，一起练功，但是两个月后却要面临分离，我很难过。"

两人沉默了一会儿，春生说："茉莉，我带你去个好地方。"

萤火虫扇动着翅膀飞来为他们带路，春生拉着茉莉飞向山林的深处，来到一个天然洞穴前。

洞穴十分隐蔽，洞口被茂密的树木遮掩着，外边根本看不到。萤火虫照亮了整个洞穴，春生已将洞穴内部精心收拾、整理过一番，装饰得相当不错。地上铺满了柔软的树叶，脚踩上去非常舒服，洞穴深处有一个树叶搭成的鲜绿色的帐子，帐子里有一张铺满鲜花的卧榻。在萤火虫照耀下，仿若仙境。更让茉莉没有想到的是，洞里还有一处天然温泉，冒着微微的热气，温泉里也撒满了鲜花。春生为茉莉营造了诗一般的意境，让茉莉既惊喜又感动。

今夜，茉莉和春生互诉衷肠，倾吐爱意，没有媒妁之言，没有家人见证，也没有任何干扰，只有他们坚定的爱情，在萤火虫的微光下，静静生长。

回到下院，夜色已深，其他人都安睡了，茉莉和春生回到各自的房间。两人一夜无眠，还在为刚才的剖白而激动不已，他们已认定彼此就是生死相许的恋人，一生一世，永不分离。

第十二章

大约隔了半月有余的一天清晨，春生起身在后院习武，没多久，家丁来报告，说门外有他的家人来找。

春生赶忙跑出门去看，见门口站立着母亲和三位妹妹。他马上迎上前去跪拜娘亲，见过三位妹妹，然后，把她们一起迎进了东方书院的前厅，并吩咐家丁去叫弟弟们和茉莉。

春生将母亲带到客厅，安顿她们坐下，叫家仆倒上茶水，摆上点心，然后面带微笑问："母亲，您和妹妹来京城有什么事情吗？"

玉叶说："春生，今年你师父曾经带你父亲觐见过当今圣上，请求圣上批准你三个妹妹在京城开办茶馆，弘扬茶文化。据你爹爹讲，皇上当时就批准了。现如今，家里的茶园已经请当地的百姓来负责采摘和照管，你父亲和那个张道长一天到晚忙着修道观的事情。这样，我和你妹妹们就都闲了下来。于是，我就和你父亲商量，由我带着她们来京城开办茶馆，你父亲同意了。这不，我就带着她们三人来京城了。"

春生一听十分高兴，说："哎呀，这太好了，我们一家人终于可以在京城团聚了。我去请师父来安排一下这件事。"

三兄弟听说母亲和妹妹们来了，赶忙来到前厅拜见母亲，茉莉也跟了过来，因为她和青颂相熟。

青颂看到茉莉，马上激动地站了起来，上前拉住茉莉的手，亲热得不得了，把正在问候母亲的三个哥哥丢在一边。

母亲觉得青颂有些失礼，但是当着众人的面没好意思批评她。三兄弟起身到一旁就座，惊讶地看着妹妹得意地将茉莉介绍给大家。

青颂先拉着茉莉来到母亲面前，茉莉行了一礼，说："拜见伯母。"

玉叶高兴地问："哎呀，这是谁家女儿？长得如此漂亮标致。"

茉莉尚未回话，青颂就抢着说："母亲，她就是我和你们提起的茉莉姑娘，是东方大人的学生。哈哈，你看女儿脚上的鞋就是她送的。上次我来京城搬救兵，就是茉莉姐姐照顾我，她对我可好了。"青颂边说边笑了起来。

青风和青雅一听说这事，赶忙站起来施礼，道："多谢茉莉姑娘救助家妹。"茉莉忙不迭地还礼。

玉叶一听说茉莉是春生的师妹，心里就明白了几分。春生火急火燎地赶回京城，想必是心里惦记着这位天仙般的姑娘。这姑娘确实长得好看，端庄有礼，像个大家闺秀的样子，玉叶对茉莉很满意。

其实，玉叶是被茉莉的外表迷惑了，茉莉哪里是大家闺秀，她心里藏着一只虎，时不时就会出来吓吓人。

三位妹妹和茉莉好像有种天然的熟悉感，不一会儿就凑到一起，叽叽喳喳地说个没完。

青风对母亲说："母亲，茉莉邀请我们去她的闺房喝茶、吃点心、聊天，您要不要一起来呢？"

玉叶微笑着说："你们年轻人一起去玩吧，我就不掺和了。"

母亲这样说正合四个姑娘的心愿，她们正想说说私房话，于是，四个姐妹手牵着手离开了前厅。

她们走后，三兄弟再次跪在母亲脚下，低头要母亲恕罪，夏生把当时师父不让他们去救母的原委一一道来。

玉叶含泪扶起自己的儿子，告诉他们，自己作为母亲理解他们，让他们听师父的就对了。

正在母子几人哭哭啼啼之际，春生引领着师父来到前厅，玉叶和三个孩子赶紧擦干眼泪迎接师父。一阵寒暄后，众人落座，玉叶又把皇上准许他们开御茶馆的事情说了一遍。

东方首回应道："确有此事。不过，玉叶夫人打算何时开，如何开呢？"

玉叶说："其实，昨日我们就到了京城，已经联系了京城的友人帮忙寻了一处大宅。前厅开阔，可以用来招待客人、表演茶艺、品茗茶道；后院与前厅隔着一条长廊，有十几间房，留一间做库房，其他几间做家仆和主人房刚刚好。"

东方首有些意外，玉叶一个妇道人家做事竟如此周全，他哪里知道玉叶可是龙女，本事大着呢。东方首笑着说："找到房子就好了。需要我帮什么忙呢？"

玉叶说："还真有件事要拜托东方先生，求您向皇上讨要御茶坊三字御批，将来拓印在我们茶馆的匾额之上。"

东方首说："这事好办，我和皇上禀报就是了。四位徒儿，你们的母亲长途奔波而来，已经累了，服侍她到客房休息吧。我现在就去拜见皇上，说说此事。"

玉叶听东方首这么一说，心中大喜，施过谢礼之后在孩子们的陪同下，回房休息了。

皇上当然还记得开茶馆的事情，就痛快地写了字，交给了东方首。玉叶一家人十分高兴。

不久，前厅后院打扫干净，家具摆设添置齐全，御茶坊就开张了。

御茶坊的前厅小院种了一片竹林，还引来了潺潺流水。后院挖了荷塘，种了荷花，养了鱼。屋前种了一株株山茶树，等到秋冬日，火红的山茶花就会怒放。

御茶坊开张一周，茶水免费品尝，茶艺表演免费观看，每日早中晚三场，每场只允许不到三十人入园，还免费赠送一袋绿茶。这一举动轰动了京城，每日品茶、看茶艺表演的人要排成浩浩荡荡的长队，有人连来三天，每日凌晨来排队才得以入园。

正式开业之后，短短数周，御茶坊迅速成为附庸风雅的达官贵人们必来的雅地。而三姐妹推出的茶艺，也开始风靡一时。

御茶坊的茶艺，经过茶仙们的不断提升改进，已逐渐提高到茶道的境界，将品茶的美感之道演绎得淋漓尽致。喝茶能静心、静神，有助于陶冶情操，去除杂念。而三位茶仙精心推出的茶道通过沏茶、赏茶、闻茶、饮茶增进友谊，美心修德，学习礼法，领略东方美德，是一种很有益的仪式。

御茶坊的茶道很快被达官贵人视为一种烹茶饮茶的生活艺术，一种以茶为媒介的生活礼仪，一种以茶修身养性的生活方式，在本朝迅速流行开来。不少夫人、小姐都想学习茶道，三姐妹就萌生了在御茶坊开办茶道学习班，让茶道发扬光大的想法。

三姐妹要开茶道班，自然吸引了四兄弟和茉莉的注意，大家纷纷要求过来帮忙。三姐妹和玉叶忙得焦头烂额，正是需要有人分忧的时候。

晚膳后，御茶坊打烊了，众人便坐下来，一边喝茶一边讨论茶道班的事情，大家一致同意要编写一本教材，推广茶道文化。大家东一句、西一句地阐述了自己理解的茶道文化，有些杂乱，春生综合大家的意见，不断地调整记录着。最后，总结出茶道的定义和理念：茶道就是通过品茶活动来表现一定的礼节、人品、意境、美与精神思想的一种表演；它是茶艺与精神的结合，并通过茶艺来表达一种精神境界，因此谓之茶道。学习茶道，就是在接受一场洗礼与熏陶，茶道以礼规范，将礼贯穿在品茶的各个细节；讲究茶叶、茶水、火候、茶具、环境和饮者的修养、情绪、精神、知识、文化，是多方文化共同形成的一种意境之美，可从这一过程中感悟人生之道。

大家兴奋地鼓掌，一致认为春生的总结很到位。

接着，青风根据自己几年来钻研，提出了茶道的五境之美——茶叶之美、茶水之美、火候之美、茶具之美、环境之美，同时，配以情绪等条件，以求"味"和"心"的最高享受。

大家一致叫绝，最后经过讨论，理论成型。

青雅也将自己在仙茶园研究归纳的饮茶八步，分享给众人：

第一步，洗茶：将沸水倒入壶中，又迅速倒出；第二步，冲泡：沸水再次入壶，倒水过程中壶嘴"点头"三次，即所谓"凤凰三点头"，向客人示敬，水要高出壶口，用壶盖拂去茶末，即"春风拂面"；第三步，封壶：盖上壶盖，用沸水遍浇壶身；第四步，分杯：用茶夹将闻香杯、品茗杯分组，放在茶托上，将壶中茶汤倒入公道杯，即"玉液回壶"，使每个人都能品到色、香、味一致的茶；第五步，分壶：将茶汤分别倒入闻香杯，茶斟七分满；第六步，奉茶：以茶奉客；第七步，闻香：客人将茶汤倒入品茶杯，轻嗅香杯中的余香；第八步，品茗：客人用三指取品茗杯，分三口轻啜慢饮，在古筝的伴奏下，主泡火熏香；待一切完成后净手，先引茶入荷，请来宾赏茶。

八步茶艺一出，便获得了大家热烈的掌声。冬生兴奋地将这些一一记载在册。

众人议论一番，又提了个别小意见，青颂认为应该增加一步，那就是赏茶具。品茶讲究用美器，烫杯温壶是将沸水倾入陶壶、公道杯、闻香杯、品茗杯中，洁具提温。

对于这一点有些争议，有人说跑题了，有人说茶离不开茶器，后来少数服从多数，大家同意将茶艺八步改为茶艺九步，加入赏茶具一步。

夏生和茉莉提出茶道要遵循一定的法则，两人总结，最后由夏生提出三点：天气好为一，风流儒雅为二，气味相投的佳客为三。反之，是为"三不点"。

茉莉提出喝茶应该有几宜，八个人一人说一条，凑成了八条，后来又讨论补充合成："十三宜"为：一无事、二佳客、三独坐、四咏诗、五挥翰、六徜徉、七睡起、八宿醒、九清供、十精舍、十一会心、十二鉴赏、十三文僮（指伶俐清秀捧瓯奉客的茶童）。

青颂对茶器很看重，她提议将茶器分为四大类，大家在四类下不断补充，最后形成了完整分类：第一类，置茶器，包括由茶罐中取茶置入茶壶的用具，名曰茶则；将茶叶由茶则拨入茶壶的器具，名曰茶匙；分装茶叶的小茶罐，名曰茶仓。第二类，理茶器，包括将茶渣从壶中、杯中夹出，洗杯时可夹杯，防止手被烫的茶夹；用以置茶、挖茶渣的茶匙；用以撇去茶沫，尖端可通壶嘴的茶桨（簪）；取、倒茶叶的茶刀。第三类，分茶器，即茶海，包括茶盅、母杯和公道杯。茶壶中的茶汤泡好后可倒入茶海，然后依人数多寡平均分配。

人数少时，则倒出茶水可避免因浸泡太久而产生苦涩味。茶海上放滤网，可滤去倒茶时随之流出的茶渣。第四类，品茗器，包括用于品啜茶汤的茶杯，又名品茗杯；借以保留茶香用来嗅闻鉴别的闻香杯；承放茶杯的小托盘，既可避免茶汤烫手，也能起到美观修饰作用的杯托。

经过这样分类，茶器便也理清了。后来，茶器又发展了更多品类，更加复杂。

大家探讨得十分热烈、兴奋，冬生、秋生一一整理好文字，一本教材基本完成。茉莉提出，由她带回书院，给东方首、偃子等老师们看过，请他们进一步润色。

此时，所有人都没有想到，危险正一步步逼近御茶坊。

玉叶来到前厅，劝大家尽快结束讨论，她觉得天色已晚，还是各自回去休息，明天再继续。可这几位知己好友相谈甚欢，激动又兴奋，在玉叶的反复要求下，才恋恋不舍地散去。

青颂请求茉莉今晚不要回书院了，就和她同住一屋，好说些私房话。

玉叶没有意见，女孩间友谊深厚，做母亲的当然理解，再说天也晚了，让茉莉走夜路，她也不放心。

茉莉开心地答应下来，春生心里却有点不乐意，但也不好说什么，说出来倒显得自己小气，还会被妹妹们挖苦一番。这茶馆里都是自己的亲人，怎么好意思说呢？

当晚，三姐妹和茉莉说笑一会儿，就先后回房睡了。茉莉换了一个地方有点睡不着，辗转反侧至深夜，她披了一件衣服起身，怕影响青颂睡眠，就没有点蜡烛。在月光下，茉莉静静地走到桌子边，想从茶壶里倒点水喝。就在此时，她隐隐约约地看到屋外好像有人走动，她赶紧小步跑到床边，叫醒睡梦中的青颂。

青颂和茉莉马上穿好衣服，取下剑，走出屋来，果然看见有两个蒙面人就守在仓库门外。

见此情景，青颂大声喊道："有贼啊！有贼啊！"

那两个贼人被这一声惊到，提着刀就向青颂和茉莉扑了过来。情况十分紧急，茉莉抬手捏了个法诀，毒气瞬间飞出，两个贼人当即晕倒在地。

玉叶和青风、青雅听到响动，也拿着剑跑出屋来。

仓库里又跑出来三个蒙面人，每人手里都拿着刀，背上背着一个大袋子，看来是个偷盗茶叶的团伙。

茉莉和三姐妹提剑飞奔过去，迎战三个盗贼。那三个盗贼哪里是茉莉和茶仙们的对手，没一会儿的工夫，就败下阵来。三人一看不好，这几个女人不是吃素的，再打下去得全部死在这里，于是不顾一切地飞身上了屋顶。

刚飞上去，就听"哎哟，哎哟"几声，这三人便接连被从屋顶踢了下来，重重地摔倒在院子里。

茉莉和三姐妹一拥而上，将五个盗贼捆了个结结实实。

茉莉大喊一声："房顶上的英雄可以下来一见吗？"

话音刚落，一个翩翩后生从房顶飞落院中，大家仔细一看，原来是春生啊。

三姐妹开心大笑，青雅毫不客气地调侃道："原来是春生哥哥啊。你家茉莉妹妹入住御茶坊，你不放心，在屋顶上守着呢，是不是啊？"

姐妹们听了笑得前仰后合，茉莉羞得无地自容，迅速逃回了房间。

玉叶呵斥三姐妹道："盗贼当前，你们还大笑不已，成何体统？还不赶紧和哥哥押着盗贼去前厅，审一审是何方盗贼，明日好送官府。"

母亲的呵斥让三姐妹停住了笑，春生和她们三姐妹一起押着盗贼到了前厅。

不过，青雅说的没错，春生确实是惦记茉莉，快到家的时候，找个借口，把三个弟弟打发回家，自己又跑回御茶坊。其实，三位弟弟也知道大哥要干什么，却不说破。而春生对茉莉的一片深情，也都被玉叶看在了眼里。

到了前厅一审问，春生大吃一惊，原来这几位盗贼都来自凶族，其中在仓库门口望风的是两个女盗贼，在里面偷茶叶的则是三个男盗贼。他们来自一个草原游侠组织，是由一群身上有些功夫、讲义气、走江湖的凶族人组成的帮派。

这个组织没有什么成型的规矩，管理松散，大群可以占地为王，小群就四处游荡，统一称号就是草原游侠，因此很是混乱。组织内部人员良莠不齐，在草原上的口碑很差。

他们这五人是一组的，在草原与京城一带到处流窜、游荡，常偷一些新奇的东西，拿到草原的集市上去卖，赚一些钱养活队伍。前些时间，他们化妆成汉人，在御茶坊买了一些茶叶带回草原，没想到受到了热烈欢迎。

吃完牛羊肉之后，再喝点热茶，油腻的感觉一点都没有了，牛羊肉也更香了。更加神奇的是，将那些茶和奶泡在一起，加一点盐巴，煮成奶茶，味道更是令人难以忘怀。

由于储存不当，这五人帮带回去的茶，有的甚至变黑、酸败了，可他们却舍不得扔掉，依然卖了出去。没想到，这些"黑茶"反而更受牧民欢迎，解油腻的效果比绿茶还好。

因为草原不产茶，他们带回去的数量也不多，因此，茶的价格在他们那里比黄金还贵。于是，几人一致决定开始倒卖茶叶。但是，他们一时找不到直接供应茶的大型茶园，只能到御茶坊买一些散茶。而御茶坊每次买给他们的茶都有限，想多买也买不到，完全满足不了草原的需求。

草原游侠的头领将茶叶献给了大单于，大单于也迷上了喝茶，在凶族大力推广饮茶。但是，绿茶这种植物在草原根本无法生长，这就更加坚定了大单于想和本朝一战，夺取茶叶资源的想法。

鉴于此，大单于不再三天两头派人清缴草原游侠，并且给了他们很多好处，希望草原游侠能弄到更多的茶。这真是一石二鸟的好计策，一来有了稳定的茶叶运输商，二来还可以通过草原游侠对本朝进行破坏性活动，观察本朝的一举一动。游侠组织的头领命令他们必须多弄一些茶，并且设置了极高的赏金。

大头领吩咐草原游侠五人组尽快搞到一大批茶，可他们在京城蛰伏数日，实在是搞不到多少茶叶，于是就打起了盗茶的主意。但是，没想到一动手就被茶仙们给活捉了，真是丢人。

因为这事牵扯到凶族，春生认为必须马上通报师父。他将这几个盗贼捆结实，又让三姐妹和家丁好生看管，他和茉莉火速赶回东方书院找师父。

东方首听到春生和茉莉的讲述，连夜让人将此事汇报给魏擎天。他知道，这几个凶族人对于魏擎天来说可是一份大礼，魏擎天一直苦于缺少凶族的详细情报。这时，如果把这五人给他，他一定非常高兴。

果然，大将军听完来人的汇报后，格外开心，马上亲自带领士兵将五人从御茶坊带到了军营大牢里。他要求手下将士严加看管这些人，他要亲自审问，并上报皇上。

五人中有一位女子，格外引得魏擎天的关注，因为这个女人长得太过美貌，即使破衣烂衫、蓬头垢面也遮不住她的美艳动人。

　　经过审讯，魏擎天了解到这位女子名叫雪狐兰，性情倔强，精通马术、刀术。她不愿意顺从父母的安排，嫁给一个蠢笨如牛、又矮又胖的有钱男人，义无反顾地逃离家庭，和几个好武术的凶族男女混在一起，加入了草原游侠组织，整天打家劫舍，偷鸡摸狗，不务正业。父母早已不认她这个闺女，觉得很丢人，她自己却觉得这样的无人管束的人生十分快活。

　　魏擎天突然想起，东方首曾在几个月前的酒席上给他出了一个妙计，只可惜一直都没有用上。如今，见到雪狐兰，他灵机一动，觉得时机成熟，那个妙计可以实施了。

　　他秘密约上东方首一起到牢房，看望雪狐兰。

　　东方首那天只想把这些凶族人尽快交给魏擎天，根本就没有去御茶坊看这些人长什么样。今天经魏擎天指引，他才见到雪狐兰的真容，不禁惊叹这个女人长得真是太妖媚了，眼神勾魂夺魄，身材也比汉人女子要火辣得多、妖媚得多，还带着一点野性。

　　魏擎天将自己的打算说与东方首听，听得东方首脑皮发麻，浑身起鸡皮疙瘩，嘴上连连说："魏大人的计谋实在高明！"

　　魏擎天见妙计得到了东方首的认可，更是放心去做了。

　　他派士兵化妆成凶族人，秘密地找到了雪狐兰的母亲，得知雪狐兰的父亲在女儿出走的那一年，就被气得病逝了，只有母亲一个人在草原上孤苦地生活着。士兵将带雪狐兰的母亲带到了京城，魏擎天好吃好喝好招待，让她劝说女儿归降本朝，并许诺她们母女荣华富贵。

　　雪狐兰的母亲在草原受苦受穷，早就过不下去了。这次来到京城，受到魏擎天的招待，得了不少金银珠宝，看到了本朝人丰衣足食的生活，她怎肯回去吃苦挨饿，于是很痛快地答应了魏擎天的要求。

　　这一天，狱卒将雪狐兰从牢房提了出来，带到了魏擎天的府上。魏擎天让士兵把雪狐兰带到夫人的房间，又让夫人安排雪狐兰沐浴更衣。

　　雪狐兰还以为自己要被处刑了，她并没有慌张，咬紧牙关，心想："即使死掉，我也绝不会向你们求饶的！"雪狐兰真是一位刚烈的凶族女人。

一切收拾停当，魏夫人将她打扮得洁净漂亮。雪狐兰一时蒙住了，她不知道魏擎天葫芦里卖的什么药。

士兵蒙上雪狐兰的眼睛，将她带到一间大屋子前，一把把她推了进去。"咣当"一声，门锁上了，周遭安静下来。

雪狐兰惊恐地揪掉了蒙眼布，她吃惊地观察着眼前的一切，没有说话，也没有动。

这是一间极其奢华的闺房，不仅挂满了彩锦，还摆满了鲜花、盆景，珠光溢彩，金碧辉煌。她充满疑惑，不知道这是哪里，只好静静地站着。

"女儿，还站在那里干吗？快到母亲这里来！"一个熟悉的声音响起，雪狐兰往里一看，竟是她母亲。

母亲两鬓斑白，颤颤巍巍地站在床边，向她伸出双手，摆出拥抱的姿势。雪狐兰不敢相信眼前的一切。

"母亲？是母亲吗？你怎么来的？"她再也隐藏不住自己的情感，不顾一切地扑到母亲的怀里，抱着母亲号啕大哭。虽然她以游侠为乐，但心里还是思念母亲的，还是希望有个温暖的家。游侠云游四方，看似潇洒，实际上风餐露宿，没有着落，心里的痛苦只有他们自己知道。

两人抱头痛哭了一阵，然后平静下来，开始聊起往事与近况。当母亲说到父亲因为生她的气，旧病复发而死的时候，雪狐兰再一次痛哭不已。

母亲趁机说服她归顺本朝，雪狐兰一开始死活不同意。母亲生气地说："你如果不同意，就是要逼死我啊。你父亲已经被你气死了，你还要再逼死我不成？"说着，就号啕大哭起来。

雪狐兰见母亲已经决意归顺魏擎天，又以死相逼，再铁石心肠也扛不住了。她最后想了想，叹了口气，也就答应了母亲。

母亲马上欢天喜地叫人通知魏将军，就说雪狐兰已归顺本朝，随时听从魏将军调遣。

魏擎天在京城为她们母女找了一处大宅，并安排专人照看，但是要求她们不能随意走动，若要外出必须经得魏将军的同意。这明是照看，实为看守、软禁，同时，他安排雪狐兰到御茶坊学习茶道。

东方首清楚魏擎天这一举动的真实意图，却未明说，只告诉玉叶和三姐妹千万不要拒绝。

三姐妹当然没有拒绝的理由，可是她们也遇到了一个难题：雪狐兰是大将军秘密送来学习茶道的人，自然不能同其他夫人小姐一起公开学习，需要单独授课，可如今茶道课刚刚开办，茶馆也十分忙碌，三姐妹分身乏术。玉叶很为难，只好将此事告诉了东方首。

东方首想了想，说："茉莉也曾研习茶道，又是茶道教材的制定者之一。春生，不如你去问问茉莉，是否愿意去教这位凶族美女茶道？"

春生本不想答应这事，但是他明白，如果他们拒绝教雪狐兰茶道，定会被魏擎天嫉恨，与魏擎天的关系也会更紧张。于是，他硬着头皮去找茉莉谈这件事，没想到茉莉竟然一口答应了。春生既高兴又难受，高兴的是事情得以解决，难受的是他不能和茉莉朝夕相伴了。

"唉，为了大局，茉莉都愿意妥协，我又怎能如此小气呢？"想到这里，他也释然了。

三姐妹一听茉莉愿意来教雪狐兰，开心得不得了。茉莉天资聪颖，文武一流，可以保护御茶坊，还可以帮助他们弘扬茶道。何况，茉莉一来御茶坊，大哥春生也定会勤往这边跑。

茉莉在东方书院被母亲看管得很紧，根本出不了门，若是去御茶坊教茶道，她就可以名正言顺地出门，从此不再受母亲的唠叨。相比之下，教授凶族女人茶道，对于茉莉而言不过小事一桩。

三姐妹单独腾出一间房，作为茉莉教雪狐兰茶道的地方。房间布置相当雅致，而且距离前厅比较远，隐蔽性很高。

茉莉一边教一边满心疑问："这个魏擎天大将军搞什么鬼？为什么对这个凶族女子格外照顾？这其中难道有什么阴谋诡计吗？"

茉莉忍不住将和春生聊了聊，春生为人厚道，他认为魏将军肯定是同情这个姑娘。茉莉并不认同春生的说法，她觉得魏擎天定是另有图谋。

春生每日送茉莉到茶坊，晚饭后，再来接茉莉回家。偶尔太晚了，茉莉就不回去了。张一朵对此稍有怨言，但这是东方首大人安排的事情，她也不好说什么，就任由茉莉了。

一天早上，茉莉坐着轿子，春生骑着马陪在一边，一路慢悠悠地向茶坊走来，边走边聊天。经过一片小树林时，突然刮起了一阵阴风，春生立刻感觉不对劲，停了下来，对家丁说："保护好茉莉，此处好像有险情，大家多加留意，我去看看。"

茉莉掀开轿帘，急切地问："师兄，有什么问题吗？"

春生说："今日，行到此处，马儿似乎有些不安，我感觉有些问题。"

正说着，小树林里突然烟雾弥漫，春生大喊："不好，有埋伏！"

就在此时，乱箭齐发，家丁和马都中了箭。家丁当场身亡，马受惊了，拉着轿子乱跑起来，茉莉和春生顿时被冲散了。

春生不断挥舞战刀，刚挡掉飞矢，就被一群黑衣蒙面人包围了。一般人哪里是春生的对手，几个回合下来，春生三下五除二就干掉了这群人，撕开他们的蒙面巾，发现全是年轻的道人。

春生立即准备策马去找茉莉，前方忽然出现一个披头散发、身穿道袍的中年道人。此人故意用头发遮住了脸，春生虽看不全他的样子，却觉得有几分熟悉。

道人骑着高头大马，也不报名号，对着春生上来就是狠狠一鞭。

春生急忙躲开，鞭子从他的脸庞划过，这鞭子上还带着小钩子，一旦被打中，连皮带肉都要被扒下来，这兵器够狠的。

春生不敢大意，立刻从腰间抽出筋骨鞭还击，对方的鞭子当即被筋骨鞭给抽断了。

道人恼羞成怒，一手掷出淬了毒的铁豆暗器。铁豆数量多且分散，防不胜防，一不小心就会被击中，一旦击中，铁豆就会钻进肌肉里，毒液深入肌理，不用半刻便可取人性命。

此人真是太狠毒了，目的就是要让春生死。春生抬手施法，招来一颗类似仙人球模样的植物，将铁豆一一纳入球中。

道人一看春生法力高强，调转马头便要逃走。"往哪里逃？"春生大喊一声，策马就追，可是没跑几步，突然连人带马掉进了大坑里。

春生只好弃马，飞身而起，才跳离了大坑。他看了一眼，这坑定是提前挖好的，想来为了害他和茉莉，这人事前下足了功夫，可他是谁呢？为什么要加害他们？

见那道人已经跑远，春生也不想去追了，他要赶紧找茉莉。他担心茉莉也掉到别的坑里了，开始高声大喊："茉莉，茉莉！"

喊声还没有结束，茉莉就从远处骑着马跑了回来，马的后面已经没有了轿子。

茉莉见到春生就问："师兄，你没有受伤吧？这马乱跑，我刚刚驯服它，轿子也断了轴。"

"我担心你遭遇埋伏呢。"春生松了口气，指着深坑说，"我倒没有什么。你看，这马腿摔断了，马头也出血了，估计活不成了。"

茉莉往坑里看了一眼，吓了一跳，说："为了加害我们，真是下足了功夫。这是谁干的？为什么要害我们？"

春生苦笑着摇摇头，其实，他心里已经大概猜到是谁派的刺客。最近，茉莉和师父得罪了韩燕儿，他是最有动机的。

"我刚才看到一个披头散发的道人骑马从我眼前跑开了，不知道怎么回事，我觉得这个道人有些面熟。"茉莉说。

"嗯，我也觉得好像在哪里见过此人。只是此人披头散发，遮住了面孔，我没看清楚。"春生附和说。

"算了，别想此事了。你的马不行了，与我同骑一匹吧。"

春生二话没说，飞身上马，坐在茉莉身后，接过了缰绳，将茉莉圈在了自己结实的臂弯内。

两人来到了御茶轩，茉莉轻描淡写地向三姐妹说了一下路上的事情，茉莉说得很轻松，可三姐妹却听得吓出一身冷汗。

春生说："这事估计又是师父的仇人干的，既是冲着茉莉来的，想必对我们颇为了解。茉莉，你可要小心啊。"

茉莉还嘴道："我才不怕呢，只是你可别告诉我母亲。"

青颂打趣说："大哥，你就尽情地吓唬茉莉吧，让她永远也离不开你。"一番话逗得大家哈哈大笑起来。

这天午后，茉莉教完雪狐兰茶道九步，两人都有些疲累。雪狐兰便提议到荷塘边走走，茉莉答应了。

茉莉边走边问："你有没有觉得，魏将军对你太好了？你没有怀疑过此事吗？是不是有些反常呢？"

雪狐兰笑笑，什么话也没说。因为魏擎天再三嘱咐她不能多语，她不能告诉任何人关于她的事情，母亲也反复嘱咐这事，她懒得多事，只好对茉莉苦笑。

茉莉见雪狐兰没有说话，再问下去也没多大意思，再说，这又关自己什么事呢？茉莉是个绝顶聪明的人，魏擎天对雪狐兰的安排非同寻常，雪狐兰的避而不谈更加重了她的怀疑，这其中一定有什么不可告人的阴谋。想到这里，茉莉突然有些不寒而栗。

两人还没有到荷塘，前厅的家丁来报，说东方大人来了，雪狐兰就说："好了，你去陪东方大人吧，我自己再走走。"

茉莉点点头，到前厅拜见师父去了，她不知道师父为什么这时候来。

此时的荷塘里只剩下一些残荷败叶，雪狐兰一个人默默地走着，悲哀情绪难以抑制地漫上心头。她心里明白，她和母亲虽然暂时团聚了，衣食无忧，但实际上，她们母女是被魏擎天软禁了。这个魏擎天究竟想干什么？她何时能重获自由？她垂头站在荷塘边，心不在焉地转身和一位男子撞了个满怀。

这个男子不是别人，正是皇上的宠臣——韩燕儿。

韩燕儿今天受东方首邀请来茶馆参观，他觉得东方首是个聪明人，特意邀请他来品茶、看茶道表演，便是想讨好他，而他也不想和东方首闹得太僵，就答应下来。茶道表演进行到一半，韩燕儿自觉无趣。他是习武之人，对这些文人雅士喜欢的东西不是那么感兴趣，他觉得很是无聊，便和东方首说自己有点疲倦，想一个人在茶馆内走走，看看院内风景。于是茶道表演暂停，大家在一旁歇息一会儿。

东方首派人去找茉莉，将张一朵嘱托的东西转交。韩燕儿则一个人走出前厅，独自前往荷塘。他和茉莉分别走的是南、北走廊，两个人完全走岔了，还好没遇上，不然该是多么尴尬。

韩燕儿在走廊上，看见一个身姿曼妙的女子斜倚在荷塘边的白玉栏杆，心事重重。这如画般的情景令韩燕儿有种恍若隔世的感觉，他心中微微一震，脚下步伐加快，不觉想再靠近几分。没想到，雪狐兰刚好转身，撞进了韩燕儿的怀里，两人四目交汇，难免心驰神往。

韩燕儿看着怀中的雪狐兰，大大的眼睛，丰满的胸脯，妖娆的腰身，皮肤柔滑，娇美中透着异族野性，他一下子就被深深地吸引住了。他本来就是凶族混血，总觉得中原女人的温婉之美稍显寡淡，今日得见雪狐兰，惊觉这位异域美人正是他的梦中情人。

雪狐兰也被眼前的男子震住了，她从未见过这么帅气、英武又精致的男人，既有凶族人的高大威武，又有本朝人的儒雅风度，至阳至刚，眼神中似乎有团火，想燃烧她，融化她。她对韩燕儿也是一见钟情，内心忽然涌上一股不曾有过的小女儿的羞涩。她一把推开韩燕儿，站稳后，慌忙行礼致歉。

韩燕儿这才回过神来，连忙说："不用道歉，不用道歉。姑娘，没事吧？"

雪狐兰连忙用袖子遮住脸，转身小跑而去。

韩燕儿想要跟过去，却听到不远处传来东方首的声音："韩大人，韩大人，快来喝茶。"

没有办法，韩燕儿带着遗憾又回到前厅，但已经无心观看表演，更无心再听东方首的介绍。他的心和魂已经被雪狐兰彻底地勾走了，他魂不守舍地往后院看，已经完全忘记自己正身处御茶坊了。

东方首看出了这位韩大人的心不在焉，表演结束，便不慌不忙地带着韩燕儿走出茶馆。一上马车，韩燕儿便忍不住问起雪狐兰的事情，东方首故意卖关子，可把韩燕儿急坏了，反复哀求着。

最后，东方首装出耐不住询问的样子，笑着把雪狐兰的住址告诉了韩燕儿，又说："韩大人可千万不要说是我讲的，否则，魏大将军饶不了我的。"

韩燕儿高兴地应下："您就放心吧。"

雪狐兰从茶馆回到家中，母亲喜笑颜开地迎在门口。雪狐兰满心怀疑，当她随着笑容满面的母亲一进门，就呆住了——客厅里放着八口大箱子，里面盛满了金银珠宝、玉器绸缎，整整齐齐地码在大厅，闪闪发光。

雪狐兰惊奇地问："母亲，这是谁送来的？这是怎么一回事啊？"

母亲赶紧回答："孩子，这是韩燕儿大人亲自送来的。他看上了你，这可是你莫大的福分。"

"韩燕儿？他是什么人？"雪狐兰一脸疑惑。

母亲就把韩燕儿的身份，以及他今日在茶馆偶遇雪狐兰一事，原原本本讲了出来。雪狐兰这才恍然大悟，心中甚是欢喜，韩大人果然是真性情之人，她没有看错。

虽然内心欢喜，但是她脸上没有表现出来，她马上对母亲说："无功不受禄，我和他第一次认识，不能收此大礼，母亲赶快派人给他送回去。"

母亲说："哎，不能胡闹啊。兰儿，这就是你的不对了。人家好心好意给你送礼物，你却毫不客气地还回去，这不是打人家的脸吗？"

雪狐兰见母亲这样说，只得罢了。

母亲拉着雪狐兰的手，悄悄地说："兰儿，你知道吗？现在，你攀上了韩大人这个高枝，就是那魏大人也会惧咱们几分呢。我听说，这个韩大人是皇帝的第一宠臣，满朝文武都要让他几分呢。"

雪狐兰没有说话，她疑惑这事情怎么这么巧呢？

晚上，韩燕儿又来了，看来他真是迫不及待了。母亲让下人做了一些酒菜，然后自己也离开了，大厅里只留下他们二人沟通交流。

韩燕儿一看人都离开了，立刻扑上来拥抱雪狐兰。雪狐兰狠下心，推开了韩燕儿，但是一双玉手还是被韩燕儿拉住了。

韩燕儿急切地表达着自己对雪狐兰的爱慕。

雪狐兰怎是一般女子，她故意装出冷冷的表情，对韩燕儿说："大人，你吓到兰儿了。你如果真喜欢我，就安下心来，我们可以好友身份相处一段时间，不要第一天见面就动手动脚。这世间什么样的绝色女子你没有见过，或许，我对你来说，也不过是一时新鲜罢了。"

韩燕儿听了雪狐兰劝告，极不情愿地松了手。他解释道："世间绝色女子，我倒见过许多，但你才是我朝思暮想的那一个。我一见你，就被你融化了。"

韩燕儿还想指天发毒誓，被雪狐兰拉住了。雪狐兰让他不要胡说，她相信他的真心。韩燕儿这才放下安下心来。

此后，韩燕儿日日登门，每次都带着大量的金银珠宝，出手很是阔绰。雪狐兰同他发乎情，止乎礼，两人越聊越投机，不出月余，已深深地爱上彼此，到了海枯石烂、生死相许的地步。

经过近两个月的时日，御茶坊第一期茶道课程基本结束，学生们迎来了毕业日。

东方首奏明皇上，邀请皇上参加御茶坊的毕业盛典。皇上多少也听过些御茶坊轰动京城的事，也听说了御茶坊往来美女如云的传闻，决定亲自走一趟御茶馆，看一看学习茶道的女学生们。他这样做，一来可以向这些达官贵族示好，二来也想看看究竟是怎样的美女，让整个京城为之动容。

听说皇上要来，三位茶仙可是忙坏了，她们重新布置了整个茶馆，增加了不少盆景与鲜花。然后，把接待流程和表演茶道的安排练习了一次又一次，并送进宫里，审批通过。

待所有工作都安排好了，皇帝带着几个贴身太监，秘密地来到了御茶坊，并钦点了东方首、魏擎天和韩燕儿作陪。

三位茶仙应皇家要求，对外休馆三天，只说内部装修整理，暂时不对外营业。

当天，所有茶道表演者均以绿纱遮面，飘逸、漂亮而不失低调、神秘。

第一位上场的，当然是茉莉的徒弟雪狐兰。在绿纱的遮掩下，雪狐兰更显得千娇百媚，身姿曼妙，举手投足皆娴雅优美。茶仙青风在旁解说，青雅轻轻弹奏古筝，茶香与茶艺，美人与美曲，相映成趣。

连皇帝都禁不住连连称赞。他想，茶道如果在全国得以推广，那么，儒家精神便找到了得以传播的物质依托，可大放异彩，接下来的一系列革新主张，自然也可顺利推行。

韩燕儿在一边看到自己心爱的女人如此美丽、雅致，对茶文化有着如此深入的了解，觉得雪狐兰更加迷人了，更加令他心醉了，禁不住在心里赞叹。

最后，雪狐兰将制好的茶饮品一一送上。皇帝一品，味道确实不错。此时的皇帝已经被雪狐兰的茶艺、茶道迷住了，他突然要求雪狐兰揭开面纱，一睹芳容。

谁知，只一眼，皇帝就被彻底惊呆了，他从未见过如此美丽的女子。

说起来，雪狐兰打扮一番后，确实比后宫佳丽还要娇媚动人，甚至有一种骇人心魄的妖魅。

皇上一下子就被吸引住了。他马上叫东方首上前来，悄声问这是谁家女子，东方首一阵耳语。而此时，韩燕儿还陶醉在他心爱之人的倾情表演中，眼里除了雪狐兰，注意不到任何人。

直到皇上的贴身太监宣旨，夸赞雪狐兰茶道表演大方得体，儒雅美丽，特选入宫中做御用茶艺师。

在场的人一听，一下子都懵了，

这一道圣旨，仿佛一声惊雷，劈醒了韩燕儿，他立刻瘫软在大厅的椅子上。一口血痰堵在胸口，让他说不出话来，脸色煞白。

东方首一看这样的情景，怕出事，马上让人强行拉着韩燕儿离开了现场。

韩燕儿拼死挣扎着，但是急火攻心说不出话，又被东方首派出的人死死拖住，动弹不得，竟然一下子被气昏了过去。

东方首直接派人将他送回韩府，并且叫来了太医为韩燕儿诊治。

雪狐兰哪里敢抗旨，她的心上人此时自身难保，根本无法顾她。她已经乱了方寸，不知所措，更何况皇命难违。既然皇帝已经下旨了，她也只好乖乖跪下，领旨谢恩。

表演结束，皇帝表扬了三位茶仙，其实他早已被雪狐兰迷得晕头转向、心猿意马，对后面的表演已经了无兴趣，只是面上应付一下，走走过场。

流程一结束，皇上就兴高采烈地带着雪狐兰回到宫里。东方首和魏擎天两人见此情景，相视一笑。

悠悠转醒的韩燕儿，听说雪狐兰已经被皇上带进宫里，被气得一口鲜血吐了出来，又一次昏倒在床上，太医急忙上前医治。

韩燕儿万万没有想到，当今圣上如此贪慕美色，竟然当着他的面，夺走了他的心爱之人。再次醒来之后，韩燕儿发誓，一定要夺回心上人。

几天后，他不顾身体虚弱，在几名贴身护卫的陪同下，来到了雪狐兰的家。一见到雪狐兰的母亲，韩燕儿立刻跪地抱着她痛哭不已。两人相对落泪，雪狐兰的母亲哀哭女儿命苦。

其实，母亲知道雪狐兰入了宫，嘴上不说，心里却高兴得很。今日之举，不过是应付韩燕儿罢了，真是一只精打细算的老狐狸。

怎奈韩燕儿已经为爱冲昏了头脑，他向雪狐兰的母亲表示，自己铁了心要夺回雪狐兰，即便是以下犯上也在所不惜。

雪狐兰母亲知道他现在已经失去理智，也没有劝阻，只吩咐身边的人取来人参，送给韩大人，补养身体。

韩大人在护卫的劝导下回到家中，火急火燎地召集了几位贴心的谋士来商量，看看这事究竟怎么处理。其中一位谋士听完韩燕儿的讲述后，大呼道："韩大人，我觉得此事十分蹊跷。"

韩燕儿有点力不从心地问："怎么蹊跷？"

"您刚才的叙述，始终离不开两个人，一个是东方首，一个是魏擎天。我怀疑是他们设计好了，故意用这个雪狐兰来钓你，然后再找机会让皇上看上雪狐兰，从而离间你与皇上。大人啊，您一定要三思。"

其他谋士也认为有道理，但韩燕儿深陷恋爱之中，一心想和雪狐兰再聚首，他对这些谋士的分析完全不服气，觉得他们就是贪生怕死。

"要不这样，我们找一下安插在东方首和魏擎天内部的线人，根据他们传出的消息再做定夺，您看如何？"有位谋士看出韩燕儿的不信任，于是又出了这样的主意，韩燕儿这才勉强点头。

贴身谋士安排线人去打探风声，结果却一无所获。线人探不到一点消息，东方府和魏府关于这事口风很紧，可越是这样，谋士们越觉得有诈。

这下子难办了，韩燕儿看谋士们还是犹豫不决，就生气道："平时养着你们，什么好处没有给你们，到了关键时刻，你们却个个熊包样子。看来，你们也没什么用途。"

话音刚落，就听院子里有人通报，说雪狐兰母亲到了。韩燕儿马上让谋士们退下，亲自迎接雪狐兰母亲进屋。

雪狐兰母亲一进屋，看看两边伺候的下人们，示意要和韩燕儿单独说话。韩燕儿点点头，吩咐其余人全部退下。屋子里只剩下他们两人，雪狐兰母亲轻声说："雪狐兰带话给大人了。"

韩燕儿强压下内心的激动，附耳过去仔细倾听。

"兰儿说她只对您有情义，已经做好了和您私奔的准备，需要您在宫中上下打点一番，她趁机逃出，和您一起远离京城，找一个安静的地方，好好生活。"

听到这里，韩燕儿禁不住泪流满面，雪狐兰果然是在乎他的。这些谋士根本不懂爱情，他一定要把她从皇帝手中救出来！

送走雪狐兰母亲，韩燕儿心情有所好转，他不再信任谋士，开始自己想办法救出雪狐兰。

而雪狐兰这边，虽说她没有忘记韩燕儿，但她也不敢得罪皇上。没几日，雪狐兰就哄得皇上晕头转向，皇上一高兴就册封她为美人。这下子，宫里就炸了营一样。

后宫佳丽三千，有人进宫多少年了，还是个家人子，这个雪狐兰刚来没几天，就被封为美人，简直是一步登天。于是，这些佳丽们开始在皇后和太后面前搬弄是非，造谣生事，诋毁雪狐兰。她们说雪狐兰是狐妖，天天迷惑皇上。

皇后和太后也都明里暗里劝过皇上，可皇上确实仿佛鬼迷心窍一般，根本听不进去劝谏，天天和雪狐兰饮酒唱歌。雪狐兰酒量大得惊人，皇上喝得十分畅快。

春生和茉莉很快从御茶馆的三姐妹那里得知了雪狐兰的事情，他两人一聊，便知道这是师父和魏擎天使的计谋。这一点，让茉莉对师父产生了一点质疑。师父变了，他和魏擎天沆瀣一气，为了打败自己的政敌，这样设计一个手无寸铁的姑娘。想到这里，茉莉心里非常难受。

春生是一个单纯厚道的人，也认为师父这样做确实有些过分。但是，他又觉得这些人的世界和他们理解的世界有所不同，没有必要因为此事埋怨、抱怨师父。也许在师父和魏擎天的认知里，这样做并没有错吧。

茉莉却认为春生是在和稀泥。春生不愿意为此事争吵不休，于是说："茉莉，他们的事情我们管不了，我们就不要为他们争论了，反而伤害了我们彼此的感情。师父永远是师父，不是徒儿们可以随便议论的。"

茉莉于是不说话了，她虽然只当了一段时间的雪狐兰的茶道老师，但是多少也是有些情谊的，她为雪狐兰鸣不平。不过，她也知道，这份不平也只能在春生面前说说而已，这一切都不是她能掌控的。何况，雪狐兰已经被皇上册封为美人，也许正是她想要得到的生活呢。子非鱼，焉知鱼之乐？

第一期茶道班结束后，茶仙们希望总结一下成功与失败之处，再休息一段时间，对教材做一些修正和补充。玉叶也想带着三个女儿回到梦顶山上，修养一段时间。御茶坊试营业期间，大家实在是太累了，另外茶叶的库存也没有多少了，顺便再带多一些好茶叶回来。

就这样，御茶坊暂停营业，茉莉也在春生的陪同下，回到了东方书院。

第十三章

时间一晃就到了夏生、秋生、冬生该去军营报到的时候。

这天清晨，魏擎天派士兵来接东方首的几位徒弟。魏擎天还特邀东方首和茉莉一起参观军营，希望他们在参观之后提供一些建议。此时，东方首和魏擎天彻底联手，朝廷上下，无不配合。而韩燕儿那边全心牵挂雪狐兰，抽不出时间和精力来烦魏擎天，魏将军的心情好到了极点。

五人上了马，随着魏擎天大人的士兵再次来到毓麟院。春生一个人留下来看家护院，心里很不痛快。

东方首一路上和徒弟们有说有笑，其实他也是在帮徒弟们调整情绪，既然事实已经这样，不如好好接受这一切。

这是他们二进毓麟院，为了遮人耳目，没有安排他们走正门，魏擎天在毓麟院另一边的侧门迎候他们。魏擎天本人亲自来迎接，已经是给足了东方首面子。

走进毓麟院后，拐进了一条小道，再翻过一座山丘，又绕过一座宫殿，走了相当长的一段略显荒凉的路，然后进入了偏僻的无人地带。

东方首觉得有些蹊跷，但他不好向魏擎天随意发问，只暗自观察着。

最后，走到一座大山脚下，魏擎天才停了下来，一指前面的半山，说："东方先生，你看此地可有什么特别之处？"

东方首和他的徒弟们定睛一看，此山确实非常特别——从那半山上垂落一道道麻绳，麻绳上已经爬满了爬山虎、绿藤等植物，每一根麻绳都钉在一株株高大的槐树上。这些绿色植物完全遮盖了由麻绳搭起的帐篷，远看根本看不出破绽，近前才能认得出是帐篷。

这一工事一眼看不到尽处，实际绵延几里不止。这么大、这么长又这么隐蔽的隐形帐篷里，究竟藏着什么秘密呢？

一声号令，帐篷的大门缓缓打开，魏擎天带着东方首一行走了进去。刚一进去，东方首师徒就被震撼住了——只见一排排雄壮威武的骑兵，精神抖擞，目光如注，口号震天，气吞山河；胯下的骏马也个个毛发光亮，威风八面。此时战鼓齐喧，号角齐鸣，给人以强烈的震撼。

原来，这隐形帐篷里藏着数万骑兵啊。这里就是魏擎天的骑兵秘密训练地，也是魏擎天精心准备的对抗凶族的超级秘密武器。

东方首不禁拊掌叫绝，魏擎天可真是个军事奇才。将这样一支队伍藏在毓麟院里，展开秘密训练，在凶族不知情的情况下，发动奇袭，给凶族致命一击。

魏擎天客气地说："这不是我的想法，我一个人也办不到。这是当今圣上的想法，他一心想统一国家，让百姓安居乐业，让各族和谐相处。本朝现已国富民强，为了维护边疆的和平，年年和亲，年年纳贡，即使这样，凶族还是屡屡进犯我边疆，杀我边民，给国内安定造成很大的隐患。我们势必要和凶族打一场硬仗，才能维护边疆的长治久安。可我族士兵不善骑马，打仗吃亏，于是圣上就想到了在毓麟院建立训练骑兵的秘密基地，打造一支精锐之师。这样的事情也就是当今圣上才做得到，我不过是执行者而已。"

东方首听完也不得不佩服皇上的战略远见。

接下来，在魏擎天的指挥下，骑兵队伍为东方首一行表演了队列，队形变化多样，完成得迅速干净、漂亮整齐，可见平时训练下足了功夫。魏擎天确实很有能力，手下的队伍训练有素。

看完演练，东方首一行来到了魏擎天的大账中。魏擎天安排大家落座，然后吩咐侍从沏茶。

魏擎天说："东方先生，这茶还是你送给我的，平时都舍不得喝，只有尊贵的客人来了，才拿出来享受一番。"

东方首很是高兴，说："如果您喜欢，我改日再送一些过来。"

"多谢东方先生。"魏擎天停了停说，"几位曾在两月前和我的将士们切磋过，今日又参观了我们的训练基地，是否可以提一些意见呢？"

这正是魏擎天最厉害的地方，他愿意虚心接受他人的建议，愿意低头向旁人请教。

儒雅斯文的夏生说："我等才疏学浅，岂敢在将军面前卖弄，徒增笑料。"

魏擎天说："夏生小友不必客气，我就是想听听大家的真实意见。恭维之语、客套之言对我们攻克凶族，有什么好处呢？"

东方首只好开口："既然魏将军让我们提意见，我就先说说。刚才看到士兵训练有素，便知将军平时下足了功夫。但是，这些训练太过基础，面对强大的凶族，应该比照凶族特长进行强化训练。凶族常年作战在荒野沙漠，擅长骑射，因此我们要多思考这背后的规律，才可以真正克敌。正义之师必胜，所以，还要加强我方出兵正义性的宣传，让大家搞清楚为什么而打仗，大家会更加认真训练。"

夏生接着说："士兵还需要演练一些新型的阵法，传统阵法容易被凶族冲击溃散。将军应该针对性演练一些新阵法，如连环阵，让敌军难以破解。"

秋生侃侃而谈："士兵缺乏特殊训练，如饥渴的情况下怎么办？我们对付凶族要做最坏的打算，凶族的士兵长期和恶劣环境斗争，有天然的野性，这正是我们的士兵所缺少的。如果大家都觉得自己是御用兵，是毓麟院的精兵，容易产生自满情绪，面对各种困难挑战时准备不足，容易打败仗。"

冬生说："骑兵和步兵如何衔接，如何保持流畅推进，也是需改进之处。今日训练中，骑兵与步兵衔接稍弱，还需加强训练。"

茉莉也说："其一，我们士兵的武器不行。工欲善其事，必先利其器。我们的刀、剑、枪比起凶族要差很多。习武之人都知道，凶族的兵器更好，我们自己的好剑、好刀都来自凶族。因此，我们应该关注这个问题，好兵器可以大大提高战斗力，减少死亡率。其二，应该在凶族边境附近，再设一个小型的训练基地，这样可以模拟实战环境，可以针对性训练，知己知彼，方能百战不殆。其三，虽然魏将军可能不信道术、方术，可是人世间的确存在能人志士，最好广纳贤士，虽然不能完全依靠他们，但是可以利用他们出一些奇兵，让凶族搞不清楚状况，产生恐慌，正所谓兵不厌诈。"

茉莉引经论典，再次让魏擎天刮目相看。这个小女子熟读兵书，所言非常到位，其实，就刀的问题，前一阵子皇上还找过魏擎天。

本朝大臣王光辉曾被派往凶族当使节，临走之前，王光辉送给皇上一把凶族的宝刀做纪念，那把刀可谓削铁如泥，锋利且轻快。相比而言，本朝的武器既笨重又不够锋利，严重影响战斗力，皇上拿此宝刀给魏擎天看过，让他依照那把刀的标准锻造新刀。魏擎天在京城找了许多铁匠，比照凶族的宝刀来打造，结果却都不太理想。

魏擎天对东方首师徒的见解大为赞赏，由衷说："果然名师出高徒！我们会安排整改计划，你们便参与讨论，推进这个整改计划，好让我军更加强大，争取早日攻克凶族，实现天下太平的伟业！"

大家齐声应下。

既然谈到了刀，东方首便说，他有个工匠朋友，认识一个从凶族跑回来的本朝人。此人以前被凶族掳去当了奴隶，打造过凶族的兵器，应该可以解决宝刀的问题，不过他们住在比较偏僻的边塞——凉凉郡。

魏擎天说："那麻烦东方首大人去找一下，我会向圣上禀报此事。您找到他之后，我便安排他进军营为我们打造新兵器。如果此事得成，我一定在皇上面前为你请功！"

既然魏擎天已经说到这个份上了，东方首也不好推脱，便答应跑一趟凉凉郡，为大将军找到制作好刀的能工巧匠。其实，东方首要去凉凉郡，是因为内心还藏着一件尚未解决的事，他此行便要了断此事。

众人在大账中喝了一会儿茶，魏擎天命令手下带夏生、秋生、冬生去军中报到，安置住宿，三人得令就离开了。看着徒弟一个个离开的背影，东方首有些伤感。

这一点马上被魏擎天发现了，他是多么聪明的一个人，他说："东方大人，您可以随时来军中，指点训练，商议战事。我给您和茉莉一块通关腰牌，见到此腰牌，无人敢拦您。您可以直接来我账中，也可以去见爱徒。"

东方首带着茉莉谢过魏擎天将军，这安排多少让东方首心里有了些安慰。

韩燕儿在家休养了一段时间，皇上听说他生病了，不仅派了太医给他看病，还送了不少补品。皇帝当然不知道，韩燕儿的病与自己的宠妃有关。

休养期间，韩燕儿静下心来，想出了一个妙计。于是身体一有好转，他马上来皇宫，给皇帝请安。

皇帝看他气色不错，就说："燕儿，你休养得如何？你近来不是头痛就是身体有恙，你以前身体可是很好的，最近怎么回事啊？"

韩燕儿回答："皇上，我最近总是听说凶族骚扰边疆，为此常常夜不能寐，睡眠一差，身体自然就会差很多。"

皇上听了大为宽慰，道："燕儿为我朝江山社稷着想，实在可敬啊。燕儿有何要求，尽管提出。"

韩燕儿看皇上高兴，就说："请皇上允许我到后宫走走，看看后宫的花，品品后宫的茶，如何？"

皇上不以为意道："燕儿自幼与朕一同长大，情谊非比寻常，平日出入皇宫，有谁敢拦？怎么今日却来请示了呢？燕儿如果喜欢，尽管去吧。"

韩燕儿这般要求自是另有所图，在皇上答应下来后，便找了个理由告退，又七拐八拐地来到了雪狐兰的寝宫。雪狐兰一见韩燕儿出现了，吓了一大跳，她听母亲说韩燕儿病了，很是担心。

宫中耳目众多，两人相思已久却不敢表露分毫，雪狐兰屏退随侍的宫女，又掩上房门，确定四下无人后，才情不自禁地扑进韩燕儿怀中。两人紧紧相拥在一起，轻声哭泣起来。

雪狐兰对皇上是逢场作戏，与韩燕儿才是真心相爱，她向他诉说自己在宫中之苦，诉说难以抑制的想念。韩燕儿搂紧心爱之人，发出一声悲伤至极的叹息。

雪狐兰摇摇头，绝望地说："想来，今生今世难与君相守。"

韩燕儿笑笑说："兰儿，是否信我？"

雪狐兰赶紧问："你难道有何办法？"

韩燕儿告诉雪狐兰，他在皇宫边上有一个府院，是皇上还是太子的时候，为方便溜出宫偷偷置办的，院中有一条密道直通皇宫，此事只有皇上和他二人知晓。

"现在这个院子已经不用了，我可以重新修缮一下，作为我们两个秘密幽会的地方，岂不一举两得？"

眼下看来，这便是最好的解决方案了。皇上不在的时候，他和雪狐兰可以尽情幽会，以解相思之苦。

雪狐兰听完，也觉得只能如此了。

韩燕儿说："我会打点好宫内外，让人为你带路，只要皇上不在，你就可以来找我，万无一失。"

雪狐兰只好点头，可不知道为什么，她对韩燕儿的这个计策总有一种不安的感觉。

为了彻底消灭凶族，打好这一仗，魏擎天特别邀请皇帝微服走访边关，皇上欣然应允，这一走就是两月有余。

皇上离宫期间，雪狐兰几乎夜夜都与韩燕儿幽会。一开始，两人还是有点紧张，一切都防范得很仔细、谨慎，可时间一长，见无人察觉，两人渐渐放低了防备。特别是韩燕儿最初打点宫里宫外的人下手比较狠，给得也比较多，这些人确实都忠心于他。可渐渐地，次数一多，韩燕儿出手也就没那么大方了，给得越来越少，甚至有时还忘了打赏，这些奴才就开始不断地骂娘，并在很多场合开始编排韩燕儿。人心不足蛇吞象，一旦贪心得不到满足，前面的所有好便会全部化作怨恨。

于是，风声很快传到太后的耳朵里。

太后决定按兵不动，她这一次一定要置韩燕儿、雪狐兰于死地，必须铁证如山，让皇上也无话可说。于是只派人悄悄跟踪雪狐兰，把雪狐兰和韩燕儿的一切踪迹、状况都摸得清清楚楚。

她暗想："韩燕儿，雪狐兰，这一次恐怕连神仙都保不住你们了！"

皇上微服私访一段时间，暗中考察了魏擎天金河一带防线的军事管理。他不得不佩服，魏擎天真是个军事天才，把一切都管理得井井有条，滴水不漏。就他看来，大战凶族的筹备越来越充分了，到时候即使满朝官员都反对，他也会全力支持魏擎天坚决抗击凶族。

微服私访回来，皇帝的屁股还没有坐热，太后和皇后就忙不迭地找了过来。

太后支走了皇上身边的所有人，然后将韩燕儿如何败坏宫中风气，如何和皇上的嫔妃雪狐兰鬼混一事，说与皇上听。

皇上听后十分震怒，但还是不信韩燕儿能做出背叛他的事。

太后给皇后使了个眼色，皇后立刻会意，说："皇上，您先不要声张，今晚我就带您去一看究竟。"

太后早已经将韩燕儿买通的人悉数交给了皇后，皇后也已经摸清楚了韩燕儿和雪狐兰私会的地方。

待到三更，在线人的带领下，皇上和皇后一起通过密道，来到了宫外的小院。皇上想起这是少年时他与韩燕儿偷溜出宫的落脚处，此处只有他二人知晓，更是怒火中烧。

皇后举手示意，太监破门而入，在院中私会的韩燕儿与雪狐兰呆愣在原地。

皇上怒喝："来人啊，将这两个狗男女拿下，千刀万剐，砍死为止！"说完，竟气得晕了过去。

一群士兵蜂拥而上，乱刀齐砍，两人立刻命丧黄泉。

但是，凡人所看不到的是，两只妖灵霎时从韩燕儿和雪狐兰的身体中飘了出来，一只是狼妖，一只是狐妖，两只没有依托的妖灵疯狂地向西北方向逃窜。原来，这两人是妖修炼而来的。

皇上头痛病发作，躺倒在龙榻上，皇后赶紧派人去叫太医来医治。

前朝后宫，忽闻韩燕儿和雪狐兰被处决，都觉得大快人心，但因不知具体发生了什么事，只敢私下议论。

经过太医的全力救治，皇上终于苏醒，头痛之症也有所好转。皇上喝下一杯茶，问起自己晕倒后，韩燕儿被如何处置了。

太监说："按照皇上的吩咐，二人已被乱刀砍死了。"

皇上瘫坐在龙椅上，半晌说不出话。

雪狐兰和韩燕儿已死的消息，很快传到了东方书院，春生和茉莉深感震惊。他们第一次感受了政治的残酷，但又无可奈何。更加想不到的是，不久的将来，悲惨的命运也会降临到他们头上。

魏擎天为了不留后患，去抓雪狐兰的母亲。谁知，这个女人早带上金银财宝跑回草原投奔大单了。

东方首和魏擎天的联手取得了胜利，他们彻底干掉了一个政敌，涤清朝堂，可以一门心思筹备打仗了。

但是，这件事让茉莉伤透了心，她对师父已经不再喜欢与信任，她觉得师父太工于心计。她的徒弟雪狐兰就这样死了，她心里有怨气，却又没有任何办法，只好把这怨气埋在心里。

东方首把春生、茉莉叫来，说："茉莉啊，我和春生将要出趟远门，去凉凉郡，帮魏将军找那位打铁的工匠，你在家好好陪陪你母亲。"

茉莉一听就不干了，说："我要和你们一起去，一路上我好照顾你们，母亲不需要我来陪。"

东方首说："你目标太过显眼，不知路上又会惹出什么事情来，还是在家为好。"东方首对自己这个女徒弟的闯祸功力真是心有余悸。

茉莉给春生使眼色，春生赶紧对师父说："师父，带上她吧。我们不在，伯母根本管不了她，她一个人在京城，更不知会闯出什么祸事。带上她，有我们一路看管着，反倒安全些。"

东方首听春生这样一讲，觉得有些道理，就答应了。

母亲不愿意茉莉出门，茉莉劝导了母亲好一阵，答应母亲出外一切听师兄和师父的，母亲这才答应。

第二天一早，三人套上一驾马车，师父和茉莉坐在马车里，春生素衣打扮骑马守护在一边。东方首带着两位徒弟低调地向边关出发，一路上都是便装打扮，没有着官服，住的也是普通客栈，更没有通知当地的官员。这样虽然辛苦点，但是应酬少了，迎来送往少了，其实还减轻了不少负担。

一路上，茉莉对什么都好奇，观赏当地风景，品尝当地小吃。茉莉喜欢各种工艺饰品，对花花草草也感兴趣，和师父、春生说说笑笑，还是很开心的，三个人同行也不觉寂寞。

在客栈，茉莉在春生的帮助下，为大家洗衣物，安排各种餐食。春生这才发现茉莉还是一个如此细心、贤惠的女子。这一路走来，两个人实实在在地在一起生活、赶路，整日待在一起聊天、嬉戏，偶尔也会拌拌嘴、闹点小别扭，但是，两人的感情日益加深，谁也离不开谁了。

东方首也将这一切都看在了眼里。这次出门，他发现春生和茉莉的关系已经超越了兄妹的程度，他既喜又忧。喜的是这两人青梅竹马，相亲相爱，是好事；忧的是春生的父亲上次来府上特地和他说过，坚决反对茉莉和春生结合。等回府后，东方首想找个时间和他们两个摊牌，若是能成，便为二人安排婚事。

师徒三人一路向西，越走越远，越走越荒凉，从绿色平原到了丘陵地带，又从丘陵地带进入了半戈壁半草原的地区。经过辛苦跋涉，走过千山万水，最终到达了一马平川的堆积平原——凉凉郡。

凉凉郡自古以来就是兵家极其重视的地方，古时素有"通一线于广漠，控五郡之咽喉"之重地之称。此处接近凶族，是本朝管辖的一个边塞城，双边商业比较繁华，有些凶族人身着本朝的服装，根本看不出是哪族人。此地也是本朝和凶族的必争之地，鱼龙混杂，暗哨众多，因此需要格外小心。

来到了凉凉郡，师徒三人低调地住进了一家普通客栈，这件事知道的人越多越容易生出变故，他们不想惊动当地官府，而是凭自己的力量悄悄找到那位工匠。

第二天一大早，东方首带着春生、茉莉出了客栈，先来到了凉凉郡最有名的、打制各种武器的一条街，很快就找到了那个铁匠的铺子。

铁匠姓王，是东方首的远房亲戚，以前为东方首的门客打过一些兵器，后来专门跑到凉凉郡来学习凶族造武器的方法，结识了一些为凶族造宝刀的人。他给东方首写过信，告知过他凉凉郡的情况，但是万万没有想到，东方首竟然亲自登门了。

王铁匠赶紧将东方首迎进屋里，脏乎乎的炼铁屋当然又黑又臭，铁匠们已经习惯了这样的环境，根本没有感觉。茉莉对这里的味道有点受不了，春生拉着她的手，轻轻地安慰她说："既来之则安之。"茉莉只好点了点头，没好意思捂鼻子。

东方首也很不习惯这个味道，但是他强忍下来。他说："王铁匠，既然是亲戚，我就不和你客气了。我们这次千里迢迢来到凉凉郡，就是要找到能做精钢刀的人，你曾在信中提到过一位给凶族造刀剑的伙计，现在是否还和他有联系？"

王铁匠说："哎呀，大人啊，你找他啊。我和他有联系，他经常来我这儿，找我帮忙。"

东方首说："那你现在可以帮我们找到他吗？"

王铁匠痛快地说："完全没有问题！你们大老远来，先在我这里吃完中饭，然后，我就带你们去找他。他的铺子就开在这条街的东头，生意比我好多了呢。"

东方首马上说："我们有急事，饭就先不吃了，赶紧找到他为上。"

王铁匠觉得东方首一行从京城跑来不容易，好客的倔脾气上来了，一定要请东方首先吃饭，说什么都不可以。东方首被他弄得没了脾气，只好说："要不这样，我们先去找到他，然后咱们一起吃饭，好不好啊？"

王铁匠这才露出了淳朴的笑容，爽快地答应了。

这条街很长，两旁商铺林立，地上污水横流，脏乱得厉害，就像无人管理一样。几个人走啊走，终于到了最东头的铺子，此时已经日上三竿，却见这间铺子大门紧锁，好生奇怪。

王铁匠上前敲门，并大声喊道："大头，大头，是我，快开门啊！"

里面没有丝毫动静，王铁匠纳闷道："奇怪了，以前这个点，大头早就起床开工了，今天怎么回事啊？"

就在此时，几个黑衣人从院子蹿出，上了房顶。春生大喊一声："房顶有人，茉莉保护师父，我去对付他们。"

春生飞身上了屋顶，迅速朝黑衣人的方向追去。

茉莉抽出剑来，护住师父，然后对王铁匠说："你快去打开房门，看个究竟。"

王铁匠被刚才的情况吓得战战兢兢，使劲敲门，却无人开门。茉莉手起剑落，劈开门栓，三人这才进到屋里。

一进屋，王铁匠就大声尖叫起来，他被吓得魂飞魄散——他认识的这位叫大头的铁匠已经倒在血泊中。

东方首上去一把脉，叹息着说："人已经死了，身体还没有凉，定是刚才那几名黑衣人所为。"

显然，凶手就是赶在东方首一行来到这里之前干的。对方无疑在跟踪东方首一行，对他们此行目的也十分了解。这不禁让东方首和茉莉都大吃一惊，对方对他们的行踪似乎了如指掌，且藏身于暗处，这下他们的处境相当危险了。

春生很快就回来了，说："师父，我眼看就要追上了，他们突然逃进了一户大户人家的院子，在院子周围，我闻到一股很重的妖气，不敢贸然前往，怕遭遇埋伏。师父，我们的行踪看来被人识破了，怎么办？"

东方首沉吟了一会儿，说："如此低调、保密的情况下，还是泄露了行踪，对方不可能从京城一直跟踪我们到这里，如果是这样，早被我们发现了。肯定是我们入住的客栈出了问题，有人在那里安排了眼线。现在看来，那个客栈不能回去住了。"

东方首转身问还在浑身颤抖的王铁匠："你在凉凉郡有没有认识的比较可靠的人？我们得尽快躲藏起来。"

春生说："是的，我们先躲起来，然后再找机会，一定要会会那个大户人家，看看究竟是何方妖孽作怪。"

王铁匠想了想，结结巴巴地说："我认识一家生意人，我们都叫他卢员外，这个人比较可靠。他家几代人做生意，和京官也常打交道。他经常到我的铁匠铺里来，带着门客、保镖来做刀剑，人很随和。我也去过他府上，他很好客，我想他家比较可靠。"

东方首和徒弟商量了一下，然后对王铁匠说："那就去卢员外家吧。但是，先不要告诉他，我们的真实身份，到时候我们见机行事。"

王铁匠带着大家，春生一路掩护，留意身后是否有人跟踪，绕了几个小巷子，来到一扇朱漆大门前。这户人家闹中取静，屋外院中都种满了大树，屋顶是中原盛行的琉璃瓦，富丽堂皇，很是气派。

王铁匠敲门报上名号，待家丁通报后，卢员外请他们一行人进到大堂。

众人落座，寒暄一阵，卢员外一看东方首气度非凡，谈吐有礼，便知他身份不凡，于是问道："不知诸位贵客上门，有何贵干？"

王铁匠说："他们是我的远方亲戚，昨日从外地而来，有些事情想求员外帮忙。"

慈眉善目、个子高大的卢员外微笑着问："诸位但讲无妨。"

东方首说："我们初到此地，发现客栈人员复杂，怕惹是生非，于是想到员外这里借宿几日，办完事情就走，我们愿意按照客栈标准付食宿费。"

"贵客这么说，就生分了，王铁匠的亲戚自然也是我的朋友。"卢员外接着吩咐下人，"赶紧将西厢房打扫出三间来，给客人居住。"

东方首一行答谢。

卢员外又问："几位虽然身着布衣，但谈吐礼节皆不凡，如果我没有猜错的话，几位来自京城吧。"

东方首觉得也没什么好隐瞒的，就说："员外好眼力，我们是从京城而来。"

卢员外自豪地说："我经常去京城，做了多年的生意，也认识一些京官。前些日子，王光辉大人还在我这里住过，我送了一把凶族的宝刀给他呢。"

这让师徒三人大吃一惊，原来，王光辉大人送给皇帝的宝刀出自卢员外之手啊。东方首不动声色地问："王大人可谓大名鼎鼎啊。那您还认识京城的哪位大臣啊？"

"我和魏擎天大人也打过交道，不过只是一面之交，他问过我有关边关的情况。"

东方首放下心来，说："我们此番前来实为秘密出访，方才出于谨慎未向员外自报家门，实乃不该。在下东方首，这两位是我的徒弟。"

"哎呀，是东方首大人，本朝奇人啊！"卢员外惊呼着便要下跪行礼，被东方首扶起，激动地说，"早就想一睹您的风华，今日一见果然名副其实，身着布衣却也仙风道骨。"

东方首说："不用客气，员外，借一步说话。"

东方首把卢员外拉到一边，悄声把今早遇到的情况告诉了他。卢员外吃了一惊，说："那我马上通知属下加强防伪，同时严格保密。"

二人再次回到大堂，卢员外让下人们先退下。王铁匠见东方首一行人已被妥善安置，便想告退。卢员外赏赐给王铁匠一些银两，让他先行回去。接着，卢员外又派家丁和下人到东方首原来住的客栈付了房钱，取了行李回来。

一番安顿妥当后，卢员外邀请请东方首、春生到书房一叙。春生将自己追踪黑衣人至大户人家院外一事，完整地讲了一遍。

卢员外说："按照你说的那户人家的样子，应该是塞上白家。"

"塞上白家？"东方首问。

"是啊。凉凉郡是本朝与凶族接壤之地，本就鱼龙混杂。塞上白家在凉凉郡很有名气，大家都说那是凶族人的秘密据点。这个塞上白家估计用钱买通了地方官，只要不出大事，凉凉郡的官员也睁一只眼闭一只眼，从不清查他家。我猜测，你们是被白家安插在客栈的眼线给盯上了，他们和凶族有大生意往来，对从京城而来的人很是敏感。"

东方首点点头，觉得他所言在理。

春生说："白家四周还有浓重的妖气，很是诡异。"

"妖气？"卢员外先是一脸疑惑，后又想起什么似的，补充道，"确实，凉凉郡前些日子有件怪事，陆续失踪了几名童男童女，传说是妖孽作祟，专抢童男童女，闹得人心惶惶，府衙已经到处张贴公告，抓捕可疑人士了。"

卢员外喝了一口水，继续说："唉，可惜了那个叫大头的铁匠，他为人一向低调，经历了九死一生，好不容易从草原逃出来，结果今天还是被弄死了，真是倒霉啊！"

春生问："只有他能造出宝刀吗？凉凉郡就没有其他人可以造出来吗？"

卢员外说："这个，我还真不知道，王铁匠知道得比我多。不过，我可以派人去打听打听。鉴于目前的情况，你们暂时就不要出门了。"

晚上安顿好，春生和茉莉来到了师父的房间，春生说："我想去塞上白家看看。"

茉莉说："你一个人去，我不放心！"

师父笑了笑，对他们两个说："你们两个一起去查一查吧，但是千万不要打草惊蛇，快去快回，看到什么情况马上向我汇报，我们一起想办法。"

两人飞檐走壁，很快到了大户人家。春生站在房屋顶上，说："我们两人进去，肯定容易被察觉，必须想办法隐藏起来。"

茉莉说："这好办，我会隐藏术，你牵着我的手即可。"

春生说："好师妹，你什么时候修了隐藏术？回头教教我。"

茉莉开心地说："你离开京城飞去梦顶山救母的时候，师父教我的。"

"师父这也太偏心了！"春生玩笑道。

茉莉说："雕虫小技，回头教你便是。"茉莉说着施展隐形术，将二人身形隐匿起来，潜入白家大宅。

这白家的院子比京城一些大户人家的院子还要大得多，院子里种了不少树，主要用来遮阳，有名贵的牡丹、芍药、月季、夹竹桃，也有草原特有的格桑花、太阳花四进的院子，越走越阔气，两人走到最后一个院子，见屋里亮着灯，径直来到了窗下。

茉莉用手在窗纸上捅了两个小洞，往里定睛一看，真是吓了一跳。

只见屋里正面坐着一位老人，估计是白员外。在他身侧，一边坐着一只未完全化成人形妖，一只狼妖，一只狐妖。两只妖周身被浓黑的妖气围绕着，想来，正是白家四周那妖气的源头。

茉莉差一点叫出声来，她认出了狐妖。狐妖的声音很特别，说话带一点凶族的口音，正是让茉莉伤心惋惜了好一阵的雪狐兰。

如果狐妖是雪狐兰，那么，无疑另外一只妖就是韩燕儿了！

茉莉眼神示意了一下春生，春生唇语道："就是那两个畜生！"

此时，聪明的茉莉一下子就想通了——原来，师父来凉凉郡不仅是找宝刀的，还是来解决这两只妖的。原来，雪狐兰是狐妖，难怪师父和魏擎天要收拾她呢。茉莉想起此前自己还对师父的做法有些许不满，觉得师父很过分，想不到，这二人竟是祸乱朝纲的妖孽。师父就是师父，定是早就识破了他俩的真身，幸亏师父和魏擎天联手除妖，否则本朝永无宁日。

眼下，两只妖正在吃着血糊糊的肉。懦弱的白员外坐在那里，吓得一动也不敢动。

韩燕儿摆出一脸凶狠的狼相，说："凶族的大单于让我们待在凉凉郡修炼，多多制造恐慌，挑起事端，没想到死对头东方首也来到了这里。我恨不得马上撕烂他，喝他的血，吃他的肉！"

雪狐兰说："是啊，我本以为他是来追杀我们的，结果是来找炼宝刀的铁匠，本朝难道真要与凶族开战？可是，这个东方首不好惹，我们现在是不是要回草原避一下？"

韩燕儿瞪了一眼雪狐兰，说："回什么草原！这个东方首既然来到我们的地界，我们岂能饶了他？再者说，如果我们不解决掉他，必将给凶族留下大患。我们要想想办法，让他不仅炼不成刀，还要命丧凉凉郡！"

白员外只有拼命点头的份儿。

自从凶族派这两只妖到他这里制造混乱，他已近完全失去了管理这份家业的主权，白家上上下下都被妖控制着，他现在就是个傀儡。

韩燕儿说："白员外，你安排人继续加强各个客栈的监控，有事早一点通知我们，我们要找机会弄死这个东方首。"

雪狐兰说："今天，我们凶族弟兄发现东方首的大徒弟无春生跟来了，差一点被他追上，我们必须加倍小心啊。"

韩燕儿说："怕什么怕？我虽然没有见过这个无春生，倒是见识过那个郝茉莉。那个妖女，会一点雕虫小技，是我手下败将，所以他们也没什么大本事，不用怕！"

茉莉被厚脸皮的韩燕儿给气得差点笑出声来，好在被春生及时捂住了嘴。但是，春生这一下动静大了些，把窗户边的盆景碰倒了，"哐当"一声盆景摔碎了。两人马上低下头，屏住呼吸，保持安静。

白员外被外边的动静给吓晕了。雪狐兰急忙跑出门外，却没见到什么可疑之人，正觉狐疑，又向前迈了几步，准备细查。眼看茉莉和春生的藏身处就要暴露，突然，一只猫从花丛间蹿了出来。雪狐兰只看猫一眼，妖爪一伸，一把将那猫捏死了。

雪狐兰擦擦手，进屋对韩燕儿说："没事儿，是只猫罢了。"

春生和茉莉见危机已然度过，赶紧飞身离开了白家大院。

回到卢员外家，春生和茉莉就将刚才在白家探得的情况汇报给了师父。

东方首说："为师此行，目的有二，一为寻找宝刀锻造者，二为彻底解决这两个妖孽。上次，韩燕儿大胜凶族，我就有所怀疑，经过秘密调查，发现他竟是凶族安插在皇上身边的超级卧底。没想到，这两只妖见势不妙，舍弃肉身，逃窜至凉凉郡，还妄图通过吃童子肉重化人形。他们想得美，有我东方首在，就没有这两只妖孽的活路！春生、茉莉，我们必须把这两只凶族妖孽斩草除根，否则，他们一旦修炼成功再次得势，本朝必将经历浩劫！"

大家商量了一下，又找到了卢员外。卢员外听完东方首的想法，献上一计。

没几日，凉凉郡到处传说卢家喜得龙凤胎，卢员外抱上了孙子、孙女，大家都为卢员外高兴。卢员外是本地的大善人，经常开粥棚招待吃不上饭的穷苦人，因此深得民心。这次听说卢员外准备在孩子满月的时候大宴宾朋，同时开粥棚宴请全城穷苦百姓，大家便都想去凑个热闹，也好沾沾喜气。

韩燕儿和雪狐兰听说了龙凤胎一事，真可谓喜上眉梢。他们修炼至此，如果能得这一对龙凤胎加身，便可功力大增，加快重塑人形的进度。卢家和白家在凉凉郡同是有名望的氏族，还有一点生意往来，想来，卢家办满月宴定会给白家下请柬。于是，这两只妖孽开始琢磨怎么在卢家的满月宴上制造混乱，趁机偷走龙凤胎。

满月宴那天，卢家张灯结彩，鼓乐齐鸣，宴席摆了近百桌。院外开粥棚二十间，不仅有粥，还有流水小菜免费供应，满月喜符随意拿取。一时人山人海，热闹非凡，大家都来争着讨个喜气。

东方首带着春生、茉莉早已做好了准备，他们没有在院子里吃酒席，而是藏身于房顶之上，观察着院中的情况。

此时，白家的四顶大轿子晃晃悠悠地停在了卢家大门外，待下人通报后，卢员外出来相迎。白家一行人献上礼品后入席落座。见宾客都基本来齐了，卢员外叫儿子和儿媳将一对龙凤胎抱了出来。

大家一看，这两个孩子生得真是好啊，眼睛溜圆有神，小脸红嫩嫩的，脖子上挂着小小的金铃铛。

两个孩子初次见到这么多人，有些怕生，哇哇大哭起来，哭声响亮，中气十足，又引得众人一阵称赞。

就在此时，天色阴沉下来，院内突然刮起了一股阴风。卢员外赶忙让儿子儿媳抱着孩子回房。

东方首说："妖孽要作怪了！"

茉莉说："我去护住两个孩子和卢家夫妻。师父，师兄，你们伺机抓住妖孽。"

茉莉用隐蔽术，闪身进入房内，然后一挥手落下一道结界，护住了小夫妻和孩子。茉莉守在结界旁边看护着，东方首和春生紧盯着卢家大院。

只见两只妖孽迅速从白家的轿子中钻出，化作两股黑烟向酒席处袭来。众人见状一阵尖叫，四处奔逃。

东方首和春生一下子飞跃而出，春生抽出筋骨鞭，因为出手太急，没能击中。

两团黑烟直冲进房内，看见龙凤胎就往上扑，结果被结界挡住了。

黑烟散去，两只妖显出妖形，韩燕儿举起宝刀，力劈结界。结界上出现一道裂痕，可见这韩燕儿还是有些功底的。

茉莉立刻现身，抬剑阻挡住韩燕儿的刀，两人瞬间缠斗在一起。雪狐兰一看是茉莉，一时有些愣神，她的茶道老师怎么在这里？

春生飞进房内，瞅准机会，"啪啪"两鞭，先将雪狐兰打回原形。只见一只雪白的狐狸急忙向外逃窜，守在门外的东方首立刻扔出锁妖绳，将她牢牢地捆上了。

茉莉这边正在大战韩燕儿，春生过来帮忙，韩燕儿突然吐出一团黑色火焰，春生一鞭截断了他的黑色火焰，茉莉趁机一剑刺中了韩燕儿的狼眼。韩燕儿惨叫着现出原形——一只雄壮的恶狼，发狂地扑上来想咬春生和茉莉，腥臭的口水乱溅，滴落到地上，立刻将地板腐蚀了一大块。茉莉和春生吃了一惊，想不到这狼妖的口水也有剧毒。

东方首见此情况，当即扔出锁妖绳，将韩燕儿擒获。两只妖被捆得结结实实，动弹不得。

卢员外大喊一声："大家不要乱，请尽情饮酒吃菜，妖孽已经被本朝英雄擒获！"

大家向外一看，阴云散去，妖风停止。春生将被捆住的狼妖和狐妖带到众人面前，众人看到妖孽已被擒获，发出喝彩声和掌声。丢失了孩子的家长哭着扑上来，厮打这两只妖，打得两只妖嗷嗷直叫。

卢员外高声道："多谢英雄！多谢英雄！"

大家一起向东方首一行敬酒道谢，东方首和春生客气地应酬着，茉莉则躲到了一边，白家人则趁乱溜走了。

东方首问卢员外有没有可以关押这两只妖孽的地方，最好隐蔽一些。卢员外带着他们离开前院，来到了后院。

东方首、茉莉和春生都被震惊了，原来，这卢员外家的后花园还藏着一处机关呢。

第十四章

卢员外拉拽了几下缠在树上的一条藤蔓，一座假山缓缓移开，现出了一个地洞。

几个人沿着阶梯，下到地洞中，春生唤来萤火虫照明。

走了一会儿，东方首他们发现这个地洞实在太大了，好像无边无沿一般。卢员外介绍这是个超级大仓库，茉莉和春生从来没有见过这么大的地下仓库。仓库内放着很多红木箱子，估计藏了很多的金银珠宝，还有大量存储米面粮食的器皿。多到足够上百人用的珠宝和粮食，显然，绝不是一家人的储备。

春生感到疑惑："他储备这么多东西干什么啊？"

东方首也心有疑问："远在边关，储备些食物、财物也是正常的，但是这样的规模就有些夸张了。看来，这个卢员外绝非等闲之辈，一定要多加小心。"

卢员外把他们带到地库的最里边，那里有一个很深的水牢，水牢墙壁上还有结实的铁链，似乎专为关押重犯设计。

春生把两只妖孽投进了水牢，东方首并未收掉捆仙索，春生和茉莉又给水牢设下两层结界。这样的防护，任是大罗神仙也逃不脱了。

两只妖孽在水牢中咆哮着，嘶吼着，估计气得都吐血了，但也无济于事。

东方首特别向卢员外嘱咐，这两只妖孽法力高强，诡计多端，为避免被蛊惑，谁也不能靠近这水牢。卢员外点点头，答应封闭后院的地洞。

做完这些，东方首一行才回到前院，坐下吃饭。方才他们一直忙碌，连口饭都没有吃到。

夜深了，卢员外又找到东方首说："东方大人，刚才王铁匠来了，说宝刀的事情有点眉目了，他又找到了一位为凶族打铁的匠人。为了防止意外，我让王铁匠下半夜将人带到府上。"

东方首说："太好了，我们都有些等急了。"

夜黑透了以后，王铁匠带着铁匠李金堂来到卢员外家中。李金堂也是王铁匠的老乡，他生于铁匠世家，为了学习凶族的锻刀技术，特别跑到凉凉郡来，在这里吃尽了苦头。

东方首问："这位大哥，您可以炼出凶族一样的宝刀吗？"

李金堂严肃地说："实话讲，我也炼不出来。"

东方首和卢员外都很吃惊地问："那王铁匠怎么说你可以呢？"

李金堂说："那是他误会了。他知道我在凶族偷学过，但他不知道细节。在凶族偷学艺的过程中，我发现凶族锻造的刀，就是著名的精钢刀，锻造期间需要加入一种名为'镔铁'的铁矿石。经过我的了解，这种镔铁矿石产自巨药国。"

他停顿了一下，继续说："所以没有镔铁，谁也炼不出一把好钢刀！巨药国和凶族近邻，他们的国王被凶族所杀，国王的头盖骨还被制成凶族大单于的酒杯。所以巨药国极其痛恨凶族，我想，若本朝愿出使巨药国，他们或许愿意与本朝结盟，为我们提供镔铁矿石，打败凶族。"

东方首认为李金堂所言非常有理，他现在必须马上赶回京城，向皇上禀明这件事情。

就在此时，家丁慌里慌张地进来说："报告员外，院外被一群来历不明的持刀匪徒包围了，怎么办啊？"

员外听后大惊，东方首则镇定地吩咐众人道："不必慌张，此事便交由我的两个徒弟解决吧。"

卢员外立刻道："好的，让门客和护院一起上，看样子是来者不善。"

春生说："卢员外，不必了。师父，你收拾一下行李，待我搞定外面的几个毛贼之后，咱们今晚就回京城。"

东方首点点头，春生和茉莉飞身而出。院子里已经站满了卢员外家的门客、护院、家丁。

春生大喊一声："你们全部站在两边，不要碍事。"

众人不知春生和茉莉有何打算，只好乖乖听话地站在两侧。

只见院墙、房顶上黑压压地站了不少人，各个手里都拿着明晃晃的宝刀，一身黑衣打扮，只露出一双眼睛，直勾勾地盯着院中。

春生抽出筋骨鞭，茉莉也取出佩剑，两人胸有成竹，临危不惧，对视一眼，极有默契地齐齐出手迎战。

半炷香的工夫都不到，院墙和房顶上的黑衣人皆已被两人打得落花流水，纷纷掉了下来，筋骨全断，不死也伤。

春生下令道："打开房门。"

家丁马上把房门打开，没想到，又涌进了一群黑衣人。

茉莉大喊一声，小施法术，一棵棵毒藤突然钻出，刺向敌人心口。

黑衣人闪避不及，被毒藤划伤，随即软倒一片。春生一挥手，藤蔓转攻为守，将所有黑衣人结结实实地捆绑在一起。

从家丁报告有匪徒来犯到茉莉和春生收拾完歹徒，前后连一个时辰都不到。这简直看傻了卢员外等人，他们还不知道怎么回事，打斗便已经结束了。

一个嘴快的门客才刚回神，喃喃道："我的天啊，那两个人仿佛神仙在世，三下五除二就把这群人全部给解决了。"

卢员外关切地问："东方先生，天色已晚，既然已经除掉了匪徒，你们还是留住一夜如何？"

东方首说："此乃边关前线，凶族人很猖獗，我们在这里确实风险极大，而且得尽快回去向圣上禀明相关情况，请圣上尽快派使节去巨药国。事情紧急，我们不能久留，这几日，给卢员外添麻烦了。"

师徒三人来到院中，春生和茉莉一起作法，招来绿叶飞毯。他们师徒一起上了飞毯，腾空而起，飞离凉凉郡。

卢员外、王铁匠、李金堂看得目瞪口呆。直到东方首一行已经飞远，消失在茫茫星海中，再也看不见了，卢员外才反应过来，带着众人跪拜，喜出望外地高喊："原来是天神降临我家了，福星高照啊！"

东方首一行回到了京城。第二天一早，东方首不顾一路的疲劳，立刻赶到太玺宫，向皇上汇报他打探到的一切消息。

皇上异常欣喜，马上赏赐了东方首。但是，对于怎么处理那两只妖孽，皇上似乎还没想好，东方首也不好催问。

皇上说："先关押在那里吧，等我们打胜仗后，再一并处理他们。即刻出访巨药国，早日锻出宝刀！"

皇上立刻要求张榜告示，悬赏愿意出访巨药国的能人志士。

武将张康揭榜，于是，皇帝命张康率领百余名随行人员，又找了一个凶族人为向导，从京城出发，出使巨药国。

张康此番出使，本想联合巨药国，以夹攻凶族，"断凶右臂"，并带回锻造钢刀的技术。谁知，张康一行刚走出凉凉郡，便不幸碰上凶族的骑兵队，全部被抓。

凶族的右贤王将张康等人送到凶族大本营，献给大单于。而大单于对于使臣也没有丝毫礼节，十分粗暴地将张康一行人全部关押起来。

一段时间后，凶族的看守渐有松弛，张康趁人不备，带领其随从，逃出了凶族人的控制区。张康不忘使命，翻山越岭，终于到达了巨药国，向巨药国国王说明了自己出使的目的，希望巨药国能派人相送制刀的原料与技术，同时表示待他返回京城后，一定奏明当今圣上，重重答谢巨药国。

巨药国国王本来就对中原的富饶有所耳闻，很想与本朝通使往来，但苦于凶族阻碍，未能实现。如今，张康的意外到来，令他非常高兴，张康的一席话，更令他动心。

于是，巨药国国王答应下张康的请求，赠送了镔铁矿石，又派了向导，一路护送张康回到凉凉郡。

张康此后多次远征，产生的实际影响和所起的历史作用是巨大的。他将本朝文明传播至西域，又从西域诸国引进了汗血马、葡萄、苜蓿、石榴、胡麻等物种到本朝，促进了东西方文明的交流。

皇帝对张康这次出使巨药国的成果，非常满意，特封张康为太中大夫，隆重表彰了他的功绩。

本朝终于彻底解决了武器问题。

此时，大战凶族所需的一切物资和兵马，全都准备好了——在魏擎天、东方首、堰子以及东方首的几位神仙徒弟的指导下，更是训练出一支强大的"本朝超级军团"。本朝与凶族开战在即。

择良日，刘武举行了盛大的拜将盛典。

皇上拜魏擎天为三军统帅大将军，东方首为国师，堰子为军师。他已经下定决心，向凶族开战，而此时的凶族依然对本朝的蓬勃发展漠然视之。皇上要趁此千载良机，彻底打垮凶族，建立起统一强大的国家。

茉莉和春生回到京城后，张一朵非常敏感地发现了茉莉身体上的一些细微变化。她暗地里找了一位郎中给茉莉把脉，不出所料地把出了喜脉。张一朵的心里五味杂陈，茉莉与春生还未成婚，便有了孩子，这要是传出去，茉莉该如何自处。好在茉莉与春生青梅竹马，情投意合，若是早日完婚，或许可以遮掩得住。可是，这个春生怎么如此莽撞，日后是否会轻慢茉莉……

张一朵翻来覆去，一夜未眠，最终还是决定向东方首道出实情，请他定夺。

天一亮，她就找到了东方首，将茉莉怀孕一事，如实相告。东方首对春生和茉莉的关系早已心知肚明，因此，倒也没有惊异。

他想了想，说："既然生米已经煮成了熟饭，不如顺水推舟，促成这桩婚事。"

张一朵也觉得是个办法，便说："只能如此了，我带春生和茉莉回江南一趟，见过我家夫君，早日将婚事定下。"

东方首表示同意。

张一朵找到春生和茉莉，让他二人跪下，生气地说："你们两个好大胆子，没有媒妁之言，没有父母许可，就私订终身，真是反了你们了！"

春生连连磕头，说："是我的不对，是我的不对。一朵娘亲，你就成全我们吧！"

春生一口一个娘亲，茉莉也拉着张一朵的衣裙扮可怜。张一朵看着眼前的一双璧人，心都化了，说："好吧，起来吧！我和你们师父讲好了，今晚悄悄地回江南一趟，见一见茉莉的父亲，得他同意，此门亲事才算成。"

茉莉和春生喜极而泣，立刻答应下来。

张一朵、春生和茉莉带着简单的行李，乘坐绿叶飞毯来到了江南。此时，天已经快亮了，尚在睡梦中的郝西波，听到门外的呼唤，立刻醒来，点上蜡烛，开门迎接。

门一开，茉莉就扑到了父亲的怀里，喊着："父亲，我和母亲回来看你了。"

郝西波听到女儿这一声呼唤，眼泪就掉下来了。

妻女回到家中，可乐坏了郝西波。女儿这一走多年，他甚为想念，今日突然团聚，他真是又惊又喜。

郝西波先安顿茉莉和春生住下，然后又和夫人聊了几句，见张一朵有些困顿，也催她先睡下，自己则去给全家人准备早餐。待匆忙赶路的几人醒来后，一家人开开心心地围坐在一起，边用餐边聊天。

吃完早餐，张一朵说："你们两个先退下，我和茉莉父亲有话要说。"

茉莉拉着春生赶紧去后花园了，她知道母亲和父亲要说他们两人的亲事。

春生一下子就看到了那棵枝繁叶茂的百年茉莉花树，他快步走了过去，仔细观瞧。那树果然是极有灵性的，春生一到，所有含苞待放的花骨朵全部绽放，香味扑鼻而来。

茉莉说："这就是那棵百年茉莉，我母亲喝了用它泡的水，生下了我。"

春生说："茉莉，这是你的本体，你父亲照料得非常好，难怪你在京城也没生过什么病。"

茉莉得意地说："那是当然，我父亲最疼我了。"

春生轻手轻脚地摘了几朵，戴在茉莉的头上。洁白小巧的花朵衬得茉莉更漂亮了，春生禁不住在茉莉的额头落下一吻。茉莉红着脸软软地依偎在春生的怀里，仿佛这便是令她感到安全、温暖的爱的港湾。

茉莉和春生在花树下相依相偎，直到听见了母亲的呼唤，才回到堂屋。

母亲说："茉莉，我和你父亲商量好了，你父亲同意了你和春生的婚事。"

听到这里，茉莉激动地扑向父亲。郝西波老泪纵横道："女儿，我们团聚的时光如此短暂，你就要出嫁了，我舍不得啊。"

春生一听，"扑通"一声就给两位老人跪下了，说："岳父大人、岳母大人在上，春生一定善待茉莉，一生守护她，让她幸福！"

郝西波扶起春生说："我第一次见你，就很欣赏你，你是个不错的小伙子。男大当婚，女大当嫁，茉莉嫁给你，我非常满意。只是，光有我们同意不行，最好还是要去见你的父母一面。"

张一朵说："东方先生建议尽早完婚，春生的父母在西南大山中，路途遥远奔波，如今，茉莉的身子不宜四处乱跑，我看还是先成婚再见父母吧。"春生和茉莉一日不完婚，张一朵的心便一日提着，而且她一想到茉莉怀有身孕却要跟着去那么远的地方，便更觉不妥。

郝西波却说："那怎么能行？婚姻大事一定要双方父母都同意才作数。我想，春生父母会和我们一样接纳这对小夫妻的。就这样吧，春生和茉莉在咱家多住几天，然后就回春生的老家，见见他的父母。"

春生和茉莉爽快地答应了，张一朵也不好再说什么，事情就这样定下了。

选了吉日，春生和茉莉陪父母吃过晚饭，天一黑，便施法招来绿叶飞毯，启程前往梦顶山。

春生一路护着茉莉，来到了梦顶山茶园，回到了春生生长的地方。

两人一落地，就被青颂看到了。"茉莉来了，春生来了！"青颂边喊边跑出屋子抱住了茉莉。其余的两姐妹听见动静，也相继跑了出来。

三姐妹围着茉莉，叽叽喳喳地说个没完，反倒把大哥春生晾在了一旁。春生气得直接进了屋子，呼唤母亲管一管他的那些姐妹。

玉叶看到春生带着茉莉一起回来，便猜到他们多半是为婚事而来，心里美滋滋的。她走出屋子，喊了一嗓子："赶紧让客人进屋，太没有礼貌了！"姐妹们哄堂大笑，这才拉着茉莉走进大堂。

落座之后，青颂把自己藏的顶级好茶拿出来，招待茉莉。

玉叶对茉莉说："之前在京城，多亏你照顾，青颂回来以后还日日念叨你呢。"

茉莉微笑着说："多谢伯母夸奖，茉莉只是尽了薄力，不足挂齿。"

玉叶说："我就是喜欢茉莉这样有礼的女子。"

春生说："娘亲，茉莉在学堂熟读各类经书，师父常常批评我们不如她读书好呢！"

青风马上接话："我说春生，哪有这样表扬自己媳妇的？"

春生被这话弄了个大红脸，姐妹们则笑得前仰后合。

玉叶瞪了青青一眼说："都是大人了，说话还没有个轻重。"

青风努了努嘴说："娘亲就是护儿子。"

玉叶也没有办法，就由着她们说笑，自己去厨房去给茉莉、春生做饭去了。

吃饭时，春生问："父亲哪里去了？我有事要和他商谈。"

玉叶说："这段日子，你父亲忙着和张道长参道悟道，很少回家。他离家之前曾说，这次辟谷修炼大概要一个月，我们都不能打扰他。"

"可是，母亲，我此番回来是有要事和他商量。"春生有些焦急地问。

玉叶说："这样，先吃饭吧，吃完饭到我屋里说。"

吃完饭，姐妹们拉着茉莉去看茶园，欢声笑语地离开了。春生一进门，玉叶就问："你这次带茉莉回来，是和你父亲谈婚嫁之事吧？"

既然母亲已经看出来了，春生也没有什么好隐瞒的，平静地说："是的，母亲。"

玉叶叹了一口气，说："我觉得茉莉这个姑娘挺不错的，漂亮斯文，知书达理，可是你父亲和我说起过，他不同意你娶茉莉进门。"

春生有点激动地说："我和茉莉相亲相爱，我们是有真感情的，父亲为什么不同意？所有人都看好我们，我师父、茉莉的父母，还有您，都同意了，他凭什么不同意？我明天一定要说服他！即使他不同意，我也一定要娶茉莉，谁反对都不行！"

玉叶劝道："春生，你莫激动。我也说过他，我说儿女自有儿女福，我们做父母的不能强行插手。但是，你父亲不知为什么，似乎很抗拒茉莉，就连那个张道长也说茉莉身上有股邪气，支持你父亲的决定。"

怎么哪里都有这个张道长！春生这一路来的激动、兴奋和对未来生活的美好想象，在听完母亲叙说后，仿佛一下子都破碎了，他整个人就像掉进了冰窖里，遍体生寒。窗外，茉莉和三姐妹的欢笑声传来，更令他心痛。"这么单纯的好姑娘，我怎么能负她呢？即使拼出性命，我要和她在一起。"

玉叶看到春生失魂落魄的样子，格外心疼。她想了想，说："春生，以我作为母亲的经验来看，茉莉像是有了身孕。"

听到这里，春生震惊地站了起来，说："母亲，茉莉确实身怀有孕，正因如此，我们才回家来找您和父亲商议婚事。茉莉的父母已经同意了我们的婚事！这样，我就更不能对不起茉莉了，不管父亲是否同意，茉莉我娶定了！"

玉叶不断地点头，含泪说："孩子，我支持你！你放心，我来说服你父亲！"

第二天一大早，青风早早就起床了，她要带着哥哥去找父亲。青风心里很开心，等一会儿见了父亲，春生的婚姻大事就可以定下了，这茶园就可以喜气洋洋地举办盛大的婚礼了。

吃罢早饭，玉叶、茉莉和其他姐妹说说笑笑地送别为青风和春生。三姐妹完全不了解父亲的想法，她们天真地以为，父亲像她们一样喜欢茉莉，支持有情人终成眷属。

春生拉着茉莉的手，深情地说："我不在时，你要多保重身体啊。我父亲性格执拗，不过，我一定会说服他同意我们的婚事的！"

茉莉吃惊地问："难道你的父亲不同意我们的婚事吗？"

春生连忙解释说："没有，没有，都还没有和他说呢，哪里来的同意不同意啊，我只是猜测而已。"

茉莉本就单纯，并未识破春生的掩饰，笑着说："就是嘛，春生你不要想太多，父亲一定会同意我们的婚事的！我们的爱情，是谁也挡不住的，除非你变心了。我在这里等你回来，你一定要早去早回。"

春生看着茉莉如花一般的笑脸，泪往心里流。他对母亲说："母亲，茉莉就交给您了，您帮我看护好她，她很是调皮呢。"

茉莉用手指捅了春生后腰一下。

玉叶含泪点了点头，她深知春生此去要面临诸多困难，但是她又有什么办法呢？她心疼春生，更心疼茉莉，这对单纯可爱的金童玉女，难道最终还是要分开吗？理真啊理真，纯正的血统就那么重要？孩子未来的幸福难道不重要吗？她实在无法理解无理真的反对理由，自从那个张道长来了以后，无理真整天和他在一起，思想也越来越偏激，越来越固执己见。

玉叶哪里知道，张道长和茉莉一家结怨已久。张道长说茉莉身上有邪气，也不过是故意报复罢了。

玉叶怕自己当着茉莉面忍不住哭出来，便先回房间休息去了。三姐妹以为母亲因为春生和茉莉的到来而兴奋得失眠，要回去补觉，也没有多想。青雅和青颂见春生和茉莉还在依依惜别，不好打扰，也跟着回屋去了。

春生趁没人注意，偷偷地吻了茉莉一下，茉莉娇羞地笑了。

"我不在茶园，你不能乱跑。"

"你放心，你不回来，我不会乱跑的。"

"听母亲的话。"

"恩，一定的。"

……

对于分别在即的爱人，纵有千言万语，又如何能够？

春生拿出一对翡翠手镯送给茉莉。这对手镯恰好各有一小块月白色的部分，被雕刻成了雅致的茉莉花。茉莉欣喜地戴在了手上，更衬得一双皓腕如雪。春生也展颜一笑，道："这可是我跑遍了京城，为你精心定制的。"

茉莉轻轻地掐了春生的脸，说："不错，给予表扬。"

青风站在一边，看他们两个没完没了，难舍难分，忍不住皱了皱眉头，走过来说："哎呀，你们两个就分别这一两天，别磨蹭了，好不好？春生哥，咱们得赶路呢！"

春生这才恋恋不舍地与茉莉告别，向前行去，直到转过山脚，他停下来，回头望了望，见茉莉没有走，依然站在那里，柳枝随风飘荡，洁白的裙角也飘了起来，就像一幅水墨丹青画一样美丽。春生微笑着挥了挥手，意思是让茉莉回去，茉莉还是没有动，还是那么深情地凝望着他。

他最后看了一眼茉莉，将这情影深深地刻印在脑海中，然后，一狠心转身走向了山的背面，茉莉再也看不见他的身影……

　　许多年以后，茉莉的脑海里始终忘不掉的那样一个景象：晴空万里，青山绿水下，茶香四溢，花开满地，身着绿袍子的春生在山脚下向她挥手，然后一转角就不见了。这个景象一次又一次地出现在她的脑海里，陪伴她度过无数个安静的日夜。

　　春生把无尽的思念和挂牵都交给了她，谁也没有想到，自此一别，竟是九死一生，历尽艰难，再难相见。

　　其实，茉莉不知道的是，就在转角的刹那，春生又偷偷地回望了一眼，风吹过茉莉的白裙，将清雅熟悉的花香送到他身边。他知道此时茉莉一定在流泪，因为茉莉早已经离不开他了，而他也一时一刻离不开茉莉了，他们早已血脉相依，心意相通。

　　茉莉的身影已经牢牢地记在了他的脑海里，一想到茉莉和孩子，再大的苦难都可以克服，都可以迎难而上。他强忍着眼泪，在心里对自己说："春生啊春生，你一定要对茉莉的一生负责，你一定要让她永远这么幸福快乐！无论发生了什么事情，你都不能辜负这个善良、美丽、聪明的姑娘！"

　　走在路上，他想到自己已为人父的时候，内心更是充满喜悦，这让他更加勇敢、坚强。他下定决心，无论如何，他都要迎娶茉莉。如果父亲真的不同意，他就直接回到茶园带着茉莉远走高飞，再也不回梦顶山。

　　心意已决，反而轻松了不少，春生不断加快脚步，奔向青峰岭。青风狼狈地小跑着跟上，抱怨道："哥，就你急着娶娘子，是吧？等成亲那天，看我怎么收拾你。"

　　春生说："看到我要娶娘子，你是不是也有点着急把自己嫁了？到时候，哥哥一定给你随个大礼！"

　　青风大喊："春生哥哥，你是个坏人！"

　　惹得春生哈哈大笑。

　　两人以最快速度赶到了父亲修炼的山洞，有两个小道童出来相迎。

　　进了洞观，春生一看，这洞修得真是精致。不仅洞里大有天地，而且桌椅摆设也很不错，洞内灯火辉煌，洞顶上拉着布幔，防止灰尘落下，布幔色彩艳丽大方，一侧还修了几套木屋，雕龙画凤，甚是气派。

房间窗户对着山谷，可以看到对面山峰的美丽景色。洞里冬暖夏凉，有一弯天然的小小溪流，稍深的积水处还有一群小鱼游来游去。小溪旁种了一些绿植，给洞里增添了不少活力，真是个修身养性的好地方。

其中一位小道童说："师父和张道长正在打坐修炼，不好打扰。二位可先进房间休息一下，待师父醒来后再接见二位。"

春生虽然很急，但是青风说："哥，我们真的应该先休息一下，走了一路，我也渴了饿了，咱们先吃点喝点吧。"

春生也不好说什么，就点了点头，小道童将他们分别领进一间木屋安顿。

春生打开房间窗户，窗外秀美的景色展现在眼前。他无心看景，想到父亲这样打坐不醒，便心事重重，心神不定。他想："如何能不打扰父亲，又能尽快和父亲对话呢？或许，我就该先回去把婚事办了，搞个先斩后奏……"

总之，各种想法在春生脑子里乱转，他也没有更好的主意，一个人躺在床上发呆。突然，他灵机一动，想起父亲是太甲上君的徒弟，已经得道成仙，那么，他应该也会元神出窍。肉体在修炼，元神可是醒着呢，他二人完全可以通过元神沟通。

想到这里，春生立刻变得心情大好。吃晚饭时，他将这一想法告知了青风，并得到了认同。于是，春生回房把门锁好，就开始打坐。很快，他的元神便脱离肉身，在观内四处寻找父亲的身影，最终在最大的一间房内，见到了闭目打坐的父亲。

春生轻轻地呼喊："父亲，我是春生。"

无理真没有动静。

春生稍微加大了一点声音，果然，父亲肉身未动，元神却苏醒了。

无理真问："我儿春生，你怎么来了？为父正在打坐修炼，你有何事可以等为父出关后再议。"

"父亲，孩儿知错了。"春生马上道歉，"但此事紧急，等不得了。"

"好吧，你说吧。"

"父亲，我今日前来是想请您准许我和茉莉的婚事。我们已经去过了江南，见了茉莉的父母，他们已经准许了，师父也已经同意了。母亲也很喜欢茉莉，现在只等您的意见了。"

无理真不动声色地说:"婚姻是一辈子的大事,你不要着急,让我考虑一日。明早,我便告诉你,如何?"

春生一听,父亲没有直接反对,许是态度有所松动,便开心地说:"好的,好的,您好好考虑一下,我就不打扰您了。"

春生想,父亲对自己的婚姻如此重视,考虑得周全一些,也是可以理解的。于是,他喜悦地回到房里,带着美好的愿望安心入睡,只等明日一早醒来,迎接父亲的好消息。

第十五章

第二天，春生醒来的时候，眼前还是一片漆黑。

他以为天还没有亮，想伸手摸出一段蜡烛点上，手脚却不能动弹，他这才惊诧地发现自己竟被结结实实地捆住了。他使劲摇了摇头，以为自己还在做梦。直到眼睛渐渐适应了黑暗的环境，春生才发现他坐在一个仅容一人转身的山洞里，洞旁有个极小的窗户，似乎是递送饭菜用的。

春生勉强用下巴拔开小窗，外面却是一条黑乎乎的光线微弱的通道，通道内没有一人。

他不断地高声呐喊："有人吗？青风在吗？父亲在吗？有人吗……"可是，只有回音，没有任何动静。

他试图挣脱，却发现捆住他的是缚仙索——越乱动捆得越紧，他根本动弹不得。更让他沮丧的是，他的所有神功在此地仿佛都失效了，筋骨鞭也不知道去了哪里。

他继续嘶吼、呐喊，因为外面有茉莉和孩子在等他，他不能待在这里。他要出去，可是他怎么挣扎都无用，他几乎要发疯了，他喊到喉咙嘶哑，双目赤红，可外面仍然没有任何动静。

他陷入噩梦和恐慌之中，接近崩溃了。

梦魇之中，他看到茉莉突然掉进了山崖，不断地呼唤着他，最后昏迷了过去。他被这梦吓醒了。

他再一次号啕大哭，他不知道发生了什么事情。

就在此时，通道的尽头出现了一个人。于是，他激动地喊："救救我，放我出去！"

那人通过一根长长的杆子将一个食盒推了进来，说："吃完饭，我告诉你发生了什么事情。"

春生一听，竟是张道长的声音，很是吃惊。他勉强塞了几口饭，急切地问："张道长，快点告诉我，究竟出了什么事情？"

"孩子，你父亲还在修炼，他把这事交给我来办了。我来告诉你，你父亲明确表态他不同意你和茉莉的婚事。"张道长不急不慢地说。

春生嗓音沙哑地问："这是为什么？为什么？他为什么不来见我？你让他来见我！我要听他亲口说才相信！把我放开！"

张道长冷漠地说："你父亲不会过来的，他已将此事全权交付于我。你父亲认为，你是正宗的绿茶仙，而茉莉自带异香，身份不明，如果让你们结合，会彻底破坏绿茶的纯正血统。你们生养出来的孩子也不再是纯正的绿茶仙的后代，这样绝对不行！耗费无数人心血的仙茶园不能毁在你们的手里！我十分赞同你父亲的观点，他心疼你，下不了手，于是把你交给了我，由我处理。于是，我把你关进这深山中的沉仙洞，你就此处静心思过。你父亲说，直到你承诺不娶茉莉为妻，才可放你出来。"

春生的双目红得几乎要滴下血泪，问道："我父亲真是这样说的吗？他那么善良，不会说出这样的话，我一定要见他！你赶紧去找他来！"

张道长语重心长地说："春生，请不要责怪你父亲。他也是一片苦心，他是为了你们家族的传承，也是为了绿茶的代代传承。我已经把青风打发回去了，让她劝说茉莉离开梦顶山，彻底离开你，让茉莉死了这条心。我把你父亲的原话也告诉了她，这桩婚姻，你父亲是绝不会答应的。我听说，茉莉已经哭着离开了茶园。你就在这里安心思过吧，这沉仙洞自带天然屏障，就算是神仙来了也找不到你。时间一长，茉莉自然也就死心了。"

张道长得意地观察着春生失魂落魄的神情，他想："郝西波，茉莉，春生，你们现在知道我的厉害了吧，我绝不会让你们好过！"

春生听完，一口热血涌上心口，呛吐在了墙上，昏死过去。

张道长一看春生这个样子，慌忙打开洞穴，往春生嘴里塞了一些丹药。看着春生无大碍了，他又急急忙忙关上洞门，匆忙离开。

其实，他向无理真隐瞒了把春生投进沉仙洞的事，他欺骗无理真说找一个僻静的仙洞，和春生好好讲讲道理，争取说服春生，无理真才答应下来。无理真被张道长彻底利用了，用以报复茉莉一家人。

春生一声声地喊着茉莉，渐渐苏醒，他想到可怜的茉莉还怀着他的孩子，再也忍不住眼泪。他仿佛听到茉莉低一声、高一声地呼唤着他，呼唤着他回家，他心如刀割，喉咙里全是血，一句话也说不出。

他没有想到，父亲为了所谓的纯正血统竟然这样狠心；他没有想到，父亲竟同意张道长用这样阴狠的毒招来对付他；他没有想到，张道长会把他投到被层层大山阻隔的沉仙洞里，让他失去和外界的任何联系。

他想到了茉莉绝望的神情和满心的失望；他想到了茉莉该是怎样的悲凉与哀伤；他想到茉莉的纯洁从此将被江湖险恶所埋没；他想到孤儿寡母该如何面对艰难的未来生活；他想到茉莉把世界上最纯洁的爱给了他，他却用这样的方式回报她。

他的心已经痛到极致！

他宁愿自己受一辈子的苦难，也不愿他心爱的女人和孩子受一点苦，可是他现在连死都办不到！

"糊涂的父亲！可悲的父亲！你也曾受过父母束缚婚姻之苦，你当年为了母亲，和龙王展开生死大战，你怎么就忘记了？"春生绝望地哀叹。

张道长每次过来送饭，春生都苦苦相求，但这个张道长就是不为所动。

春生实在没有任何办法了，为了反抗，他开始绝食，他想以死明志。他想，只有一死，才能换来父亲的理解；只有一死，才能让茉莉明白他的心永远为她而活着；只有一死，才能抵消他所犯的错。

他想起了师父东方首，他心里喊："师父，您精通周易，道行那么高，又那么聪明，您知不知道您的徒弟正在受苦受难？您知不知道徒弟就要一命呜呼了？"

他又想起母亲，苦苦地问："母亲！母亲！为什么不来救孩儿？任由父亲放纵这个张道长糟蹋我们的生活、身体和未来吗？母亲啊！母亲！"

春生让张道长转告给他父亲一句话："从今往后，他没有我这个儿子，我要和他断绝父子关系！我从今天开始绝食，我要以死明志，捍卫我的爱情！"

一开始，张道长以为春生只是吓唬他，但是没想到，连续三天，春生水米不进，还将自己的皮肤抓破，流血不止。张道长也慌了，如果春生真死了，他无法向无理真交代。张道长知道不能任由春生再这样下去，他准备放春生出来。

这天一早，玉叶带着三个女儿急急忙忙地来到无理真的道观，一见到还在闭眼修炼的无理真就大喊大哭："理真啊，春生的茶树本体已经开始大面积坏死，如果再不补救，恐怕春生就死了！无理真，你对儿子究竟做了什么！做了什么啊！儿子在哪里啊？在哪里啊？你还我儿子啊……"还没说完，玉叶已经昏倒过去。

三姐妹马上扶起母亲，将母亲抬到大椅子上歇息，接着，跪倒在地，大声呼唤："父亲，茉莉听说春生被软禁了，第二天就哭着离开了仙茶园，至今下落不明。父亲，你知不知道，她已经怀着哥哥的孩子了。哥哥的茶树本体，枝叶尽落，眼看就要不行了。父亲啊，你饶了春生吧！他可是您的亲儿子啊！父亲啊，你饶了春生吧……"

听到这一声声的哭喊，无理真猛地从修炼中醒来，他被眼前景象惊呆了。搞清楚情况后，他赶忙让人把张道长找来，他要求张道长马上释放春生。

不一会儿，张道长背着满身血水、奄奄一息的春生来了。

刚醒过来的玉叶，一看到儿子这个模样，一口气没有喘过来，又昏了过去。

无理真看到春生的样子，心都碎了。他没有想到，自己一时糊涂，用错了人，信错了人，酿成了大错。他一下子瘫坐在地上，他没有想到，春生对茉莉已情根深种，甚至愿以自己的生命做赌注，和他赌得两败俱伤。

茶仙三姐妹看到春生，也心疼不已，哭成一片。她们没有想到，父亲会让一个外人这样狠心地折磨春生，对待春生，把一个风华正茂的青年折腾成这样。

玉叶醒来，抱着儿子痛哭不已，三姐妹围着哥哥也哭个不停。

无理真马上叫小徒弟取了丹药喂给春生，同时用功法护住了春生的六脉七窍，否则春生六脉尽断、七窍流血，就再也救不回来了。

玉叶指着无理真的鼻子说："如果儿子被你害死，我就彻底离开这个家，离开你。"

无理真一听就有点慌了，连忙说："孩子一定可以救活，一定可以救活的。夫人，我知错了，不该一味听张道长的话，不该任由他胡作非为。我只知他让春生闭门思过，哪里知道他会这样狠毒，想置春生于死地！"

无理真转身要寻张道长，却怎么也不见人影。原来，张道长早知不妙，刚才便趁乱溜之大吉了。

玉叶不再搭理无理真，也不想再听他的解释，她觉得自己的夫君变得不可理喻，眼下最重要的是抢救春生的性命。她突然想起母亲有一颗百年珍珠，据说，吃了可以长生不老，起死回生。

于是，她马上止住了哭声说："青风、青雅，你们两个随我一起去一趟龙宫，向我母后求那颗百年珍珠，或可救春生一命。青颂，你尽最大努力照顾好你哥哥，等我们回来！"

事不宜迟，几人立刻动身前往龙宫。

无理真和青颂给春生清理伤口，伤口都有些溃烂了。青颂哭得泣不成声，忍不住抱怨："父亲啊，您怎么这么狠心地对待春生？他可是您的亲生儿子啊。"

无理真说："我也不知道春生这傻孩子会拼死一搏，我只想保持七株灵茗之种的纯正血脉，谁会想到酿成如此大祸呢？唉！"他现在后悔不已，害了孩子，害了家庭，春生至今生死未卜。

无理真心灰意冷地被道童搀回房间休息，张道长也跑路了，只留他一人面对这样的局面，被全家人指责，他有点茫然，只好坐在椅子上发呆。

张道长是个表面忠诚厚道、骨子里却利欲熏心的人，不然，他也不会因急于求成而走上魔修邪道。虽然，他现在道行尚浅不足为患，但他若就此修炼下去，终有一日将危害人间。这个张道长为人狡诈，善于伪装欺瞒，连太甲上君都被他给骗了。

在张道长的教唆下，无理真的思想、性情有了很大的变化，他对张道长愈发信赖，甚至到了迷信的地步，这才酿成了今日的悲剧。

修观之后，张道长对无理真说："师弟天赋过人，很快就能修炼成仙，又贵为龙王快婿，拜入太甲上君门下，身份地位已不可同日而语。如今，既已修观，便该拿出一观之主的威严，严格管教手下之人。"

就这样，在张道长的蛊惑下，原本善良厚道的无理真渐渐变得刚愎自用、膨胀自大，身边溜须拍马、阿谀奉承的小人也越来越多。后来，连玉叶的劝说，他也听不进去了。气得玉叶带着女儿去了京城，从此更无人敢管他，他愈发膨胀起来。

这次，玉叶母女从京城回来，无理真却大部分时间都待在道观里，难得见上一面。玉叶对无理真失望透顶，女儿们也都觉得父亲性情大变。

青颂没有理睬失魂落魄的父亲，只坐在春生的身边，精心护理着。她用温水为春生擦拭了一遍身体，又用最新鲜的茶叶将春生全身包裹住，再以少量绿茶水喂春生服下一颗丹药。春生的呼吸渐渐平静下来，浑身也没有那么滚烫了。青颂给春生盖上被子，安静地守在一旁。

玉叶带着两位女儿到了龙宫，拜见母后。

龙后看到玉叶慌慌张张的模样，就问："女儿，何事如此惊慌？"

玉叶就把春生回乡求父亲准许婚事、无理真被张道长蒙骗、茉莉失踪、春生被囚等经过，一一说了出来。

龙后被气得浑身哆嗦，大骂："这个无理真，比他岳父好不了多少啊！害得我那可爱的孙儿就要失去性命了，那还了得啊！"

玉叶说："母后，现在不是发火的时候，赶紧救春生要紧。我记得您有一颗百年珍珠，有起死回生之功效。"

龙后说："好，好，我马上取来百年珍珠，和你一起去救春生。"

玉叶含泪拜谢母后，她怕母后看到春生的模样会悲伤过度，便说："母后，我们拿了珍珠就马上回去，您不用跟去了。如今，春生昏迷不醒，您见了也不过徒惹伤心。有了百年珍珠，春生一定会平安无事的。龙宫灵气充沛，适合养伤，待春生情况稳定后，我再送他来静修，您也不必来回奔波了。"

龙后一听也好，便恋恋不舍地送走了玉叶母女。

玉叶回到道观，急急忙忙地让道童磨碎了百年珍珠，打成药糊，一点点喂春生吃下多一半，剩下的粉末则全涂抹在了伤势比较重的地方。

百年珍珠确有活死人、肉白骨之奇效，不出几日，春生身上那些本已溃烂的伤口便开始愈合，恢复如初。

春生醒来后，见到母亲和妹妹，便失声痛哭，边哭边问："母亲，茉莉呢？茉莉呢？"

玉叶泪流满面，一句话也说不出来。见大家都不作声，春生一着急，便要翻身下床去找茉莉，却跌倒在床边爬不起来，只哑声喊着："茉莉！茉莉！"

三姐妹连忙扶起哥哥，青风哭着说："我回家后，只把父亲不同意你和茉莉成亲的事情告诉了娘亲，我们商量后，一致认为不能告诉茉莉，她有了身孕，承受不了这样的打击。但是……"

春生眼泪流下来，急迫又无力地说："但是什么？她后来怎么样了？"

青风哽咽了一声，断断续续地说："但是，聪明的茉莉还是猜出来了，她反复问你为什么没有回来。我只好说，你要在父亲那里待上几天，她便不再问。那天吃过晚饭，茉莉早早回了房，我们也不敢打扰她。谁知第二天一大早，茉莉就不见了。我们和娘亲分几路去找她，找了好几天，几乎把梦顶山都找遍了，也没有找到她。当我们回到仙茶园时，娘亲发现你的茶树本体开始出现大面积坏死，就知道你出事了。"

听到这里，春生"哇"地吐了一口血，喊了一声"茉莉"，再次昏了过去。全家人手忙脚乱地给春生灌药。

玉叶说："春生不能在这里养病，看到这道观，看到你们父亲，他就会想起茉莉的事情，病也会进一步恶化。我们得尽快把他送到龙宫，让龙王请最好的医官为他治疗。"

姐妹们觉得母亲说的对，于是合力施法，招来绿叶飞毯，托起母亲和春生飞向龙宫。

龙后早已命人为春生准备好了房间，又指派了宫女随侍，龙王从天宫百草园请来了玉叶的义父神农氏。神农氏给春生把了脉，配好药，命人煎好，让春生服下。

神农氏说："目前，春生的身体没有大问题，就是气虚、血脉不稳，皮外伤基本痊愈，除了每日服药之外，给他吃一点补养的米粥、汤水即可，好好休息一段时日即可痊愈。只是，外伤好治，心病难医啊，需得慢慢化解才行。"

神农氏治疗完春生，又询问了茉莉的情况，得知茉莉失踪后，不禁眉头深锁，长叹一声。茉莉本就是生长自神农百草园的仙株，他怎能不担忧呢？

春生再次醒来，看到了守在身边愁云满面的母亲和三位妹妹，虚弱地问："母亲，我还活着吗？这是哪里啊？"

玉叶温柔地回答："这是你外祖父的龙宫，你且安心在这里养伤。"

此时，恰巧有一个身材和茉莉相仿的宫女走进来，春生恍惚间将她看成了茉莉，大喊道："茉莉，茉莉，别走！"

三姐妹看到此情此景，忍不住都哭了起来。

青风拉住春生的手说："春生，她不是茉莉。茉莉失踪了，外祖父已经安排了人去找了。"

春生挣扎着要起身，他要去找茉莉。

玉叶拉住他，轻声安慰道："春生我儿，母亲理解你。但是，你只有身体、法力都恢复了，才能去找茉莉啊。所以，现在最重要的是养好身体，乖乖服药，懂了吗？"

春生点了点头，他听进了母亲的劝告，接过妹妹端来的汤药服下，又昏昏沉沉地睡着了。

在母亲、妹妹和龙后的精心照顾下，春生的身体渐渐恢复了。七日之后，他总算可以下床活动身体了。

玉叶说："孩子，你不要着急，一定要养好身体。我相信，你一定能重新找回你的幸福。"春生含泪点头。

春生一边调养一边加强身体锻炼、修炼武功，不到一月，他的法力回复了，身体也壮实了。

无理真带着深深的懊悔和歉意来探望春生，却被春生躲开了。

他不想见父亲，他显然对父亲还怀着深深的恨意，他至死也不想原谅父亲对他和茉莉做出的事情。

玉叶对无理真说："不见就不见吧，有些事只能由时间抹平。你再等等，我会劝春生见你。"

无理真只好带着遗憾回道观去了。

此时，春生已经下决心离开龙宫，他要怀抱赴死之心去寻找他的茉莉。他不忍同母亲和三个妹妹当面告别，只好留下一封信函，然后在一个深夜不辞而别。

母亲，妹妹：

请你们原谅我的不辞而别。

因为我不想再看到你们的眼泪，也不想让你们看到我的依依不舍，看到我的脆弱。

我怕你们一而再再而三地劝我，让我最终错失寻找茉莉的时机。无论如何，我一定要找回茉莉。

没有她，我已活不下去；没有她，我就如同行尸走肉；没有她，我的生命变得毫无意义；没有她，我便没有了灵魂，没有了面对生活的勇气。我愿付出一切，换回她。

这次是我们无家，特别是我，对不起她。无论我经受怎样的惩罚，都无法弥补茉莉的损失，都不能抵消茉莉的痛苦，况且她还怀着我的孩子。想到这里，我已经泪如雨下。我连自己心爱的女人和孩子在何处都不知道，这让我如何安心？如何苟活于世？

从见到茉莉的第一面开始，我就爱上了她，她单纯善良，直率大方，饱读诗书，武功高强，她对我的影响超过任何一个人。十几年来，我们一起交流、学习、习武，我们形影不离，彼此惦记，彼此关心。但是这样美好幸福的日子一去不复返了，这都是父亲和张道长一手造成的恶果。

我们的爱经历过生死考验，茉莉救过我的命，我也救过茉莉，我们的爱是无与伦比的，是泣鬼神惊天地的。虽然经历了波折，但我知道，我和茉莉的爱始终如一，从未消逝。

我对她的爱比江河还要宽广，为了她，我可以舍弃一切，甚至可以舍弃我的生命。她早已经成为我生命的一部分，只有在一起，我们才是完整的。

父亲一手毁了我的幸福家庭和我的未来，让我妻离子散，不能享受家的温暖，我如何能原谅他？如何能在面对他的时候不心痛？

这道深深的致命伤何时才可以痊愈？何时才可以忘却？我不知道。

目前，我只想找到我的茉莉和我的孩子。不管遇到多大的困难，即使赴汤蹈火、肝脑涂地，我都一定要找到他们。

找到后，我们会远离父亲，找到我们的理想生活之地，一生一世永不分离。请你们不要找我，也许某一天，我们想明白了，会再回来探望你们。

母亲，请原谅儿子不能在您面前尽孝了。

妹妹们，请原谅我不能和你们一起生活了，请你们务必照顾好母亲。

希望你们永远快乐、幸福、健康！多多保重！

你们永远的亲人：春生

第十六章

玉叶读完春生这封信函泪如雨下，三姐妹更是抱在一起失声痛哭，龙后也边哭边唉声叹气，可是她们又有什么办法呢？

春生早已带上自己的筋骨鞭，坐上绿叶飞毯，离开了龙宫，心急火燎地直奔江南。他想，茉莉最有可能是回江南老家了。

到了郝家，他在不打扰两位老人的情况下，找寻了一番，失望地发现茉莉不在江南的家中。他不想打扰茉莉的父母，就给两位老人留下一封信以作安慰。信里大概说了父亲不同意他和茉莉的婚事，他准备和茉莉避开父亲，开始自己的生活，他和茉莉以及孩子现在一切都好，等风平浪静之后，他们再回来见二老。他怕郝家夫妇过于担心茉莉，有意隐瞒了茉莉失踪的事情。

做完这一切，春生又悄悄地来到了虚来观，他有意除掉这个丧尽天良的张道长。虚来观里冷冷清清，春生走了一圈，也没有发现张道长的身影，于是拦住一个匆忙赶路的道人，问道："这位道长，敢问张道长现在身在何方？"

那道人没好气地说："张道长？他已经离开这里很久了。前几月，他匆忙回来收拾了细软，又匆忙离开，便再也没有回来过，我们都不知道他去哪里了！道观也一日不如一日了，香客少了很多，日子越过越清苦，师兄弟们也走了很多。如今，我也要走了，不知道张观主什么时候回来。"道人说完头也不回地匆匆忙忙走开了。

春生认为这位道人所言非虚，张道长定是怕春生一家报复，已经放弃道观，出逃了。春生再待在此地也没有意义，便回了京城。

春生回到东方书院，第一时间找到师父，把事情的全部经过讲给师父听。东方首一听大惊失色，他知道春生这次回家肯定不平静，但是万万没有想到会发生如此巨变，尤其听到茉莉失踪时，他一下子就着急起来。

他大骂无理真，大骂张道长，觉得无理真被这个魔道带错了路，弄得走火入魔了。

春生觉得还是师父能理解他，问师父接下来该怎么办。

东方首被春生一问也冷静了下来，他安慰春生说："莫急，莫急，师父现在算上一卦，看看茉莉的情况。"

摆好卦象，东方首观瞧片刻，惊喜地说："茉莉现在应该是安全的，不过，人在东南方一带，具体地址还不清楚。"

春生大喜，他想起茉莉的本体确实来自东南闽月一带，和师父的卦相吻合。他向师父请命，决定去闽月一趟，去寻找茉莉的下落。

东方首皱了皱眉头，想了想说："东南方一带不安稳啊。"

春生着急地问："怎么了？"

东方首说："东南方的南月国是本朝的附属国，紧邻闽月国。可是，最近南月国丞相李佳不知道在什么人的蛊惑下，杀死了南月国王和太后，发动了政变。"

东方首捋了一下胡子，继续说："更为糟糕的是，魏擎天将军麾下的韩将军率两千位猛士下南月，但是由于韩将军轻敌，上了对方国师的当，被骗入山谷，两千将士被敌军包围，全部牺牲阵亡，韩将军也战死沙场。此役震惊了朝野，皇上勃然大怒，派魏擎天大将军亲自远征，全力打赢南月之战。本朝急需一场决定性的胜利，否则国威何在？颜面何存？其他附属国会有样学样，直接威胁本朝社稷。魏将军即将起兵去平定南月，南月和闽月一步之隔。皇帝这次还下命令，让闽月国的国王林正好协助魏擎天将军打协防战。我举荐你去魏将军的大军中，打探、查找茉莉的下落更方便，同时，你暗中探查李佳叛乱一事。据传，是一位会神奇法术的道长蛊惑了李佳，你替师父会一会他。"

春生觉得师父此计甚好，他可以一边为国打仗一边搜寻茉莉的下落。于是，他立刻对师父说："徒儿一切听师父安排。"

第二天早晨，东方首带着春生来到魏擎天的军中大帐。东方首把春生推荐给魏擎天，说是他徒弟中最好的一位。介绍完，春生上前拜见魏将军。

魏擎天见小伙子长得英俊高大、一表人才，很是喜欢，问道："春生，你的武功究竟如何？"

春生微笑答道："将军，您可以请出军中最厉害的一位将领，我来向他请教，您看如何？"

魏擎天一惊，想不到这个春生如此大言不惭，于是，他派出了身边最厉害的大将王维迎战。王维是军中教头，以恶、狠、快著称，身高九尺，为人直爽，曾立下汗马功劳，深得魏擎天的喜爱和宠信。

魏擎天心想："王维是高手中的高手，连我都不敢说有十足把握战胜他。年轻人心高气傲，不给些教训是不行的。"

王维心里好不痛快，让他和一个毛头小子对打，魏大将军吃错药了吧？

王维不服气地上场了，说来，他一向讨厌春生的师父东方首，觉得东方首自己不会武功，尽搞些有的没的骗皇上和魏大将军，还神气得不得了。这又不知道从哪里找了一个江湖小子来找碴，那就休怪他不客气了。

春生摆好姿势迎战，王维则不屑地瞥了春生一眼，心想："一个白面书生能有什么本事？"

王维一上场也不问好，举刀便砍。春生轻轻跳开，抽出自己的筋骨鞭回击。王维连续出刀，刀刀紧逼，势如破竹。

春生的腾挪术迅疾如风，轻松避开刀锋，瞅准对方惊讶的空档，甩出筋骨鞭，一下子套中王维的手腕。春生一使劲，只听"咔嚓"一声，王维腕骨脱臼，刀顿时脱手而出。

对打刚开始，一方的武器就丢了手，围观的官兵一阵叫好。这起哄的声音让王维脸上挂不住，血从胸中涌，于是，他不顾一切，赤手空拳地扑向春生。

春生一看对方不再操弄武器，就收起筋骨鞭，和他对打起来。

王维的拳刚劲有力，带着呼呼的风声朝春生砸来。春生出拳迅速，灵活多变，招式复杂，大约十个回合，那眼花缭乱的拳术已经将王维打得招架不住了。春生却继续加快速度，逼得王维节节后退，破绽百出。春生抓住机会，使出一记飞腿，即刻将王维踢出圈外，全场掌声四起。

王维哪里肯服，他喘息片刻，便像恶虎一样扑来。春生这次再无犹豫，加大力度，连续击拳，最后把王维牢牢摁住。王维无法挣扎，彻底被打倒在地，吐出一口鲜血。魏擎天一看不好，马上命令旁边的将士将二人拉开。

王维总算认输了，坐在一旁的椅子上，自叹不如。他知道，春生最后几拳有意轻饶，否则，他早就没命了。王维红着脸，喘着粗气，已对春生佩服至极。

魏擎天见春生大气不喘，站立如松，不禁暗自惊叹，这是何等的硬功夫。

五虎将看到王维落败，内心不忿，还未等魏擎天吩咐，就飞身上场，说："愿与春生小兄弟讨教一番！"

春生轻轻一笑，他身体刚刚恢复不久，和王维过了几招，展示了自己的能力，便可以了。于是，他拿出筋骨鞭，一边运足气息一边原地旋转，将内力传递到筋骨鞭上，三圈下来，"噼啪"几声，五人的兵器均被打飞，脸上也挂了彩。五人气得爬起来还要打，魏擎天制止了，说："今天就到这里吧，输赢已见。春生真是好功夫！"

全场掌声爆棚。这下，魏擎天高兴了，东方首不愧是国师啊，手下的徒弟全是一等一的高手。魏擎天高兴地说："东方大人，送我盖世高人，助我平定南月，太好了！"

魏擎天当场任命春生为一路大军的总先锋，王维和五虎将也都表示服气。

回到帐中，魏擎天问东方首："我即将攻南月，大人有何高见？"

东方首说："南月水多，到处都是江河湖海，军中应该加紧水战训练。水战赢，全局赢。"

魏擎天哈哈大笑，道："先生和我的想法一样，真是英雄所见略同。"

东方首也笑了，说："魏将军，在下还有一事相求，不过得换一个地方说。"

魏擎天带着东方首、春生来到一间密室，坐定后问："东方大人，有何事就说吧。"

东方首说:"春生的夫人由于种种原因失踪在闽月一带,这次春生随将军去南月,距离闽月国只有一步之遥,所以,还请将军帮助寻找春生的夫人茉莉。"

魏擎天皱了皱眉,他明白,这是春生助他攻打南月的条件,若是不答应,恐怕春生也不会留下。他转念一想,有春生在,与南月一战稳胜,那么,还有什么要求是不能答应的呢。想通了,他马上说:"春生,你好好说说是怎么回事,本将军愿意帮你。"

春生就把梦顶山求婚失败、自己被坏人迫害、茉莉失踪等事情一一道来,一说起此事,泪水就奔涌不停。

魏擎天将军叹道:"天下竟有此等奇事?春生,你尽管放心,我一定帮你寻到你娘子。"

春生一听将军答应了,马上跪下大喊:"谢过将军大恩,在下必将尽全力为大将军效劳,请大将军放心!"

魏擎天扶起春生,笑着说:"本将有你一路披荆斩棘,平定南月必成,老天助我!"

两天之后,在皇帝的准许下,魏擎天领兵十万,兵分五路,发往南月。

闽月国国王林正好,主动向本朝皇上请求由他率领八千士兵,在南方配合魏擎天的行动。其实,他是想一边假装讨好本朝皇帝,主动要求领兵助战,一边观望实际战况,如果本朝打输了,他就趁机扩大领土。

因此,林正好领兵抵达南月国边境时,便以风大、天气恶劣为借口屯兵不动,静观战事进展状态。同时,林正好又暗中派使者跟南月国丞相李佳说,他是被本朝皇上逼得没有办法才出兵的,但是他不会真打,也就是做做样子。林正好就是持首鼠两端的观望态度,想得渔翁之利,捞足便宜。他既害怕得罪本朝,又不想完全得罪邻居南月国,好给自己留有回旋余地,这个人真是狡猾啊。

南月的李佳之所以敢于反叛,大约也是自恃南月国力日渐强盛,地理偏远,以为对抗本朝有取胜希望。其实,他本人从未去过京城,犹如井底之蛙,不知道也不相信现在的本朝已经有非常大的进步与发展了,不仅国富民强,而且兵强马壮、高手如云。

　　李佳对本朝和南月的国力对比有如此离谱的判断，也是因为听进了小人的谗言，此人正是试图劫持茉莉的王半仙。现在，王半仙已经被李佳聘为南月国师，就是他让李佳更加愚蠢地认定如今南月国实力比以前强很多，足以抵挡本朝军队。

　　当年，王半仙从东方府逃出来之后，不敢跑回江南，掏出龟甲卜了一卦，卦象显示南方大吉。于是，他就一路南下，一直逃到了闽月国的云海观。云海观的道长年岁已高，在打理道观之事上精力不济，因此，道观稍显破落。

　　王半仙在云海观住下后，一通吹嘘，将自己夸耀成本朝京城中久负盛名的仙门道长，只因得罪了朝中小人，才归隐南方。云海观的道长见王半仙能说会道，来自京城，又出自大名鼎鼎的虚来观张道人门下，便十分信任他，没过多久就将道观交给他打理，自己则受邀请云游八方去了。

　　王半仙接手道观后，先是到处派人到处吹嘘他精通炼丹术，本朝皇帝吃的神奇丹药都出自他之手，大有神效。闽月国人远离京城，不了解王半仙的底细，对王半仙的话深信不疑，纷纷掏钱买丹药。

　　王半仙用此法让云海观变得香火旺盛，朝拜者如潮，由他亲手炼制的丹药更是到了一丹难求的地步，这让他和道观收入颇丰，名声大噪。王半仙还花重金，重新修缮了云海观，而云海观也一跃成为闽月国的第一大观。

　　此时，南月国的丞相李佳兵权在握，已经是南月国的实力派人物，连王侯、文武大臣都惧怕他三分。李佳通过某个贵人的介绍，认识了王半仙，两人一交流，感觉相见恨晚。

　　交往中，王半仙不断向他灌输本朝腐败无能、皇上迷信鬼神、大臣尔虞我诈的印象，让李佳认为本朝已经完全不行了，南月国每年称臣纳贡很不值。

　　这几年，南月国风调雨顺，五谷丰登，生活富足。而南月国的国王与王后皆是善良宽厚之人，很满意现在这样安稳富足的日子，不愿意脱离本朝。但是，李佳和他们的想法完全相左，于是招兵买马，暗中发展势力。终于，在王半仙的蛊惑下，李佳找了一个极其牵强的理由，杀掉了南月国的国王与王后，自立为王，将最后阻碍他实现独立的因素剔除掉，一心要和本朝开战。

　　其实，王半仙心里一直对张道长不满，在虚来观他受尽了欺压。他对东方首的鞭刑怀恨在心，他认为这几年的倒霉事都拜东方首所赐。他对自己在本朝得不到重用还到处被人嘲笑的经历更是不满，他自以为怀才不遇……总之，他就是对一切都心存怨恨。

最近几年，随着财富的增长而一同增加的，还有他的野心和报复心。自从攀上了李佳，更是觉得自己可以出人头地、扬眉吐气了，等到打败了本朝，东方首、春生、茉莉都将被他踩在脚下。

李佳在王半仙的不断蛊惑下，再加上他自身不断膨胀的野心，他已不再满足于做本朝的附属臣民，决定独立。

起初，本朝并未重视此事，觉得小小南月国不足为惧。刘武只派出的两千人的队伍平叛，结果因轻敌而大败。王半仙巧施计谋，利用南月的地理优势，将自负的韩将军引入准备好的包围圈，又调用一万南月将士，将本朝军队围得密不透风。在这场混战中，南月兵乱箭射死韩将军，最后全歼了本朝兵将，大获全胜。

原本和本朝开战，南月军民都没有信心，抱怨王半仙惹是生非，没想到首战大捷，这让李佳更加信任王半仙，更坚定了要和本朝斗争到底的决心与信心。

刘武派魏擎天重新起兵十万，平定南月之乱。但是，谁也没有想到，所谓的新统合的五路大军，刚一出发就出现了各种不堪的状况，可谓匪夷所思。

先是驻守南方，距离南月国比较近的第五路军队出了问题。

王半仙向李佳献计，说第五路军的将领何义是个贪婪之人，只要给他足够多的金银财宝，他一定会屈从，南月国便可不战而胜。李佳听从了王半仙的话，早早派使者用重金成功贿赂了何义。

何义收了李佳的大笔财物，便上书谎称自己带兵远离驻守地，会引起边境混乱，因此拒绝远征。皇上对此也鞭长莫及，拿他没有办法。如此一来，更增加了南月国的军民信心，军队士气大振。

第三、四路的军队统帅名为郑延，此人本来就是南月国投降过来的将领，王半仙同样施以贿赂和拉拢之术。郑延归降本朝后，一直心存不满，觉得自己没有得到重用，而且他对南月国也还有感情。这次，李佳为了拉拢他，出手相当阔绰，又许诺了诸多好处，郑延权衡一番便欣然接受了。他故意拖延队伍的行进速度，浑水摸鱼，与南月国暗通款曲。

这正是本朝的弊端，平时实行军队割裂管理，导致这些远方驻军态度散漫，战斗力低下。王半仙略施小计便不费吹灰之力地废掉了本朝的三路大军，更加信心十足，觉得本朝此战必败，南月将从此兴盛。

真正和南月主力军打仗交火的，只剩下了一、二路军，就是魏擎天将军和春生亲自从京城带出来的这两路人马。本朝的十万大军成了个噱头，实际上，只剩下魏擎天亲自率领两三万人，南下攻打南月。

对于这一点，刘武也万万没有想到。他听说了这一情况后，慌忙找东方首商议。东方首建议从京城加派一支人马，支援魏擎天，并任命堰子为军师，随军出征。东方首说："这支军队一是给魏将军吃个定心丸，二是出奇制胜，三是加强理性的力量，不要再出现韩将军轻敌之事。同时，皇上需给魏将军下死命令，此战必须打赢，否则，南边将永无宁日。"

皇上听了东方首的建议，立刻做了新的部署。

魏擎天不负众望，在春生及王维几位大将的得力辅佐下，横扫南月各地，一路过关斩将，捷报频传，陆战、船战都获得了大胜。他率精兵连续攻克南月地盘，一鼓作气来到南月国首府的前站——石门！

王维带兵与春生大军合并，在石门外安营扎寨，距离攻克南月国的都城潘鱼城只有一步之遥了。石门正是攻打潘鱼城之前的必经之地，由南月精兵固守，城墙极其厚重，武器精良，因此得名石门。

南月国恐怕是要死守石门了。石门一破，潘鱼城就命悬一线，必将动摇整个南月的江山。对于本朝而言，此战也至关重要，成了则南月可平，不成则不知还要耗多久。因此，石门之战实为决胜之局。

本朝兵临城下，李佳慌了，赶紧找王半仙商量破解之法。

王半仙地说："圣上，不必慌张。此战的关键在于死守石门，石门易守难攻，料他们一时也打不进来。圣上可调最精锐的部队防守石门，和本朝军队打消耗战，时间一长，本朝军队长途作战，必将供给不足，一旦缺少粮食，他们也只能撤退。"

李佳听国师这么讲，也安下心来。

本朝军队的体力、供给确实都到了极限，如果硬碰硬，将损失严重。魏擎天深知此次战役的重要性，于是找来春生等大将，共同协商如何攻克石门。

春生说："要破这石门，不能硬碰硬。我军现在非常疲惫，加上已经深入南月腹地，供给也存在一定的问题。如果硬碰硬，时间长，消耗大，对我军十分不利，在此耗费太长时间，反而给了李佳老贼喘息的机会和时间。因此，只能速战速决。石门建筑厚实，石墙坚硬，从外强攻确实困难，必须内外夹击，方可破敌。"

王维说："石门看守十分严密，进门需密码口令，盘查也十分仔细，还要求进门者会讲本地话。现在，各城门紧闭，均有重兵把守，我们的士兵根本混不进去，如何内应？春生，你的这个想法很好，但是不现实。"

魏擎天问："春生，你可有带兵进城的好方法？"

春生微笑着说："是的，将军！这事我已经有办法了。请您给我一支队伍，今晚，我就带兵从城墙的某一处翻越过去。你们在城外做好准备，听到我的信号，就开始大规模强攻，我们会从城内配合，速度一定要快，要抢在敌军支援赶到前速战速决。"

魏擎天问："你要多少人？"

春生说："一百人足够了。"

王维对春生翻墙进城之计根本不看好，那么高、那么厚的城墙怎么翻？除非给士兵们插上翅膀。

魏擎天知道春生的实力，他信任春生，这一路上只有智勇双全的春生没有吃过一次败仗，已经被士兵传颂为"常胜将军"了。他一锤定音道："好！就按照春生的意思去办，王维带兵从外强攻，要不惜一切代价攻进去，否则，内应的队伍会全军覆没。内应由春生负责，要小心行事，强攻开始后，争取配合打开城门，不求杀敌，但求快速接应。好，就这样办吧！"

几位大将各自领命而去。

夜深人静，春生带着一百人悄悄地出发了。

他们来到北边一处看守相对薄弱的城墙边。春生吩咐十人一队，组成一个正方体，他说："大家紧紧地靠在一起，手拉手，然后闭上眼睛，等我说睁眼的时候再睁开，否则，会有生命危险。"

春生下令闭眼，所有士兵立刻紧闭双眼，手拉着手。见众将士已准备好，春生便开始施法，绿色的茶叶浮在半空中，春生一挥手，茶叶立刻组成绿毯，托起士兵们飞跃过城墙。

"好了，睁眼吧。"听到了春生的命令，大家才纷纷睁开眼睛。此时，一百人的队伍已经全部在城里了。士兵们倍感吃惊，但此时任务紧急，顾不上问春生究竟是怎么做到的。

春生迅速杀掉了两个守在城墙根儿的士兵，带着大家向城门跑去。他率先登上城门，发出信号，然后带领大家击杀守门士兵。

石门城楼上只有数十个巡逻值班的士兵，已被内应们杀得溃不成军。有一个士兵挣脱了包围，边跑边喊："敌军夜袭！敌军夜袭！"喊声非常大，远处另一个士兵听见动静，敲起了响鼓。

春生怎么能让他们这样嚣张下去，动静一大，敌军增援就要到来。他搭弓射箭，两箭齐发，一前一后，射中那两人，鼓声当即停止。

春生喊道："马上去开城门！"

这时，城外的士兵已经开始全面攻城，春生带领几十人去开城门，没想到，在门口遇到一股守门敌军拼命反抗。

见此情景，春生不再和敌人纠缠，飞身而起，抽出筋骨鞭，玩命地抽打石门的门闩。那筋骨鞭是龙王的宝物，削铁如泥，巨大的门闩瞬间就被抽断了。

门外，大批的士兵一下子涌了进来，火把照亮了整个城门。

值班守门的敌军基本被杀光，其余的敌人还在军营里睡大觉时候，就糊里糊涂地被捆绑起来，当了俘虏。

没有耗费太长时间，也没有花费太大力气，魏擎天大军已经拿下了石门，杀进城区的士兵将敌军成群俘虏。一切妥当后，魏擎天发了安民告示。

魏擎天军队在石门一战大获全胜，还缴获了一大批南月军队的军粮和武器装备，使自己的军队给养得到充分地补充。魏擎天率军队扼守石门，扎营休整，等候皇上派出的另一支由陆博宇将军做统帅、堰子做军师的精良队伍汇合。届时，两支队伍合力攻克潘鱼城，那才是决定南月国最终命运的大战。

王维始终没有明白春生怎么进的城，问士兵也说不清楚，只说闻到了一股茶香。他觉得春生真乃奇人，佩服不已。

魏擎天赏赐了春生，安排春生入住石门将军府，并嘱咐将士们不要打扰他，让他好好休息。

春生坐在书房里，点上灯，不由得想念起茉莉，他在心里一次次问："茉莉你在哪里啊？我一定要找到你，亲爱的茉莉，我直觉离你越来越近了。"春生这次随军平定南月，每到一个地方，都派出士兵四处打听茉莉的消息，可惜毫无进展。但是不知为何，春生却觉得茉莉距离他越来越近了，也许是心灵感应吧。

春生见周遭无人，便召唤出蝴蝶小仙。

蝴蝶小仙问道："春生主人，你要我做什么呢？"

春生说："请你留心周围有没有茉莉花，如果发现，一定要第一时间通知我。"

蝴蝶小仙领命而去。春生又坐了一会儿，便吹灯睡觉。没日没夜的连续大战，让他深感疲惫，魏将军嘱咐任何人都不得打搅他，让他好好睡一觉。不一会儿，春生就进入了梦乡。

他随着蝴蝶小仙飞离了将军府，飞啊飞，突然，他看到一片美丽的山谷。

山谷静静地坐落在一座绿树葱郁的大山脚下，谷里种满了雪一样洁白的茉莉花树，像一条洁白的丝绸，风吹过来，花香四溢，香雾缭绕，美得如同仙境一般。

春生从来没有见过这么一大片茉莉花海，绵延了整个山谷。于是，他悄悄地落在花丛中，大声喊道："茉莉，茉莉！我来了，我来了！"

茉莉花瓣被他的喊声惊得飞起又落下，茉莉花像雪一样飘洒在他的身侧，将他包围，令他沉醉。花瓣抚摸着他的身体，轻触着他的脸庞，停落在他的衣服上。他不停地大喊："茉莉，我知道你在这里，快出来吧！快出来吧！"

他沉浸在茉莉的花海里，闭上眼睛，就仿佛躺在茉莉的怀里，被花香紧紧拥抱。

就在此时，天空突然出现父亲阴沉的脸，乌云一般的阴影盖住了花谷，一切美好瞬间消逝，茉莉花开始一大片一大片地枯萎，春生哭着大喊："不要，不要啊！"

他在哭喊中惊醒，眼角有泪，额头冰凉，终归梦一场。春生在心中呼喊："茉莉，我的茉莉，什么时候可以见到你啊？"

他泪流满面，心痛得好像刀刺一般，无法再安睡，只好走到院子里，朗月在天，一片清凉。

没过不久，皇帝派出的增兵日夜兼程赶到了石门，这意味着本朝和南月的最后决战即将开始。

两路大军会师，双方简单办了一场庆祝宴会，主要是鼓舞士气，迎接大战。魏将军知道在大战前夕要格外小心，因此只是搞了点简单的饭菜和少量的酒，战士们却依旧开心得不得了。

冬生作为陆博宇将军的手下大将，此次也随军而来。令他意外的是，竟然在魏擎天的队伍里发现了他熟悉的身影——大哥春生。他兴奋极了，他好久没有见到哥哥了，分外想念。

在获得了陆将军的准许后，冬生赶忙来到魏擎天的大营，寻找哥哥。春生一眼就看到了四处张望的弟弟，立刻跳下马，带着满脸的笑向冬生奔跑而来。

两人一见面，就紧紧地拥抱在一起，冬生的眼睛立刻湿润了，说："大哥，我好想念你啊，我们好久都没见了！"

春生拍着冬生的背，安慰他说："老弟，这不就见面了吗？我也好想你啊！"其实，他的眼泪也在眼眶里打转。

春生看到冬生明显黑了，瘦了，但是更结实了，已经长成了顶天立地的好儿郎。他轻轻地打了冬生一拳，说："我家冬生长大了。今晚就别回去了，我们兄弟好好喝一壶，好好叙叙旧。"

春生兴奋地向魏擎天汇报了情况，魏擎天知道春生因为茉莉的事情一直高兴不起来，今日他见亲弟弟来了才有了笑意，便答应下来，还说："我今晚特别安排一桌好菜给你们送过去，还有我私藏的好酒，你也一并拿去。"

春生喜出望外，谢过了将军。

冬生和春生两人骑在马上，一路向将军府走去。路人见了，皆夸赞这兄弟二人英武帅气，气度不凡。

魏擎天将军已经在厅房给他们安排好一桌酒席，兄弟两人，边喝酒边聊天。

春生问："冬生，这次怎么没见夏生和秋生呢？"

冬生笑着说："他们还在继续训练骑兵呢，在做着各种备战工作，也非常忙。皇上已经下决心要和凶族决一死战，南月这一仗打完，我也要回到战队，去帮哥哥们打凶族。"

"那你不是应该和夏生、秋生一起训练吗？怎么一个人跑来南月了？"春生疑惑地问。

"皇上接到魏将军的军报，说其他几路兵马阳奉阴违，不听调遣。皇上和师父商议，为保证南月国之战必胜，必须立刻再增派一路兵，于是，就派出了本朝开国元老之一陆博宇大将军领兵增援。我本来在毓麟院和哥哥们一起训练，陆将军曾见过我练武，就和皇上提要求，一定要我加入他的队伍，做他的帐前大将。皇上答应了陆将军的请求，就把我派给了他。"冬生微笑着说。

春生笑了笑，道："还不是因为我弟弟武功厉害，所以人家才点名要你加入。冬生，你知不知道，皇上准备什么时候和凶族开战？"春生问。

"具体我不清楚，但是应该也快了，已经准备了很长时间，各方面准备得很充足，只等一个合适时机。我听说，凶族因为雪狐兰的事情屡次挑衅我们，同时，还狮子大张口地向我们索要大量茶叶。"

冬生喝了口酒，说："我们兄弟二人难得一见，就不聊这件事情了。"春生也不再问下去。

酒过三巡，冬生已经喝得满脸通红，问："哥哥，茉莉妹妹怎么样啊？"他一直在军中，还不知道家里出了什么事故。

一听到冬生问起茉莉，春生的脸色立刻凝重起来，大颗大颗的眼泪也流了下来。

冬生吓了一跳，他从来没有见大哥哭过。在他眼里，大哥永远是那么勇敢，那么有担当，永远体贴、照顾大家。为何今天一提茉莉，惹得他如此伤心？

他起身走到春生身边，一把抱住春生肩膀，说："大哥，有什么不痛快就告诉弟弟，弟弟愿意为你分忧解愁。有什么困难，咱们一起度过。"

一听这话，春生更是泣不成声了，歪头倒在冬生的怀里，像个孤独的孩子找到了亲人一样，哭得稀里哗啦。

"冬生，哥的命快要没有了！哥哥这次随军来南月，就是来找茉莉和孩子的！"自从茉莉出事后，春生的感情就变得越来越脆弱了，他听不得一点有关茉莉的事情，只要有人问，他的心就痛得如同刀割一样。

春生端起酒坛，将酒直接灌进自己嘴里，冬生拦都拦不住。春生喝光了酒，醉得不省人事，才止住了哭泣。

天已经有些黑了，冬生搀扶着春生躺到床上，自己也顺势躺倒，推了推春生，说："哥，你说说吧，茉莉妹妹究竟怎么了？"

春生恍惚中醒来，接过冬生递来的水，喝了一口，感觉比刚才好了许多，才断断续续地将他与茉莉的事又讲了一遍。讲到父亲受张道长的怂恿将他关在沉仙洞，茉莉失踪的时候，冬生也哭了。春生没讲多少，又含着泪昏昏沉沉地睡着了。

"那就是说，茉莉和孩子到现在还没有找到，是吗？"冬生哭着问。见春生没有醒，冬生又推了推他，这次却没能推醒春生，他是真的醉了。

冬生觉得大哥、茉莉和他未见面的小侄子真是可怜。虽然茉莉不是他的亲妹妹，但他觉得茉莉比亲人还要亲啊。父亲为何听信奸人言论，为何如此狠心，他真的想不明白。

冬生想起他和茉莉以及哥哥们一起生活、游玩、上课、习武的日子，他们早就是不能分离的一家人了。大哥遭遇这样的事，妻儿至今不见踪影，该是多么痛苦啊？

想到这里，冬生心疼地用手轻轻拍着春生的后背，安慰他说："哥，没事的，你一定会找到茉莉的。我帮你一起找，找到以后，我们就永远不再分离。"

在茉莉到来之前，他经常粘着大哥，大哥也最照顾他了。可茉莉来了之后，因为茉莉年纪最小，哥哥十分关照茉莉，还常教育他要谦让师妹。冬生一开始也嫉妒过茉莉，他想："凭什么她可以始终粘着大哥？凭什么大哥对她那么好？大哥是我的亲大哥，又不是茉莉的。"

不过，毕竟是小孩子心性，这些念头早在日常的相处、玩闹中被丢到了九霄云外了。茉莉天真可爱，冬生也和善开朗，二人年纪相仿，既聊得来，也能玩到一处，比亲兄妹还要亲。现在，他长大了，他知道大哥和茉莉的爱是不同于兄妹的，他真心希望茉莉和大哥可以收获幸福。

春生昏昏睡睡中又爬起来吐了一回，一会儿嚷着头痛，一会儿唤着茉莉。冬生喂哥哥喝了一口茶，又给他按揉头部穴位，春生这才感觉舒坦些。弟弟的细心照料带给春生最大的安慰，春生的心情也渐渐平和下来。

没过多久，冬生也抵挡不住困意，怀里抱着春生，一起昏昏沉沉地睡了过去。

第二天清晨，冬生早早醒来，把屋子收拾干净。冬生没忍心叫醒还在熟睡的春生，大哥确实需要好好睡一觉了。

"大哥，时间到了，我该回营了。我走了，希望你尽快找到茉莉，开始幸福的生活。以后的日子，你多保重！"冬生望着春生轻声说道，然后带着无限的牵挂，含着热泪离开了。

春生醒来后休息了片刻，喝了茶，吃了点心，酒已经醒了，属下说冬生一大早就回大营了。春生心中生出些惆怅，不过他明白，大战在即，已顾不得这些。响午一过，魏将军就叫他到大帐去议事。

大帐里，魏将军和陆将军坐在主席位置。春生站在魏将军这边，往对面一看，冬生也正目不斜视地看着他，他向冬生微微一笑，冬生也回以微笑。

魏、陆双方相互寒暄、介绍了一遍。当介绍到春生的时候，陆将军向他点点头，表示敬意。他知道，春生就是被大家盛传的"常胜将军"，是魏擎天的得力干将。

魏将军说："潘鱼城依山傍水而筑，近几十年来，又不断扩建，十分牢固，易守难攻。各位可有什么破局之道？"

陆将军的军师堰子说："直接攻打确实有难度，但是我们可以用车轮战法，击溃敌兵。魏将军的部队在前，先抵潘鱼城下，驻扎在城东南面；陆将军的一路军队居后，扎营在城西北面。我们四面合围，轮番猛攻，让敌人无法喘息。敌方疲于应付我们的车轮大战，心理疲惫，觉得每日应付，遥遥无期，没有出路，必将漏洞百出，疲态尽显，于是攻城可得！"

魏擎天觉得这个主意不错，其他人也觉得都可以，陆将军更为自己的军师堰子叫好。

其实，春生觉得车轮大战固然可以拖疲敌方，但是我方也容易疲劳，最后很难有什么实际效果。但春生也不好说什么，因为堰子是他的老师之一，他此时怎么能反对老师呢？而且，陆将军也对堰子的主意大加赞赏，他更不好多说。

魏擎天问春生有何看法时，他只说："就按照军师意见办。"

士兵围城多日，车轮大战一轮接着一轮，但总是不能破城。李佳关起城门固守，让他们一时也无可奈何，倒弄得己方军队格外疲倦，怨言颇多。

李佳如同热锅上的蚂蚁，问王半仙有何办法。王半仙沉思了一会儿，犹豫道："臣有一计，比较冒险，但值得一试。"

李佳听完他的计谋，也半信半疑，却没有其他办法，只好说："国师若觉得可行，就实施吧。"

冬生和春生日日带兵出阵，体力消耗得厉害，两人偶尔碰上，连说话的力气都没有，只能相视一笑，各自休息。

如此消耗下去，打赢的可能性一步步降低。

魏擎天一人独坐在大帐中沉思，车轮大战没有取得效果，他在思考如何破解。

突然，士兵来报，营外有一道人说要献上潘鱼城地图。

魏擎天觉得有点奇怪，谁会献上他们急缺的潘鱼地图呢？他让士兵赶紧将来人请进来。

来人一身仙道打扮，瘦长的脸上蓄着褐色的胡子，正是王半仙。

魏擎天问："来者何人？"

王半仙答："大将军，贫道乃是南月国云海观观主，鄙姓王。"

魏擎天微笑着问："王道长此番前来，所为何事？"

王半仙说："贫道是本朝江南人，知道将军来此地，特来拜访，献上亲手绘制的潘鱼城地图，愿助将军一臂之力。"

"多谢道长相助，烦请道长快快呈上来！"

魏将军一听他是本朝人，又自愿献上潘鱼城地图，便放松了警惕。

王半仙上前来，呈上地图，缓缓展开。不知为何，在地图展开之时，魏将军眼皮越发沉重，最后竟双眼一闭，昏迷了过去。王半仙见状则迅速掏出准备好的黑色面巾，罩住口鼻。

大帐外的四个护卫，只听得"哐当"一声，不知出了什么事，掀开帐帘，询问情况。王半仙一转身，甩出四支淬了毒的银针，击中护卫。四名护卫中了毒银针，立马昏倒在地。

此时，王半仙露出狰狞面目，从怀中抽出匕首，一把抓住魏将军的领子，准备补上一刀。

就在这千钧一发之际，只听得一声："住手！"话音还未落，一鞭子就跟着抽了过来，直把那王半仙手中的匕首抽落在地。

王半仙还没有转过身，鞭子已经缠绕上他的脖颈，越勒越紧，他呼吸困难，瘫软地倒下。

原来是春生及时赶到，他带来的士兵一哄而上，将王半仙捆了个结结实实。

春生试图让士兵用冰水叫醒魏将军，同时给魏将军口服了解毒丹，可是魏擎天脸色发紫，紧闭嘴唇，仍没有醒过来。

刚才，春生带着几个士兵正在账外巡逻，突然，他看着一个有点熟悉的身影，穿着道袍，鬼鬼祟祟地进了魏大将军的大帐，于是，悄悄尾随其后。等那人进了大帐，春生借助烛光，看清了那人正是绑架茉莉的恶道人王半仙！

春生大吃一惊，觉得奇怪："这个恶道人王半仙怎么会跑到将军的大帐里来呢？他究竟想干什么？"

春生直觉其中有诈，又怕打草惊蛇，悄悄叫来了几位信得过的亲信，守在大帐附近，以防不测。直到听见帐中传来"哐当"一声，又见四名卫兵倒地，春生赶紧带人闯入，才在危急之下，救了魏擎天一命。

此时，王维也带着士兵赶到，他一看魏擎天昏迷不醒，急忙问道："这是谁干的？这是谁干的？"

春生手下的士兵指着王半仙，说："就是这个妖道！"

王维是个冲动莽撞的人，和魏擎天情同父子。他一听是眼前这个妖道害了将军，热血"嗡"地顶上头来。他想也不想，伸手便是一刀，"噗"的一声，刺中王半仙的心脏。王半仙当场毙命！

只见一只浑身上下被黑色妖雾包裹的飞鸟，从王半仙的体内飘出，扇动翅膀，瞬间飞远，向东海方向逃去。这王半仙原来由乌鸦修炼而来，怪不得那么坏，看来，谁遇到他谁倒霉。

王维这一举动把春生给气坏了，他对着王维大喊大叫起来："王将军，妖道还没有审问，你可知他掌握着多少重要情报？你竟然把他杀了！太过分了！"

春生这么一喊，王维也呆住了，连忙说："哎呀，我一时昏了头，一气之下杀了妖道。哎呀，这可怎么办？"

春生之所以如此生气，还有一个更加重要的原因——王半仙与郝家是死对头，之前就是跟踪茉莉一路到了京城，说不定他知道茉莉的下落。这下可好，春生还没来得及审问，就被王维破了局，茉莉的线索断了，王半仙背后还有什么阴谋也搞不清楚了，但是他又不能指责王维什么。因为春生知道，王维也是心疼魏将军。春生只能长叹一声，再转身急吼吼地对手下士兵说："赶紧请军医来，救治大将军！"

军医赶到，一看大将军双眼紧闭，吓了一跳。马上给大将军把脉，又听春生介绍了整个情况。

军医说："大将军这是中毒了，幸亏春生来得及时，又给将军服用了丹药，算是保住了命。但是将军脉象虚弱，需马上服用更大剂量的解毒草药。"

这位老军医随军多年，医术高超，深得魏擎天信任。听他这样说，众人才放下心来。为了不动摇军心，军中事务暂交陆将军代管。为了防止大将军中毒的消息泄露，堰子建议将所有参与行动、知道情况的人控制起来，不允许任何人走动。春生和王维也被隔离在另外一间，被告知大将军一醒就可以解除隔离。

堰子不是不信任春生和王维，只是事发突然，情况紧急，只能如此。将士们也能理解军师的良苦用心，万一消息走漏，军心不稳，南月若趁机发起进攻，便是功亏一篑了。

春生在屋里不想搭理王维，王维多次道歉，春生也不想再说话。

堰子提出将王半仙的头割掉，高高挂在军营之外，这样做虽然有些残忍，但是可以给李佳和南月国的军民心理上以极大的震撼。他们暂时不会进攻，这样，本朝军队也可以得到充分的休息。

果然，王半仙的头在本朝大营门口一挂出来，整个潘鱼城军民都大为震撼，心也彻底凉了，不断地有人唉声叹气，本朝一场未输，南月不断后退，此时国师又被斩，国将不国啊。

李佳听到这一消息，决定亲自上城楼，当他看到国师的头颅当真被高挂在本朝大营门外时，当场吐血昏倒，被手下抬了回去。

李佳想："国师啊国师，当时我就认为你的行为太冒险，你不听劝，非要去试一试，结果怎么样？命丧黄泉！你这一走，我可怎么办啊？"

事到如今，李佳只能下令死守潘鱼城，别无他法。堰子这招真是又狠又准啊！

魏将军经过精心医治，没几日就苏醒过来。

军医说王半仙是将毒涂抹在了地图上，待地图完全展开，魏将军已吸入大半毒气，王半仙提前服了解药，又及时戴上了面罩，所以无碍。好在这种吸入式毒药比口服式毒药的毒性弱很多，再加上救治及时，魏将军这才捡回一条命。

这味毒药是王半仙炼出的独门毒药，他自以为毒计一定可成，擒贼先擒王，杀死魏擎天，做最后一搏。没想到，半路杀出了春生，让他功亏一篑。

魏将军为自己的大意而深感后悔，身体一好转，马上就召集众将领开会，寻找新的破局之道。

春生说："现在正是初春，天干物燥，南月茅草木屋较多，容易起火。如果我们用火攻，可能会有奇效。等到夜晚，趁其不备，将点燃的箭发射到潘鱼城中，越多越好，最好选在风势较大之日，火借风势，可燃得更盛。届时，我们利用干草在城外点火，火势连绵，必将大获成功。"

堰子问："箭矢、干草、火油都好准备，但是，这大风要等到什么时候啊？如果始终不刮风，那我们要一直等下去吗？"

陆将军和魏将军都看着春生，春生轻轻一笑，说："老师问得好，你们尽快准备，听我通知。我布下阵法，五日内必得大风。"

堰子不信，认为这后生是在吹牛，撇嘴道："春生，这风如此听你的话，说来就来？"

冬生马上说："老师，魏大将军，我相信大哥能做到！我带几个兄弟，帮大哥布阵。"

春生开心地说："好，有我弟冬生帮忙，一切可成。"

见春生如此胸有成竹，堰子也不再说话。

魏擎天哈哈大笑道："好，这事就这么定下来了！大家各自去准备吧。"

两路士兵准备好大量干草、木柴和箭矢，只等春生通知。

三天过去了，没见到大风，正在堰子发愁之时，春生派人来报，说今晚有大风，可以点火。

夜间，果然起了大风，而且风势越来越大。

士兵们将淋了火油的箭矢点燃，射向城中。南月的民居多为木建筑，不怕雨水，最怕火烧。

火借风势，转眼，城内遍地火苗。从城里烧到城外，又城外烧到城里，火光冲天，潘鱼城内哭声喊声，乱成一团。

魏擎天率部趁机从正面攻城，南月军队大乱，魏擎天一路所向披靡。

堰子给陆将军出主意，让他在城西北扮起红脸，以德服人，收买人心。他建议陆将军在城西北大开营门，招纳降者，赏赐印绶，成功收买出逃的南月人，再让他们去城中招降。

潘鱼城的守军不知对方究竟有多少兵力，眼见城中大火冲天，救无可救，军心早已动摇。只风闻魏擎天手段残忍、不留情面，而陆将军宅心仁厚，于是，一批接一批地奔向陆将军处投降。

到次日黎明，潘鱼城全面陷落。

陆将军收了不少降兵降将，这让魏擎天心里很不爽，他在拼死拼活地攻城，陆将军倒在那里坐享其成。但是大局当前，魏擎天也不好发作，只得忍了下来。

李佳见大势已去，只得带着残兵突围逃走。他乘船退到城南百里之外的故乡——银斗河，想凭借那里的险要地势，负隅顽抗到底。

此时，魏擎天还因陆将军收买人心一事生气，因此按兵不动，想看看陆将军有何本事战胜天险。

春生劝说："大将军，此时最宜追穷寇，铲草除根。"

魏将军说："春生，你不用管，我心已决，你不用劝我了。让陆将军去追吧，让他知道李佳的厉害，吃个败仗，再来求我。"

春生见劝不动魏将军，只好退下。他知道李佳大势已去，不可能再打胜仗，能保住命就算不错了。魏擎天则认为银斗河是有名的天险，虽然河面不宽，但是水流很急，陆将军很可能在银斗河吃败仗。

陆将军果然对叛军穷追不舍，一路追到了银斗河。堰子找当地人询问银斗河的情况，在当地人的启发下，堰子终于想出了奇招。

他让冬生带领士兵以绳索编桥，冬生利用轻功将绳索桥架在了河的两岸，并且用大木桩钉牢，制成了一个简陋的过桥装置。

夜晚，堰子命令不会游水的士兵，双腿和双手攀住绳索，慢慢地沿着绳索溜过去，虽然有不少士兵掉进激流的河水中被卷走了，但是更多的士兵渡了过去，天险就此被破。

堰子智破银斗天险，陆将军的士兵一举攻陷李佳的家乡。李佳只好带上数百亲信逃亡闽月，想得到闽月国林正好的接应。但是林正好一看南月大败，根本就没有搭理他们。

陆将军继续派兵追赶，决意赶尽杀绝。走投无路的李佳，在路途中被自己的手下斩首，其首级作为投降的投名状，被送给了陆将军。陆将军又将其带回京城献给了皇帝刘武，刘武大悦。

魏擎天及陆博宇率军大破潘鱼城，陆博宇获得叛军首领的头颅，南月之战大捷。皇上重赏了魏擎天及陆博宇、春生、王维，实际上对陆博宇赏赐更重些。魏擎天不听春生的谏言，错失良机，也为此事和陆博宇结下了梁子。

南月之仗一结束，春生马上找到魏擎天将军，他根本无意介入朝堂上的尔虞我诈，他只关心什么时候能去找茉莉，现在到了魏将军兑现承诺的时候了。

春生笑着对魏将军说："我们已经打赢了南月国，应该马上出兵，一鼓作气拿下闽月国。从此，闽月国彻底归顺本朝。待我军进入闽月国之后，将军答应的帮我寻找茉莉一事，也该兑现了吧？"

魏擎天说："是，我答应你的，但是春生你莫急，打闽月国是国家大事，不是我个人能定下来的。我立刻上书皇上，建议率战胜南月之师再出击闽月，待皇上准奏，我们再行动。你耐心等一下，如何？"

春生也不好说什么了，既然魏将军已经说要征求皇上的意见，他只能强行按捺内心的焦急。

第十七章

几日后，京城传来消息，皇帝以军旅劳顿、不宜疲劳作战为由，驳回了魏擎天的上书。魏擎天犹豫了几日，不知该如何把皇帝的命令告诉春生。可春生日日来找他，眼巴巴地看着他，让他觉得实在瞒不下去了，就把皇上的旨意如实相告。

春生听完一下子就火了，愤怒地说："魏将军，我这一路拼死拼活地努力，勇敢杀敌，所向披靡，从不抢功！您吩咐的事情一件件、一桩桩，我有没有说过一个'不'字？有没有未完成过？"

魏擎天赶紧回答："春生，我对你非常满意！你是本朝难得的人才啊！连我的命都是你救的，你是我的恩人啊！"

"魏将军，这一路，我有没有偷懒取巧、贪生怕死、唯唯诺诺、没有担当？"春生继续发问。

魏擎天知道春生已然气极，马上答道："你是真君子，光明磊落，我佩服不已！但是，春生，你莫生气，我知道你着急寻你娘子，我也同样着急啊，可皇命不可违，你得给我一点时间，容我想想办法。好吗？"

春生一听，简直有些怒不可遏，说："我所做的这一切都是为了您此前的承诺，可您却推三阻四，迟迟不肯兑现。既然如此，魏将军，恕春生无法再为您效命了。"

春生显然没有听进魏将军的话，他脱掉一身盔甲丢在一边，心里越想越气，越想越委屈。

魏擎天一听，知道事态严峻，说什么他也不能失去春生这样杰出的将才，如果这次没有春生，哪有他的胜利？无论如何，他都要留住春生。

他看了看春生一脸的怒气，思考了一下，对春生说："春生且慢，我有了一个好主意！你带一小支队伍去闽月，对外只说是负责打探闽月动向，侦查边疆局势。你们便装出行，我再给你配一些银两、马匹，人任你挑选。你们组成一个小队，一边侦查，一边找寻你的娘子，侦查时间可长可短，侦查结果直接向我汇报。明早天一亮就悄悄出发，你看如何？"

春生听魏将军这么一说，也觉得这样的安排可行，便说："就按将军说的办。多谢将军了，刚才在下有些失礼，给将军道歉！"

魏擎天爽朗一笑，说："你我生死之交，莫说此话，赶紧去准备吧。"

春生回到军营，挑选了四个心腹，让他们乔装打扮成闽月人，便悄悄出发了。他们很快就进入闽月地区，两天后，已经深入到了闽月腹地——福郡。

刚到福郡，他们逢人便打听哪里有种茉莉花，这一问不得了，原来福郡这一带到处都有茉莉花，一点都不稀奇，这里是茉莉花之乡，尤其是巨鼓山等地的茉莉格外出名。可进一步打听有没有见过一个叫郝茉莉的姑娘时，大家都摇头说不知。

春生没有气馁，既然巨鼓山一带的茉莉花种植相当出名，他决定上巨鼓山一看。

巨鼓山位于江的北岸，顶峰有一巨石如鼓，每当风雨交加，便有簸荡之声，像打鼓发出的声音，故名巨鼓山。巨鼓山风景如画，山上花岗岩经长期剥蚀、风化、崩塌、堆积而成，千姿百态。

可春生哪有心思观景，他和兄弟们天不亮就开始攀登巨鼓山，一边攀登，一边四处打听有没有人认识一位叫茉莉的姑娘。向导深深怀疑这帮人脑子有问题，带路带到一半的时候，便说："走到这里，前面便没有岔路了，你们顺着这山道一直往上走，没多久就会到达山顶。我就不去了，我要在天黑之前赶回家。"他们没办法继续挽留导游，只好由他去了。

傍晚时分，一行人达到了山顶，四周一个人都没有，格外宁静，东望大海，一碧万顷；俯瞰闽月大地，农庄、村落、小岛星星点点地挺立于烟波之间，真是美若仙境。但是，众人仍十分沮丧，他们一路上来没有找到任何有价值的线索，若有似无的茉莉的花香，也无法消解春生的忧愁。

太阳渐渐西沉，天开始暗了下来，如果此时下山，肯定没走多久天就黑了，下山路没有任何照明会非常危险。可如果不下山，正值夏季，山上野兽、毒蛇多有出没，待在山上也十分危险。于是，四人问春生怎么办。

春生说："待在山上危险太大，如果野兽成群来袭，我们五个人根本不是对手。大家登了一天的山，估计也饿了，所以我们必须下山。我刚才从山上看到东部有一个比较大的村庄，今晚我们就住在这个村庄吧。现在大家在这里休息一会儿，等天黑，我自有办法安排大家一起下山。"

听春生这么一说，大家也就放心休息了。他们早就知道知道春生有神功，攻打石门的时候也见识过，所以也没什么好担心的，畅快地欣赏起风景来。他们都是从中原地区来的，以前从来没有见过美丽的大海，此时面对夕阳下的金色海域，谁也没有说话，保持安静，欣赏着美景，也生怕打扰到陷入沉思的春生。

天渐渐暗了下来，山下的万家灯火逐次亮起，星星点点，在夜色中分外动人。

春生说："一会儿，我开始做法，你们就全部闭上眼睛，我不说睁开，你们千万不要睁开，否则，性命难保，千万要记住！"

众人点点头。

"现在请各位请闭上眼睛，手拉着手。"春生一招手，招来无数萤火虫，照亮了脚下的山路。春生结印施法，茶叶飘荡而来，迅速将五人包成一团，缓缓地向山下飞去，护送众人到了巨鼓山东侧的龙西村。

大家睁开眼，发现已经到了龙西村的龙潭边上。龙潭深邃，水色透明，泉水从高处落下，响声更加清脆。

龙西村的溪流发源于巨鼓山，溪水时而曲折迂回，时而直泻而下。有"人在石上走，水在石下流"的说法。溪中有着大大小小岩石，流水敲击石上，发出各种响声，有琴声、锣声、鼓声等，仙音缭绕，悦耳动听。

他们敲开村里最大的一户人家的门。

家丁来开门，春生说他们从北方而来，是准备进山还愿的香客，问东家可否借住一晚，他们愿付银两。

家丁跑去问主人，没想到主人痛快地答应了，安排他们住东西厢房，并且安排了客饭。

吃完饭，春生走到院子里，看到主人家正坐在院子的大树下喝茶，一副修身养性的样子。春生无意打扰，本欲离开，却突然从茶香中嗅到了淡淡的茉莉花香，他不禁大吃一惊，当即上前，想问个究竟。

纳凉休息的老者正闭目养神，察觉身后有些许动静，才睁开眼，只见一眉目清秀、风度翩翩的后生正毕恭毕敬地站着，便问："来者何人？何事？"

春生深鞠一躬，说："打扰先生休息了。我自京城而来，路过贵宝地，承蒙先生留宿一晚，感激不尽。方才见先生树下品茶，文雅至极，不觉动容，前来叨扰，望先生海涵。"

老者见这后生礼数周正，态度恭敬讨喜，便起身还礼，和蔼地说道："不过是几碗粥饭、几间寒舍罢了，不必挂怀。只是不知，小友也懂茶？"

春生答："家中栽有几棵茶树，因此略知一二，不敢称懂。先生的茶，似有一股茉莉花香，不知道是何品种？"

老者笑道："既然小友与茶有缘，我告诉你也无妨。在巨鼓山的深谷里，有一个鹤仙庄，穿过巨鼓山上的白云洞，方可到达。我家姑姑在那里种了茶叶，还种了一些茉莉花，这是她前几日送给我的用绿茶和茉莉花炮制的新品种，叫茉莉花茶，味道甚好。"

春生大喜，问："请问老先生，这白云洞该怎么去？"

老者说："天色已晚，小友就安心歇息一晚，明早让家丁告诉你吧。"

"那就多谢老先生了。"

春生回到房中，辗转反侧，难以入睡，鹤仙庄这一消息可是太重要了，说不定，茉莉就在那里啊。他一想到有可能马上见到茉莉，心里就格外兴奋。

就在此时，门外响起了激烈的敲门声，春生一行五人全被惊醒了。

家丁喝问："谁啊？半夜三更的，什么事？"

门外厉声回道："开门！我们是闽月士兵，来抓歹徒！"

家丁只好打开门，老先生闻声也来到院中。约十名兵将打扮的人闯了进来，领头人恶狠狠地问："有没有外来客人住在你家？"

老者平静地说："有，怎么了？"

领头人高喊："叫他出来，我们要检查。有人举报，你家中藏有歹徒。"

春生对四人说："你们别动，保持安静，我来对付，不到万不得已，不得出来。"

春生走到院中，说："哪里有什么歹徒？我不过是进山还愿的香客，怎么变成了歹徒了？"

士兵们将春生围住，个个拿着刀。家丁们也拿着家伙什跑了出来，看来他们经常遭遇这样的事情，所以才早有准备。

春生一看这帮当兵的衣带不整、满嘴酒气的样子，就知道这不过是一群吃饱饭跑出来打劫老百姓的兵痞子。于是，他将一大包碎银子丢在地上，说："如果想要些零花钱，倒好说话。"

领头人制止了一个弯腰想去捡的士兵，说："小子，够狂妄的。谁要你的臭钱？快讲，你从哪来的，敢在老子的地盘撒野？讲不清楚，老子抓你进大牢！"领头人说完，还想上手抓春生的衣领。

春生一闪，躲过那人的手。领头人恼羞成怒，命令手下士兵给春生点教训。春生生气地说："不要银钱，想打架，是吧？那就看鞭！"

春生说着，挥手甩出筋骨鞭，只见士兵军帽上的红缨穗一下子全部断了，齐刷刷地掉在地上。那帮人吓坏了，个个脸色苍白，不敢动弹。

老者赶紧走过来打个圆场："这位好汉是我家远房亲戚，每年都来上香还愿，不是什么歹人。你们赶紧拿了银两走吧。"

那些兵痞慌忙取了银两，连滚带爬地跑了出去，连头都不敢回。

老者向春生作揖抱拳，说："多谢侠士相助！这帮兵痞子，经常骚扰百姓，骗些酒钱。百姓深谙其苦，却不敢多言。侠士年纪虽轻却身手不凡，佩服，佩服！"

"给您添麻烦了。我们就住一晚，明早就走。"春生从口袋里拿出一支竹笛，递给老人，说，"我与老先生有缘，请您一定手下这支竹笛。下次，若有歹人来犯，您就吹响这竹笛，自会有神物相助。不过，平时要好生保管，不到危急时刻，不可轻易使用。"

老者一家鞠躬谢过春生。

春生送出的竹笛其实是能召唤蛇、虫的法器，吹响后会引来大量蛇虫，攻击敌方。

这一晚总算有惊无险，众人回房，各自安睡，一夜无话。

第二天一大早，春生等人出发前往巨鼓山，老者吩咐家丁为春生引路。一行人顺溪进山，走了半日，终于见到了位于巨鼓山西侧的白云洞。

此洞在海拔千余米处，因"白云混入，咫尺莫辨"，故称"白云洞"。如果没有向导，即使从西边上山的人也很难发现这个被白云遮挡的入口。

家丁说："我听老爷说，穿过白云洞就到鹤仙庄了，可是我们谁都没有去过。我只能送你们到这里了。据说，这洞不是什么人都能进的，洞内情况不明，很多人进去之后就再也没有出来。我家姑姑是修道之人，她怎么进出的，我也不知道，她也从来没有说过，就连我们家老爷子也从来没有进去过。"

春生听完家丁介绍，却越发相信穿过此洞就能找到茉莉。

五人谢过家丁，待家丁离开后，他们又站在洞口观察了一会儿。

只见那白云洞口，白云时浓时淡，更显神秘莫测。有几棵藤蔓从岩缝中顽强地伸展出绿色的躯体，在风中摇曳。时而有苍鹰飞过，展开长长的翅膀，在湿润的海风中，沿着山体不断地盘旋着，长啸着。

春生说："洞内情况未明，我们不要全部进去，留两个人守在洞口等消息。万一我们出事，你就去找魏将军，他自然有办法来搭救我们。其余两人和我进洞，进洞之后一定要听我指挥。"

春生又教给留在洞口的两人一句咒语，让他们在紧急情况下可以召唤蝴蝶小仙。

待他们学会之后，春生就带着另外两个人一起进了洞。春生唤来萤火虫带路，照亮了黑乎乎的山洞。春生发现这洞仰视危岩如削壁，俯视长洞若深渊。洞崖壁有突出的山脊，又狭又长，有的地方只能容一人爬行。整个行进过程都要佝偻着身子，路的右侧是千丈绝壁，就像刀削出来的一样，稍有不慎，就会跌落万丈深渊。

春生深感白云洞的险峻，反复告知大家要格外小心。

三人小心翼翼地在洞里缓慢前行，走了一段路，突然，在前面引路照明的萤火虫纷纷掉落，一只只全都死了。

春生见状，赶紧大喊一声："不好，洞里有瘴气。"

但是已经有点晚了，走在最前面的阿山已经吸入了一些瘴气。他身体发软，坐倒在地，开始不断呕吐。

春生不怕瘴气，可凡人之躯承受不住。春生马上施法，用茶叶把他们三人保护起来，形成隔离，免受毒气侵害，又让那两人服下解毒丹。尽管心急如焚，春生还是决定让大家原地休息一会儿，又吃了一点东西，等阿山也缓了过来，才继续上路。

走着走着，瘴气消散了，春生解除了防护，又找来三根松枝，用火石点燃，当作火把照明。

有了之前的教训，这次，他们走得格外缓慢和小心。不一会儿，他们听到不远处有很大的水流声，声如撞钟。又走了一段路，竟发现一个天然大瀑布挡住了前路。

瀑布宽约几十米，深度目不可测，水流异常遄急，近乎垂直降落，冲落到地下，发出巨大的回声，格外刺耳。真没想到，这洞里还藏着这么壮观的瀑布。

春生想了想，说："你们两人在这边等一等，我先去前面看看有没有路。"

春生将绿茶叶包裹在全身，给自己做了一个球形防护罩，借助树球飞了起来，飞进了瀑布里面。进到里面才发现，这一层水帘后藏着一条不宽不窄的路，山路光滑干净，并排走五六个人没有问题，路尽头隐约可见光亮，想是白云洞的出口。

于是，春生返回，告诉两人："没什么可怕的，只要穿过瀑布，就可以找到出路了。"

几人准备好后，就猛地冲进了瀑布，穿越了水帘，跳到了路上，除了身上被稍稍淋湿外，并无大碍。他们一道继续往前走，走得还算顺畅。

没想到，还未走出几步，不知从哪儿钻出一个巨大的黑毛怪物，挡住了前路。这个黑毛怪如武士般站立着，浑身都是黑毛，只裹了几根简单的布条遮羞，头上长着两只牛一样的犄角，身高有十尺，臂膀粗大，眼睛奇大，颧骨突出，舌头掉出口外，口水四溢，散发着恶臭。

这个白云洞，真是寸步难行，一步一个坎，没完没了！

春生见多识广，上前作揖，说："这位壮士，我们要去鹤仙庄，麻烦你让出道路，好吗？"

春生身后的两个伙计早已经被吓得浑身哆嗦，大气都不敢出。

"你们休想过去，那里是神仙修炼的宝地，你们随便跑来，破坏了这里的风水气场。能走到这里，已是侥幸，你们就此回去吧，否则将死无葬身之地！"黑毛怪物恶狠狠地说，同时甩掉嘴边的口水，那臭味把三个人恶心得要呕吐。

春生说："壮士，我们与你无仇无怨，为什么不让我们过去？"

黑毛怪不再和春生废话，一拳直接打过来，拳风凌厉。果被这拳打中，定会粉身碎骨。

春生一边跳开一边大喊："你们两人退后，我来和他斗一斗！"

黑毛怪没有打中春生，恼羞成怒，又来一巴掌。

春生又一次跳开，然后狠狠地一甩筋骨鞭，击中了黑毛怪的膝盖，怪物疼痛难忍，一下子跪在了地上。

这家伙怎么能服气，他艰难地站立起来，猛地扑向春生，试图抱住春生甩进瀑布里。

春生早已识破了他的想法，灵巧地翻到了他的身后，又狠狠地给了他一鞭。这一鞭打进了他的肉里，血一下子流了出来。

黑毛怪大声呼喊，发出了奇怪的叫声。接着，不知道从哪里飞出大量的黑蝙蝠，穿过瀑布向春生三人恶狠狠地扑来，张口便咬。

春生立刻施法，舞动漫天的树叶和蝙蝠搅成一团。虽然树叶让蝙蝠失去了方向，但还是有蝙蝠伤到了另外两人。春生挥舞着筋骨鞭，将蝙蝠打了下来，但是，又迅速飞来一批蝙蝠补上，双方一时间相持不下。

黑毛怪忍痛，又一掌劈向春生。春生施展腾挪术，再次跳到他的身后，对着他的背，狠狠地又是三鞭。

这三鞭将黑毛怪打得皮开肉绽，他更大声地呼叫着，狠狠拍打着悬崖峭壁。大小石头像雨一般纷纷落下，一不小心就会被砸中，春生三个人东躲西藏，阿山因中毒体力不支，还是被砸中了胳膊，受了伤。乱石和蝙蝠包围着三人，如果继续这样下去，恐怕风险会越来越大。

就在此时，一声响亮的鹤唳传来，蝙蝠惊慌飞逃，瞬间消失殆尽。黑毛怪也睁大了眼睛，转过身，慢慢跪下，一副毕恭毕敬的样子。

春生三人抬起头，见一位白发飘飘的仙姑骑着仙鹤出现在洞口，数只仙鹤围绕着她飞舞。她面白如玉，脸色沉稳，端庄出尘，额头一点瑞红，着一袭白色衣裙，衣带飘扬，手足之间，仙气涌动。

春生闻到了熟悉的茉莉花香，激动不已，马上收回茶叶，向走过来的仙姑作揖行礼，说："惊扰了仙姑，还请见谅。我们要去鹤仙庄，可否行个方便？"

仙姑说："你就是春生吧？"

春生吃了一惊，说："是，仙姑如何得知？"

仙姑说："不必多问，随我来吧，我带你们去鹤仙庄。"

"是！"春生想，这仙姑定是认识茉莉的，就要见到茉莉了，他越想越开心，禁不住心花怒放！

仙姑一指黑毛怪，说："春生，这是看管白云洞的牛墩子，是神农氏的坐骑之一，因犯错被神农氏贬到我这里看管白云洞。他脾气不好，刚才让你们受惊了。"

牛墩子马上说："仙姑，是他打我！打得好痛！仙姑，你得帮我做主"。

仙姑说："他是我的客人，也是茶仙之首，你怎么敢拦他？他的本事可以要你的命，他这算客气的，你就在这里好好养伤吧。"

春生赶紧和牛墩子赔礼道歉，仙姑又丢下一包草药给牛墩子，牛墩子这才闭了嘴，让出山路，让春生三人过去。

仙姑一挥手，三只仙鹤收起翅膀，温顺地停在了几人面前。春生和同行的两人分别坐到了仙鹤背上，随着仙姑飘飘然地飞出了白云洞。

一出山洞，就看到了山顶石墙上刻着三个大字——鹤仙庄。

这山庄真是世外桃源，人间仙境。山中溪水潺潺，溪中一岩石宛如一顶纱帽，其上长着一棵榕树，枝叶茂盛，宛若能工巧匠雕琢的盆景一般，因此得名"纱帽溪水"。

一道道小溪、泉水从鹤仙庄的山上流下，经过重重叠叠的岩层，构成了一幅幅优美的画面。溪水、泉水、瀑布，一处连着一处，不仅形态各异，可近观，也可远观，可仰望，也可俯视，青山绿水，树木茂盛，万物生长，仙鹤飞舞，鸟鸣声声，令人心旷神怡。

仙鹤飞落在鹤仙庄门口，鹤仙庄大门打开，扑面而来的就是浓郁的茉莉花香，令人心醉。

春生迫不及待地跑进去，正值夏季，漫山遍野的茉莉花正在怒放。白中有绿，绿叶托白，茉莉花开，朵朵争香。他禁不住大喊："茉莉，茉莉，我来了！"喊声在山谷中久久回荡。

这里俨然就是茉莉花的王国，茉莉花的世界，满眼花海，连绵不断，像雪花铺满园子，又像白云落入凡间，美不胜收。

一位老者，长须飘然，站在茉莉花园的小路上，笑眯眯地看着春生。

春生抬眼一看，立刻"扑通"跪倒在老者面前。此老者不是别人，正是春生的救命恩人，也是无家的恩人——神农氏。仙姑见到神农氏也施以一礼，神农氏上前扶起春生。

几人在仙童的引导下，来到仙庄大堂坐下，仙姑让仙童端来上好的茉莉花茶供大家品尝。

仙童送上的是茉莉花茶中最为高档的"茉莉针王"，采摘含苞欲放的茉莉花蕾，配以采自云雾缭绕、气候温和、雨量充沛的高山鲜嫩茶叶，采用精湛的手工窨制加工而成。这茉莉花茶，外形条索紧细、匀整，色泽黄绿到嫩黄、香气鲜灵，有独特的茶韵花香，滋味醇厚鲜爽。汤色黄绿明亮，叶底嫩匀柔软，真是茉莉花茶中的精品。

春生喝着这茶，眼泪扑簌簌地掉了下来。

他仿佛从这茶中闻到了茉莉和孩子的气息，这香就是茉莉的花香，而这茶叶，是他无家的传承，与他同承一脉，他怎会品尝不出来？

　　神农氏当然知道春生的心思，他看到春生流泪，就说："春生，这位仙姑就是花仙坊的主人，也是茉莉的姑姑。她掌管着世上所有的花草，也是我最好的朋友。"

　　仙姑微笑着说："药仙折杀我了，没有您的栽培，哪有我的今天？药仙今天特地为春生而来的，是吧？有事您尽管吩咐。"

　　春生这才明白，神农氏为他专门来到了鹤仙庄，顿觉感激不尽。

　　见神农氏没有开口，春生便说："姑姑，可以问一下，你和山下的那位老者是什么关系吗？"

　　仙姑说："他是我的朋友，是位大善人，经常帮助村民和外来的香客，对于我们的仙庄，他也帮了不少忙。我敬重他的为人，送过他一些新茶罢了。"其实，那是姑姑特意安排好的环节，就是为了考察春生的品性，只有通过考验，才会被告知进入鹤仙庄的路。

　　春生说："多亏他帮忙，我们才知道鹤仙庄，才得以认识姑姑。"

　　仙姑让仙童打开大堂左边的窗，抬眼望去，绿意扑面。原来，这鹤仙庄另一边还种植着一大片一大片的高山绿茶。

　　春生禁不住站起身来，他看到这绿茶园，仿佛又回到了梦顶山，回到了家乡。他眼前出现幻境，仿佛看到自己的孩子在园中嬉戏游玩，茁壮成长。

　　春生立刻跪倒在大堂，对神农氏和仙姑说："药仙、姑姑，我的事情，你们应该都知道了，我这次就是来寻找茉莉母子的。"说到这里，春生再一次泪流满面。都说男儿有泪不轻弹，但是一说起茉莉和孩子，他就受不了，悲从心中来。

　　见春生叩头如捣蒜，额头已经有了血印，药仙急忙扶起春生，说："不是不帮忙，只是此事相当难办啊！"神农氏边说边看了仙姑一眼。

　　仙姑依旧无悲无喜地说："春生，茉莉确实还活着，只是她不在这里。她目前在哪里，我也不清楚。这里曾是她的家，她确实回来过，在这里生下了一对儿女，还种下了满园的茉莉花和绿茶，调配出最新的茉莉花茶。但是近日，她听闻你要来找她，就带着儿女离开了。她临走时告诉我，永远不想再见你们无家人，你父亲给她造成的伤害，她一辈子难以忘记。至于她去哪里了，她谁也没有告诉，或许就是为了不被你找到。"

春生听到这里，如遭五雷轰顶，当即吐出一口鲜血，昏倒过去。

再次醒来，春生已经躺在大床上。他闻得出，这床上有茉莉的气息。两个同伴站在身边，看到他醒来，连忙大叫："药仙，我家主人醒了。"

神农氏走到春生面前，轻声说："你今日到了这里，寻找茉莉便已经成功了一大半了。只是茉莉心结未解，这不是一天两天能搞定的事情。你既然寻到此地，还愁见不到茉莉？"

春生听了，觉得十分有道理，问道："那我该怎么办？"

药仙说："你且在这鹤仙庄住下，先把身体养好，静下心来，把所有情况了解清楚。你要让仙姑信任你，欣赏你，仙姑自然会帮你找到茉莉。"

春生点点头，也只能如此了。他服下神农的汤药，身体已无大碍，又喝下清新怡人的茉莉花茶，很快就恢复了精神。他也不再每日哭天喊地，而是耐心而精细地侍弄起那茉莉花和茶树。

神农氏待了几日，见春生精神转好，就告辞仙姑，回百草园了。春生和同伴们则留在鹤仙庄劳作。

春生每日从早到晚就在两个园子里转悠，引水、剪枝、施肥、驱虫，一应事务，都亲力亲为。春生的皮肤被晒得黑黝黝的，茉莉花园和茶园在他的侍弄下也更加繁茂。春生还将茶道传授给花仙子和仙童，一时间，茶道风靡了整个鹤仙庄。

原本对他爱答不理的仙姑，见到了茁壮生长的茉莉花园和茶园，也不禁在心中赞赏春生。春生的勤劳、厚道与淳朴，真正感动了仙姑。

一天，仙姑叫春生到大堂来喝茶，又赐座给春生。春生不敢坐，就跪在了大堂前，静听仙姑的讲述。

仙姑喝了一口茉莉花茶，娓娓道来："茉莉，其实是掌管茉莉花坊的仙子。这孩子性格直爽，天真单纯，做事冲动，调皮贪玩。有一次，茉莉和一群花仙子出了白云洞玩耍，见到人间集市上有人卖酒，便买回一些尝鲜。不想，她一时贪杯，吃醉了酒，跑到园子里胡打胡闹的，谁也拦不住。我一时生气了，就罚她本体降落到凡间，仙体禁足在园子里。可是，没想到，从那以后，茉莉的身体越来越差。原来，她的本体被闽月人无意中带到江南，随后抛弃，无人护理，本体受损。后来，幸得有郝西波夫妇悉心照顾她的本体，才无大碍。茉莉为报养育之恩，便投胎到了无子无女的郝家，于是，便有了后面的故事。而你和茉莉拜东方首为师，也是天道所致，你们都有同样的使命，助本朝实现统一大业。没有想到，你们竟然相爱了，更不幸的是，你们的婚姻遭到了你父亲的强烈反对，这或许正是你作为茶仙之首必须要经历的劫难。"

春生听得入神，他与茉莉果然是上天注定的缘分，谁也不能拆散。仙姑望向窗外白绿相间的茉莉花丛，继续讲着。

在茉莉得知无理真反对她与春生的结合后，她便趁春生家人熟睡之际，只身前往无理真的道观去寻春生。她觉得，此时此刻她必须和春生在一起，共同面对。不曾想，半路上却遇到了魔道张道长。

张道长拦住茉莉，并告知她与春生的结合将完全破坏绿茶家族纯正的血统，春生父亲正在修炼，因此委托他来处理此事。张道长的话说得非常难听，他说茉莉身怀异香，来路不明，生出来的定非纯正绿茶，而是杂种。

茉莉本来认出了张道长，气就不打一处来，不管不顾地同张道长大打出手。

张道长恼羞成怒，下了狠手，用捆仙锁偷袭，将茉莉顺利捆住，又关进了道观的一间木屋里。

张道长直白地告诉茉莉，春生已经被他和无理真说服了，下决心保护绿茶家族的血统，不想再和茉莉相见，更不会娶茉莉为妻。

起初，茉莉不信，仍坚持要和春生见面。张道长便说："我可以放你出去，也可以告诉你，春生就在此山中。如若不信，你可以满山呼唤春生，春生只要答一句，我便成全你们。"

于是，茉莉开始漫山遍野呼唤春生，最后喊得嗓子都出血了，再也喊不出声来了，却仍见不到春生的丝毫踪迹，也未听到春生的任何回应。

张道长说："茉莉，我早已说过，春生决心已定，绝对不想再和你来往。你不要这样纠缠不休了，尽快离开梦顶山吧！"

茉莉心如死灰，她闻得到春生的气息，她知道春生就在山中，可春生为什么不回应她？难道他真的变了心？

茉莉对春生的决绝，感到万分痛苦和伤感。她没有想到，春生竟然在最关键的时候，没有任何回音，没有任何解释，舍弃了他们的爱，她彻底地绝望了。性格单纯的茉莉从来没有受到过如此沉重的打击，她对春生的爱也在这巨大的变故中变成了愤怒，变成了恨。

要强的她认为自己无脸再回江南去见爹娘，她要如何向正在筹备婚事的爹娘表述这里发生的一切呢？她的爹娘曾经那么欣赏春生，认定将女儿嫁给他能得到幸福，可是现在都已经成为泡影！

她更无颜回京见师父，在师父的心中，她始终是聪明懂事的徒弟，在师兄们的眼里，她永远是活泼可爱的小师妹，如今她与春生私订终身，却被无家无情地抛弃，这让她该如何面对他们？

她甚至想到了死，她认为唯有一死，才可以表达她对无理真和张道长无穷无尽的怨恨；唯有一死，才能表达她对爱的坚贞；唯有一死，才能让春生知道，她的爱永远是神圣、不可侵犯的！

茉莉来到了葬仙台，准备飞身跳下，化成灰烬，一死了之。这一切被神农氏看在了眼里，神农氏安排两位花草仙子暗地里跟踪茉莉，他担心以茉莉的性格，会干出一些傻事。

神农氏在葬仙台找到了茉莉，及时地拦住了一心赴死的茉莉，反复劝说。茉莉虽被劝下，却只是流泪，不肯说话。神农氏只能派鹤仙通知仙姑，仙姑将茉莉强行带回了鹤仙庄。

回到鹤仙庄，茉莉不吃不喝，情绪非常低落。仙姑劝说道："茉莉，你与春生自幼青梅竹马，一同长大，如今更是情意相通，你不该听那魔道的一面之词。或许，春生是被什么事情困住了，无法与你相见。再者说来，孩子是没有罪的，你们两人的事情，不能连累孩子，不要做出让彼此遗憾终生的事。"

茉莉突然感到腹中胎儿的细微动静，她知道这是孩子在默默抗议她的行为。怀着对孩子的爱，茉莉真的听进了仙姑的话，按时吃饭，服用神农氏送来保胎丸。在仙童的悉心照料下，茉莉渐渐恢复了健康，也平复了心情。

茉莉与花仙子们重新修整了茉莉花园，种植了大量的新花、新树，让这满园的茉莉更加茂盛、美丽。她的心情也变得阳光开朗了。

几个月后，茉莉顺利产下龙凤胎，让全庄的人喜出望外。茉莉给哥哥取名夏长，给妹妹取名冬秋。

春生一听到这里，眼泪一下子奔涌而出，两个孩子的名字来自"春生夏长，秋收冬藏"，可见茉莉对他的爱之深。春生越想越难过，几乎哭昏过去，边哭边骂："张道长啊，你个魔道，如果有一天见到你，必将你碎尸万段，吃尔肉，喝尔血！"

这时，蝴蝶小仙飞了进来，趴在哭着的春生耳边嘀咕了几句，春生立刻止住哭声，变了脸色。

第十八章

仙姑问："发生了什么事情？"

春生答："和我同行的另外两人出事了。我们一行五人受魏将军嘱托，暗查边境情况，原本我安排他们守在白云洞洞口，可昨天，他们被闽月王林正好的手下给抓走了！"

仙姑冷笑一声，说："好个林正好！他早有逆反本朝之心，为人却十分圆滑，难以抓住其把柄。现在，本朝可以以此为借口发兵了。你尽快回去，向魏擎天将军汇报此事，莫要军情。"

春生哪里肯回，说："姑姑刚才没有讲完，尚未讲出茉莉去向，我怎么能离开呢？"

仙姑有点恼怒，道："我不是已经和你说了吗？茉莉去哪里了，我也不知道。我没有骗你，她带着一双儿女，不辞而别，我真的不知道她们去了何方。来人，把茉莉的信呈上，给春生一看。"

春生接过信函一看，确实是茉莉秀气的字体。

亲爱的姑姑：

这段时间，我在您这里修身养性，又在您和神农氏照顾下生下了夏长、冬秋一对龙凤胎，我要用我的一生来感激你们。

今日我要走了，请原谅我的不辞而别，因为我听闻春生已跟随部队打到闽月一带了，以他的能力，估计很快就要找到鹤仙庄，找到我了。

我在鹤仙庄的这些日子是开心快乐的，两个孩子给了我无限的爱和温暖。茉莉花园和绿茶园的茁壮成长也令我感到欣慰，在这里，新品种的茶——茉莉花茶诞生了。这段日子，我经历了太多变化，我已成为两个孩子的母亲，我要用我一生的爱、知识和技能养育他们。是他们给了我第二次生命，给了我活下去的全部勇气，让我知道了生命的全部意义，因此我不再去恨谁，我知道爱与感恩才是支撑我们活下去的源泉。

我要谢谢姑姑，谢谢神农氏，也谢谢春生。

如果春生果真寻到此地，你就告诉他，我不会再回到无家，不会再回到他的身边，因为这样的痛，人生只能经历一次，这样的爱，也永远无法重新来过。我不后悔，但我也不愿带着永远的痛和恨，与他回到无家一起生活。抱歉，我做不到。

我更不愿意春生因我，与家人断绝往来，那么，他的母亲和可爱的茶仙子们该是多么痛苦。一家人因为我而不能相见如初，我想，我这一辈子也不会安宁的。

我相信春生是爱我的，他在梦顶山不见我想必有他的难处。请仙姑告诉他，我已经原谅他了。因为我不能带着无边的恨去照顾孩子，我要告诉孩子，他们的父亲是勇敢的大英雄，值得他们尊重一辈子。

但是，也请你一定告诉他，让他不要再来找我。他可以求娶一位血统正宗的绿茶仙，既门当户对，又能满足他父亲的要求。这样，他们全家从此可以团结、和睦，我也能就此心安。一别两宽，各生欢喜。

姑姑，请您不必为我担忧，我是带着希望与爱，和孩子一起离开的。

再见了，鹤仙庄。

再见了，这里的一草一木、一山一水和每一片云彩。

再见了，姑姑。

您永远的仙子：茉莉

春生看完书信，泣不成声，他在心中呐喊："茉莉，我绝不会放手，我死也不会放手，不找到你，我不罢休！"

仙姑说："春生，你去哪里找茉莉，我不知道，我也管不着，你自己看着办。不过，我也提醒你，林正好即将叛乱是国家大事，你最好先把这样的消息传递给魏擎天将军，让他尽快做决定。你不能因为儿女情长，耽误了国家大事，那样我也不会轻饶你！"

说完，仙姑丢下春生，回房间休息去了。

春生拿着信冲出了大厅，对着满园的茉莉花高声大喊："茉莉！茉莉！"

这嘶吼声在山谷里久久回荡，带着春生的不舍，带着春生的爱，带着春生的期盼，久久回荡。

春生回到屋里，叫上一起来的两个同伴，把另外两人被抓、林正好准备反叛一事告诉了两人。最后，他们商定，两人立刻返回军营，向魏擎天报告这里的情况，春生回到福郡，一边找茉莉一边想办法救出另外两人。

春生拜别仙姑，他表示愿意听从仙姑的话，处理完军务再回来继续寻找茉莉。仙姑并未多言，目送春生离开。

另外两人则趁夜色坐绿叶飞毯，迅速回到了魏擎天的军营中，将林正好一事汇报给了魏将军。魏擎天马上召集众将领，商议此事。

王维说："事不宜迟，我们不能坐等皇上发出圣旨后再行动，兵贵神速，既然已经获得可靠消息，我们就该马上进军。"

有将士反对，说："一旦皇帝怪罪下来，怎么办？"

魏擎天想了想，决定："将在外，君命有所不受。我们可以一边向皇上汇报一边开拔部队奔赴福郡，在我们自己的地头上活动活动，就说清缴余匪。待皇上命令一到，我们已经到了闽月国边上，打林正好一个措手不及！"

大家都觉得这个办法神妙。但是，林正好早已买通了魏擎天手下的一名大将，他准备进军闽月的信息，当晚就快马加鞭地通过一个心腹透漏给了林正好！

林正好获得这一情报后，知道本朝军队不久将驻扎闽月边境。既然已经败露，不如先发制人，他迅速在福郡要塞建筑了六座坚固的城堡，以抵抗本朝军队。同时，他派最得力的干将周力为"打本将军"，率军主动出击，连占三个要隘。

令魏擎天万万没有想到的是，这个林正好是个笑面虎，发起狠来比谁都狠。他派出的先头部队的三个校尉，均被打本将军周力接连斩杀。

林正好初战告捷后，便刻玉玺，自称"武帝"，彻底公开反判本朝。

本朝皇帝得知这一重大消息后，立刻下旨，无论如何都要平定林正好叛乱，调遣四路大军助力魏擎天围攻闽月国。

面对本朝军队的进攻，林正好亲自前往前线督战，指挥闽月军抗击本朝军队。

魏擎天怒了，派王维等干将斩杀了打本将军周力，同时，逼得闽月军节节败退。不久，四路大兵到达，进入闽月境内，助力魏擎天。

闽月国战况不利，林正好统兵撤回境内，固守天险泉山，负隅顽抗。

王维劝降林正好放弃抵抗，和平解决，但林正好根本听不进去。面对本朝军队的强大攻势，闽月上层达官显贵开始分化，他们并不支持林正好。林正好势孤力单，不得不放弃泉山，逃回山多水多岛屿多的福郡，做最后的对抗。

蝴蝶小仙告诉春生，本朝大军已经来到了闽月，林正好退守福郡，准备拼死一战。

春生临走前给仙姑写了一封信，告诉她自己曾被张道长关在沉仙洞，以及他如何以死相抗，最后被母亲救出之事，同时，告诉仙姑等战争一结束他便再回鹤仙庄。

春生依依不舍地离开了鹤仙庄，这里有茉莉和孩子的气息，因此他在这里感到格外安心和沉静，有使不完的力气。

回到福郡，他再次来到了曾收留他的老者家中。

老者这次盛情款待了春生，一是感谢春生对他的帮助，二也是因为仙姑的关系。他对春生的事情也略知了一二，知道春生是本朝魏大将军的手下。

但是，春生看到为他精心准备的满桌的鸡鸭鱼肉却难以下咽。他向老者讲述了他在鹤仙庄的遭遇，老者劝他先把寻找茉莉的事放一放，合计一下目前的国家大事。

老者说："闽月王虽然节节败退，但也十分难缠，虽然本朝实力雄厚，足以一统南方，但如果林正好借助闽月的山海地形，长期和本朝军队纠缠下去，那么，遭殃受苦的还是老百姓。林正好在民间声望不高，其手下兵将的名声也不好，这里的百姓对他恨之入骨，所以也希望早日归本朝。我认识闽月的贵族林候文、林木古，他们极富声望，连林正好也让他们三分，他们对林正好和本朝的苦苦斗争早有怨言。我可以引荐这两位候爷与你认识，若是能与他们联合，早日铲除林正好，结束战争，百姓也可以不再受苦，实为幸事。"

春生觉得老者所言甚是有理，就同意和两位王爷见面。

在老者的引荐下，春生秘密地和林候文、林木古见了一面，两位知道了春生是魏擎天的得力干将，也很开心，希望春生能在魏擎天面前替他们美言几句，让他们未来仍能立足闽月国。

三人聊得甚为投机之时，春生想出一计，见机献上。

春生说："两位可以办一场酒宴，邀请林正好参加。在酒席上，你们自管劝酒，什么都不用管，我躲在一边施法，呼唤毒蜘蛛毒杀他。这种毒蜘蛛的毒性是慢慢发作的，开始只是头晕，侍卫以为他醉了，把他送回到府中，几日内他必毒发身亡。如此一来，你们两位就立了大功。待平叛闽月之日，本朝定不忘二位大义。"

林候文、林木古一听大喜，经商量后，觉得以两家联姻为名举办婚宴最为稳妥。本来，他们两家的儿女从小就定下了姻缘，如今已至及笄，正好婚配。值此机会，发出邀请，林正好定会出席。

两位定下日子，郑重向林正好发出请柬，热情邀请林正好赴宴。两人十分谨慎，甚至连对于夫人都没有透露半分。

儿女婚宴是贵族的大事，林正好自然不愿得罪两位德高望重的候爷，于是答应赴宴。但生性多疑的他，还是带上了十几位武艺高强的侍卫护身。

林正好到时，并未发现候府有何异常，都在一心一意地操办婚宴，再加上菜肴丰富可口，歌舞赏心悦目，便逐渐放下心来，和候爷们推杯换盏，大喝特喝。

春生躲在大堂的屏风后面，择机施法，唤出又黑又小的毒蜘蛛，趁夜色迅速爬上林正好的脖子，狠狠地咬了一口。

林正好直觉脖颈处一疼，以为是蚊子，随意拍了一下，并未在意，又喝了几杯，没多久就趴在桌上，昏睡过去。

侍卫们真以为林正好醉了，赶紧把他抬上轿子，送回王宫。

回到了王宫，不出三日，林正好便毒发身亡。

此时，林候文、林木古带着大批士兵，趁机带队杀进王宫。

领头的士兵们大喊："投降者不杀并且有赏！"

大部分人知道林正好已经身亡，他们觉得大势已去，不如直接投降了之。另一边，死忠林正好的余部，一个不留，皆被清缴干净。

春生趁机救出了被关押在地牢里的本朝士兵，在白云洞洞口被抓的那两位随行也在其中。两人可以活着见到春生，都禁不住抱着春生大哭起来。

几日后，林候文、林木古整合闽月全军，率部向魏擎天、王维将军投降。百姓夹道欢迎本朝军队，庆祝着战争的结束。

一代闽月王，虽有雄心大志，但终究时势造英雄，任他如何不甘，也只能退出历史的舞台。

平定叛乱后，本朝乘机废除闽月国，同时封林候文为东成侯，食万户；封林木古为开陵侯，亦食万户。各有所得，贵族相安无事，归于平静。

可是，不久，皇帝又以闽月不好管理，易叛乱为由，下令将闽月国城池尽毁，将其部分族民迁移到本朝的江南。闽月族民大批逃入山中、岛上，部分在本朝士兵的监视下，离乡背井，迁至江南居住。

至此，曾辉煌一时的闽月国从此消逝，但是，闽月文化却依旧流传了下来，特别是闽月人将饮茶的文化带到了本朝的全国各地，喝茶的文化由闽月开始普及民间。

春生目睹了战争后的此情此景，他对皇帝也颇有怨言。为了所谓的稳定，就可以这样轻易地改变别人的命运，让人家妻离子散、背井离乡，这究竟是为什么？

善良的春生难以理解。

正因如此，当魏擎天反复邀请他回军队，并且许诺给予很高的待遇和奖赏时，心灰意冷的春生仍拒绝了魏擎天的好意。他下决心回到鹤仙庄，一心一意地继续寻找他的爱妻和孩子。

春生再次孤身来到白云洞，穿过瀑布，又见到了黑毛怪。不过，这次，黑毛怪一路将春生护送出洞。春生也把自己带来的甜玉米都留给了黑毛怪。黑毛怪从来没有吃过这么好吃的东西，很是感激。

再次回鹤仙庄，春生感到无比的亲切。

仙童说仙姑不在，带着今年最好的茉莉花茶，去天庭拜访朋友去了。仙童安排春生住在之前的那间木屋，春生又开始每日劳作。

他把茶园翻耕了一遍，让土地更松软，利于茶和茉莉花的生长。然后，他天天剪枝修枝，将不好的枝条剪下，让好的枝条继续生长。在春生的努力下，茶园面积扩大了。他重新修正了坏的支架，为茶园建立了篱笆墙，以防止其他动物乱啃茶树。他还利用起了多余的小地块，帮助花仙子们引种了玉米、甘蔗、应季的蔬菜、瓜果等，改善茶园的伙食，喂养了鸡鸭鱼鹅，让茶园面貌焕然一新。

仙童们、花仙子一开始都不怎么和春生说话，因为仙姑嘱咐他们，春生问什么都不要说！但是，他们后来看到春生通过辛勤的劳作，一天天地改变了茶园单调的生活。春生任劳任怨，从不打扰、指责任何一个人，还愿意和大家一起分享成果。于是，大家渐渐从不理不睬变得热络，春生哥、春生哥的叫个没完。

当仙姑回到园子时，看到园子发生的巨变，也不免大吃一惊。大家都在夸春生能干，都说是春生改变了这里。

仙姑走了一圈，发现春生在她离开的这段时间里，令整个鹤仙庄焕然一新：墙壁重新粉刷过，到处都整整齐齐、干干净净，篱笆墙和灌溉沟渠是新修的，两边还种上了鲜花，固定渠土，扩大了园子的面积。新的花苗和茶苗也种好了，还种下了蔬菜瓜果，养了不少鸡鸭鱼鹅，这个秋季可要大丰收了，伙食也大为改善。仙姑也不禁感慨万千，这个春生真是能干厚道，人品不俗啊。

虽然她嘴上没说什么，其实心里已经对春生产生了好感，有了新的认识。

一日，仙姑受邀到天庭参加一年一度的神仙大会，这是神仙们的一个盛大节日，她要参与筹备此活动，因此要在天庭待上较长一段时间。于是，仙姑把大家都召集到大堂，商议此事。

仙姑说：“在我离开的期间，鹤仙庄暂时就由春生全面管理，大家意下如何？”

大家一起喊：“同意！同意！”

仙姑说：“既然大家同意，就要配合春生，不要弄出什么乱子来。春生，对于那些偷懒的人，你可以重重处罚。我特别要嘱咐的是，这附近有一只海妖和鹤仙庄有仇，每当秋冬季丰收的时候，他都要来这里作乱。往年有我坐镇，他不敢怎么样，我不在，他就有可能随时乱来。一旦他有什么动作，就派花仙子去通知我，或者到百草园找神农氏大人，可记住了？”

大家齐声回答：“记住了。”

然后，仙姑把身上的鹤仙庄玉牌交给了春生，这玉牌可是整个鹤仙庄的最高权力象征，对花仙子和仙童，是有生杀大权的。姑姑从来没有将此物给过别人，可见她对春生已经是相当信任，大家也十分服气。

春生接过玉牌，表示不辱使命，一定管好鹤仙庄的一草一木。

姑姑授完玉牌，乘鹤而去。大家都围着春生看那块玉牌长什么样子，春生拿在手里给他们看了一会儿，就收了起来，放在贴身处。

曾带过兵、打过仗的春生，在姑姑离开后，把一切事物都安排得妥妥当当。什么事情他都以身作则，身先士卒，大家干再多的活也不如春生多，因此也无话可说。

为防冬季冰霜，冻坏茶树和茉莉花树，春生和大家一起编织了不少草绳，给每一棵树苗的枝干上都缠上了一段，用以保暖，这让仙童和花仙子们都倍感温暖。他们一致认为，春生是天底下最好的人，既聪明又英俊，既勤劳又勇敢，既厚道又温暖。

私下里，仙童和花仙子都开玩笑说：“茉莉真是好命，找了这么一个好男人，自己现在又不要，真是可惜！”

花仙子之间常爱开玩笑，偶尔也会打趣一位向春生献殷勤的小花仙。一来二去，小花仙竟真的对春生动了心。她对春生问寒问暖，殷勤备至，可是，春生一直对她保持距离，不卑不亢。

有一日，小花仙辛辛苦苦地为春生做了一双新布鞋，还在鞋帮上精心地绣了两朵茉莉花。早上，她偷偷地将布鞋放在春生的门前，就害羞地跑开了。到了下午，她却看到鞋子被挂在了院子外的大门口。

这么好看的鞋挂在外面，岂不是意味着春生不喜欢？

大家围着绣花鞋议论纷纷。

这下子，小花仙觉得受了很大的委屈，她终于忍受不了春生对她的不理不睬。她气势汹汹地拦住在茉莉花田里劳作的春生，问："你究竟什么意思？为什么我对你那么好，你却将我的好意放置一边？"

春生微微一笑，说："小妹妹，你莫急。我已经是已婚人士，我的夫人是茉莉，而且我们已经有了孩子。即使现在我没有找到他们，但这是大家都知道的事实。况且我已经发下毒誓，今生今世非茉莉不娶。我知道你是一片好意，非常感谢，但是，我绝对不能接受你的好意，我只能拒绝你。"

小花仙惭愧又恼怒，哭着跑开了。

小花仙向春生求爱被拒绝的事情，一下子传开了。大家一边安慰这位小花仙，一边又深深地为春生对茉莉的痴情而感动。但是，小花仙始终心有怨言，觉得是春生的拒绝令她遭到了大家耻笑，她怨恨春生不懂她的爱。爱而不得，就变成了深深的恨。

某个晚上，突然，巨鼓山的巨石鼓被敲响了。这鼓有段时间没有响过了，今晚被飓风敲得"轰隆轰隆"，一直响个不停，天地震动，乱石纷飞，这一定不是什么好兆头。

满园的茉莉花在飓风的摧残下，一夜凋零，花瓣纷纷扬扬，落得满山遍野都是。好在姑姑已经提前收集了一些，准备制茶用。

春生被惊醒了，花仙子和仙童也被惊醒了。春生马上呼唤全体仙童、花仙子来到大堂，他把队伍分成两支。一支去扎紧篱笆墙，另一支将吹倒的茶苗和花苗扶正填土，加固，扎好棚子保护仙草、仙花与绿茶树。

春生告诉大家，听他指挥，不要慌乱。大家安下心来，按照春生的吩咐去干活。

这时，有人发现小花仙不见了，这样一个夜晚，她去哪里了呢？

就在大家为她担忧的时候，天空乌云密布，八爪海妖出现了。海妖在空中哈哈大笑，而她的旁边竟站着那位小花仙。

原来，小花仙因爱生恨，跑去海里告诉海妖，仙姑不在，鹤仙庄由一个后生管理。海妖准备趁姑姑不在的时候，彻底毁掉鹤仙庄，报仇雪恨。

小花仙没想那么多，她只想报复一下春生，让春生知道她不好欺负。可她万万没有想到，她这样引狼入室，引发了大祸。

八爪海妖的真身是只八爪鱼，经过百年修炼，但是因为胸中积攒了太多愤恨，后来又被某个怨灵的执念所控制，才变成了妖。

说来，他在变成妖之前，还有一段悲惨的故事。

八爪鱼本是东海龙王手下的一员护卫女将，虽然模样有些丑陋，但是战斗力很强，深受龙王重视。因此，她经常威风八面，气势汹汹，谁不服。她和别人比试，赢了还不行，非要吐人家一身黑色毒汁，让对手当场身亡不可。搞得人人都怕她，背后叫她"混世女魔王"。

她虽然长得奇丑，却一直暗恋玉树临风的东海龙王，而且爱得那般深重、热烈。可东海龙王是龙族上仙，早已娶了龙族公主为后，她根本没有嫁入龙族的可能性。八爪鱼为此闷闷不乐、郁郁寡欢，整天幻想着龙王会娶她，她对东海龙王可真是痴心一片。

在一次战斗中，眼看东海龙王被敌方困住，有生命危险，她奋不顾身，拼死救出了龙王。为救龙王，她大失元气，差一点死掉。

东海龙王非常感激她，不仅给了她大量的赏赐，在她养伤时还特地去看望了好几次。

龙王如春风般和煦笑颜，更让她感动不已，想入非非。她狂妄地对别人说："面目丑陋又如何？连龙王都要对我笑，说不准还要纳我为妃呢。"

没想到，这番话在平日里总因容貌而讥笑她的贵族小姐中越传越广，越传越离谱，甚至传到了宫里。多事的宫女们私下议论着，都说龙王不仅要纳八爪鱼为妃，还要找世上最好的郎中为她换容，让她替代龙后。

龙后听到了这些传言，震惊又愤怒。她坐卧不宁，觉得如果连八爪鱼都能进皇宫，东海还有什么颜面？她还有什么未来？她连夜请进自己的心腹进宫，密谋此事。

龙后的心腹设计买通了八爪鱼身边伺候的仆人，在八爪鱼服用的食物中投放了大量毒物，想将她毒死。

没想到，八爪鱼本就是带毒之身，两毒相遇，产生了反应，她没有被毒死，却全身浮肿膨胀，神志不清，攻击力极强。她无端地袭击任何一个接近她的鱼类，甚至无意中还伤到了老龙王。于是，龙后马上建议龙王赐她一死。

龙王念在她救过自己，不忍伤她性命，便命令虾兵蟹将用大网罩住她，然后用八根大铜锁将她锁在最深、最黑暗的海底，又安排上仙给她下了符咒，让她永世不得出逃。

此时此刻，她对这个世上再无牵挂，对龙王也死了心。从此，她心中无爱，只余满满的恨。她每日吼叫，每日诅咒，她誓要破坏世界上任何美好的事物！

没想到，被躲藏在海底的怨灵，看中了这个机会。怨灵本是一只乌鸦，被仇家打得快要魂飞魄散，便躲进了海底洞穴苟且偷生，好歹护住元神不灭。而眼前这具神志不清却拥有强大破坏力的身体，正是他梦寐以求的。怨灵解开了禁锢八爪鱼的枷锁和符咒，将她带回海底最深的洞穴中，用上古融魂大法，占据了八爪鱼的身体，修成了海妖。在无人察觉的情况下，这只藏于深海的怨灵，终于获得了自由，得以重见天日。但是，想要完全吞噬八爪鱼的残魂，彻底掌控这具身体，重获毁天灭地的力量，还需要补充足够的草木精魄。

这时，海妖发现了鹤仙庄。那里种满了茉莉花，又住着许多花仙子，草木灵力自然充沛。他悄悄抓了几个花仙子吃下，发现确实有非凡的效果，从此便愈加放肆。

姑姑发现，园子里经常有茉莉花被毁，花仙子失踪，便开始警惕，严加防范。

当海妖再次出现的时候，姑姑就不客气了。姑姑是上仙，法术高明，身旁又有鹤仙、花仙和牛墩子助阵，怨灵尚不能完全掌控这具身体，被打得伤痕累累，落败而逃。他不敌姑姑，便有所收敛，可仍贼心不死，终日思索着如何夺取鹤仙庄，为己所用。

姑姑将此事告到玉皇大帝那里，玉皇大帝命令东海龙王对所管辖的海域加强治理。可如今的海妖强大又狡猾，东海龙王也无法收服他，与鹤仙庄联手也只能勉强将他驱逐至深海。

恰逢天界举行盛大活动，东海龙王和手下大将都到天庭参加活动去了，海里的监督明显放松。鹤仙庄的小花仙因爱生恨，给海妖通风报信。海妖想要抓住这一千载难逢的好机会，大闹鹤仙庄，抓走花仙子，吞噬草木精魄。但他着实没有想到，会遇到春生这样的高手。

春生看到海妖并不害怕，他马上带领众茶仙和花仙子列阵，准备对战海妖。

海妖看到威风凛凛、英姿勃发的春生站在鹤仙庄大门前，更恨得咬牙切齿。但是，他根本就没有把春生看在眼里，他想："一个小小茶仙又怎能和我海妖比？"

他张口便喷出大量剧毒的墨水，妄图一下子杀死这些茶仙和花仙。

春生施法，招来大量绿茶叶，迅速搭起了一个天然的绿色屏障，将海妖的毒墨汁全部挡了回去。

八爪海妖舞动起八只巨大的触手，不断抽打着绿色屏障，一时间地动山摇，屏障竟真被他抽出了漏洞。

春生跳出绿色屏障，抽出筋骨鞭，"啪啪啪"三下，立刻抽得海妖皮开肉绽。筋骨鞭本就是海底龙宫的宝物，对海妖也有极大的震慑作用。

海妖顿觉一阵钻心的痛，他不顾一切地甩开八只触手去抽打春生。春生不断腾挪、闪避，灵活地对抗着。

海妖深吸一口气，吐出了无数只黑色小章鱼。小章鱼全部爬到了春生身上，试图往春生的皮肉里钻，边钻边吐黑色毒液。

春生也没有想到，这家伙这么厉害。小章鱼数量极多，十分难缠，春生忍着剧痛，吞下一颗解毒丹，又披上了百年蚌壳。好在春生此前吃下了百年珍珠，法力大增，又得了这刀枪不入的百年蚌壳，才破除了这毒章鱼的侵扰。

海妖知道这是遇到高人了，不可怠慢，便亮出骨刺刀，开始认真对抗春生的筋骨鞭。

两人大战了几十个回合，春生没有任何损伤，筋骨鞭可短可长，一沾身便皮开肉绽，那八爪海妖，被打得全身是伤，布满了黑色污血，如果不及时收手，迟早会被春生打得全身溃烂。于是，他马上翻身带着小花仙逃进了深海洞穴。硬拼看来是拼不过春生的，他要休战片刻，想一想新的计策。

春生率领众花仙，战胜了海妖，整个鹤仙庄沸腾了。但是，春生并没有丝毫放松，他马上集合所有茶仙童和花仙子。他说："海妖绝不会善罢甘休，他一定会再回来。"

茶仙童和花仙子一听，立即慌了，问："那可怎么办呢？"

春生说："所有仙童、花仙子轮流值班，看护园子，以防被海妖偷袭。我这里有竹哨，你们每人领取一支，一旦发现海怪，马上吹响竹哨，众人便迅速集合，备战海妖。大家有没有信心？"

今日，大家都看到了春生的本领，个个佩服得五体投地，于是齐声喊道："有信心！"

布置完任务，春生回到屋里，点亮蜡烛，坐在竹椅上，喝了一口茉莉花茶，陷入沉思："海妖下一步会做什么呢？假设我是他，我又会采取什么行动呢？"

他决定找几个平时比较喜欢动脑筋的花仙子和茶仙童一起聊聊这事。凡事预则立，他要做好充足的准备。

几人聚在春生房间里，共同讨论着海妖的下一步计划。

"我觉得他现在定是着急养伤，如果我们不让他休息，他就会乱了手脚。"

"这是一个好想法，不能被动挨打，我们要主动出击，可是谁会海战呢？"

这句话把大家问住了，春生暂且记下了这个先发制人的想法。

一个仙童说："如果是我，我就会偷走筋骨鞭。这样，春生没了趁手的武器，海妖的胜算就大大增加了。"

"春生的筋骨鞭向来随身带着，怎么可能被偷呢？"

"那海妖什么做不出？再说，目前只是在列举可能发生的情况。"

一个花仙子说："那春生休息的时候，我们就轮流在他房间门口放哨。"

"如果海妖施展了隐形术呢？"

"这个嘛……"

在这个问题上，大家又卡壳了，只好先搁置一旁。

"海妖很可能以小花仙做人质，威胁我们屈服。"

"小花仙分不清敌我，搞得我们很被动。"

"她了解鹤仙庄的内部情况，谁知道她会不会全部告诉海妖，到时我们想躲都没处躲。"

大家议论纷纷，春生听了以后心里"咯噔"一下，这个问题好棘手。

春生觉得虽然还没找到对抗海妖的方法，但已是思路大开，他接着问："还有吗？大家继续讨论！"

"还有，海妖有没有其他帮手，会不会与他配合，共同偷袭我们？"

"是呀，那他很可能假意和我们正面对抗，吸引我们的关注，然后让帮手从后面袭击我们，让我们腹背受敌。"

"有这个可能性。"春生记下。

"他有帮手，我们也可以找帮手，除了牛墩子和黑蝙蝠，我们还可以去东海搬救兵啊！"

这个提议点醒了大家，春生感觉讨论很有效，就问："还有吗？"

大家继续说："还要尽快通知姑姑，但是，天上一日，人间一年，姑姑恐怕无法及时赶到。"

"这次，我们不能完全指望姑姑，要依赖大家的力量，共同击退海妖。"

春生说："大家放心，那海妖再难缠，也总有弱点，我们齐心协力，一定能赢！"

众人坚定地看着春生，等待他安排下一步的任务。

春生说："这次，我们就是要依靠自己的力量和海妖斗智斗勇。你们两位花仙子，请尽快赶到天庭，去找姑姑；另外几位花仙子去东海联系龙宫，请来救兵；茶仙童去白云洞找牛墩子和黑蝙蝠；我留守鹤仙庄，画排兵布阵图。大家立即行动起来，晚饭后再聚一次，我把排兵布阵的情况告诉大家。"

众人散去，春生坐在椅子上，开始用树枝在地上画图，画着画着，他就睡着了。

睡梦中，他来到了大海里，正在海水中畅游。突然，他听到了孩子的嬉笑声，于是他拼命地向着笑声传来的方向游去。就在他快要到达的时候，却被一片巨大的水幕挡住了。透过水幕，他仿佛看到了大片的茉莉花田，茉莉带着孩子在花田里奔跑。春生费力地往对面游，却又被无形的手拉了回来，他大喊着茉莉的名字，可对面没有应答。接着，水幕被黑墨给遮掩了，一切都不在了。

春生被吓醒了，他看到身边站满了花仙子和茶仙，马上跳了起来，连说："不好意思，我有点累，做了噩梦。"

大家看着春生，陷入沉默。是啊，春生现在最惦记的自然是他的娘子和孩子，但是当着他们的面，春生从没提起这件事，一心一意地保护大家，保护鹤仙庄，这让所有人都很感动。

春生说："既然都到齐了，那正好，我把排兵布阵的事和大家说一说吧。"

"不急，饭都做好了，你赶紧先吃饭。吃完饭，再安排。"

花仙子带着哭腔说："春生哥，你一心为我们，这份恩情，我们不会忘。等战斗结束，我们大家一起帮你找回茉莉！"

大家齐声表态，让春生很感动。他说："眼下这事不是最急的，我们先保护好每一个人，保护好我们的家园。"

大家说："春生，你尽管吩咐吧。去天庭的、去东海的和去白云洞的，都已经出发了。我们剩下的听你排兵布阵！"

春生说："我们要抓紧时间制作一大批弓箭。大家立即行动，采伐木材和藤条。有了武器，我好安排阵局。还有，大家擅长法术，都一一同我讲明，我好在阵局里做出适当的安排。"

大家纷纷称是。在这场守护鹤仙庄的战斗中，每个仙子都不是旁观者，都在为保卫家园做贡献。

春生说："到时候，大家一定要听我号令，不能擅自行动，明白吗？"

大家齐声道："明白！"

白云洞的牛墩子和黑蝙蝠赶来助阵，他们被安排从背后袭击海妖；东海大将军带领部分虾兵蟹将前来相助，春生安排他们守在海里，趁海妖落水时，捉住他。现在，只剩下去天庭找姑姑的花仙子还没有回来。

经过全面周到的安排，一切准备就绪。春生想诱敌出洞，既不给海妖足够的时间修养，又能占据先机，把他骗到包围圈中，一网打尽。

于是，春生找到了东海大将军，带他先去闯一闯海妖的老巢。

第十九章

大将军指派鱼仙做向导，带着春生来到了一处较为偏僻的海域，向导说："这处海域下面就是海底洞穴，极深极寒，常人无法闭气抵达。我是海中的小仙，可以直接入海去找他，你怎么办？"

春生说："我自有办法。"

春生的母亲玉叶是龙王之女，春生自然天生善水，在深海中也可以呼吸自如。于是，他直接跳进海里，和鱼仙向导一起潜了下去。

越往下潜，周遭的海水就越冷，光线就越暗。向导嘟囔着："这里真是太冷了，真受不了。"

春生给自己裹了一些海藻做伪装，向导一指深处的地穴，说："就在那里，你去吧。我在外边给你望风。"他显然是害怕了。

那是个巨大的、阴冷的黑洞，像一张深渊巨口，能吞噬一切游向它的生灵。

春生说："好，你在这里等我。我将他诱出来，你就马上去通风报信！"

向导马上答应了，他远远地躲在一块礁石后面，他可不愿意被海妖喷一身毒，然后全身腐烂而死。

春生披上百年蚌壳，壳里面是海藻，他藏在海藻里。一切都隐藏好了，他静悄悄地游进了漆黑的洞穴。

春生缓慢地游着,洞里极其黑暗,伸手不见五指。春生唤出一条提灯鱼在前面照亮,游了非常漫长的一段路,隐隐约约看到不远处有光亮。

"海妖的老巢到了。"春生暗想,躲在一块海底岩石的后面往里看。

只见里面是个巨大的宫殿,海妖瘫坐在一张巨石做的台子上,他周围是一群奇形怪状的鱼,有给他喂食的,有给他疗伤的,有给他医治伤口的,还有给他按摩的。

那个小花仙被捆在一边,陷入昏迷,身上遍体鳞伤,好像刚被打过。

她虽然叛变了鹤仙庄,但毕竟还是鹤仙庄的人,而且她为情所困,自己也脱不了干系。想到这里,春生动起了恻隐之心,对这个鹤仙庄的背叛者产生了怜悯。

只见海妖一翻身,随手给了小花仙一鞭子,骂道:"你竟然没有告诉我,鹤仙庄请了高人把守。你是不是鹤仙庄派来有意给我送假情报的,你想害死我?是不是?!"

小花仙疼痛难忍,奄奄一息,说:"我真的不知道春生有这么厉害,我只是觉得他长得帅气,没想到武艺也这么高强啊!"

海妖听小花仙这么说,更加生气,下手更狠。小花仙被打得死去活来。

春生听到这里,已经怒火冲天,恨不得马上冲进去和海妖大战一场。突然,他看到海妖的头上冒出一股黑烟,那股黑烟形状飘忽不定,有时像一只乌鸦,有时又像一个道人。"这不是王半仙吗?难道他竟逃到此处,又吞噬了八爪鱼,炼化成了海妖?"

春生豁然开朗,难怪这海妖如此狡猾,原来是老对手王半仙啊。相传有上古融魂大法,能抢夺他人肉身,功力倍增,只是需要吞噬大量草木精魄,稳固元神。想必,这就是王半仙几次三番侵扰鹤仙庄的原因。必须尽快斩除这个妖孽,否则不知还有多少花仙子要命丧他手。想到这里,春生握紧了拳头。

可是,怎样才能引海妖离开洞穴呢?

春生静静地想,海妖怕热喜寒,如果给这冰冷的洞穴加热,他定会受不了往出跑。可怎样才能令海底变热呢?他突然想起,师父曾对他讲过,东海龙王有一件宝贝叫温热石,可令海水升温。据说,这温热石是女娲补天时掉进了东海的补天石。

春生决定立刻去借温热石，加热海水，将这海妖驱赶出洞。

想到这里，春生迅速游回洞外，将事情说与鱼仙。鱼仙想了想，说："龙王不在龙宫，借温热石一事须请示龟丞相。"

春生问："那放温热石的地方，你知道吗？"

"我是海里的向导，当然知道啊！"鱼仙得意地说。

"我们兵分两路，我去找温热石，你去向龟丞相汇报。这样，他一批准，我就拿走温热石，不耽误时间。"春生说。

于是，鱼仙就带着春生游向了海底温泉宫。这温泉宫与深海洞穴大不相同，水温舒适，光线明亮，色彩丰富，十分美丽。中心还有一处地洞不断地冒着气泡，不少鱼围绕着气泡游啊游。

鱼仙向导说："这里是怕冷的鱼待的地方，冒泡的地方就藏着温热石。"

春生说："好，你去找龟丞相请示，我在这里等你。"

鱼仙不疑有他，转身去找龟丞相了。

兵贵神速，春生哪里等得到龟丞相的批准，立即采取行动，趁没人注意，迅速取走温热石，用海藻包裹着，再次游回深海洞穴。

此时，洞里静悄悄的，海妖正在睡觉，小花仙也昏倒在一旁。

春生偷偷地将温热石投进了海妖宫殿的一角，没多久，冰冷的海水开始逐渐升温直至沸腾，海妖身边的冷水鱼开始翻白眼，连春生也感受到了水温的变化。于是，他回到洞口，丢下了一颗毒丸。这毒丸经过海水稀释，毒量虽不致死，但也能让鱼变得狂躁不安。

布置完这些，春生躲在洞外，静候着。

不一会儿，先是大量的死鱼涌出，再是各类八爪鱼、墨斗鱼，大大小小，一窝蜂似的奔逃而出，疯狂乱窜。接着，那海妖边骂边跑了出来，他浑身上下散发着恶臭，八只触手胡乱飞舞着，其中一只还抓着昏迷不醒的小花仙。

春生看准机会，趁海妖不注意，大喝一声："海妖，受我一鞭！"

海妖正心神未定，烦躁不已，又挨了春生一鞭子。这一鞭抽得非常狠，正抽到了他的脸上，他简直被气炸了！受此大辱，他实在无法忍受！

春生抽完一鞭，就往水面上跑，海妖一路狂追。一出水面，春生马上唤来绿叶飞毯，乘坐飞毯回到了鹤仙庄。

海妖看到春生飞向鹤仙庄，气就不打一处来。"好你个臭小子，欺人太甚！今天不抓住你，我誓不为妖！"他发疯似的怒吼着，向鹤仙庄奔去，所到之处花木凋零。

春生飞到鹤仙庄，吹响竹哨，大喊一声："全体准备，海妖来了！"然后，飞进了白云洞和牛墩子、黑蝙蝠汇合。

全体花仙子听到了春生的喊声，做好了一切准备，要和海妖决一死战。

海妖来到鹤仙庄，在空中盘旋了一会儿，他准备汇集力量，一举摧毁鹤仙庄。

就在此时，春生高喊："进攻！"

刹那间，鹤仙庄的四周飞出无数利箭，全部射向海妖。海妖躲避不及，身中数箭，他痛苦的吼叫声震动了山谷。

趁海妖还没有反应过来，花仙子们开始各显灵通，有的招来大批蜜蜂飞到海妖身上拼命乱咬，有的唤来毒蜘蛛、毒蝎子，在海妖身上乱窜……总之，这毫无章法、百花齐放的打法，让海妖无所适从。

但是，那海妖也不是好惹的主，他一发力，竟然让外皮整体脱落，满身的利箭也随之落下。他脱了外皮，变成了更加难看的骷髅八爪鱼，他张开黑洞似的巨口，挥动起八只骨爪，掀起黑色旋风，吐着毒汁，席卷攻击着茶园和花田。他怒吼着，破坏着，整个鹤仙庄被搅得天昏地暗，仙子们也被这妖风吹得头晕眼花、恶心呕吐。

春生招来绿叶组成防护墙，阻挡海妖的破坏。但是，海妖见了茶叶，变得更加疯狂，整个巨鼓山除了受到春生保护的鹤仙庄，其余的地方，山崩地裂，草木凋零，海妖把整个巨鼓山折腾得不成样子。

春生让牛墩子从海妖的后面悄悄接近，抓住时机，抡起巨拳打中了海妖的后背。海妖一下子被拍在岩石上，岩石都迸裂了。海妖喘口气，趁牛墩子再次扬手之际，跳到了另一块岩石上。那一拳太重，他需要稍微缓一下。

牛墩子不知道他要干什么，愣愣地看着。海妖趁机暴起，扑向牛墩子。两人打作一团，牛墩子天生神力，却有些反应迟钝，被海妖刺伤了皮肤也不知道躲避，依旧用力挥拳。

花仙子们再次射箭，让海妖腹背受敌。

海妖发出一声怪叫。春生暗道："不好，难道这家伙有外援？"就在此时，铺天盖地的乌鸦和八爪鱼飞了过来，一时间，天空灰暗，江河湖海、高山峻岭皆失去颜色，这是王道长祭出妖魂，最后一次挣扎。

春生马上召唤白云洞的黑蝙蝠，出击迎敌。

黑蝙蝠飞到半空，越聚越多，组成了一大团黑云，接着，迅速散开。与铺天盖地的乌鸦和八爪鱼一一对战，吐出大量黑色黏液，一团团，一层层，将乌鸦和八爪鱼完全困住，然后再将它们一一吃掉。对于黑蝙蝠来说，这可真是饱餐一顿。

牛墩子和海妖大战几十回合，关键时刻打中了海妖的头，海妖哀号着滚落到山谷里。

春生趁机乘绿毯飞出白云洞，用粗大的植物藤条，将海妖牢牢地捆住手脚，并在海妖的额头贴上符咒，彻底封住了妖道的魂，让他不再跑出来作孽。

海妖大骂春生："我要吃尔肉，喝尔血！我要复仇！"

花仙子们一拥而上，救下了昏迷不醒的小花仙和其他被打伤的仙子，将他们带回鹤仙庄。

牛墩子一把举起海妖，想把他整个丢进大海。没想到，那海妖突然向吐出一口黑水，牛墩子躲闪不及，让那黑水进了眼睛，马上就什么也看不见了。

海妖一入海便奋力挣扎，但是，埋伏的东海将士们齐齐上阵，用十八把鱼妖锁将他锁住，让他彻底动弹不得，然后把他投到海底地牢里，等候东海龙王回来审讯发落。

春生用大量的茶水帮牛墩子冲洗双目。不一会儿，牛墩子就喊道："能看见了，能看见了。"海妖的黑色口水冲干净了，牛墩子虽然能看见了，但眼睛依旧红肿，估计还要养一段时间才能痊愈。

鹤仙庄的仙子们高兴地欢呼着，这次，他们能真正地安心了。在春生的带领下，他们彻底打败了海妖，从此再也不必受侵扰，大家由内而外地佩服春生。今晚要大摆酒宴，欢庆胜利！

他们点起了篝火，准备了连绵的长桌宴，很多仙子把自己珍藏的好吃的东西都奉献了出来，有茉莉花糖、茶香饼、鲜花酒等，组成了一桌丰盛的宴席。

春生也格外高兴，这次靠大家的力量战胜了海妖，确实不容易。

大家欢庆一晚，多日来的疲惫，白天紧张的战斗，再加上美食美酒的催化，令众人东倒西歪地睡了过去。明月悄悄从云朵后露出了脸，银辉洒满鹤仙庄，一切都是那么宁静祥和。仙子们沉浸在美梦中，嘴角还带着甜甜的微笑。

第二天清晨，春生带着大家收拾战场，将歪倒的茶树、茉莉花扶起来加固，又重新种上了瓜果蔬菜，鹤仙庄恢复了往日的美丽与鲜活。

姑姑提前结束了天庭的活动，赶回来。因为送信的花仙子不熟悉天宫，跑错了地方，找了很久才找到她。天上一日，地上一年。姑姑一算时辰，心想坏事了，她不在，以海妖的修为，鹤仙庄可能从此不保了。东海龙王和她都在天庭，鹤仙庄还出了叛徒，即使春生有通天的本事，也不一定能斗得过那狡猾的海妖。

但是，当她和花仙子急急忙忙赶回鹤仙庄时，却不敢相信眼前的景象，青山依旧，绿水悠悠，花木盛开，百鸟争鸣，一切还是那么美好，那么宁静，那么祥和。她真不敢相信，难道海妖没有来吗？

大家见姑姑回来了，就簇拥着姑姑进了大堂。没等姑姑问，大家就你一句我一句地把春生带领大家如何两次战胜海妖的事情，一一讲给姑姑听了。姑姑听了既吃惊又感动，觉得春生这孩子有勇有谋，真是一个不可多得的英才！

几个仙子将引来海妖的小花仙押上大堂。春生让大家不要难为小花仙，暂且将她看管起来，等姑姑回来再做定夺。

小花仙"咕咚"一下子跪倒在姑姑面前，说："姑姑，是我鬼迷心窍，只因爱慕春生哥哥，遭到拒绝后就心生怨恨，犯下如此大错，差点毁了仙庄。姑姑怎么处置，小仙毫无怨言。"她边说边哭成了泪人。

"拉出去，斩了！"姑姑愤怒地喊道。

听到姑姑要斩小花仙，春生高喊一声："姑姑，刀下留人！"

"为何要留她？"姑姑问。

"姑姑，她毕竟也是自幼长在鹤仙庄的，何况她已经知错。姑姑给我个面子，留她一条活命，让她做一些苦活、重活作为惩罚就可以了。"春生笑着对姑姑说。

"春生仁义，为你求情。不过，死罪可免，活罪难逃，处三十鞭刑，罚做开沟垦渠。以后再有类似事情发生，绝不轻饶！"姑姑威严地说道。

小花仙谢过姑姑和众人，领罚而去。

姑姑示意大家散去，留下春生，她觉得确实该向春生亮出底牌了。

她说："春生，我见你有勇有谋，管理有方，也深受大家爱戴，我年事已高，管理这么大的鹤仙庄和天下花田确实已经感到力不从心。神农氏这次也和我说，想接我回天界的百草园颐养晚年。我思考了很久，有意将这鹤仙庄交给你全权管理，我和神农氏也商量过，他也同意了。你看如何呢？"

"姑姑，岂敢岂敢。我是来找茉莉母子的，您愿意收留我，我已感激不尽，又岂敢鸠占鹊巢？只要姑姑吩咐，春生随叫随到。您在这里一样可以修身养性，鹤仙庄也断不能没有您。至于接管鹤仙庄之事，恕春生难以从命。"春生将头摇得如拨浪鼓一般。

"春生果然是厚德载物之人。我不是为难你，而是看好你！"姑姑沉吟了一会儿，说，"如果我安排茉莉和你一起管理，你答应吗？"

春生一听到这句话立马跪下，眼泪夺眶而出，哽咽着说："只要能和茉莉母子重逢，姑姑的任意安排，我都在所不辞。"

姑姑感叹地说："好吧，我便圆了你的心愿，你随我来吧。"

姑姑带着春生飞出鹤仙庄，飞上巨鼓山顶，然后飞抵东海岸边，停在一块大礁石上。姑姑抬手一指，说："从这里出发，一直往东走，走到尽头，就能找到传说中的可以移动琼花玉岛，茉莉也许就在那里。姑姑只能帮你到这里了，是否可以找到你的心上人，姑姑也不知道。这要看你的诚意和运气，一切都是未知数。而且，你只能划船或者游过去，不能靠绿叶飞毯飞过去，否则茉莉看见了，整个岛就会移动的更远。"

姑姑说完，转身走了。

她其实答应过茉莉，永远为她保密，但是春生确实是个好孩子，她不忍心看他们夫妻分离。因此，当她看到春生出色的表现时，终究没有忍住，还是把茉莉的秘密告诉了春生。

不过，她知道春生海上寻找茉莉，一路很是凶险，即使告诉了春生，如果他不走运，说不准也会在半途中毙命，所以最终他们夫妻能不能团圆，也不是姑姑可以掌控的，还要看上天的安排。

春生长久地跪在海滩上，感谢姑姑的相告。他这段日子没有白熬，他所付出的一切辛苦和代价都是值得的，他终于用他的行动感动了姑姑。

春生在附近的渔村卖了一条小渔船和指南针，他自己摇着船，唱着小调，兴奋地出海了。

他带着对未来生活的美好向往，带着对茉莉的无尽思念，带着对孩子的期待和想象，带着母亲对茉莉和孙子的关切，带着茶仙姐妹们的希望，带着师父的期盼，带着三位弟弟的祝福，带着姑姑的嘱托，带着鹤仙庄男女老少的憧憬，出发了！

他快乐又兴奋，心情无比舒畅，但是他确实高兴得有点早。

春生划着小船，摇啊摇，在茫茫的大海上没划多长的时间，就感到了疲倦。大海上景色单调，很容易眼疲劳、脑疲劳。春生看了看挂在胸前的指南针，方向还是对的。

天空万里无云，海水清亮泛蓝，这样好的天气，应该不会有什么问题，春生这样想着，美美地睡着了。为了防止自己睡得过死，他还呼唤了闹铃鸟，必要时叫醒他。

海上的天气就是"孩儿脸"，说变就变。春生刚睡着，晴天就消失了，狂风暴雨接踵而至，巨浪滔天，一波未平，一波又起，小船瞬间被巨浪摧毁，春生也被暴雨打醒。他发现自己已经身陷冰冷的海水中，灌了几口咸涩的海水，小船已支离破碎。没办法，春生只能在冰冷的海里慢慢地游，他心里有个信念，向东游，一直向东游，找到茉莉，一定要找到茉莉！

大海中，鲨鱼很快注意到了这条奇怪的"人形鱼"，开始成群结队地围捕春生。它们一个个上来想咬食春生，春生挥动筋骨鞭自卫。龙王的筋骨鞭真是威力无穷，一挨上，鲨鱼们就皮开肉绽。没想到，血腥味吸引来了更多、更大的鲨鱼。

春生一看不好，必须和鲨鱼速战速决。他加快挥舞筋骨鞭的节奏，让周围的鱼四散而逃，无法接近他。同时，他用大量的海带、海藻将自己裹起来，混在海带群里，让那些鲨鱼看不到自己。鲨鱼们挨了一顿揍，又找不到躲在海藻里的春生，游了一会儿，就陆陆续续离开了。

春生终于获得了片刻休息，此时，他又累又饿又渴，但是他没有停下来，继续向东游去。

夜深了，月亮升了起来，又大又圆，像个银色的盘子，在寂静的海上显得异常美丽，照亮了整个漆黑的海平面。春生欣赏着美丽的月亮，想着自己的心事，竟然有一种如入梦境的感觉。

这让春生更加思念茉莉，思念母亲，想念孩子。想到这里，春生忍饥挨饿，开始加速往东游。

这时，远处传来了海灵神空灵动听的歌声。春生曾在古籍中读到过，海灵神的歌声有致幻效果，令听者丧失意识，放弃生的希望，最终沉入海底化作尘埃，连灵魂都会被吞噬。

于是，他提醒自己："春生，这是海灵神的歌声，你千万不要听，一听就会死去！"春生静下心来，回忆起和茉莉一起度过的美好日子，试图抵抗海灵神的歌声。但奈何海灵神的法力过于强大，春生的意识渐渐昏沉，身体也随之沉入海底。他无法控制自己不去听那美妙的爱之歌，那歌声仿佛在哭诉他的心事，他为情所困，走不出那情的壁垒，只能一点一点向着海底沉去。

就在春生快要沉入海底的那一刻，突然，出现了一尾黑色巨龙。巨龙用身体轻轻地托起了昏迷不醒的春生，然后浮到海面，以迅雷不及掩耳之势向东方游去。在到达一座小岛后，巨龙将春生轻轻地放在沙滩上，便悄悄离开了。

原来，恰逢春生的外祖父来东海做客，遇到了姑姑，听姑姑讲了春生的事，放心不下，便追到了此处。这才赶在危难时刻，救了春生。

天亮了，灼热的太阳照耀在春生的脸上，他慢慢醒来，浑身无力，费力站起身来，在沙滩上走了几步就又摔倒了。

他仿佛听到了孩子的笑声，模糊地看到有人走过来，他嘴里念叨着茉莉的名字，又昏了过去。

当春生再次醒来的时候，闻到了满屋的茉莉花香，他躺在床上，看见白色的床帐随着风轻轻柔柔地飘动着。恍惚间，他以为自己仍在梦中。

春生听到了孩子稚嫩的嗓音："娘亲，那个人醒来了哦！"

"你们赶紧给他倒杯水，我去看看。"这声音正是他熟悉的、魂牵梦绕的声音，是刻进他骨头里的声音，是他一辈子都忘记不了声音。

春生马上坐起来，大喊："茉莉，是茉莉吗？这不是做梦吧？"

他急切地跳下床，没走几步便头一晕，又歪倒在床边。

茉莉走了进来，什么也没说，将他搀扶起来。他不顾一切地一把抱住茉莉，大哭起来，久久不愿松开。

两个小孩子被眼前的景象吓到了，他们还不知道发生了什么。

茉莉脸色平静，仿佛再见到春生，既没有喜悦，也没有痛苦，她用力挣脱了春生的怀抱。走到两个孩子的面前，轻声说："不要怕，他就是你们的爹爹，去吧。"

两个孩子一听，马上跑到窗前，大喊着"爹爹"扑进了春生的怀里，大哭起来。

"爹爹，你去哪里了？你去哪里了？"

"爹爹，我们好想你。"

春生眼含热泪，紧紧地搂住他的一双儿女。

茉莉看着两个孩子和春生相认，默默地走开了，她此时还不想和春生说一句话。

哭了一阵，春生开始哄孩子，一会儿变出一对蝴蝶，一会儿又变出一朵小花，亲昵地和孩子们玩闹着。

茉莉做好了一桌的菜，便又回到自己的房间。春生让孩子去叫茉莉吃饭，茉莉却说自己是吃过了，让他们吃。

春生知道，茉莉一时半刻还不能原谅自己，但他有耐心，愿意等茉莉回心转意。

茉莉不知道，春生是如何找到这里的，又经历什么，不知道他是如何躲开海灵神的诱惑的。

她今日带着孩子去海边玩沙，没想到，竟在沙滩上发现了昏迷不醒的春生。

春生的从天而降，让茉莉惊慌失措，她不知道该怎么办，她的内心对春生满是拒绝。

两个孩子边吃饭边看着春生笑。他们觉得爹爹长得既高大又帅气，他们好喜欢爹爹。

吃完饭，春生抱住两个孩子，然后一手一个，把两个孩子举得高高的。孩子们开心死了，缠着春生讲故。春生答应了，带着两个孩子回到了客房屋里，他坐在床中间，两个孩子依靠在他的身边。

春生给孩子们讲了大战海妖的故事，听得两个孩子眼睛都亮了，不断地提问。故事越讲越长，讲着讲着就入夜了，孩子们也趴在春生的大腿上睡着了。

春生没有叫醒他们，盯着两个漂亮的小家伙，怎么也看不够。这可是他的亲生骨肉啊，圆乎乎的小脸，肉乎乎的小手，乌亮发黑的头发。看着看着，他的眼泪就流了出来。

茉莉走进房间，想叫孩子回房睡觉，却看到春生望着孩子流泪。她本想尽快赶春生离开，但是看到此情此景，她张不开口，她坚硬的内心还是被眼前的父子柔情撞开了一条缝。她想了想，不管如何，春生永远是他们的父亲，不该因为她和春生的问题让孩子和父亲彼此隔阂。唉，一切事情还是明天再说吧。

她悄悄地退了出去，关上了门，让他们父子好好享受一下在一起的时光。

第二天，孩子们起床的第一件事情就是缠着春生，这让春生没有机会和茉莉谈话。他和茉莉打招呼，茉莉也不怎么理他，他只有继续等。

春生清楚地看到，茉莉的手腕上还戴着他送的那对玉镯，那上面的白色茉莉花晶莹剔透。春生明白，茉莉并没有忘记他，但是他们需要一些时间去洗刷痛苦，愈合伤口。

于是，春生安下心来，一心一意带两个孩子。

自从春生开始认真带孩子之后，茉莉立刻感到生活变得轻松多了。以前，她照顾两个孩子，时常觉得力不从心。这两个孩子脾气大，性格外向直爽，调皮贪玩，常常惹祸。一眨眼，他们可能就把碗打碎了；刚收拾好碗，他们又把碟子打碎了；消停没一会儿，岛上的邻居就来投诉了，说孩子把他家鸡笼打开，把鸡撵得乱飞。要细数起这两个熊孩子的光荣事迹，那简直是罄竹难书。有时候，茉莉甚至觉得，这两个小祖宗是上苍派来折磨她的意志的。

这下好了，两个熊孩子天天缠着春生，总算将茉莉解放了出来。

茉莉想，孩子出生时，春生就不在，现在就好好接受这两个活宝的折磨吧。

如此一来，茉莉突然不想马上赶走春生了，反正还有时间，再等等看吧。至少，让她也歇一歇，她总算有时间去收拾茉莉花田、茶园了，还能逛逛集市，喝喝茶，练练功。平时，她天天忙活孩子的事情，都快累成黄脸婆了，对一切都失去了兴趣。这下，她拾起了以前的兴趣，心情也渐渐好了起来。

春生忙着照顾两个孩子，茉莉则忙着自己的爱好，两人一直没有机会谈一谈。

两个小家伙从早到晚缠着春生，一日三餐要春生陪，吃完饭还要和春生一起玩游戏，听春生讲故事，入夜还要和春生睡在一起，简直一时一刻都不离开他们的爹爹。奇怪的是，自从春生进了茉莉家门后，两个孩子的行为也发生了很大的变化，脾气慢慢变好了，很少吵吵闹闹了，也开始帮忙干一点小小的家务活，这让茉莉感到很吃惊。

春生经常带着两个孩子去海边捉小鱼，带着饭出门，一去就是一天。三人高高兴兴地去，高高兴兴地归。回到家里，孩子们和茉莉讲海边的趣闻，逗得茉莉忍俊不禁。但是转头一看到春生，茉莉就又躲开了。

茉莉很纳闷，两个熊孩子从来就没有这样乖巧过，也从来没有这样安静过，怎么春生一来就改变了他们？

其实，茉莉不了解，孩子需要父母的陪伴，母亲家务活一多，就懒得和孩子们交流，而孩子好动、好奇的需求得不到满足，就会通过捣乱来引起母亲的注意。而春生花大量时间陪伴孩子，观察孩子，然后因势利导，让孩子在和他在交往中养成礼貌、规矩，自然改变了许多。

这段时日，孩子们各方面都成长得很快，已经开始和春生一起阅读四书五经了，他们玩得尽兴，学得也开心，一切都不需要茉莉操心。

茉莉来到差不到快要荒废的茶场里，将里里外外收拾干净，便开始制茶。她先把采摘好的绿茶分出总量的三分之一，平摊在干净的场地上，厚度为两个手掌那么厚。然后，根据配比，将一定量的鲜茉莉花均匀地撒铺在茶胚面上，就这样一层茶，一层花，相间三至五层，再用木耙从横断面由上至下扒开拌和。后来，这一过程被称为"窨花"。在正常温度下，茉莉花需吐香一天一夜，茉莉就在一旁守着。

春生怕打扰她，给她送来饭菜，就带着孩子离开了茶场。

聪明的茉莉发现，茉莉花开始吐香以后，前半天为吐香旺盛期，此时，她对花和茶再做一次拼和窨制，就可以避免香气大量散失，掌握好茉莉花开放度，迅速地拼和窨制，让茶胚充分吸收花香是整个窨制成功的关键。茉莉还发现，一次窨制和多次窨制，茉莉花茶的味道是不同，窨制次数越多，花香越是浓郁，制出的茉莉花茶就更加香浓。

茉莉还利用炭火，对窨制好的花茶进行烘烤，目的在于排除多余水分，既要保持适当的水分含量，又要最大限度防止花香散失。烘后，将茶叶充分摊凉，上好的茉莉花茶基本就制好了。然后，把多余的茉莉花从茶叶中摘除，只保留很少的花瓣在里面，密封储存在大缸里，过一段时间取出，岛上的居民们就可以品尝到茉莉花茶了。

茉莉还模仿当年御茶坊的经验，办起了制茉莉花茶的学习班，把制作茉莉花茶的经验传授给岛上的居民。因为茉莉制作的花茶实在太好喝了，大家一窝蜂似的报名学习。

大家一边和茉莉学习制作花茶，一边深深地觉得自从春生到来之后，茉莉变了，变得开朗了，变得光彩照人了。

办学习班期间，茉莉每天听到大家的赞美，别提多开心了。可是，她表面上还是生硬地躲着春生，每天到茶场，直干到天黑地暗，大家都走完了，她才收拾整理回家。她想用疲劳来忘记那些痛苦和不愉快，她想用这样的方式躲避春生。

春生每天将一日三餐送到茶场，茉莉也不搭理他。春生就一直微笑着看她吃完饭，然后收拾碗筷带回家，天天如此，风雨无阻。

有几次，春生看到茉莉和岛民们有说有笑，他也想趁机参与其中，但是茉莉每次都拒绝他，不让他在茶场呆很长时间。岛民都觉得奇怪，但没人敢问茉莉是怎么回事，更多的很多时候，大家都私下议论春生比自家的男人能干，脾气还好，茉莉就装作没听见。

后来，春生想通了，茉莉的伤口没那么容易愈合，他不能太着急，他必须给她时间，然后再找合适的时机说明一切，他现在不能冒进，那样有可能会彻底毁了他和茉莉刚刚建立起来的一点信任感。春生一想通，也就不再急着找茉莉解释原委了，只一如既往地照顾好孩子，为茉莉送去三餐，把家里收拾得干干净净的。

本来，茉莉一直想赶春生走，但是时间一长，她发现她根本做不到。两个孩子对春生产生了强烈的依赖感，根本就不可能接受再次失去父亲。

一天，春生被邻居叫去帮忙盖房子，茉莉临时照看孩子。可孩子们却不好好吃饭，哭着闹着要找爹爹，让她把春生叫回来，她怎么好意思去叫春生回来看孩子呢？这一天把她累坏了，这还没完，一到傍晚，两个孩子就不见了。茉莉吓坏了，赶忙出去找孩子，结果孩子跑到邻居家和春生在一起，任她怎么叫也不肯回家，一定要看着爹爹干完活和他一起回家。这把茉莉气着了，她不开心地跑回家里。后来，还是春生带着孩子回家，命令两个孩子去给她道歉，哄她开心，此事才算完结。

茉莉知道，春生走不了。春生包揽了全部的家务，每天像个男仆一样伺候她和孩子，从不多言，连茉莉都对他产生了强烈的依赖。这下子，再想赶春生走就困难了，有时，茉莉也怀疑自己是不是上了春生的当？春生就是靠他软磨硬泡的本事，一步步在这个家站稳了脚跟。茉莉的心绪全乱了。

孩子看见春生经常讨好茉莉，但茉莉却不怎么搭理他，便有点替爹爹不平。他们经常问："娘亲，爹爹对我们很好，对你也很好，你为什么总是不理他啊？"

茉莉无言以对，陷入沉思："孩子，我和你们父亲之间的恩怨，如何向你们诉说呢？"

日子就这么一天天地过去了，茉莉还是不怎么搭理春生，春生也依旧不厌其烦地献着殷勤。转眼之间就要过年了，岛上居民本来就少，一到过年，不少人还会跑回陆地和亲人团聚，整座岛就更剩不下几户人家了，显得格外冷清！

春生真是持家的好手，杀猪、宰羊、晒鱼干、制作糖果等事，他都能独自完成。不出一个月，他基本将所需要的年货都准备好了，两个孩子开心极了。往常过年，茉莉一个人，哪有心思给孩子准备这些东西。

一家人其乐融融地忙碌着，孩子们兴奋地跳来跳去，他们从未见过这么多好吃的东西，觉得爹爹太能干了。有那么一瞬间，茉莉也被这温馨的年味感染，似乎把所有的往事都忘记了，她下意识地拉了春生的手一下。春生心里一动，但是茉莉很快又清醒过来，赶紧放开手，转身走了，留下呆呆的春生。

她走出家门，走到了海边，海浪拍打着沙滩，大部分人家都回内地走亲戚了，岛上安静极了。

茉莉坐在沙滩上，再次想起那些生不如死的日子，眼泪禁不住就流了出来。可以说，曾经的一切令她对生活无比失望，但是最近这段日子，她却真正地感受到了前所未有的快乐和家的温暖。

她把鞋脱掉，一脚踩进海里，冰冷的海水赋予她痛感，让她保持清醒。她问自己，目前一切都开始好转，春生也是个只得托付的人，可她为什么还是那么悲哀？她究竟怎么了？她突然明白了，她是怕春生再次离开，她的内心已经不由自主地原谅了春生，原谅了过去，而真正令她感到害怕的是未来。

春生照顾两个孩子睡下，却依旧不见茉莉回来，不由有些着急，便走出家门去找茉莉。

远远地，他看见茉莉赤脚坐在海滩上，任冰冷的海水冲着光裸的脚。他知道茉莉的心结还没解开，她一定还沉浸在昨日的苦痛中。

春生跑了过来，一把把茉莉拉回海滩上，敞开胸怀，把茉莉的双脚捂在自己的怀里。

茉莉感到一阵暖意，她想挣扎，可春生的大手格外有力，让她无从逃脱。茉莉把头转向一边，眼泪夺眶而出，哽咽地说："春生，你走吧。你在这里住得越久，我就会越痛苦。"

"我不走，死也不会走。无论生死，我都要和你在一起！"春生望着茉莉，无比坚定地说。

"春生，我的心已经死了，我不会再爱你了！"茉莉说着，大颗大颗的眼泪掉了下来。

"我不信，我就是要和你在一起。我很后悔，当时不该去找我父亲，母亲和我说过父亲不同意的事，可我还对他抱有幻想，以为我们父子情深，我完全可以说服他。但是没有想到，父亲已铁了心，是我过于天真！最坏的是那个魔道张道长，他为了分开我们，把我关在与世隔绝的沉仙洞，我差一点就死掉了！"春生愤愤不平地说。

"什么？你被关在了沉仙洞？"茉莉知道沉仙洞的厉害，这才醒悟，原来她也被张道长给欺骗了。

春生轻柔地为茉莉擦去眼泪，又把张道长如何欺骗父亲、如何将他关进沉仙洞的事，一一讲给茉莉听。

茉莉静静听完，叹了口气，说："其实，这也不能完全怪你的父亲，这也许是上天注定，我们缘分浅薄才一再错过。春生，我对过去已无怨无悔，但我也真的不愿与你回去了！"

春生一把抱住茉莉。她的身体早已被冰冷的海风吹得凉透了，贴着春生滚烫的胸怀，就好似重新回到了温暖的人间，怎叫人忍心挣脱？

茉莉趴在春生的肩上，放肆地大哭起来。她哭昨日受到的伤害，她哭所遭遇的苦难，她哭对春生的思念，她哭无法面对的生活。她这一哭，将所有的怨气、不满、冤屈、痛苦都给哭了出来！

春生轻轻地拍着茉莉的后背，让她不那么难受。

"当时，张道长把我关进了沉仙洞，我法力全失，只能以绝食来反抗他和父亲。如果不是母亲及时赶到，我可能就那样死去，再也见不到你了。后来的事情，想必你都知道了。茉莉，我的心意天地可鉴，从来就没有改变过，未来也不会改变。你看在两个孩子的份上，就原谅我吧！我再也不会离开你，再也不会轻信任何人，让我以后加倍回报你，好不好？茉莉，接纳我吧，原谅我吧，我爱你！"春生眼含热泪，情真意切地说着，紧紧搂着茉莉，一分一秒也不想再与她分开。

茉莉叹息一声，顺从心意，轻轻地回抱住春生。

春生感受到心爱之人的回应，再也忍不住地吻了下来。他用炽热的爱融化了茉莉心中的坚冰，两人的感情在亲吻中逐渐释放，好似春回大地，百花盛开。

海浪拍打着礁石，见证春生和茉莉那纯洁的爱，就如同这茉莉花茶一般，永远香甜，永远沁人心脾，流芳百世。

第二十章

春生牵着茉莉的手，从海边走回家。一进门，便惊喜地发现姑姑竟坐在里面。

姑姑看着他们牵着手回来，就知道他们已经和解，欣慰地说："我就知道，你们的缘分是上天注定的，多少艰难险阻，也无法讲你们拆散。既然已经和好，以后就更要珍惜彼此。"

茉莉含羞答应了，她知道，春生为她付出了千百倍的苦，她所爱的人永远值得她珍惜。

鹤仙庄今年获得了前所未有的大丰收，姑姑给他们带来了新鲜的瓜果、蔬菜，将房间都堆满了。两个小家伙见到爹娘和好，也高兴地欢呼起来。

大年初一，吃完早饭，春生把家里打扫得干干净净，姑姑、茉莉和孩子们凑在一起剪窗花、贴窗花，一家人其乐融融。

春生把剩下的几户人家全部叫到自己家里，在院子里摆了几桌酒席，一起过大年。小孩子们聚在一起，很是兴奋，叽叽喳喳地闹个不停。爆竹被点燃，发出"噼里啪啦"的脆响，大家一起欢庆新年的到来，欢声笑语回荡在海岛上，久久不散。

姑姑在琼花岛上住了几日，见春生和茉莉恩恩爱爱，就放心地回鹤仙庄了。

春天到了，春生把花田犁了一遍，并在地里扎上一些干草，给土地保暖。做完这些，春生回到家中，突然看到茉莉一个人在流泪。他不知道发生了什么事情，他们的好生活刚刚开始，茉莉怎么了？

他一把抱住茉莉，问："茉莉，你哭什么，出了什么事情？"

茉莉抱住春生大哭说："出大事了，刚才姑姑派蝴蝶仙子前来报信，说冬生在与凶族的大战中牺牲了！"

春生一听到这里，简直不敢相信自己的耳朵，松开了茉莉，喃喃自语："怎么可能？怎么可能？"

冬生是他最喜欢的小弟，那么可爱、温和，永远在支持他。在他最痛苦的时候，冬生给他最大的安抚，让他心里倍感温暖。

此时他不敢相信，弟弟冬生被凶族杀害！

茉莉哭着说："春生，这是真的！是东方首师父找到了姑姑，让她带信给你，师父要我们尽快返回京城，要给冬生办丧事。"

春生还呆愣着，他确实不敢也不愿意相信自己最亲的弟弟就这样走了。但是，事实就是事实，他冷静下来，抹掉眼泪，叹了口气，然后和茉莉商量如何尽快赶回京城，他要面见魏擎天大人，他要为弟弟报仇雪恨！

春生对茉莉说："尽快收拾一些衣服，我们带着孩子一起回京城。此仇不抱，我春生无法为仁兄！"

茉莉点点头，她也决心为冬生报仇。在师门中，她和冬生年纪相仿，交往最多，平日打打闹闹，在彼此面前无拘无束，感情甚笃。没有想到，一朝分别竟是永别，这让她无法承受。

春生和茉莉施法，招来绿叶飞毯，叮嘱好孩子后，便以最快速度回到了京城。

东方下院里，等候在园中的张一朵，一看到他们，将茉莉一把抱在怀里，哭个不停。

两个孩子看着张一朵有些莫名其妙。

"娘亲，我们这次回来，是为冬生操办丧事的。很多事情，回头再和您一一说起。"茉莉含着泪安慰道,然后拉过一双儿女,说,"赶紧过来,拜见外祖母。"

夏长、冬秋听话跪倒,给张一朵磕头行礼。一朵一看到这龙凤胎,便顾不上哭了,马上抱起两个外孙,亲亲这个,摸摸那个,又带他们回房间去找好吃的、好玩的。

春生和茉莉来到书房拜见东方首。东方首安排他们入座,看上去非常难过。冬生从小就跟随师父,比亲生的儿子还要亲。如今,白发人送黑发人,师父怎能不伤心?

不一会儿,夏生、秋生也回来了,大家都强压下伤感的情绪,彼此微微点头致意,坐下来听师父讲述事情经过。

雪狐兰的母亲给凶族左贤王尹拉坦献上了极其贵重的礼物,尹拉坦大喜,答应了她的请求,奏请大单于出兵攻打本朝。大单于准奏。尹拉坦遂领骑兵,侵犯本朝边城凉凉郡城。

凉凉郡由大将韩殷把守,冬生为韩殷手下先锋大将,助韩将军驻守凉凉郡。凶族士兵趁本朝人庆贺新岁、防守松懈之际进攻,幸韩将军反应及时,带领冬生等将士英勇迎战,才没让凶族占到便宜,双方打了平手。

然,凶族有一位神秘军师,对于本朝的用兵之法十分了解,又请来两只法力高强、装束很奇特的妖孽助阵。凶族兵强马壮,筹备充足,尹拉坦按照军师部署,在战场四周悄悄地安排了弓弩高手,埋伏在蒿草丛中。

待韩殷上阵杀敌时,军师便派两只妖孽围堵他。韩殷一时不慎,便被他们引进了凶族军师设计好的弓弩包围圈,遭遇暗算,肩膀上中了一箭,大刀脱手。正当此危急时刻,就冬生挺身而出,飞身骑到韩殷的马上,施法布下绿茶屏障,护住了韩殷,而自己却连中数箭,又遭妖孽偷袭,身负重伤。

韩将军带领全体将士奋力突围,撤回凉凉郡,死守城池,坚决不出,同时派使者千里加急向京城求援。冬生身中妖毒,伤势过重,不治身亡。

大家听师父讲到这里,终于忍不住哭了起来。茉莉哭得最凶,其他三位师兄虽强压着哭声,但还是泪流不止。

春生问:"搞清楚凶族军师的身份了吗?"

东方首说:"还没有,哪位军师始终没有露过面。"

夏生说："如此神秘，定是怕被认出来。他有可能是我朝的背叛者，说不定还是我们认识的人。"

春生问："那两只妖孽会不会是被扣压在凉凉郡的狼妖和狐妖？可什么人能破了我们布下的结界，放他们出来？"

师父说："为师也正有此猜想。当今世间，能破你我结界之人，唯有张道长。他与我师出同门，功法同源，如今，他又遁入魔道，法力大增，想破我们的结界易如反掌。因此，最有可能救出两只妖孽的便只有他。如果真是这样的话，边郡危矣。我们必须尽快赶到，助韩将军守城。"

一时间，气氛压抑，众人无话。

秋生有些难过地问："师父，我们的父母和三位妹妹，为什么没有来？"

东方首说："我派人去看过，你们的祖母病得很重，母亲也因多日劳累和思虑过重而身体不适。你们的父亲和三姐妹忙着照顾她们两个病人，已经够焦头烂额的了。我担心，此时若告诉他们冬生牺牲的事，你们母亲和祖母的病情会加重，便瞒下了真实情况。"

祖母和母亲许久没有见到冬生了，她们最疼爱冬生，如果得知此消息，定会伤心过度，加重病情。几人觉得师父考虑得十分周全，如今也只能这样了，暂且瞒得一时是一时吧。

在皇帝的安排下，本朝厚葬了冬生。

一家人回到书院，情绪悲痛，沉默不语。

茉莉回到母亲身边，开始向母亲哭着述说她和春生的经历。

客堂里，三兄弟彼此握手，彼此鼓励，誓要痛杀凶族，为冬生、百姓报仇雪恨。接着，夏生和秋生就因为军务紧急，先回毓麟院报到去了。

春生来到东方首的书房，长跪不起。

东方首明白春生想干什么，不禁落下泪来，说："为师知道你们兄弟情深。我去找魏将军商量一下，派你去凉凉郡任先锋，为冬生报仇雪恨！"

春生高声喊道："多谢师父！"

回到房间，春生找到茉莉，和她提起要上前线的事情。茉莉虽然对于他们刚团圆就又要分离而感到不舍，但她是明白大道理的人，知道于公于私，她都应该支持春生上前线。

她抱住春生，哽咽地说："春生，我支持你去上战场，上前线。你也要记得，后方有我和你的一双儿女，一定要保重自己，注意安全，我和孩子们等着你凯旋！"

春生和茉莉拥抱在一起，洒泪而别。

皇帝召集文武官员上殿，然后宣布："各位，凉凉郡一战正是上天赐予本朝的一个机会。朕早就对与凶族和亲心存不满，为了打败他们，本朝已从政治、军事、粮食贮备、人才、武器、将士训练等各方面精心准备了如此长的时间，只待一战！此战，本朝必胜，凶族必败！"

皇帝命人铺开地图，鼓励群臣建言献策。文武百官看着地图，各抒己见，东方首一直没有说话，直到皇帝问他怎么看。

东方首想了想，指着地图对皇帝说："我们不妨采取围魏救赵的战术。胡骑既然东进打我凉凉郡，那么，我们派魏大将军的铁骑绕到西边，直捣凶族老巢，让他们首尾不能相顾。如果此时他们匆忙从凉凉郡调兵救援，我们便再在半路上拦截埋伏，实施袭击，必获大胜。"

魏擎天叫好，大家一致同意这一作战方针。

于是，在国师东方首的安排下，皇帝下命令给韩殷增兵，由春生带一万士兵进驻凉凉郡，阻挡凶族向京城深入，加强东部防御，等待与魏将军的大部队夹击凶族。春生连夜带兵赶路，希望早日到达凉凉郡。

魏擎天带精锐骑兵出兵西部，突袭凶族大本营。魏擎天不愧是神将，他带领的铁骑以迅雷不及掩耳之势向西进发，到达金河，沿金河左岸西进，一直推进至凶族地界。凶族驻守金河的部队派出的联络兵也被魏擎天的侦察兵活活抓获。至此，切断了凶族驻守金河的部队与腹地的联系。

然后，魏擎天迅速完成对金河以西地区的包抄，在凶族没有做好准备的情况下，发起突袭。魏擎天威名远播，震慑了凶族。本朝的将士们一鼓作气将凶族驻守军打得落花流水，抱头鼠窜。凶族士兵都在传，本朝仿佛有如神助，士兵战力大涨。

魏擎天英勇善战，一举击溃了凶族金河的驻军，本朝西进，首战大捷！

这是凶族人从未有过的败绩，大单于暴跳如雷，很快就派出两路士兵，一路走西部，阻击魏擎天；一路走东西部，加强对凉凉郡的进攻。

春生带兵，一路马不停蹄、披星戴月地赶到了凉凉郡，进驻军营后拜见了韩殷将军。韩殷对春生的到来喜出望外，他早就听说春生战绩彪炳，用兵如有神，是个常胜将军。

春生不顾疲惫，请示韩将军后，便带上几位手下，来到了凉凉郡卢家大宅。大宅附近一个人都没有，很是安静。

春生下马，发现门是虚掩着，没上锁，一推即开。整个院子空荡荡的，也没有一个人，春生大喊了两遍："卢员外在家吗？卢员外在家吗？"

无人应答。他马上来到了后院，看到后院一片荒凉，杂草丛生，花木凋零，面目全非。

春生听到窸窸窣窣的动静，一转身，发现一个白胡子老头正颤巍巍地向后院走来。春生赶忙走过去，问："老人家，我是春生，曾经在这里住过。卢员外家里发生了什么？"

老人家一听，"扑通"就给春生跪下了，大哭不止："春生，你们来晚了，来晚了。"

春生赶紧扶起，老人家缓缓道出原委。

老人原是卢员外的老管家，卢家出事时刚好外出，才躲过一劫。回来后，他被震惊了。员外受重伤已经奄奄一息，院子里到处是被掏了心窝的家丁，后花园更是一片狼藉。

卢员外临死前告诉他，家里来了一个妖道，逼他找到了困在后花园的两只妖，然后施法放出了他们。两只妖出来后就大开杀戒，重伤卢员外，见人就掏心。后来，妖道着急赶往凶族左贤王尹拉坦的营地，两妖这才罢手。没几天，卢员外就去世了，家丁怕妖再来报复，早就四散奔逃了，只剩他一个人独守空宅，慢慢收拾打扫，他准备死守这里一辈子。

老管家以前跟在卢员外身边，见过东方首师徒，今天春生一报名号，他就认了出来，号啕大哭。

春生让手下送给老人一些银两当生活费，安慰老人家说以后会常来看望他，并发誓一定会给卢员外报仇，请老人家放心。因为军务在身，不能久留，春生匆匆忙忙离开了卢家大院。

"师父果然料事如神，这一切就是那个魔道所为！张道长和韩燕儿关系亲近，他肯定会救这只狼妖，当初真应该彻底灭了这两只妖孽！张道长，我这次绝不会放过你！"春生恨得咬牙切齿。

凶族加派的骑兵很快杀到凉凉郡一带，大单于想助力左贤王尹拉坦，彻底灭掉凉凉郡的守军，攻下凉凉郡。

于是，韩殷找到各位大将，研究对策。

凉凉郡太守说："我驻守凉凉郡上门，韩将军驻守中门，春生驻守下门，这样可以有效防御。"

春生说："凉凉郡地形狭长，上、中、下三门之间距离很长，接应起来很难。这样一分的话，我们的兵力就被分散了，很容易被凶族大军各个击破。我们应该全部驻守凉凉郡上门，死战到底，找机会杀敌，和敌人展开周旋战。待魏将军西进取得更大的胜利，敌军必然调这里的兵去救，我们压力一减轻，就转守为攻，配合魏将军的战略，必将一举歼灭敌人。"

韩殷冷冷地问："你认为魏将军西进，破凶族老巢的成功把握有多大？"

春生带点犹豫地说："应该说，一半一半。"

韩殷是本朝老将，战功赫赫，心里本来就对皇帝重用魏擎天有很大的意见。他不满地说："我觉得，魏擎天这一招就是险棋，他才上了几回战场，不过是受皇后娘娘的荫庇罢了。我们为什么非要等着和他配合呢？太守最了解此地，就按照太守说的去办吧。"

春生听完此话，有些生气，心里想："大战在即，哪有什么个人恩怨？你即使对魏将军有意见，也不能拿整个作战方针开玩笑吧？这样刚愎自用，不知还要害死多少人？"

他想到冬生为了这个刚愎自用的将军战死，真觉得有些不值。但是为了大局，春生再次发言："将军，我可以为国去死，但是，我不想屈辱地死。我弟弟已经战死沙场，我不希望悲剧重演。凶族之兵，长途跋涉，补给不够，定想速战速决。我们唯有集中兵力，拼命抵抗，拖延其时间和斗志，才有制胜的可能。军力分散，只会悲剧重演！"

韩殷被春生一席话戳到了痛处，他大喊一声："放肆！今天讨论就到这里，改天再议！"

春生也只好气愤地带兵回到凉凉郡的下门。

韩将军不理睬春生的劝言，执行了兵分三处的部署。

凶族杀到，张道长所布阵法确实如春生所猜的那般，集中优势兵力主攻凉凉郡上门。

凉凉郡太守带兵出击，没有几个回合，就被两只妖孽弄得晕头转向，最后被凶族大将斩于马下。几千余守军方寸大乱，被凶族趁乱杀入，凉凉郡上门不出一日即全面失守。

凶族大军趁热打铁再来到中门城下，士气高昂。韩殷不听春生劝告，意气用事，带领几千士兵迎战。愚蠢又自负的他又一次上当，再次被凶族军师设计的圈套迷惑，一步步被引诱到狭长的山谷地带，然后被包围在山谷里，全军几近覆没。这个刚愎自用的韩殷将军也以身殉国。

凶族乘胜追击，一路来到了下门。如果下门再失守，那么，本朝北方的大门就会洞开，凉凉郡彻底失守，本朝东部将面临极大的危机。

春生出门率领士兵大战凶族，他要挫一挫凶族的锐气。

两只妖一看到春生，便一股脑儿地缠了上来，他们要找春生报仇雪恨。

春生这回可是没有饶过他们，用足力气挥舞筋骨鞭，左一鞭，右一鞭，由表及里，直击妖魂，差一点把两只妖抽得魂飞魄散。两只妖受伤严重，迅速逃离了战场。

凶族士兵一看连这么厉害的妖都被跑了，其他将领更不是春生的对手了，加上春生的部队整体训练有素，气势逼人，凶族队伍开始大乱，领头将军火速回撤。凶族的进攻总算在春生负责的凉凉郡下门被阻断了。春生也不敢恋战，凉凉郡的供给被韩将军和太守消耗得差不多了，他只能死守下门，等待魏将军的援军。而张道长深知春生的厉害，建议左贤王暂时休兵，不要轻举妄动。

过了一段时间，张道长探听到凉凉郡兵力不足、供给少，知道春生撑不了几日，于是给左贤王出主意，集中兵力，强攻凉凉郡下门。

　　张道长对尹拉坦说："这一次，你我都不用出马，就看春生怎么样抵挡十倍于他的军队。我们这次和他打消耗战，他的粮草即将耗尽，我们持续进攻，没几日，他们就会垮掉，春生就会乖乖缴械投降！"他们一致认为，春生一个人即使有再大的能耐，也不可能扭转乾坤。

　　春生看到对方又发起进攻，紧急动员城中百姓一起加固各方城墙，收集家中利刃，全员起兵，和凶族决一死战。就在此时，魏擎天在西部首战大捷的消息传来，将士们倍受鼓舞，士气大振。

　　凶族大军也开始分化，一部分精英被大单于调回去支援凶族腹地对抗魏擎天大军，另一部分将士则继续攻打凉凉郡。尹拉坦内心极其不情愿却也没有办法，他对大单于颇有怨言，张道长趁机唆使他找机会夺权。

　　春生坐在大帐中，倾听管理粮草军官向他汇报，目前，凉凉郡的供给最多只能再坚持两三天，即便算上老百姓募捐的粮食，也还是撑不够一周。来自敌方的压力已经减轻，只要再坚持一段时间，就会迎来曙光，可偏偏此时粮草成为棘手问题。

　　春生急得焦头烂额，这个韩殷不听他的劝言，害死了自己和众将士，自己一命呜呼，还要整个凉凉郡替他收拾烂摊子。春生一算，必须要有满足十天左右的供给，才能坚持到魏将军的援兵到来，这可怎么办？

　　不管如何，春生告诉自己必须顽强抵抗，意志不能垮，力争撑到魏擎天到来！

　　晚饭时，士兵送来稀粥，春生就着咸菜吃了一碗。现在，士兵们还可以喝到稀粥，再过几天，估计连稀粥都吃不到了，怎么办呢？真急人！

　　春生躺在床上，焦急万分。此时，他分外想念孩子和茉莉，他们怎么样了？一切都好吧？

　　正在想着，突然，一阵茉莉花香袭来，春生立刻站了起来。他知道，茉莉来了！

　　原来，茉莉施法用绿叶飞毯带着三位茶仙子一起飘然而至，她们带了茶叶、米、面，虽然数量不多，但是也能维系一段时间的供给，真是解了春生的燃眉之急。

一进屋，众姐妹就叽叽喳喳地说个没完。

春生问："茉莉啊，你们胆子真是大啊。这可是前线，你们也敢跑来？"

茉莉说："别问我，问你的妹妹们。她们到了京城根本坐不住，非要到前线为冬生哥哥报仇，我只好带她们来了。"

青风说："哥哥，你离开之后，奶奶的病就加重了，母亲几乎天天落泪，也跟着病倒了，父亲留在家里照顾她们。我们三姐妹接到信后，也没敢告诉他们冬生的事情，怕母亲受不了，只是说御茶坊有些事情，就匆忙赶到了京城。但是，冬生哥哥已经下葬了。后来，听说你上了前线，要为冬生哥哥报仇，我们岂能坐等？唉！可怜冬生哥哥还那么年轻，娘亲知道了肯定又要伤心难过。"

说到此处，姐妹们忍不住低声哭泣。

春生有点着急，说："妹妹们，你们既然已经见到我了，那就赶紧回去吧。这里是前线，不是你们待的地方！"。

"我们刚到，你就赶我们走，真是狠心！我们不走，我们要为冬生哥报仇！"茶仙女们抗议道。

春生拿她们一点办法都没有，只好暂且闭口。

三姐妹又对茉莉说："茉莉嫂子，你得说说他，我们要在这里帮忙打仗！"

茉莉只好说："春生，妹妹们既然来了，不如就留下她们帮忙。我们都是仙子，好歹有些法力，可以帮你布个阵法，一起打凶族。等打完这一仗，你和魏将军汇合，我们就马上离开，你看如何？"

春生想了想，茉莉讲得的确有些道理，于是就答应下来。

茉莉给春生换上了新蜡烛，春生在白纸上勾勾画画，修改多次后，总算勾画出一张满意地布阵图，他叫茉莉来看。茉莉也是熟读兵书的，对阵法也知道一二，看后提了一点意见。春生又修改几处。

茉莉把三姐妹叫来，一起看了阵法图，都说设计得很妙。春生召集将士们，连夜进行了布置。

第二天，凶族前来叫阵，准备发起进攻。这次，春生没有闭门守城，而是亲自带兵出城迎战。他布下的新阵法名为"诱敌入笼"，只等凶族将士来闯。

凶族军队起步向前，春生和将士们马上后退，茉莉带着三位茶仙女出现在队伍的最前方，挡住了凶族士兵。四位仙子，衣袂飘飘，立于阵前，画面十分养眼。

凶族将士们狂笑了起来，骂道："看来本朝已经无人了，派几个女人来应战了。兄弟们，冲啊，活捉这几个美人！"队伍里发出一阵不怀好意的笑声。

凶族队伍越靠越近，茉莉和三位茶仙子拉开阵势，一人占据一个角，然后一挥手，漫天枯黄的树叶夹着毒虫扑向凶族军队，将他们团团包围。毒虫啃咬着凶族人，他们对这样的袭击没有任何防备，阵中传出一片又一片的哀号声。枯叶和黄沙迷住了他们的眼睛，封住了他们的口鼻，让他们连呼吸都困难起来。

茉莉和三位茶仙子施完法，立刻跳出阵外。

春生命令所有将士迅速列成四周弧形阵，将带火的弓箭向凶族身上射击。干枯的黄树叶立刻被点燃，烧得那些凶族将士一个个鬼哭狼嚎。上千凶族精锐被笼到阵中，东逃西窜。

此时，春生命令士兵们一涌向前，怒砍惊慌失措的凶族士兵。斩杀后，春生又命令将人头全部扔出阵外，抛到凶族军营的大门口。

这一下，给阵外的凶族士兵造成了极大的震慑及恐慌，他们看都不看，全都跑回军营里不再出来。他们一致认为春生就是草原上传说的会巫术的恶鬼，不好惹！

这一仗，凶族再次大败，他们根本摸不着春生的底细，不知道春生究竟还有什么秘密武器。

左贤王和张道长一商量，一致认为继续和春生战下去，恐怕会吃大亏，不如干脆先退守凉凉郡十公里之外，待大单于解决完西边的事情，派出支援，再发起进攻。

春生从凶族军队那里得到了一些马匹、粮食、武器补给，大大缓解了供给的困局，士兵们终于能吃上饱饭。但是春生知道，这样下去不是个办法，内心期盼魏擎天的大部队快点到来。

茶仙子和茉莉去打探情况，带来了好消息：夏生和秋生将率领三万精骑来支援凉凉郡，两日内即到，全面迎击凶族骑兵。消息传来，大家一片欢腾。

两日之后，春生接报，本朝大军已经把凶族大营包围了，夏生和秋生分两路发起进攻。

春生马上吩咐全体将士:"今日,豁出性命,我们也要和本朝大军里应外合,彻底打垮凶族!"

将士们士气高昂,他们要彻底打破凶族不可战胜的偏见,呐喊道:"誓死打垮凶族!"

茉莉和茶仙们煮了大量的茉莉花茶给士兵喝,这茶不仅味道好,还能提神醒脑,提升士气。

士兵们高喊着"杀凶族"的口号,奔向凶族大营。

春生、夏生、秋生各带一路兵马,胸怀家怨国仇,勇猛杀敌。三路人马武器精良,训练有素,战法得当,几乎让凶族士兵闻风丧胆。各路斩杀数千凶族兵将,彻底挫败了凶族部队。

此次战役,魏擎天和春生部队,共歼敌数千人,俘获三千多人及牛羊百余千头,收复了金河地界的全部土地,全甲兵而还。只是可惜,让那个军师张道长和尹拉坦一起跑掉了。但是,此战大胜,总算给冬生以及本朝死去的将士、百姓报了仇。

无家兄妹几人难得在战场上汇合,于是,春生大摆酒宴。茉莉送上了亲自酿制的茉莉花酒,宴请全体将士。

酒宴上,秋生大哭起来,他想起了弟弟冬生。那灵巧的身手、可爱的面容,一一浮现在他的眼前。

春生和夏生都明白秋生为谁而哭,他们三人和三位妹妹、茉莉,一起含泪洒酒,祭奠故人。

本朝于金河之战、凉凉郡之战取得了巨大的胜利,双方投入的兵力虽然不多,战争的规模亦不算太大,但它在本朝对凶族的战争史上,却是一个重要的转折点。

金河之战,本朝收复金河以西的版图,使得本朝的北部边防线更往北推移至金河沿岸,为京城增添了一道屏障,从而在很大程度上解除了凶族对京城地区的直接威胁。

凉凉郡之战，本朝将凶族打回老巢，退后五百多公里，边城进一步扩大。这不仅有利于京城地区的繁荣与发展，更有利于本朝在全国统治的加强。战役取得了一举两得效果，极大鼓舞了军民完全战胜凶族的信心。

魏擎天、东方首和春生三兄弟成为军机重臣，魏擎天的地位更是如日中天。

皇帝刘武兴十余万人在金河岸边建立了宏大的朔方城，又招募内地居民十万至朔方城，修缮沿河要塞，把朔方城建成一个可以向东、西、北三面出击凶族的军事基地。

昔日凶族刺向本朝背后的利刃，已迅速转变为本朝指向凶族前胸的长戟，真是令人感慨。

当这一切准备完毕，皇帝酝酿着更大一场战役，他要一步步彻底解决凶族问题。

本朝边境平静了两年后，凶族大单于病死，左贤王尹拉坦觊觎大单于的位置已久，迅速夺权篡位。这个尹拉坦，手腕强硬，杀人如麻，在张道长的帮助下，早已通过种种手段在群臣、百姓面前立了威。因此，他宣布自立为大单于那日，竟然没有人敢反对。

尹拉坦当了大单于，军师张道长也就升级为国师。

这位老谋深算的国师提醒尹拉坦："大单于，您虽然已经继位，但老单于的儿子还活着，您便是名不正言不顺，总有小人会以太子之名或者联合太子来造反。因此，必须尽快除掉太子，以绝心腹大患！"

尹拉坦作为太子的叔叔，起初还有些犹豫，毕竟太子是他哥哥的亲儿子，但是经国师这么一说，让尹拉坦下了决心，决意除掉太子。

太子哪里是他叔叔的对手，只能仓皇逃命。尹拉坦派精骑一直追赶到本朝边界，太子在几个心腹的拼死保护下，跑到了京城长安，投靠了刘武。

刘武为笼络凶族人心，封其为涉安侯。但是，这个不争气的太子投降后不久因病不治，几个月后就死于本朝。

尹拉坦是一个心狠手辣、不留丝毫情面的人，听闻太子死讯，他马上找国师商量，以为再次找到了侵犯本朝的极好的借口。为了保证能打胜仗，国师找来了鹰妖两姐妹，作为凶族大将。

这两只鹰妖在草原上修炼了上千年，法力高强，性情凶狠，展翅可遮云蔽日。两姐妹经常猎杀牛羊和牧民，因此，草原上的人和动物都怕她们。

两只鹰妖平时化成鹰，盘旋在伊拉坦左右，扇动翅膀，阴风习习，无人敢接近。国师则躲在他身后，身披大氅，头和脸都被帽子遮住，根本看不清楚容貌，神秘又阴森。尹拉坦以为，有了国师，再加上这两只鹰妖在身边，定能战无不胜。

其实，尹拉坦对凶族的现状过于乐观了。此时的凶族已经今非昔比，因为连年战乱，民众得不到休养生息，失守金河后，农田、草原更是得不到灌溉，凶族的农牧业大踏步地衰退。实际上，凶族的国力在大单于病死前就已经开始衰落，而他的对手本朝，在刘武立志改革下，重用人才，减轻赋税，已进入了最鼎盛、繁荣的发展时期。

尹拉坦从左贤王升为大单于之后，为了挽救凶族的衰落局面，对本朝边塞进行了更加频繁的袭扰，夺取本朝的各种资源。这其中还有一个非常特别的原因，草原游侠们发现了茶的神奇功能——不仅可以解牛羊肉之油腻，制作美味饮品，而且可以大大减少凶族人常见的心脏疾病的发病率，延长了凶族人的寿命。

但奇怪的是，凶族地域无法种植茶，而茶已经成为凶族人生活的必备，他们对绿茶发酵而成的黑茶更是倍感兴趣。黑茶和羊奶混在一起，加一点盐巴，便成了一种特别的美味，无人能抵挡那种诱惑。因此，凶族人对茶的需求甚至超过了牛羊肉。有些凶族人一日不饮茶，就浑身难受。可是茶产量有限，本朝限制茶叶交易，这一情况早就让尹拉坦极为不爽了。

凶族人喜欢的黑茶因成品茶的外观呈黑色，故得名。黑茶属于六大茶类之一，属后发酵，传统黑茶采用的黑毛茶原料，成熟度较高，是压制茶的主要原料。

黑毛茶制茶工艺一般包括杀青、揉捻、渥堆和干燥四道工序。黑茶按地域分布，主要分为湖南黑茶（茯茶、千两茶、黑砖茶、三尖等）、湖北青砖茶、四川藏茶（边茶）、安徽古黟黑茶（安茶）、云南黑茶（普洱熟茶）、广西六堡茶及陕西黑茶（茯茶）。

湖南黑茶，汉代时由湖南安化产。安化素有加工烟熏茶的习惯，茶叶通过高温火焙，色泽变得黑褐油润，故称"黑茶"。长沙马王堆一、三号汉墓出土有"一笥"竹简，经考证即茶一箱，箱内黑色颗粒状实物用显微镜切片被确认为是茶。

如果马王堆汉墓里的茶叶来自安化，安化黑茶的历史则至少可再前推九百年。千年黑茶，源起安化，汉代时黑茶薄片成为皇家贡茶，称之为皇家薄片或渠江皇家薄片。

而四川黑茶可追溯到唐宋时茶马交易中早期，茶马交易的茶是从绿茶开始的。当时，茶马交易的集散地为四川雅安，由雅安出发，马驮抵达西藏至少有两三个月的路程，由于没有遮阳避雨的工具，雨天茶叶常被淋湿，天晴时茶又被晒干。这种干、湿互变过程使茶叶在微生物的作用下形成了发酵，产生了品质完全不同于起运时的茶品，因此"黑茶是马背上形成的"说法是有其道理的。

久之，人们就在初制或精制过程中增加一道渥堆工序，于是，就产生了黑茶。

藏茶是黑茶的鼻祖，也称南路边茶。其制作工艺极为复杂，经过三十二种古法制成，由于持续发酵的原因，所以极具收藏价值，是古茶类中收藏值最高的茶种，四川省雅安是藏茶的原产地，已有一千三百年历史。现代医学研究表明，通过特殊工艺持久发酵制作而成的藏茶包含近五百种对人体有益的有机化合物，约七百种香气化合物，无机物也相当丰富，包括磷、钾、镁、硒等不少于食物种矿物质。

书归正传，黑茶让尹拉坦入侵本朝这一愿望更加急迫，他强烈希望掠夺更多的茶。穷凶极恶的尹拉坦大单于下了决心，要本朝决一死战。

这一年夏天，凶族派五万大军侵入凉凉郡，鹰妖杀了凉凉郡上任不到两年的新太守，凶族大军掳掠千余本朝人，到处搜刮茶叶。这次侵略再次震惊了本朝内外。

凶族新晋的右贤王年轻气盛，主动向尹拉坦请战："大单于，本朝在金河筑朔方城，真是欺人太甚！请允许我带兵袭击朔方城，我宁可战死也要打赢本朝人！"

尹拉坦当然同意，他就是要打服本朝，于是马上批准了右贤王攻打朔方城的作战方案。

　　右贤王为了博取尹拉坦欢心，采取冒进策略，直接发兵袭击朔方城。凶族士兵杀掠吏民甚众，企图夺回他们失去的土地，多次喊出"杀进京城，活捉刘武"的口号。

　　这话传到了刘武的耳朵里，他认为凶族就是不自量力。为了给予凶族沉重打击，刘武决定由魏擎天再次发兵五万余人，击退右贤王，保卫朔方城。

　　本朝兵分两路，以西路军为主攻方向，由国师东方首、大将军魏擎天领衔，春生直接统领骑兵出朔方城，赶走前来骚扰的凶族士兵，进攻右贤王的老巢——黄庭。他们要让这个新晋右贤王知道本朝的厉害。

　　东路军由陆博宇将军带队，夏生、秋生率领数万骑兵，进击凶族的东部，牵制其兵力，策应魏擎天的进攻。

　　东路军先出发，由夏生、秋生和新任命的左贤王开战。两年前，就在凉凉郡，夏生、秋生击败尹拉坦所带领的军队，让尹拉坦损失惨重，而新任左贤王正是尹拉坦的旧部，有点惧怕本朝的军队。魏擎天要求陆博宇和夏生、秋生牵制他们即可，阻止左贤王的军队驰援右贤王。因此，东路军这边打打停停，不紧不慢。

　　其实，在出塞前，魏擎天曾召集东方首、春生以及将士们商议这场大仗该如何打。

　　将士甲说："以前，我们心里总是有些惧怕凶族，但是金河大战之后，所有将士都信心满满。因此，我建议主动进攻！"

　　魏擎天问："如何主动？"

　　将士甲说："尚未想好，就问东方首先生怎么看？"

　　东方首笑着说："春生，有何高见？"

　　春生说："我同意主动进攻的说法，但是，如果按部就班的话，效果会比较差。如果我们能发动奇袭，就大不一样了。"

　　东方首点头说："好，如何奇袭呢？"

　　春生答："养兵千日，用兵一时。我们在毓麟院就训练过将士快速急行军，如果连夜行军，快速挺近右贤王的大本营——黄庭，打他个措手不及，那就胜利有望了。"

东方首哈哈大笑，道："春生此计甚妙！右贤王自以为黄庭距边境遥远，我们不可能很快奔袭到他那里，因此不会做任何防备，我们确实可以达到奇袭之效。"

魏擎天把主要将领集中起来，一起看地图，协商时间进度。有位将领是凉凉郡人，他知道一条山路，可以缩短一半的时间到达黄庭。

春生说："尽管这样，还是有点慢，兵贵神速！这样，魏将军给我一支先遣部队，不要超过一百人，我来想办法，今夜就到达黄庭，发动偷袭，他们必然慌乱。同时，再派一支最快的队伍急行军，明早到达，到达后发起二次攻势。然后，第三波军队于下午至傍晚全部到达，发起总攻。这样一波推进一波，凶族军队肯定被我们搞蒙了，根本无法知道我们的虚实，以为我们将士非常多，心理上产生极大畏惧心，我们连续攻势必将大胜。"

魏擎天不放心地问："你今晚带一百人就可以到达黄庭？"

春生说："必不辱使命！"

东方首说："魏大将军，春生肯定可以做到，你就相信他吧！"

魏擎天听东方首如此肯定地说，就不再问了，只说："大家对此战法还有没有不同意见？没有的话，就按照这一战法进行部署吧。"

大家各自领命，春生带着一支百人的队伍出发了。

春生把人带到一个山窝窝里，然后，命令将士们站成一排十人的方阵，每个人胳膊搭着胳膊，原地坐下，将头巾解下蒙住眼睛，谁也不能偷看。

大家照做。春生施法招来绿叶飞毯，带着士兵们飞到半空。众将士只闻到一阵茶香，再睁眼，已然到了黄庭外的一片草地上。

趁着夜色的掩护，春生带领百名将士悄悄包围了黄庭城门。

当夜，右贤王正在大摆宴席，庆祝前几日掠夺朔方城的胜利成果。达官贵人聚集一堂，喝了个酩酊大醉。

本朝士兵们在城门隐蔽处一直按兵不动，有人问春生："将军，要不要发起进攻？"

春生说："别急，再等一等。第二支队伍正在夜行军，估计得明天一早才能到达，我们先等他们一下，再开始行动。如果我们过早行动，敌军一反应过来，我们这一百人就会陷入孤立无援的境地。三更以后，趁他们睡得正酣，我们再开始行动，他们必将手忙脚乱，而我们战罢没多久，第二波大部队就会赶到。现在传我的命令：原地休息，养足精神。"

先遣部队就原地隐蔽，等待春生发令。

等到了三更天以后，春生趴在地上，仔细地听了听声音，估计大部队近了，于是命令大家起身。当他们靠近城区的时候，突然点起火把，发起进攻。

守城值班的士兵连声音都没有发出，就已经被春生的士兵杀死了。春生轻巧地翻墙入城，打开大门，守城的兵被春生率领的百人队伍全部拿下。

春生悄悄地带着部队进入城中，迅速找到凶族部队的第一个营地。他们果然毫无戒备，连值班的兵都睡得鼾声四起，听到动静，揉揉眼睛，还没看清来者何人，便被春生一行如同砍瓜切菜般杀了个精光。

春生命令士兵，见到营帐就丢火把。一下子，整个兵营陷入火海之中，凶族士兵们鬼哭狼嚎，穿戴不整，在火海中跑来跑去。他们甚至没搞清楚是怎么回事，做梦也想不到本朝将士会在此时突袭。

在大火中，有部分士兵逃命去了，剩下的慌乱不堪的凶族士兵几乎被春生一行全歼。

天光大亮，夜行军大部队也赶到了，春生派人在城门口接应。大部队马上铺开，进军凶族在城中的所有军营，开始第二波战斗。一时间，喊杀声四起，凶族人万万没有想到，本朝人竟奇迹般地出现在了黄庭，更让他们没有想到的是，第三支劲旅正在直奔右贤王的老巢。

随着魏擎天的第二、第三支军队陆续赶到，一波接一波，一轮接一轮，包围了凶族的各个营地，连环战给凶族以沉重打击。

待到魏擎天到达的时候，黄庭已经战火连天，本朝将士越杀越勇，而凶族兵早已溃不成军。整个黄庭的凶族军队因为没有任何准备，根本无法组织作战，完全乱作一团，被打得蒙头转向，四处奔逃。

右贤王从梦中惊醒，听得手下来报："王爷，黄城城门失守，驻军大营失守，全城乱作一团！本朝将士已经杀至王爷府邸！"

右贤王大惊失色，不敢相信本朝将士竟一夜间到达黄庭。

此时，他已经无暇思考如何抵抗，急忙携爱妾，领数百护院精骑，从城中突围。

魏擎天听说右贤王已经突围逃脱，马上急令几员大将率军追击。将士们追赶了上百里，发现右贤王确实已经逃远，无法赶上，怕再追下去，深入敌方腹地，误中埋伏，只好返回黄庭。

信报黄庭一役已经取胜，夏生和秋生就准备对左贤王发起总攻。但是，没想到在陆博宇这里遇到了麻烦，他对魏擎天的部署不以为然，一直不愿和夏生、秋生协同作战。

其实，他内心对皇上格外重视魏擎天非常不满，他觉得魏擎天在南方之战功劳不如他，虽然皇上南方平乱重赏了他，可是他没有得到实际重用，家族也没有得到更大的富贵荣华，相反魏擎天倒是平步青云。因此，他在本次战役里，总是出工不出力，阴一套阳一套。

鉴于陆博宇的表现，夏生早有防备。他对秋生说："陆将军对魏大将军一直不满，他们两人有隔阂，我们可不能受他的情绪影响，一定要按照魏将军的部署去打才行。"

秋生赞同夏生的说法。

夏生和秋生找陆博宇商量一起发起对左贤王的总攻，不出所料，陆将军想了想说："我看，咱们三个还是分开来打左贤王比较好，这样声东击西，左贤王被打得晕头转向，我们自然可以轻松取胜。"

夏生试图说服陆将军不成，便只好由他去了。

陆将军带兵出战，没多久就遭遇了草原大风，整个队伍迷失了方向，陷于草原。

夏生和秋生决定联合作战，发现左贤王兵力本身不强，又惧怕本朝军队，士气低落，他们很快就打赢了，活捉了左贤王。战罢，他们立刻一路进发，和魏擎天的大部队会合。

此次朔方之战，本朝将士俘获右贤王部众男女一万五千人，牲畜数十万头，大获全胜。但是，令他们都倍感奇怪的是，陆将军的整个队伍神秘失踪了，直到战役结束也没有找到他们的踪迹，这成为本朝最大的悬案。

当本朝将士凯旋的消息传回朝廷，皇帝刘武决定派特使去迎接，并且要当场赏赐。

第二十一章

当本朝将士回到朔方城，皇帝刘武派出的使者手捧大将军印信已经赶到了军营中，封魏擎天为皇家御用大将军，加封食邑八千七百户，成为武将中的最高统领，所有本朝将士领统归魏擎天指挥。其余各将，包括春生、夏生、秋生也都被大加封赏。

大战一结束，魏擎天就让他的几员大将都回家好好休息一下。魏擎天将皇上赏赐他的珠宝、美酒、丝绸等分了下去，让他们充分感受到皇上的盛意。

春生、夏生、秋生一起回到了东方书院。

茉莉和张一朵做了一大桌好菜给他们接风洗尘，两个孩子好久没有见到春生了，就一边一个坐下，和春生一起吃饭。春生只顾着喂他们两个，自己都没怎么吃。茉莉看着又黑又瘦的夫君，心疼不已。

吃完晚饭，夏生和秋生各自回房休息。两个孩子本想赖在爹爹身边听故事，却被张一朵赶去睡觉了。春生和茉莉这才有空到后院坐一会儿，喝喝茶，聊聊天。

茉莉说："春生，你不在的时候，两个孩子天天问我，你什么时候回来。"

春生面露愧疚地说："我也很想念他们，更想你。"

茉莉听到这里，把头枕到了春生怀里，问："少来了。我都不知道，自己还能否承受这样的聚少离多？"

春生吻了吻茉莉的额头，说："这都怪我。但是生为男儿，要为冬生报仇雪恨，还要报效这个国家，让你受委屈了！"

茉莉难过，春生也难过，他觉得茉莉说得有道理，但是目前这种状况，他能做什么呢？

他问道："茉莉，你是怎么考虑的？"

茉莉沉默了，她只是抱怨一下，也没有具体想好应该怎么样，春生一问倒把她给问住了。

两人沉默了一会儿，气氛有些压抑。

春生站起来说："我们去花屋泡温泉去吧。待在一起的时间本来就少，还这样哀哀怨怨的，不好。我们在一起，就要开开心心。"

两人紧紧地拥抱在一起，借助绿叶飞毯飞过茂密的丛林，飞过一道道山梁，终于到了深山的花屋里。

春生一挥手，满屋的鲜花开放，绿叶与花瓣共舞，何其浪漫。春生掀开绿叶覆盖的天然温泉，跳了进去。

茉莉还在旁边慢吞吞地，春生捧了一捧水，泼了茉莉一身。茉莉干脆整个人也跳进温泉，使劲撩起水泼向春生。春生告饶，两人的笑声响彻花屋。

两人在水中尽情玩耍着，仿佛又回到了过去的时光，一切都是那么纯粹、美好。他们相互依偎着，希望时间慢些，再慢些。

早上，春生刚走出洞穴，蝴蝶小仙便赶来，催促道："春生，你家里出事了，快快回去！"

他赶紧跑回花屋，推醒沉睡的茉莉，说："快快起床，蝴蝶小仙报信说家里出事了！"茉莉听到这里，马上翻身起来。

两人收拾好，乘绿叶迅速地飞回了东方下院。

茉莉一路上吓得直哆嗦，嘴里絮叨着："我最担心两个孩子啊，我们得赶紧回去！"

春生紧紧地握着茉莉的手，说："不会有事的，不会有事的，有我在。"

其实，他心里比茉莉还担心。虽然战争结束了，但是，凶族并没有被消灭，敌人还是很强大，说不准会做出什么事。

飞回到下院，只见火光冲天，孩子在大声啼哭着，东方首正带着夏生、秋生等人扑火。

春生和茉莉马上施法，天降大雨，浇灭了火。

两个孩子哭着跑过来，茉莉和春生一人抱住一个，大家都被雨浇透了，一个个落汤鸡一样，呆呆地站在院子中间，默默地听着孩子哭泣，看着春生夫妇。春生和茉莉都很后悔，偏偏昨晚离开下院就出此大事。

东方首挥挥手让大家都回到各自房间，换好衣服再来大厅商议此事。

春生和夏生、秋生在下院转了一圈，找到十几根火把，走到大厅向师父汇报。春生说："师父，这显然是有人纵火，想烧死我们。"

东方首说："我们在京城没有宿怨，我看不大可能是附近的人。"

有家丁报告："先生，深夜我上茅厕，看到有两只巨鹰停落在我们家院墙上，当时没有在意。"

东方首说："鹰乃是草原之物，为何会跑到京城来？"

春生说："听闻，尹拉坦请了两只鹰妖，专门对付我们本朝军队。会不会是那两只鹰妖放的火？"

秋生说："凶族定是怀恨在心，才会让两只鹰妖来东方下院作孽。"

夏生说："她们没有得逞，估计还回来，我们要做好准备。"

东方首觉得大家分析的有道理，便说："一朵夫人带着孩子们回上院，秋生也回上院保护他们，下院只留春生、茉莉和夏生镇守。"

之后，东方首又亲自登门向魏擎天说明情况。魏擎天立刻派重兵装扮成家丁，看守东方两院，盘查可疑之人。

春生和茉莉、夏生在院子里，装作若无其事的样子，有说有笑，试图引鹰妖再次来袭。

没过多久，天空突然暗了下来，乌云密布，阴风四起，两只鹰妖果真再次出现了。她们在空中盘旋了一会儿，就落在了下院的屋顶上，化成两个全身羽毛、一脸恶相的女子。

两只鹰妖立刻喷火，再次点燃了院落，她们就是要烧死东方府这几位大将。

如果没有了这些人，魏擎天将如损失左膀右臂，如何威风得起来？

家丁马上躲在了山石背后，拿起弓箭，开始向鹰妖射箭。

鹰妖飞起，不断地扇动翅膀。弓箭尚未到她们的眼前，便已被翅膀带出的风扫落在地。

春生和茉莉马上施法，扑灭了火焰，组成了绿叶结界，护住院子。茉莉挥舞长剑，直接刺向鹰妖姐姐，鹰妖姐姐甩出铁鹰钩迎战。两人战成一团，一时难以判断胜负。

打了几个回合，茉莉假装落败，扭身向山上飞去。鹰姐姐以为茉莉真怕了她，于是就跟进了几步，没想到茉莉立刻转身，快速飞出长剑，一剑刺中鹰妖姐姐的右翅，黑色的血液瞬间喷了出来，差一点喷到茉莉脸上。茉莉往后一躲，还是有几滴溅到了裙边，丝绸裙边立刻化为灰烬。这鹰妖的血真毒啊！

鹰妖姐姐被茉莉刺中一剑，忍着疼痛，飞到更高的空中盘旋着，伺机再战。

另一边，春生快速甩动筋骨鞭，狠狠地打向鹰妖妹妹。春生一出手，就击中了鹰妖妹妹的头部，血流不止。春生继续挥鞭，打得鹰妖妹妹羽毛凋落，无法招架，边打边逃。她根本就不是春生的对手。

就在春生乘胜追击时，鹰妖妹妹突然回头，从嘴里喷出黑色毒烟。茉莉大喊一声："春生，小心！"可是已经来不及了，黑烟一下子扑向春生的眼睛。春生双目被伤，赶紧落地，茉莉马上跑到屋里找水，想为春生洗眼。

夏生立刻从院中飞起，他担心鹰妖继续作怪，挥出长剑刺向鹰妖妹妹。

鹰妖妹妹已经负伤，刚才差一点被春生打死，这又来一位，她怕自己抵挡不了，于是喊了一声："姐姐，我先回了！"就惊慌失措地逃走了。夏生见她已经逃走，就没有再追，赶忙回去看春生的伤势如何。

姐姐一看妹妹逃走，也喷出大量黑雾，一路掩护着妹妹，也逃走了。好在黑雾被绿茶结界挡住了，没有对下院造成伤害。

茉莉已经没有心情再管其他的事情，只是担心春生的眼睛会不会出什么大问题。她看到春生眼睛肿得好大，整个面部也完全变黑。她马上告诉家丁，赶紧煮好茶叶给春生敷眼，再喂他吃下解毒的丹药。她心里明白，春生中的事妖毒，一般的草药不会起作用，她必须马上到百草园去找神农氏，只有他才能救治春生的眼睛。

她告诉春生一定要顶住，又告诉夏生和秋生，自己要去百草园找神农氏。

春生听茉莉这么一说，马上明白了自己中毒有多深，伤得有多重，也明白茉莉心中有多急。

他轻轻地说了一句："好的，茉莉，快去快回，我等你！"

春生用气护住自己的眼，不让妖毒继续扩散。

夏生听茉莉这么一说也明白了，他让家丁照顾春生，他必须马上赶到上院去通知师父，春生万一失明了，那可是了不得了。

茉莉心急火燎地找到神农氏，神农氏二话不说就和茉莉飞抵东方书院。

神农氏揭开春生眼睛上的布条，仔细检查了一番，大吃一惊，说："春生中的乃是世上奇毒，下手之狠，前所未见。"

茉莉一听到这里，眼泪就要流下来，她心疼春生，马上问："您可有什么办法吗？"

神农氏想了想，说："按道理来说，春生经过百年珍珠的滋养，百毒难侵。可见，此毒确实不一般，我来试试可否用蜂王毒以毒攻毒，但是也有一定风险。"

茉莉知道神农氏犯难了，这种毒竟令神农氏也感到棘手，她不禁更为春生感到担忧。

神农氏让大家仙离开屋子，他让春生保持平静，即使有刺痛感也要忍住。准备好后，神农氏放出蜂王，来给春生解毒。春生忍受着蜂王毒引发的剧烈刺痛，连额头都渗出了汗珠。连续多只蜂王刺进春生眼中的黑雾后，都毙命了，可见此毒之凶险。

以毒攻毒的疗法确实起到了一定的效果，春生的眼睛渐渐可以感知一些光亮了，但视线仍然是模糊的。

神农氏说，春生的眼睛能治疗到这种程度已经不错了，又开了药方，让茉莉去抓药。

东方首被夏生和秋生叫到了上院，拜见过神农氏，听完神农氏的诊断后，对春生的眼睛能否恢复忧心忡忡。

魏擎天将东方府遇袭一事，报告给皇帝。皇帝派御医救治春生，同时和魏擎天商量如何对付鹰妖之事。

茉莉不相信春生会失明，她坚信春生的眼疾会出现好转。

她每天给春生进行眼部按摩，用煮好的茉莉花茶水反复冲洗春生的眼睛，然后再让春生吃一些神农氏留下的解毒丹药。渐渐地，春生的眼睛有所好转，不仅可以看到光亮，已经基本可以辨别出熟悉的人了，虽然还是有些模模糊糊，但是确实比以前好多了。

茉莉拉着春生到户外散步，让他练习眼球转动，习惯各种光的刺激，让他不断辨人、鸟、花草。

在茉莉的精心照顾下，春生的视力恢复到原来的五六成，近处看人识物已经好多了，只是远处的还是看不清楚。神农氏多次诊断后，告诉茉莉，妖毒给春生的眼睛造成了永久性的伤害，春生能恢复成目前的样子已经很好了。

东方首只好报请皇上和魏擎天，让春生在家养病，暂时不回战场。魏擎天虽然心里不太愿意，但是看到春生的样子，也只好答应了。

凶族左、右贤王遭遇严厉打击，入侵本朝以失败告终。鹰妖两姐妹偷袭东方书院，被春生、茉莉打伤，回老窝养伤去了。这让尹拉坦气急败坏，他对本朝更是恨之入骨，想马上实施报复。

他找来国师张道长商量此事。狡猾的张道长说："大单于，左、右贤王大败，鹰妖受伤，咱们元气大伤，士兵士气低落，此时再出兵恐怕对凶族不利，不如休养一段时间。招兵买马，训练军队，让鹰妖姐妹养好伤，等到我们准备充足了，再战本朝也不迟啊。"

经过反复考虑，尹拉坦也认为国师说得对，于是停战修养。

第二年秋天，养好身体的鹰妖主动向国师和大单于建议："我们的士兵已经休养了一段时间，也补足了粮草，可以找个时机和本朝干一仗了！"

国师也说："我们失去了金河，远离水草茂盛的地区，畜牧业生产发展受到严重限制，如果继续大举进攻，长驱直入，供给可能跟不上。臣建议还是以骚扰边塞为主，目的是掠夺更多的粮食、畜牧、茶叶等物资，以度过漫长的冬季。"

尹拉坦大单于对国师的建议当然是言听计从，亲自带领万余骑兵袭击朔方城。守卫将领匆忙迎战，大败而归，鹰妖和国师联手杀了守城的都尉，劫掠千余人而去。凶族得胜后并没有盲目占领和进攻，而是反复骚扰各个边城，掠夺财粮。

第二年春，皇帝刘武决定不能让这样的情况再发展下去，否则养虎为患，于是，令大将军魏擎天率领十万骑兵，再次奔赴凶族居住地。这一次，本朝军队深入凶族境内两千余里，几乎贯穿整个凶族地区，取得了一连串的胜利，给凶族以沉重打击。但是，本朝军队也损失了七千余人，夏生、秋生追击凶族军队数百里，斩获两千余人，由于采取的是正面平推式进攻，未能聚歼其主力。

又年，夏生、秋生两位大将请战，目标是消灭凶族精锐部队。他们率领万余名本朝士兵，深入凶族居住地，开始全面截杀凶族精锐军队。然，由于轻敌，所带士兵数量严重不足，行军到草原深处时，与数万凶族主力骑兵相遇，从而展开搏杀。

国师张道长建议尹拉坦抓住这次机会，给本朝军队沉重打击。尹拉坦让两只鹰妖主攻，张道长配合，释放大量毒狼烟，令大批本朝士兵昏倒。鹰妖用钢爪钩杀数人，并将尸体抛向空中，手段极其残忍。

夏生、秋生虽不惧鹰妖和张道长，但是寡不敌众，他们一边和凶族激战一边派人向魏大将军请求支援，但是，他们派出的传信兵，半路上被张道长截杀。他们彻底失去了请求支援和补给的机会，陷入孤立无援的境地，被凶族主力部队包围，夏生、秋生只好带领众将士奋力突围。

最后，只有夏生、秋生和少部分士兵突围成功，近万名本朝将士战死沙场。

经此一役，凶族士气再一次高涨。张道长向尹拉坦献策："大单于，虽然我们在本次战役中取得了胜利，但是，我相信我们已经激怒了本朝皇帝，他一定会派出更加庞大的队伍来和我们一拼高低。我建议我们即刻向北迁移，诱使本朝军队深入草原腹地，领他们被迫拉长战线，乘其远来极疲，供给不足，再给予彻底、沉重的打击！"

尹拉坦也认为本朝军队已经很强大，如果在边塞一带死磕，只会越来越困难，不如采用国师这一计谋。

尹拉坦下令，凶族部队撤离核心地区，向沙漠北部远移，同时派少部分士兵继续骚扰本朝边境，造成并未远行的假象。这个张道长真是厉害，绝对是本朝的大克星。

这场败仗，夏生、秋生负伤，几千士兵命丧黄泉，魏擎天彻底知道了鹰妖和张道长的厉害，而他们暂时还没有打败鹰妖及张道长的好办法，这让魏擎天更加怀念春生。军中虽然有夏生和秋生，但是魏擎天知道，他们都难以和春生相比。

他苦思良久，要想打赢凶族，无论如何还是要请东方首和春生出山。但是，他也深知，东方首好办，病中的春生才难请，即使春生愿意，茉莉也不一定愿意。

魏擎天上奏疏，说有要事相商，皇帝立马宣召。待魏擎天来到内殿，皇上问："爱卿，何事如此紧急？"

魏擎天说："皇上，我朝若想于凶族大决战中取胜，必须请东方首师徒出马。"

皇上说："东方首不是已经将夏生和秋生指派与你了吗？"

"远远不够，凶族的国师阴险狡诈至极，臣恐陷入埋伏。"魏擎天说，"东方首智慧超凡，深谋远虑，他可做这次大决战的军师。春生战斗勇猛，法力无边，可做部队的先锋，夏生和秋生做他的副将。但是，春生现患眼疾，需其夫人茉莉在一旁辅助才行。茉莉的武功，皇上也是见识过的。有他们师徒参战，我军战力立刻提升，也可避免受制于那狡猾的魔道和凶狠的鹰妖姐妹，确保此战我军必胜。"

"茉莉？"皇上想了想，说，"就是那个打败了韩燕儿漂亮的女子吗？她已经和春生成家了吗？"

魏擎天一听到这里，既生气又好笑，都什么时候了，还惦记着人家的美色，遂答道："已经成家了，并与春生育有一子一女。"

皇帝惋惜地叹了口气，然后说："爱卿是因说服东方首带全部徒弟出战有困难，才来找朕的吧？"

魏擎天笑了笑，说："是。"

"那朕得好好想想。"皇上也笑着说。

其实，作为皇上命令他们参战并不难，但是刘武知道，必须调动他们的积极性，让他们主动要求参战并且愿死心塌地为本朝卖命才最好。

皇上派人四处打听关于春生和茉莉的事情，收集了一大堆资料，心里也有了主意。

这一天清晨，皇帝突然宣诏东方首觐见。东方首不知道何事，就来到太玺宫。

皇帝问："爱卿的徒弟春生和茉莉已经成家了吗？"

东方首不知道皇帝葫芦里卖的什么药，诚惶诚恐地说："是，陛下。他们已经成家。"

皇上问："他们双方父母同意吗？"

东方首面露尴尬，说："这个，这个嘛………"

皇上看到东方首脸色有变，哈哈大笑起来，道："爱卿，莫急。朕对春生和茉莉的故事也有所耳闻，有意给他们办一场盛大的皇家婚礼，由朕亲自做主婚人，将双方家长请到太玺宫，也算成全了这对有情人。爱卿意下如何？"

东方首当然觉得很好，春生和茉莉之间最大的隔阂就是这个，如果由皇上来解决，那简直太完美了。

皇上继续说："爱卿先不要告诉春生和茉莉。朕已命人去请无理真一家，他们现下已经在路上了。你去通知茉莉的父母，做好一切婚嫁的准备。到时候，我们给春生夫妻一个巨大的惊喜，好不好啊？"

东方首不明白皇上什么时候变得如此心善，总觉得这其中定有蹊跷。但他转念一想，由皇上亲自主婚，在太玺宫举办盛大婚礼，这都是超规格的待遇，既能了却春生和茉莉的心头之忧，也是东方府的荣耀。

他喜滋滋地回到家中，派人快马去接茉莉的父亲，同时，将此消息告诉了张一朵。张一朵一听便笑开了花，女儿的婚礼能由皇帝亲自主持，这可是天大的好事。东方首让她保密，她也开心地答应了。

茉莉发现师父和母亲这几日总忙着采购东西，神神秘秘的，尽管觉得奇怪，此时也无暇他顾，她一心系在春生身上。

春生一边吃神农氏的药，一边修炼疗伤，眼疾日渐好转。

无理真、玉叶接到圣旨，得知皇上要为春生和茉莉赐婚，自然非常高兴。无理真也想借机和春生、茉莉修好关系，三姐妹更是欢欣鼓舞。

无理真一家风尘仆仆来到京城，皇帝在太玺宫亲自接见无家上下，并且赐封无理真的梦顶山茶园为"皇家贡茶茶园"。这一恩赐令梦顶山绿茶名满天下。

皇帝宣诏东方首、无理真一起协商了婚期、婚礼流程等，命人安排无家住在皇家驿站。

这一天，东方下院张灯结彩，热闹非凡。突然，茶仙三姐妹出现在茉莉的房间里，不容分说地为茉莉梳洗打扮。

茉莉惊问："你们怎么来了？今儿怎么了？"

青风说："茉莉，今天是大喜的日子，皇帝要为你和春生亲自主持婚礼大典。你们虽然已经成家，但是一直没有办婚宴，这次由皇帝亲自给你们补上。这简直是天大的荣耀！"

茉莉一时有些反应不过来，问道："这，这样啊，春生知道吗？"

青颂说："他也是刚刚知道，正被夏生、秋生他们围着试穿新郎服装呢。"

张一朵也在梳洗打扮。昨天晚上，郝西波赶到了京城。两个孩子不知道发生了什么事情，兴高采烈地乱喊乱叫着。

东方首召集大家到大堂屋集中，茉莉和春生还没有完全收拾好，狼狈地来到大堂。大家一看他们两个便哄堂大笑。

东方首说："明天，皇上要为春生和茉莉补办新婚大典，由皇上亲自主持，地点就在太玺宫。"

人群发出惊叫声，因为他们中的大多数人一辈子都没去过太玺宫。

东方首继续说："今晚，茉莉、一朵夫人和三位茶仙姐妹一起住进皇宫，明天一早就帮新娘梳妆打扮。春生今晚住在书院，明早进皇宫迎娶茉莉。具体安排都写在了帖子上，大家仔细看看。"

无理真和玉叶自知有愧，不敢上前相认，只站在一旁，不知所措地望着春生与茉莉。

东方首看到此情此景，把春生和茉莉拉到一边，劝道："为师一直将你们视作亲生子女一般，手心手背都是肉，委屈了哪一个，我都感到心痛。有些话，不该我这个做师父的来讲，但今日你们定要听我一言。春生的父母来参加婚礼，就表示已经完全认可你们的婚事了，无论如何都是一家人，何不趁此机会化干戈为玉帛呢？"

春生看着茉莉，茉莉眼含泪水不说话。

东方首说："茉莉，我知道你心中还有恨，但是你可知，有时，恨比爱更长久，放下比执念更难。原谅他人，也是原谅自己，要先学会与过去和解，才能真正远离痛苦，迎接未来。莫要做令自己后悔的事。"

茉莉终于叹了一口气，说："行，就听师父的！"

尽管，茉莉心里有一百个不情愿，但是，她也明白自己没有必要再和春生父亲置气，幸福的日子要由自己把握。

春生听到茉莉这样说，松了一口气，一把抱住她，说："茉莉，我们一家人一辈子都会感激你的善良。"

在东方首的引导下，春生和茉莉来到双方父母前，一一拜过。郝西波和张一朵看到春生、茉莉这对金童玉女如此恩爱，也放心了。玉叶动容地接受了两个孩子的拜礼，无理真羞愧万分，觉得自己真是白活了这许多年，还比不上这两个小辈。

当夜，茉莉、一朵和三位茶仙女被安置在太玺宫的茉莉花坊。一夜之间，花坊中的茉莉花便全数开放，满园飘香。

茶仙子们被这满园的花所吸引，跑到花丛中嬉戏半晌，才想起要给新娘子打扮。好在有宫女帮忙，不然光是这繁复的新娘装束，恐怕就要整理到半夜。

东方府上下也在忙碌着娶亲的一切事宜，春生忙里忙外地参与。大家怕他劳累，眼疾加重，就劝他回屋休息。只是他此时兴奋异常，躺在床上也难以入眠。

太玺宫早已布置一新，门窗、梁柱全部披红挂彩，两侧摆满了娇艳的盆栽鲜花，迎亲的红毯一直铺到殿外。两排长桌上摆放着精致的点心、水果，大红灯笼和蜡烛将整个大殿映得格外明亮壮观。

皇帝特批无家的迎亲队伍走太玺宫中门，以示重视。这让无家倍感荣耀，无理真更是兴奋不已，他这次上京可真是风光无限啊。

　　一大早，春生沐浴更衣，穿上新郎官的衣服，心情格外激动，总算了结了这一心愿，也不负他和茉莉所吃的苦。如今，全家团圆，虽然矛盾不可能一下子全解决，但是表面上都做到了一团和气就够了。特别是父亲能来，这说明他已经不再坚持什么正统血脉，这已经是最大的进步了。

　　东方首和郝、无两家人装扮一新，敲锣打鼓，浩浩荡荡地向太玺宫婚典大堂走去。一路上，围观群众议论纷纷。

　　一进太玺宫，所有的人眼睛都忙不过来了，一切都是那么精致、奢华，大家一边走一边小声议论着，太玺宫真是气派非凡。

　　东方首列首位，无家、郝家夫妻站在第一列，魏擎天等大将在另外一侧。魏擎天笑逐颜开，不断对东方首眨眼睛。东方首感觉有点不对，不知魏擎天挤眉弄眼是何意。

　　司仪高呼："请吾皇万岁上殿。"

　　皇帝缓步上殿，后面跟随着众太监、宫女，彩旗飘展，车辇豪华，龙飞凤舞，阵仗宏大。全体跪拜，山呼万岁。在司仪官的主持下，春生和茉莉的婚礼大典开始了。

　　茉莉凤冠霞帔，莲步轻移，闪亮登场，惊艳众人，茉莉花香飘散在殿内，令人沉醉。

　　婚礼程序一一走过，鼓乐齐鸣，歌舞助兴，美酒、美食、美景、美人，让大家都沉醉在这场华丽壮观、仪式威严的婚礼庆典里，心情久久不能平静。

　　婚礼结束后，皇上还邀请春生和茉莉在宫中的茉莉花坊小住几日。

　　晚饭后，皇上特别召见了春生和茉莉，然后将魏擎天想请东方首师徒一起出山的想法告诉了他们。夫妻二人这才明白，原来，皇帝的心机藏在这里呢。他给了春生、茉莉这么大的荣耀，为他们办了这么体面又隆重的婚礼，还解决了他们与父母的隔阂。恩德如此，让他们怎能不答应皇上呢？

　　两人一起跪下，承诺皇帝，愿全力以赴，万死不辞，为本朝效劳。

　　皇上龙颜大悦，封春生为常胜将军，同时又赐了府邸及土地。

　　茉莉与母亲和两个孩子搬到了常胜将军府。父亲住了几日，坚持要回到江南照顾百年茉莉花树和老房子。茉莉只好答应了。

　　无理真一家在京城游玩几日，享受了皇恩，便一起回到了梦顶山，那里的茶园也需要人照顾。三姐妹则继续留在京城，经营已被搁置一段时间的御茶坊。

　　皇帝为了请春生和茉莉出山，真是煞费苦心，好在效果不凡，彻底战胜凶族，指日可待。

第二十二章

魏擎天邀请春生和茉莉来到军中，将苦恼讲给两人听。最令他发愁的是，如果兵分几路，该如何解决彼此快速通信的问题。

春生说："通信问题除了加强地面的通信兵马之外，还可以利用信鸽传递消息。我建议由茉莉专门训练一批信鸽供军中使用，这样可以解决行军时的联络问题。"

魏擎天点头答应了。

接着，三人又和夏生、秋生一起看了军队排练的新阵法。

茉莉说："此阵型看上去很严密，但实际上有不少漏洞，敌方一旦熟悉了这种打法，就会想到通过分段包围策略来破阵。根据双方军队的情况，他们完全可以利用田忌赛马的方式，将我们一一击溃。因此，我们还应增加一些变阵。"

"变阵？怎么变？每一次变阵都要训练较长的时间，怎么办？"魏擎天问。

茉莉说："让我考虑一下。"

魏擎天迫不及待地说："变阵之事可以慢慢考虑，但是，你们二位从军之事可不能再拖了。皇上和我说，你们已经答应了。"

春生调侃道："将军为了让我们从军，可是煞费苦心啊。"

魏擎天哈哈大笑，说："不是我煞费苦心，是当今圣上英明啊。"

茉莉笑着说："无论如何，我们都很感激您和皇上。只是有一人的工作，还得劳烦魏将军去做。"

魏擎天明白，茉莉说的正是他们的师父——东方首。他知道，东方首心中是愿意答应的，只是不甘心就这样被他算计了，非得他亲自去书院劝说一番。

魏擎天问："几位就阵法还有什么意见吗？"

春生说："暂时没有了，只是，那两只妖孽该如何收拾呢？"

春生这么一问，把魏擎天给问住了，他说："对于那两个妖孽，我们现在还没有什么好对策。"

茉莉知道春生心中有恨，就说："那两只妖孽心狠手辣又法力高强，必须先除掉她们！"

魏擎天问："但是，如何除掉？谁可以降服这两只鹰妖呢？"

茉莉和春生不约而同地想起一人。

茉莉说："我想，世间唯有姑姑可以收付这两只鹰妖。"

春生点头，说："只是，姑姑避世已久，不知是否愿意出手相助。"

魏擎天听到他们两人这么说，便道："那就有劳二位请这位绝世高手出山，助我们降妖除魔。"

春生和茉莉一想，他们刚刚大婚，正可借送喜糖的机会，顺道与姑姑说说降妖的事情。

傍晚，春生和茉莉乘着绿叶飞毯，快速来到了鹤仙庄。看家护院的茶仙子一看到他们，便兴奋地高喊："春生和茉莉回来了！"

众茶仙和花仙一听说春生和茉莉来了，纷纷跑出来迎接他们，众星捧月一般拥着他们来到了鹤仙庄的大堂。

春生把他和茉莉成婚的消息告诉了大家，然后开始发喜糖。大家一哄而上抢糖吃，同时祝贺他们有情人终成眷属。

正在嬉闹之时，姑姑出现了。

大家一下子安静了下来。姑姑看到春生和茉莉一起回来，开心地笑了，连忙拉着茉莉的手坐下，春生站在她们旁边。

姑姑笑着说："有情人终成眷属，是最值得庆贺的事，速速取来新酿的茉莉花酒，大家今晚好好开心一下。"

听姑姑这么一说，大家齐声欢呼，开始分头准备，鹤仙庄好久没有这样热闹了。大家像过节一样，拿出自己私藏的好酒好菜，再加上时令的蔬菜瓜果，一一摆在长桌上。

姑姑、春生、茉莉和大家一起喝酒庆贺，一派喜气洋洋。众人好久都没有这样开心了，鹤仙庄远离凡尘，日子也过得平淡祥和，少有人拜访。春生、茉莉一来，大家自然高兴，推杯换盏，欢声笑语，载歌载舞。

酒席间，姑姑察觉春生眼睛有异，问茉莉怎么回事。茉莉就把遇到鹰妖的事情，和姑姑说了一遍。

姑姑一听大怒，对茉莉说："鹰妖对春生下此狠手，祸害百姓，那可不行！"

茉莉知道姑姑是仗义之人，说："姑姑，那鹰妖作恶多端，为祸一方，但法力高强，我们皆不是对手。"

姑姑说："小小妖孽，有何惧？何日铲除这妖孽，叫上我同去就是了。姑姑我出马，定让她们有来无回。"

茉莉和春生赶紧谢过姑姑。

姑姑今日心情格外好，喝得也尽兴，难得有些醉意，早早回房休息了。

夜深人静，茉莉和春生飞上巨鼓山，相互依偎着，看着宁静而悠远的大海，感受着彼此的心跳与温暖。

姑姑已答应帮忙收拾鹰妖，春生和茉莉在鹤仙庄小住几日后，便恋恋不舍地离开了，临走的时候，还带上了足够多的茉莉花茶，准备送给京城的朋友。

魏擎天听了春生的报告，非常高兴，将情况告诉了皇上。皇上对大战凶族有了更多的信心，便决定开始筹划最大规模、最艰巨的战役——漠都之战。漠都乃凶族首府，此一战若能取胜，凶族王朝将彻底崩塌。

这天清晨，东方首听下人来报，说魏擎天求见。他便告诉下人，就说自己一大早就去书院了，不在家，让魏擎天回去吧。

魏擎天一听就知道东方首这是不愿意见他，转身去了春生的府上。

春生、茉莉接待了魏擎天，魏擎天说："你们的师父不愿意见我。"

春生笑着说："魏大将军，冬生战死，我们其余几人也都归入您麾下，师父还屡次遭您算计，如何不生气？"

魏擎天说："那怎么办呢？漠都之战是决战，国家需要他。大家一起为国效力，还分什么你我？"

茉莉说："这道理，师父也懂，只是如今面上挂不住。我看，您得去找找皇上，让皇上给他一个好说法，他心里一舒坦，这事就妥了。"

魏擎天觉得他们二人说得有道理，就去找皇上说说此事。皇帝一听就明白了，酸臭文人就是好面子，一定得给个好名分，而皇上的口袋里最不缺的就是名分。

皇上一口答应了此事，马上宣诏东方首。这下东方首想躲都躲不了，只能上殿觐见。

皇上问："爱卿，你最近可有什么不痛快？"

东方首马上猜到，是魏擎天到皇上这里嚼舌根了，便答道："没有什么不痛快，府里刚办完喜事，一切安好。"

皇上笑着说："那朕封你为本朝御前国师，享受王侯待遇，可好？"

东方首一听，这可是本朝最高规格的赏赐啊，马上跪下，说："承蒙皇上厚爱，臣愧不敢当。"

皇上微微一笑，说："爱卿就不要推辞了，就这么定吧。不过，既是御前国师，当为国尽力。"

"谢皇上！臣定当为国效力！"东方首跪拜谢恩。

就在此时，有人哈哈大笑着从偏殿出来，东方首抬头一看，是魏大将军。魏大将军笑着说："恭喜国师，贺喜国师。"

东方首说："哎呀呀，魏大将军，还是你厉害啊！"

东方首顺利加入魏擎天战队。

如今，魏擎天自觉一切准备妥当，东方首师徒共同参战，他就有把握能赢。

大战在即，魏擎天将这些大将邀请到军中议事。

东方首说："要想取得决定性胜利，必须先打赢两只鹰妖。需要有人先单独把鹰妖引出来，姑姑在附近埋伏着，等鹰妖一出现，就降伏她们。鹰妖一除，我再想办法除去那个张道长，尹拉坦就失去了左膀右臂，我们才更有把握打赢。"

大家点头称是。

魏擎天说:"春生,等议事结束,你根据东方国师的意见,连同茉莉、夏生、秋生一起做出一个更详细的捉妖计划。我们再来讨论。大家还有什么建议吗?"

东方首发言:"捉妖是一方面,但是,我认为更为重要的是尽快移民。本朝在金河战役打赢之后,接受了凶族的投降,将他们安置在金河以南地区,凶族人大量聚居,后患无穷。我们可以鼓励百姓移居过去,与归降的凶族人一起生活。这既是对他们的监督,一旦有风吹草动,我们便可第一时间获得消息,同时,也可以巩固河西,促进当地生产力,解决我们长线作战供给不足的问题,具有长远的意义。"

东方首一席话获得了全场的掌声,大家都对这位国师心服口服。

后来,皇帝采纳了这一建议,向凶族属地移民达几十万人。张道长万万没有想到,他想靠拉长战线拖垮本朝的计策,早已被东方首识破,凶族这一次注定要大败。

魏擎天说:"很早以前,我在凉凉郡培养了一个亲信,让他在那里储备了大量的粮食。这些粮食足够在深入凶族腹地的关键时刻,助我们一臂之力了。"

东方首问:"你那位亲信是不是卢员外?"

魏擎天大吃一惊:"你怎么知道的?"

东方首把寻刀遇险幸得卢员外留宿之事,完完整整地与魏擎天说了一遍。但东方首万万没有想到,卢家的地窖是魏擎天的安排,此安排确实绝妙,他对魏擎天的军事才能更加佩服。

春生难过地告诉魏将军,卢员外已经遇难,卢家大院也遭到了破坏,那些粮食恐怕也不在了。

听到这个消息,魏将军吃惊又难过,多年的心血付诸东流,卢员外就这样被两只妖孽杀害了。

一时间,大家都不说话了,东方首留下来劝慰难过的魏大将军,其他人领命散去。

春生几人来到御茶轩,一边喝茶一边讨论如何引鹰妖出来,并与姑姑配合,剿杀鹰妖。

春生说："鹰妖最恨的应该是我，因为我上次伤了她，我一出现，她们肯定一心想要我命。这样，我先露面，与她们打斗起来，再故意露出破绽，假作不敌，一路狂奔至我们设伏之地。你们再配合姑姑，包围鹰妖，如何？"

夏生一边听春生讲一边观察地图，指着一处山脉，说："此山距离鹰妖最近，阳面寸草不生，阴面树林茂密。按照春生的主意，我们可以埋伏在位于此山阴面的通幽谷，大概位置在这里。春生，你把她们引诱到这里就可以了。"

茉莉说："春生，你的眼睛还没有完全好，一个人去太危险了。我和你一起去，你在明处，我在暗处，相互有个照应，你看如何？"

春生深情地看着茉莉，点了点头。他知道在茉莉心中，他比这天下的任何事、任何人都重要，生死相随，再无离别，这是他答应过茉莉的。

春生和茉莉乔装打扮成凶族商人的模样，直入凶族都城——漠都。

进入漠都后，两人格外小心，穿过热闹的街道。春生向一个凶族稚童打听鹰妖的府邸，说自己携夫人从都城外慕名而来，向鹰神大人祈求好运。稚童一听，便说："鹰神大人性情古怪，不喜漠都的喧闹，居住在大漠最深处，一般人是找不到的。"

原来，那鹰妖极其狡猾，将巢穴建在了大漠深处。春生和茉莉在蝴蝶小仙的帮助下，总算找到了鹰妖的老巢。

荒漠戈壁，寸草不生，死去的胡杨树还保持着古怪的造型，在夜色中更显阴森。大漠气候诡秘，白天还热得像蒸笼，晚上就变得冷如寒窖。春生和茉莉坐绿叶飞毯来到了阴冷的沙漠深处，鹰妖的巢穴就在沙土之下。

夜越深，大漠便越冷，两人必须尽快引妖出洞。

春生施法，破除了鹰妖布下的障眼法，找到了巢穴的具体所在。此时，洞口无人把守，但里面看上去漆黑一片，春生视力不好，只好由茉莉在前面引路。

茉莉牵着春生的手，走进了一条石头垒成的通道。他们深一脚浅一脚地走了好一会儿，隐约看到了光亮，便向前疾走几步，躲在了一处凸凹的石壁后，向光亮处窥去。

那是一个由巨石建成的宏大无比的空间，石头铺就的地面上堆满了各种动物的尸骨，墙上挂着各种动物的皮毛和牛头、羊头一类的装饰品。烛火通明，两只鹰妖正边吃边聊天。

只听鹰妖姐姐说："我们姐妹两个受伤，最近都没有参战，据说大单于已经输了好几场了。"

妹妹说："是啊，本朝势力好像越来越大了。看来，大单于没有我们不行。"

"那个春生最可恶，他竟然伤得你那么重！"

"他夫人茉莉也不是好对付的，打伤了你。"

"如果再让我遇到这个丫头，我一定得整死她，太可恶了！"姐姐咬牙切齿地说。

春生轻声说："茉莉，你现在出洞，招来蝴蝶小仙，让她通知姑姑做好准备。然后，你就在外面候着，等我引她们出洞，再接应我。"

茉莉答应了，一个人走出了洞穴，招来蝴蝶小仙后，躲在了一块大石头后面，张望着洞里的情况。

春生想了想，没有马上行动，他不熟悉这洞中的情况，还是要想办法奇袭才行。他想起有一种树叶燃烧后会产生刺鼻的气味，或许能将鹰妖熏出洞。

他捏了个法诀，搜集来一部分树叶，将它们包在一个布包里点燃，又悄悄地丢进一堆动物的尸骨里。见布包开始冒烟，春生迅速跑出了洞穴。

鹰妖姐姐四处嗅了嗅，问："妹妹，你闻到一股怪味了吗？"

妹妹说："我也正想问呢，你有没有点燃什么东西，这么难闻！"

气味越来越浓，姐姐大喊一声："不好，有人释放毒气，我们得赶紧跑。"

浓烟迅速冒出，不一会儿就充满了洞穴，两姐妹难受得直咳嗽，迅速逃了出来。刚刚跑出洞穴，她们的咳嗽还未停，就听到头顶上响起了"啪啪啪"的鞭子声。两只鹰妖的夜视力极佳，她们清楚地看到了站在山顶上手执筋骨鞭的春生。

姐妹两个这下气坏了，仇人竟然找上门来了，还敢用毒气熏她们。她们飞到山上，骂道："无春生，你个不知死活的东西！既然送上门来了，你就不要走了！"

春生见两姐妹想要夹击他，于是挥动筋骨鞭，令鹰妖无法近身，同时施法招来绿茶叶护身。他吸取了上次的教训，绿茶屏障可以阻挡妖毒。

打斗了一会儿，春生故意漏出一个破绽，假装被鹰妖的铁钩子划伤，马上乘坐绿叶毯向通幽谷飞去。

姐妹俩一看春生露怯了，便得意地大喊："想跑？今天你既然来了，就休想跑掉！"

鹰妖姐妹展开翅膀，追击春生。春生越飞越快，妹妹跟得很紧，姐姐因为翅膀有伤，有点体力不支，与他们拉开了较远的距离。

姐姐有点跑不动了，于是停在一棵树上，休息一下。她望着火光冲天的洞穴，察觉到不对，怕是中了春生的计谋，想叫住妹妹，可是已经来不及了，妹妹追着春生已不见了影子。

她只好一个人独自向洞穴飞回去，看到茉莉正手持火把，点燃洞穴外堆积的枯草。茉莉是想干脆一把火烧了鹰妖的老巢，永绝后患。

鹰妖姐姐悄悄地来到茉莉背后，趁她不注意，恶狠狠地掷出鹰钩。茉莉没想到鹰妖这么快就回来，没有任何防备，一下被钩住了后心，一口鲜血喷了出来，顿时就昏厥过去。

这边，鹰妖妹妹紧跟着春生，转头一看，姐姐没有跟上来，便有些慌了。再一回头，发现春生也不见了，她已经飞进了黑黢黢的山谷。

这山谷不同别处，不仅黑暗无比，而且冒着冰冷阴森的寒气，风中山谷穿过，发出奇怪的呼啸声，令人毛骨悚然。

鹰妖妹妹此时想飞回去，但是已经没有机会了。还没等她转过头，山谷四周便升起了无数个大红灯笼，将四周映成了不祥的血色。一个白发飘飘的仙姑骑着美丽的白鹤，出现在她的眼前，正是鹤仙庄掌门姑姑。

姑姑的身边正站着春生和他的两个弟弟。姑姑一挥扇子，击飞了鹰妖手中的铁钩。姑姑可是上仙，这小小鹰妖岂是对手。

只见姑姑一甩手，万千条白色丝线从山谷上方垂直降落，迅速将鹰妖紧紧裹住。鹰妖越挣扎，丝线就裹得越紧，一层又一层，直将她裹成了一个巨大的茧，无数只巨蛛才从山谷四周现身。

姑姑抓获了鹰妖妹妹，问："怎么才一只？不是说两只妖吗？"

春生大喊一声："不好！那狡猾的鹰妖姐姐可能猜中了我们的意图，飞回去了，茉莉有危险！"

春生马上和姑姑、夏生、秋生一起飞到大漠深处的鹰妖洞穴，洞穴已经被大火烧黑了，空气中还飘散着一股恶臭，洞口有一摊鲜血。春生轻沾了一点，闻了闻，立刻说："姑姑，这是茉莉的血，有她特有的香味。茉莉肯定是受伤后被那只鹰妖掳去了。"

姑姑想了想，说："鹰妖最可能飞回漠都，应该没有飞多远，我们赶紧追！"

春生跟着姑姑飞到漠都，找到了尹拉坦的皇宫。姑姑让蝴蝶小仙寻遍了皇宫内外所有的地方，也没有看到茉莉和鹰妖的踪影，这下春生可是急了。

姑姑说："莫急，我们回去找大将军和东方首商量一下，一定可以救出茉莉。何况，还有一只鹰妖在我们手里呢！"

大家也觉得这样瞎找不是办法，需要回去商量一下，也需要更多的情报，才能找到茉莉。但是，春生坐在地上大哭起来，死活不想走。

姑姑生气了，说："春生，你不要这样，茉莉被抓，我们谁不难过？你理智一点，好不好？大男人哭哭啼啼像什么话？哭也于事无补！"姑姑气得一甩手走了。

夏生和秋生抬起春生，二话不说就往回走，任春生怎么哭诉，他们也不松手。

春生想："茉莉啊，茉莉，你好糊涂啊！你应该跟在我的身后，烧什么鹰巢啊！"

一遇到与茉莉有关的事情，春生就乱了分寸。

待众人回到营房，向东方首和魏擎天讲述了事情经过。

东方首立刻卜了一卦，说："茉莉没有死，被关在一个山洞里，但是气息很弱，如果不尽快搭救，恐怕会有生命危险！"

春生一听就急了，连忙问："师父，师父，那该怎么办呢？"

东方首说："春生，莫急，听听大家怎么说。"

"我在凉凉郡还一个绝密的密探，我承诺过，不遇到特别紧急的情况不会动用他。现在，我马上联系他，他对周遭情况比我们更熟悉。"魏擎天说，"这样，你们先到卢家大院等我消息。凉凉郡太守那里也能探得一些凶族的内部消息，你们救出茉莉后，也可以先藏身太守家休养一段时间，那里条件相对好些。"

春生马上带着夏生、秋生和东方首坐着绿叶飞毯，趁夜色飞往凉凉郡。

春生将茉莉的事情讲给太守，太守马上说："你们莫急，我现在马上派人去打听。"

魏擎天通过信鸽联系了密探，密探很快打探到了情况，派心腹骑快马来到太守家，送来一片竹简，上面刻着旁人看不懂的密文。

东方首接过来，将密文一一解码，得出情报：茉莉被关在齐齐山上的一处山洞里。这山洞在海拔四千米以上，环境艰苦，有士兵把守。竹简上的密文将茉莉所在的山洞标注得十分详细，距离凉凉郡较近。

东方首说："太守，请给我们三十人的队伍，引开守洞的士兵，边打边跑，将他们吸引到一定距离外即可。守洞士兵一旦被引开，我们就进洞，迅速救出茉莉，然后马上离开。"

夏生问："如果遇上鹰妖，怎么办？"

春生大声喊道："我亲手杀了她！"

东方首说："这样吧，你们先去，侦查周围环境，我去请姑姑，随后就到。"这话也是说给春生听的，姑姑被春生给气跑了。其实，姑姑生气归生气，心里还是惦记茉莉的。

春生带着三十人的队伍和夏生、秋生坐着绿叶飞毯来到了齐齐山上，这山终年积雪，十分寒冷。

天格外蓝，空气清新，雪落在树梢上凝结成了冰晶，在蓝天的衬托下，如水晶般晶莹剔透。雪覆盖了整个山脉，但在美丽的白雪下，处处是危机，若是一不小心踩中那些被雪覆盖的冰层缝隙，跌落山涧，就再也回不来了。

春生安排士兵找到一个制高点，准备好弓箭，待他一声令下就放箭。

恰逢守洞的士兵换班，春生数了数，一班大概二十人左右。那些士兵边骂恶劣的天气边跺脚。

此时，姑姑和东方首也赶到了。春生一看他们到了，喝道："放箭！"

飞矢射倒了一大排守洞士兵，逃过一劫的士兵敲起锣，玩命大喊："有人偷袭！有……"第二句还没喊完，就被春生一箭射死。

春生这边的士兵立刻冲到洞前杀敌，杀了一会儿，便假装打不过对手，开始往山下撤退。守洞的士兵几乎倾囊而出，一路追赶了下去。

春生指挥夏生、秋生上前，将余下的士兵斩杀，他和姑姑、东方首一行迅速钻进洞中。

洞中昏暗阴冷，茉莉的手脚均被铁链锁住，浑身上下都是血污，胸前被布紧紧地包裹着，渗出的血已经染红了布。茉莉歪倒在那里一动不动，昏迷过去了。

春生强忍着悲愤，挥动筋骨鞭，将捆住茉莉的铁链全部抽断。他跑过去，一把抱起奄奄一息的茉莉，匆忙地往洞外跑。茉莉气息微弱，醒了过来，喘着气说：“春生，你可来了。我，我不行了。”

春生泪奔，说：“别说话，有我在，你会没事的，一切都会好转的！”

夏生和秋生进洞来接应他们，春生脱下自己的羊皮袄给茉莉裹上，姑姑喂茉莉服下一颗止血丹。

几人正准备出洞，却见洞口闪过一片黑影，遮住了唯一的光源。那黑影发出一阵怪笑，道：“我没有去找你们算账，你们倒是送上门来了。今天，你们一个也跑不了！”

原来是鹰妖姐姐赶了回来，她看到守洞的士兵死的死，伤的伤，顿时大怒。她大喝一声拦住众人，然后挥动翅膀，大量冰块和雪一起砸落下来，彻底堵住了洞口。

“几块冰就想拦住我们，那也太小看我们了！”姑姑说着，拍了拍丹顶鹤的头部，丹顶鹤的头部瞬间发出耀眼的红光，击碎了拦路的冰块。姑姑带领着大家走出洞穴。

鹰妖没想到这帮人一下子就破了她的冰墙，大吃一惊，赶紧挥动铁爪钩，向姑姑袭来。大家纷纷躲闪。

姑姑大喊一声：“你们带茉莉走，让我好好对付这妖孽。”

春生说：“秋生留下照应，我和夏生带茉莉先走。”

鹰妖还想追，却被姑姑拦截。鹰妖狂骂：“死老太婆，你想干什么？”

姑姑被鹰妖这句叫骂彻底惹恼了，一挥手，千只丹顶鹤从天边飞来，将鹰妖团团包围。仙鹤发出的红光，点燃了鹰妖的羽毛。那鹰妖痛苦地挣扎着，快被烧成了秃毛鸡，但怎么也飞不出丹顶鹤的包围圈。她妄图吐毒汁，秋生立刻拨弄琴弦，弦音让鹰妖浑身颤抖，神经错乱，无法动弹。

最后，鹰妖发出一声绝望的长鸣，一脚踩空，掉落进山涧里。

姑姑唤来蜘蛛精，抛下银丝，裹住急速下坠的鹰妖。她要将这鹰妖带回鹤仙庄，好好驯服。

春生和夏生带着茉莉回到了太守府。茉莉紧闭双目，奄奄一息，春生心急如焚，立刻飞到百草园，请神农氏相救。

神农氏一把脉，叹息一声，说："春生，茉莉伤得很严重。我先给她开几味续命的药服下，你必须赶紧到梦顶山去找你父亲。他前几日用茶与藏药炼成的生脉丹，对止血生肌十分有效。另外，你还要去找青龙江找龙王，要一颗百年珍珠。需得这两样加在一起，才能治愈茉莉。"

神农氏仔细地清理了茉莉的伤口，那伤口深可见骨，又因没得到及时救治已经化脓，茉莉疼得眉头紧皱。好不容易包扎完伤口，神农氏又喂茉莉吃下续命神草，茉莉这才恢复安稳。

春生不忍多瞧，马上飞到梦顶山去找父亲和外祖父了。

无理真听说茉莉受重伤，马上拿出炼好的丹药，说："所剩不多，只有这八丸了，你先拿去救命，我再抓紧炼制，七天后你再来取。"

春生向父亲深深施了一礼，又随母亲来到龙宫，求龙王赐百年珍珠。龙王没有多言，立刻将仅剩的两颗珍珠交给春生。

春生立刻返回太守家里，喂茉莉服下生脉丹和百年珍珠。几天之后，茉莉总算悠悠转醒，伤口也逐渐愈合。

神农氏见茉莉已无大碍，嘱咐了春生几句，就回百草园了。

春生寸步不离地照顾着茉莉。

见鹰妖已被收服，魏擎天这边开始发力，起兵三十万，全面进攻漠都。

几个回合下来，凶族屡战屡败，即使张道长损招迭出，但面对本朝压倒性的实力也无甚大用。尹拉坦大单于被魏擎天打得节节败退，下令全军缩回漠都，想打消耗战。

尹拉坦对当下局面一筹莫展，找来张道长协商。张道长说："臣建议大军退出漠都，进入沙漠更深处，保留实力，积攒几年再战。"张道长多么狡猾，他看出了凶族的没落，准备跑路了。

凶族将领们却对张道长的建议不以为然，他们宁愿和本朝死战到底。

伊拉坦也很为难，凶族与本朝的力量对比太悬殊了，本朝这次起兵超过三十万大军，如果继续和本朝蛮斗，恐有全族覆没的危险。

最终，伊拉坦率领部下在某个夜晚撤出漠都，进入沙漠更深处，建立新的营地，积蓄力量，等待在未来的某一日卷土重来。因为凶族已经彻底远离了京城和边界，本朝不再受凶族骚扰，边塞之患彻底平息。

第二十三章

春生为了让茉莉能够清静养病，在姑姑的允许下，他带茉莉回到了宁静美丽的鹤仙庄。鹤仙庄以花海装点，隆重地接待了春生夫妻。

姑姑把鹤仙庄最好的一套房子让给了春生夫妻，并将她保留多年的百草园的上等药材留给了茉莉。她还亲自调制了茉莉花汁，为茉莉修复创伤。

盛夏，灿烂的阳光，点亮了整片茉莉花海，深绿色的叶子闪着柔亮的光泽，大片茉莉花与暖阳热烈拥抱，像仙女的白色圣衣，又像悠悠的白云。阵阵清香，随风流转，沁人心脾，茉莉在花海里和爱人相互依偎，互诉衷肠。

鹤仙庄的大堂中，两个巨大的白丝茧整日摇摇晃晃，那两只鹰妖已经被关在了茧中，依然不老实，整天在那里骂来骂去。

花仙子们烦透了，多次请求姑姑尽快处死这两只妖孽。

姑姑说："这两只妖孽罪恶深重，处死她们是最简单的事情，但是，只有度化她们，让她们就不再为祸世间，才是真正的善事。你们说呢？"

大家听了，若有所思。

两只妖孽骂了很久很久，终于停了下来，因为她们实在骂不动了，嗓子骂哑了，肚子也骂饿了。

姑姑见此情形，便开始给她们灌茉莉花茶，为她们排毒。她们一开始怎么都不喝，直到实在坚持不住，才试着喝了几口，没想到这茉莉花茶简直太好喝了，两只鹰妖一下子就爱上了。

姑姑见她们接受了茉莉花茶，又为她们讲解什么是爱，什么是善，什么是真。

一开始，她们两个根本不听，对姑姑不理不睬。但姑姑很有耐心，不仅好心喂养她们，还帮她们治愈伤口。一段时间后，鹰妖渐渐地能听进姑姑的话了，对姑姑产生了好感，不再事事反抗。

于是，姑姑帮她们剥离了白丝茧，将她们放了出来，但为了防止她们逃走，还是用捆妖绳将鹰妖的翅膀捆上了，超过一定的距离，捆妖绳就自动收紧。

鹰妖看到春生和茉莉时吓坏了，认为这两人一定恨透了她们。两只鹰妖没有想到，春生和茉莉再次见到她们竟如此平静。

春生说："你们修炼千年，应善对百姓，不该为歹人所利用。"

茉莉说："姑姑饶你们不死，也是不想毁了你们的千年修为。你们应该珍惜机会，重塑自己。"

两只鹰妖不断点头。

姑姑对春生和茉莉说："既然她们和你们有缘，不打不成交，我建议就让她们成为你们的坐骑，为自己的行为赎罪。"

两只鹰妖自然表示愿意，姑姑为她们解开了捆妖绳，又说："我既然可以收服你们一次，就可以收服第二次。我希望你们是真心改过，否则，我再不会手下留情。"

两只妖鹰真诚地表示一定痛改前非，忠心服侍春生和茉莉。

春生和茉莉带着两只鹰妖在茶园、花园里，一起劳作，一起散步，一起做饭，真诚地和她们交往。

很快，两只鹰妖就感受到了春生和茉莉的友好，感受到了茶园生活的美好，她们心底的善在慢慢苏醒，开始信任春生和茉莉。他们渐渐成为无话不谈的好朋友。

一天，春生和茉莉把两位鹰妖带到了巨鼓山上，鹰妖化作原形，让春生和茉莉骑到背上来。

第一次骑在巨鹰身上，春生和茉莉都有些紧张，但是鹰妖告诉他们不用怕，她们会用生命保护春生和茉莉。

鹰妖面对大海，大喊一声："抓牢了！"然后俯身冲了下去，同时张开巨大的翅膀托住春生和茉莉，遨游在大海之上。

春生和茉莉也不再忐忑不安，尖叫着和巨鹰一起飞翔。

回到鹤仙庄，师父和夏生、秋生竟然坐在大厅里，春生和茉莉有些吃惊，不知道又出了什么事。

师父说："春生啊，我要告诉你一件事，你听了之后不要着急。一小股凶族士兵跨越千里，偷袭了梦顶山。梦顶山无法抵挡他们的进攻，已经完全失守了，你父母被抓了起来，其他情况目前还不知晓。"

春生赶紧询问了具体经过。

原来，凶族战败后进入大漠深处，远离本朝的城市，茶叶供应变得更加奇缺。大单于无茶可喝，终日无精打采，便问张道长如何获得好茶。张道长想起了梦顶山，他曾经和大单于吹嘘过皇茶园是他一手建成的，凶族人都信以为真。张道长请命大单于，由他带领凶族百位将士，偷偷潜入梦顶山，偷袭皇茶园，抢夺茶叶资源。梦顶山距离京城千里之远，等本朝反应过来，他们早带着大量茶叶赶回来了。大单于觉得这个想法很不错，就同意了。

其实，张道长是想利用这次机会彻底离开凶族，他知道凶族再也不可能再现往日辉煌，而本朝已经一统南北，无人能敌了。

梦顶山地处内陆山区，地势偏僻，缺少兵力。张道长率领凶族兵将，把他们打得落花流水。梦顶山的太守，一路骑马狂奔到京城，上报兵部，凶族出奇兵，偷袭梦顶山，夺取皇家茶园。如果不是他报信，京城众人都还蒙在鼓里呢。

春生愤怒地骂道："又是这个张道长，他简直就是我们无家的死对头！我这次抓住他定不会轻饶！师父，我们接下来该怎么办？"

东方首说："皇上已经派去了一支队伍，但是梦顶山偏远，行军速度又慢，等他们赶到，我看茶园也差不多全毁了。所以，我们必须尽快赶到皇茶园，否则，你父母性命危矣！"

春生马上说："好，我们乘绿叶飞毯去。"

他们告辞了仙鹤庄和姑姑，急速飞回梦顶山，暂躲在山下一户熟悉的村民家里。

春生呼唤蝴蝶小仙去查看具体情况。

蝴蝶小仙子很快回来了，说："茶农和春生的父母都被关在皇茶园里，一律不准外出，帮助他们快速采茶，有专人看管，谁反抗就抽打谁。无家夫妇会仙法，自己逃走是没有问题的，但他们怕茶农们受到伤害，这才忍了下来。茶园被毁得不成样子，上百个凶族士兵，将皇茶园整体包围起来，五步一岗，在高处安排了弓箭手，谁接近就射死谁，晚上也会轮流值班。据说，凶族人很不适应这里的气候，很多人都生了皮肤病，非常痛苦。那个张道长躲在上清峰的道观里，每日喝茶修炼，倒没什么事情。"

东方首想了想，心生一计，然后把大家聚在一起，如此这般做了部署。

春生、夏生、秋生和茉莉立刻忙碌起来，经过两天，一切准备就绪。

傍晚，一个郎中在皇茶园附近晃悠，被凶族士兵抓获。凶族人把这个郎中抓到了右贤王的驻地。

士兵们都说这个郎中很可疑。右贤王见他不过是个年过古稀的老人，就没怎么在意。

"你是谁？来这里干什么？"右贤王问道。

郎中立刻跪倒在地，浑身哆嗦，说："大王，不要杀我，不要杀我。我只是个看病的郎中，在附近采摘可以治疗皮肤病的草药，士兵就把我抓起来了。"

右贤王一听不禁大喜，急着说："你可以治疗皮肤病？"

郎中说："家里祖传的秘方，这方圆十里的人都找我看病。我常年在这里治疗此病，您如果不信，可以去周围打听打听。"

右贤王说："还打听什么，当场治疗，如果真能治好就留下你，如果不能马上砍了！"

一个士兵领命上前，卷起衣袖，只见双臂皮肤都溃烂了。右贤王命令郎中给他看看，其实，整个队伍中像他这样只烂胳膊都算是好的。

郎中仔细看了看士兵的胳膊，说："再不敷药，整个胳膊都要坏掉，还会引发全身溃烂。"说完，他拿出小酒葫芦，往伤口洒酒。士兵大声喊疼，郎中又迅速地倒出装在另一个小葫芦里的黑色药粉，敷在士兵的胳膊上，接着，用干净的布裹好。士兵告诉右贤王，原本他的胳膊又痒又痛，现在觉得清凉又舒服，可见有效。

右贤王大喜过望，说："哎呀，果然是神医。你就不要走了，就在这里帮我把所有的将士治好，必有重赏！"

郎中说："大王，这么多人，我带的药不够，必须尽快到家里去取，有外敷的药粉，还有内服的药酒，二者搭配，好得更快。"

右贤王派了几个士兵，跟郎中一起回家取药。

郎中将家里所有的药粉和药酒都搬来了，给大家敷了药，又让每人喝了些药酒。过了一会儿，大家都说皮肤确实不那么痛和痒了。右贤王也喝了一些，觉得这酒清凉爽口，还带着淡淡的花香，确实美味。

半夜，右贤王和众将士美美地睡着了，等到第二天醒来，发现自己竟被绳子捆得结结实实，动弹不得，才知道上当了！那郎中其实是东方首假扮的，药粉和药酒是春生他们制作的，酒里加了蒙汗药，令凶族人一睡不起。他们不费一兵一卒，将所有人全部擒获。

打开牢房，茶农们欢呼着跑出来，纷纷下山和家人报平安去了。春生和兄弟们也一起跑过去，抱住父母。大家再次在茶园相聚见面，非常高兴，东方首也为他们一家人团聚而开心。

茉莉没有上前，站在一边默默地看着，她对无理真仍心存芥蒂。正在大家彼此拥抱，有哭有笑之际，茉莉突然发现不对劲。"小心！"她大喊一声，同时挥袖做法，在众人头顶展开了绿叶屏障。

原来，天空中突然有黑色毒液洒下，要不是茉莉紧急出手，大家都要没命了。

春生和茉莉坐着鹰，飞到了高空，清楚地看到，张道长骑着他的神兽豹子，正在往下洒毒液。

仇人就在面前，春生和茉莉怎能不恨起心头。

春生大喊一声："张道长，睁大你的狗眼，看看我是谁？"

张道长一愣，一旁的茉莉骑着鹰直接飞到张道长的身边，趁他走神的一刹那，大鹰一口叼起毒液瓶，迅速飞进深山老林丢掉。

张道长准备追茉莉，被春生挡下。春生红着眼睛大喊道："张道长，你今天哪里都去不了！"

话音一落，筋骨鞭就抽了下去。张道长一躲，堪堪避过这来势汹汹的一鞭，发冠被抽落，头发狼狈地披散下来。

春生一看，这正是在京城小树林偷袭茉莉和他的那个恶人！

张道长哪里受过这样的气，他气急败坏地提起浮尘，朝春生的头上砸去。大鹰灵活地往下一沉，迅速躲开了。两人战了几个回合之后，张道长明显感觉到自己根本就不是春生的对手，再打下去，他必定被春生所杀。于是，张道长开始耍阴谋，使阴招。

他趁春生不注意，丢出六把带毒的飞刀，速度极快，刀刀奔着春生致命之处而去。可他哪里想得到，他那点小心思早已被春生看透。刀子即将飞到近前，春生猛地一挥动筋骨鞭，将所有的飞刀全部原路打回，并且速度比张道长更快，张道长躲过了前三刀，却不幸中了后三刀。一刀击中了他的神兽，神兽马上毙命，跌落山谷而亡。另外两刀打中了张道长的腿部，张道长疼得大叫一声，随着神兽一起摔落下去。还没落地，他就被一张大网圈住，无法动弹。原来是茉莉招来蜘蛛吐丝，将张道长完全裹了起来，让他无法逃走。

张道长被自己的毒刀伤到，又被蛛丝裹住，茉莉想给张道长一剑，送他上西天，见他的太甲上君。谁知，无理真突然跑过来护住了张道长。茉莉二话未说，一甩头发，转身飞到半空与春生汇合。

春生心想："好糊涂的父亲啊！"他明白茉莉此时已经生气，只是强忍着没有发作而已。这次，他不能让父亲继续任性。

他和茉莉一起飞落到地上，严肃地说："父亲，此人不除，必生后患。"

父亲也没有好脸色地对春生说："张道长毕竟对我无家有恩，帮助我修建了道观，你不能杀死他！不能！"

春生被父亲气得话都说不出来，到此时他还执迷不悟，护着这个魔道！

就在此时，张道长突然用一把锋利的匕首割开茉莉设置的银丝网，跳起来一把抱住无理真，将匕首架在无理真的脖子上，用以威胁春生和茉莉。

这一下，无理真傻了，他完全没有想到，他想保护的张道长露出了让他心惊胆寒的凶光。张道长早已不把他放在眼里，时刻准备杀死他。

此时的无理真才明白春生所说的一切，才明白自己被张道长给骗了，而现在说什么都晚了。

无理真对春生和茉莉说："孩子们，你们动手吧。到现在我才明白，这一切都是我咎由自取，你们不要怕伤害到我，赶紧解决掉这个恶魔！"

值此危急时刻，东方首悄然出现在张道长的身后，甩出手中的浮尘，一下子击中了张道长。张道长一松手，刀掉在了地上，人向后倒去。大鹰趁机对着张道长吐出浓烈的妖毒，张道长大喊一声："我命休矣！"

张道长真身露了出来，原来是一只巨蟒，浑身浮动着黑气，垂死挣扎。

就在此时，五彩祥云出现，金光四射，太甲上君来了。

众人马上行礼。

太甲上君平静地看了大家一眼，开口道："理真啊，不用难过，这是张道长的劫难，我来处理吧。"说罢一挥手，就将那只大蟒收入了百宝囊中。

"人心既除，则天心来复；人欲既净，则天理常存。"太甲上君继续说，"理真，你已历遍劫难，参悟道心，既已于家人团聚，就好好在一起过日子吧。"

说完，太甲上君便又驾云而去。

春生和茉莉终于报仇，出了口恶气，从此再也没有任何让他们烦恼的事情了，美好的未来就在前方等待他们。

梦顶山太守带着几十个捕快，将捆得死死的凶族将士带走，村民们对东方首一行人千恩万谢。这些俘虏将被关进了梦顶山的监狱里，待太守向京城汇报后，再做处理。

大家一起回到了梦顶山的无家，开始忙活胜利后的聚餐。

春生突然发现茉莉不见了，连忙问师父。师父说："刚才还在这里呢，怎么一转身就不见了？"其他人也都摇头说没有看见。

春生就说："你们先忙吧，我去找找她。"

玉叶赶忙从厨房出来，问春生："茉莉怎么了？"

春生知道茉莉心结未解，不想叫母亲忧心，就说："没什么事，她可能好久没来茶园了，想在周围走走。"

春生骑上大鹰飞到了高空，从茶山上方观望，寻找着茉莉的身影。见茉莉一个人正坐在仙茶树边上，双手抱着膝盖，一副若有所思的样子，春生马上飞了下去。他默默地坐在茉莉的旁边，轻轻地抚摸着她的头发，什么也没有说。他知道，在一家人团聚之时，茉莉想念冬生了。

茉莉扑倒在春生的怀里，大声哭泣起来。春生一边抱住她、安慰她，一边也禁不住流出了眼泪。

茉莉说："春生，为什么我感觉冬生好像还活着呢？"

春生说："傻茉莉，我知道你想他了，可他已经不在了。"

茉莉说："我才不傻呢。我刚才看着灵茗七珠，分明在仙茶树里看到了冬生的魂魄。不信，你自己去看看！"

春生半信半疑地看了看灵茗七珠，果然，他也看到了第四棵茶树，也就是冬生的本体茶树，正发出微弱的光芒。

春生高兴地说："冬生的魂魄确实未散，还在这里呢！只要他的魂魄在，我们就可以去找师父，想办法让他重生！"

茉莉睁大了眼睛，喊了起来："春生，这是真的吗？"

春生点了点头，说："此事得马上汇报给师父，他一定有办法！"

两人回到家中，向师父及父母汇报了这一情况。

东方首一听，很是开心地说："这下冬生有救了！"

无理真眼泪掉了下来，急忙问："东方大人，怎么救啊？"

东方首说："这事必须请神农氏帮忙。"

他安排春生和茉莉飞到百草园，请来神农氏。

神农氏来到了灵茗七珠前，观察了一阵，说："确实，仙茶树有灵，冬生身死后，魂魄回归本体，得到了滋养。不过他魂魄有损，所以不能现身，我可以让他重新投胎，在轮回中补全魂魄，再次回到世上。"

神农氏想了想，又说："不如，让他重生在南方的龙井乡，那里气候湿润，土壤丰厚，很适合冬生休养，你们觉得如何呢？"

　　虽然这样的结果对在场的所有人来说都有些遗憾，但是，冬生可以重生，还是令他们感到了慰藉。在龙井乡，冬生将以新的身份复活，或许也能为绿茶家族带来新的生命力。人生不也正是如此，兜兜转转，亦始亦终，在悲欢离合中完成了一次又一次的轮回。

　　神农氏一挥手，将冬生的魂魄收进了宝盒中。

　　大家隐约地听到了冬生的声音，他似乎在说："再见了，爹娘！再见了，师父！再见了，兄弟！再见了，妹妹！再见了，茉莉！你们一定要好好地活着！"

　　大家禁不住再一次泪水涟涟。

　　处理完梦顶山的事，茉莉着急看望自己的孩子，和春生、师父一起飞回京城。夏生和秋生留了下来，战争结束了，他们要多拿出些时间陪陪父母。茶仙三姐妹则在京城，继续开着御茶坊。

　　春去秋来，转眼间，又是一年中秋。春生策划召开一次盛大的聚会，地点就选在梦顶山的茶园里。他邀请了师父一家、魏擎天一家，还有姑姑和茉莉的父母。大家都答应了，只有茉莉不想去，春生无法，只好请三位妹妹去劝说。

　　这天，茶仙三姐妹拿着藏了很久的茉莉花酒，邀茉莉和一朵夫人一起品尝。她们五人边品酒边聊起了往事，开心又自在。

　　青风说："茉莉嫂子，今年中秋，大家都准备在梦顶山一聚，春生哥哥请了很多朋友，你怎么不愿去？你去了，我们姐妹在一起才热闹啊。"

　　茉莉没有答话，表情也沉了下来。

　　青雅一看情况不对，就端起酒杯，说："嫂子，去不去，你自己决定。我们不会勉强你的，你有你的苦衷。"

　　茉莉还没有说话，醉意上头的张一朵就哭了起来："你们可知，你们的父亲差点害死茉莉和一对孩子。让茉莉如何原谅他？"

　　三姐妹一听这话，都不吭声了，一边是她们的亲生父亲，另一边是她们的好姐妹，她们也不知道该怎么办、再怎么说才对，太难了。

　　茉莉打破尴尬，眼含热泪安慰道："母亲，别哭，事情都过去了。聚会的事，我还要再考虑考虑。今日，我们不聊这个。来，喝酒。"

大家再次举杯，尽饮杯中酒，滋味各不同。

待姐妹们喝完酒，聊完天，春生也回来了。三姐妹看着春生，不知道说什么好，于是就冲他挤了挤眼睛，挥手告别了。春生心里七上八下，不知她们劝得如何，也不好多问什么。

张一朵哄着两个孩子去睡觉了。春生和茉莉来到了后花园，满园的茉莉花竞相开放，这是春生特地为茉莉种下的。风吹过，花瓣翩飞，香气袭人，他们仿佛一下子又回到了鹤仙庄，一切美好浮现眼前。

茉莉望着此情此景，一下子就释然了，她不应该再为难春生，毕竟谁都有可能犯错，不能要求事事完美。这一放下，茉莉突然感受到了一种快乐与轻松。

她深情地说："春生，我打算和你一起回梦顶山。让一切不痛快，从此烟消云散！"

春生激动地将茉莉揽入怀中，说："谢谢你，茉莉，我就知道你是了不起的人！"

两人紧紧地抱在一起，今生今世再没有什么能将他们分开。

中秋那日，众人齐聚梦顶山茶园，将茶园布置一新。长桌上摆满了瓜果、鲜花、点心还有各式美味佳肴，酒茶共饮。

三姐妹拉着茉莉跳起了她们新编的采茶舞，茉莉手忙脚乱地跟着学，惹得大家哈哈大笑。

秋生弹琴，夏生吹笛，春生施法招来绿茶叶，围绕着几位仙女上下翩飞。众人载歌载舞，欢聚一堂。

一轮明月悄悄升到半空，那么皎洁，那么明亮，旁边竟没有一丝云彩。

月色为满园的茉莉与绿茶覆上了一层柔柔的纱，爱让这个美好的月夜更加动人，让歌声、笑声传递得更远，更远。